五杂组

[明] 谢肇淛 撰　傅成 校点

图书在版编目(CIP)数据

　　五杂组 / (明)谢肇淛撰;傅成校点. 一上海:
上海古籍出版社,2012.12(2023.8 重印)
　　(历代笔记小说大观)
　　ISBN 978 - 7 - 5325 - 6360 - 9

　　Ⅰ.①五… Ⅱ.①谢… ②傅… Ⅲ.①笔记小说-小
说集-中国-明代 Ⅳ.①I242.1

　　中国版本图书馆 CIP 数据核字(2012)第 044772 号

历代笔记小说大观

五 杂 组

[明] 谢肇淛　撰

傅　成　校点

上海古籍出版社出版发行

(上海市闵行区号景路 159 弄 1 - 5 号 A 座 5F　邮政编码 201101)

　(1) 网址:www.guji.com.cn

　(2) E-mail: guji1@guji.com.cn

　(3) 易文网网址:www.ewen.co

常熟文化印刷有限公司印刷

开本 635×965　1/16　印张 20　插页 2　字数 271,000

2012 年 12 月第 1 版　2023 年 8 月第 3 次印刷

印数:3,201—4,300

ISBN 978 - 7 - 5325 - 6360 - 9

I · 2514　定价:48.00 元

如有质量问题,请与承印公司联系

校 点 说 明

　　《五杂组》是晚明一部著名笔记,作者谢肇淛,《明史》有传,极简略,且有讹误。今据江西省图书馆藏谢氏《小草斋文集》后附载其同时友人曹学佺所撰墓志铭、徐𤊹所撰行状,可知其生平大概。

　　谢肇淛为福建长乐人,生于隆庆元年(1567)七月二十九日,因出生地为钱塘,故其父命曰肇淛,字在杭,别号武林。幼而聪敏,九岁属文,笔墨出人意表。万历二十年(1592)举进士,官拜湖州司理。以不曲事长官,拂郡守意,二十六年(1598)调东昌司理。三十三年(1605)擢南京刑部山西司主事,次年转兵部职方司主事。三十七年(1609)服阕,补工部屯田司主事,转员外郎。三十九年(1611)转都水司郎中,督治北河,成效显著。后擢云南布政使司左参政兼佥事。天启元年(1621)擢广西按察使。三年(1623)晋本省右布政使,寻晋左布政使。四年(1624)扶病返京,途中病剧,十月二十三日卒于江西萍乡官邸,享龄五十八岁。

　　谢肇淛一生勤勉从政,关心民生疾苦,为宦之余,留意著述。有《小草斋文集》,诗二十卷,文三十卷。另有《北河纪》、《风土纪》、《鼓山志》、《史考》、《麈余》、《续麈余》、《文海披沙》等著作近二十种,而以《五杂组》最为著名。此书后有潘膺祉所作跋文,时在万历四十四年(1616),中称去秋见到"都水谢公此书",则知该书迟至谢肇淛任都水司郎中之时已完稿,谢氏生前已刊布传世。

　　《五杂组》共十六卷:天部二卷,地部二卷,人部四卷,物部四卷,事部四卷。全书内容宏富,包罗万象,凡明代社会之政治、经济、军事、文化、艺术、科技、民生、风俗等均有反映,为研究明代社会的重要参考史籍。作者读书著述不偏信盲从，自云："凡物须眼所见则泾渭自分，合以相并则妍媸自见。"（卷十一）故书中所记，为其"读书有所发明"之心得，或其耳闻目睹所亲身经历者，且时有考辨，对时事史实抒发感慨批评，而真知卓识正由此闪现，读者自可留意。

　　《五杂组》现存明代刻本，清代不见刊刻。1959 年中华书局上海编辑所据万历四十四年如韦轩刻本断句出版，近年有出版社据以重新整理，改正前书标点错讹，但仍未尽如人意。如序中标作"或偕玄纁。入贡……"当于"入贡"之后点断，改用逗号，"玄纁"后句号应删。再如卷一引《稽神录》，原刻杨汀误作杨行，彭城误作鼓城，均未改正。又如卷八论奴婢条标作"权同休崔；千牛之异人，寄迹严安，脱胡煌于雷厄"，按权同休、崔千牛为二人，严安为人名，非地名，原标点有误，宜改正。今以上海古籍出版社出版之《续修四库全书》所收明如韦轩刻本为底本加以校点，凡底本讹误未有确据者，一般不作改动。遵循丛书体例，校改、疑误均不出校记。此次整理，力求在前人基础上更臻完善，但是限于学力，错误容或不免，欢迎读者批评指正。

目　　录

五 杂 组 序

　　《五杂组》诗三言,盖诗之一体耳,而水部谢在杭著书取名之。何以称五?其说分五部,曰天,曰地,曰人,曰物,曰事,则说之类也。何以称杂?《易》有《杂卦》,物相杂故曰文,杂物撰德,辨是与非,则说之旨也。天数五,地数五,河图洛书,五为中数,宇宙至大,阴阳相摩,品物流形,变化无方,要不出五者。五行杂而成时,五色杂而成章,五声杂而成乐,五味杂而成食。《礼》曰:"人者,天地之心,五行之端,食味别声被色而生。"具斯五者,故杂而系之五也。《尔雅》:"组似组,产东海。"织者效之,间次五采,或绾玺印,或为冕缨,或象执辔,或咏干旄,或垂连网,或偕玄纁入贡,或玄朱纯綦,缊辨等威,或丈二抚镇方外,经纬错综,物色鲜明,达于上下,以为荣饰。在杭产东海,多文为富,故杂而系之组也。昔刘向《七略》叙诸子凡十家,班固《艺文志》因之,儒、道、阴阳、法、名、墨、纵横、小说、农之外,有杂家云。其书盖出于议官,兼阴阳、墨,合名、法,知国体之有此,见王治之无不贯。小说家出于稗官,街谈巷语,道听涂说者之所造。两家不同如此。班言可观者九家,意在黜小说。后代小说极盛,其中无所不有,则小说与杂相似。在杭此编,总九流而出之,言天下之至赜而不可恶也,即目之杂家可矣。龙门六家,儒次阴阳,殊失本末。兰台首儒,议者犹以并列艺文为非。语曰:"通天地人曰儒。"在杭此编,兼三才而用之,即目之儒家可矣。余尝见书有名"五色线"者,小言詹詹耳,世且传诵,孰与在杭广大悉备,发人蒙覆,益人意智哉?友人潘方凯见而好之,不敢秘诸帐中,亟授剞劂,与天下共宝焉。大泌山人李维桢本宁父撰。

卷之一

天　部　一

老子谓："有物混成，先天地生。"不知天地未生时，此物寄在甚么处。噫，盖难言之矣。天，气也；地，质也。以质视气，则质为粗；以气视太极，则气又为粗。未有天地之时，混沌如鸡子然。鸡子虽混沌，其中一团生意包藏其中，故虽历岁时而字之，便能变化成形。使天地混沌时无这个道理包管其中，譬如浊泥臭水，万年不改，又安能变化许多物事出来？故老氏谓之"玄牝"，夫子谓之"太极"，虽谓之有，其实无也。周子谓"太极本无极"，似于画蛇添足矣。

天地未生之初，本无也，无之中能生有，而无不可以训，故曰《易》有太极，盖已包管于无之先矣，即不言无极可也。若要言之，则无极之前又须有物，始得几于白马之辩矣。

天之苍苍，其正色耶？其远而无所至极耶？然日月五星，可以躔度周步推测，则天之为天，断有形体。既有形体，必有穷极。释氏以为有三十三天，幻说也。假使信然，三十三天之外又复何物？语曰："六合之外，圣人存而不论。"噫，非不论也，所谓极其至，虽圣人亦有所不知也。

朱晦翁曰："天者，理而已矣。"夫理者，天之主宰也，而谓理即天，终恐未是。理者虚位，天者定体，天有毁坏，理无生灭。如目之主视，耳之主听，世有无耳无目之人，视听之理将何所属？况圣人举天以敌奥竈，此即苍苍之天，不专言理也。

天，积气尔，此亘古不易之论也。夫果积气，则当茫然无知，混然无能，而四时百物，孰司其柄？生死治乱，孰尸其权？如以为偶然，则字蚀变故，谁非偶然者，而"天变不足畏"之说，诚是也。然而惠迪从逆，捷如影响，治乱得失，信于金石，雷击霜飞，人妖物眚，皆非偶然者也。故积气之说，虽足解杞人之忧，而误天下后世不浅也。

象纬、术数之学，圣人所不废也。舜以耕稼陶渔之夫，一旦践帝位，便作璇玑玉衡，以齐七政。则造化之理，固尽在圣人橐籥中矣。后世如洛下闳、僧一行、王朴之辈，冥思精数，亦能范围天地，浑仪倚盖，旋转不差，黍管葭灰，晷刻靡爽，亦奇矣。至宋儒议论，动欲以理该之。噫，天下事理之所不能尽者多矣，况于天乎？

天之不足西北也，何以知之？日月行斗之南，而不行斗之北故也。汉明帝嘲张重曰："日南郡人应北向看日。"然北方瀚海有熟羊胛，而天明之国，出塞七千里便可南视北斗矣，安知无北向看日之地乎？

天去地九万里，天体径三十五万七千里，此亦臆度之词耳。天之体，日月星辰所不能周也，而况于人乎？

七政之行，自消自息，何与人事？而圣人必以璇玑玉衡测之也，遂使后世私智之士转相摹效，互出己见。如周髀、宣夜、浑仪之属，议论纷拏，各有刺缪。及测之而不得，求之而不应，遂以为幽远难明之事，而"天变不足畏"之说，昉于此矣。然则舜非与？曰：舜之齐七政，所以协岁时、戒农事也，非后世无用之空谈也。

天地有大阳九、大百六，有小阳九、小百六。又云：天厄于阳九，地亏于百六。大期九千九百年，小期三千三十年。故当阳九之会，天旱海消而陆燋；当百六之会，海水竭而陵自填。按《汉书》曰："四千五百岁为一元。一元之中有九厄，阳厄五，阴厄四。阳为旱，阴为水。"又云："初入元，百六，会有厄，故曰百六之会。"二说互异。前说期似太远，荒唐无稽。后说四千五百岁之中九厄，则五百岁当一厄，而自古及今，未有三百年不乱者。至于水旱频仍，恐无十年无灾之国耳，又何阳九、百六之多也耶？《异闻录》所载，又有阴七、阳七、阴五、阳五，阴三、阳三，皆谓之灾岁。大率经岁四千五百六十，而灾岁五十七，以数计则每八十岁而值其一。此说又不知何所据也。按《汉书》又有元二之厄，或云即"元元"之误，未知是否。又《吹剑录》载，丙午、丁未年，中国遇之必有灾。然亦有不尽然者，即百六、阳九亦如是耳。

日，阳精也，而雷、电、虹、霓皆阳属也。月，阴精也，而雨、露、霜、雪皆阴属也。星宿风云，行乎阴阳之间者也。日月，恒有者也；雷、电、雨、露之属，不恒有者也。星宿体生于地而精成于天，风云皆从地起而行天者也，故兼阴阳之气也。

日出而葵藿倾，月虚而鱼脑减，下之应上也。虎交而月晕，麟斗而日蚀，上之应下也。潮之逐月，桐之合闰，上下交为应也。

秦始皇登君山，遇大风雨，遂赭其山。隋炀帝泛舟遇风，怒曰："此风可谓跋扈将军。"二君之与风雨为仇，不若鲁阳挥戈以止日，宋景发善言而荧惑退舍也。

《礼统》曰："雨者辅时，生长均遍。"又曰："雨者，辅也。"今闽人方音尚以雨为辅。

云根，石也，然张协诗曰："云根临八极，雨足洒四溟。"曹毗请雨文曰："云根山积而中披，雨足垂零而复散。"则专指云言也。

《四时纂要》曰："梅熟而雨曰梅雨。"《琐碎录》云："闽人以立夏后逢庚日为入梅，芒种后逢壬为出梅。"按梅雨，诗人多用之，而闽人所谓入梅、出梅者，乃霉湿之霉，非梅也。

客星犯帝座，此史官文饰之词耳，未必实也。古今帝王求贤下士者多矣，未闻天象之遽应也。即汉文帝之于邓通，哀帝之于董贤，同卧起者数矣，未闻帝座之有犯也。而子陵贤者，一夕之寝，遽云犯帝座耶？武帝微行，宿主人婢，婢婿拔刀袭之，同宿书生见客星掩帝座。此贼也，而子陵同之乎？史官于是为失词矣。苻坚之母以送少子至灞上，而太史奏后妃星失明，羯胡腥膻乃上干天象若是耶？矫诬甚矣。至于海内分裂之时，史官各私其主，人君各帝其国，不知上天将何适从也。宋仁宗嘉祐中，有道人游卜京师，上闻召见，赐酒，次日司天台奏寿星临帝座，恐亦妄耳。

客星有五：周伯、老子、王蓬絮、国星、温星。所临之国，周伯主丧，老子主饥，王蓬絮主兵，国星主疾，温星主暴骸。然则五者俱非吉星也，而史以子陵当之，不亦冤乎？

星宿，宿字俗音秀，然辰之所舍有止宿之义，则音夙亦可也。《阴符经》云："天发杀机，移星易宿。地发杀机，龙蛇走陆。人发杀机，天地反覆。"则从夙音久矣。

天体东南下而西北高,日月之行皆自南至中天而止,故南方暖而北方寒。然日月之大有限,方夏至时,虽距数万里,更无北向看日者。此又不可晓之理也。

日一岁而一周天,月二十九日有奇而一周天,非谓月行速于日也。周天度数,每日日行一度,月行十三度有奇。凡月初生明时行南陆,如冬至时之日;及生魄时行中天,如夏至时之日。故月行一月,抵日行一岁也。

中宫天极星,帝星也。三台,三公星也。文昌六星在北斗魁前,天之六府,故世以文昌为魁星也。太微东西藩各四星,将相星也。东壁,文章星也。南极,寿星也。贯索,狱星也。昴,胡星也。箕,风星也。毕,雨星也。彗、孛、欃枪、荧惑,妖星也。太白,兵星也。考之历代天文,太白竟天,兵戈大起;彗星竟天,则有禅代之事。

正德初,彗星扫文昌。文昌者,馆阁之应也。未几,逆瑾出首,逐内阁刘健、谢迁,而后九卿台谏无不被祸。万历丁丑十月,异星见西南方,光芒亘天。时余十馀岁,在长沙官邸,亦能看之。无何而张居正以夺情事杖赵用贤、吴中行、艾穆、邹元标等,编管远方,逐王锡爵、张位等,朝中正人,为之一空。变不虚生,自由然矣。

俗言南斗注生,北斗注死,故以北斗为司命。而文昌者,斗魁戴匡六星之一也,俗以魁故,祠文星以祈科第。因其近斗也,故亦称文昌司命云。傅会甚矣。至以蜀梓橦神为文昌化身者,又可笑也。

数起于一而成于九。九,阳数也,故曰九天、九霄、九垠、九垓、九阂、九有、九野、九关、九气、九位、九域之类,非必实有九也,犹号物之数谓之万耳。圣人则之,分地为九州,别人为九族,序官为九流、九卿、九府。天子门曰九重,亦取九垓之义也。

道书云:"九霄谓神霄、青霄、碧霄、丹霄、景霄、玉霄、琅霄、紫霄、太霄。"恐亦附会之词。如天门九重,又安能一一强为之名耶?

《蠡海录》云:"天之色苍苍然也,而人称曰丹霄、绛霄,河汉曰绛河,盖观天以北极为标准,仰而见者皆在北极之南,故借南之色以为喻。"此言亦恐未然。天无色,借日以为色,故称丹与绛者,从日言耳。不然,彼称青天、银汉者,又岂指北斗之北哉?

《酉阳杂俎》载：人不欲看天狱星，有流星入，当披发坐哭之，候星出，灾方弭。《金楼子》言予以仰占辛苦，侵犯霜露，又恐流星入天牢，方知俗忌已久。今闽中新妇不戴星行，云恐犯天狗星，则损子嗣。闺女间亦忌之。而见流星以为不吉，亦古之遗禁也。

灾祥之降也，谓天无意乎？吾未见圣世之多灾，乱世之多瑞也。谓天有意乎？亦有遇灾而反福，遇瑞而遘凶者。又有灾祥同而事应夐然不同者，必求其故，则牵合傅会，不求其故，而尽委之偶然，将启昏君乱主谓"天变不足畏"之端，则如何而可也？《春秋》著灾异而不著事应。子产曰："天道远，人道迩。"瑞不足言也。遇灾而惧，人理之常，何必问其应乎？自《汉书·五行志》以某事属某占，至今仍之，然史氏既事而言，言之何益？司天氏未事而言，言多不验。于是人主每遇灾变，恬然无复畏惧之心矣。今于历代五行，摘其尤异者录之：

汉惠帝二年，天裂东北，广十余丈，长二十余丈。

文帝五年，齐雍城门外有狗生角。

成帝永始元年，河南槁树生支如人头，眉、目、须皆具。又建始元年八月，漏未尽三刻，有两月重见。

哀帝建平四年，山阳湖陵雨血，广三尺，长五尺，大者如钱，小者如麻子。

灵帝中平元年，东郡界生草，备鸠雀、龙蛇、鸟兽之形，毛羽、头目、足翅皆具。又树中有人面生须，伐之出血。

桓帝建和三年，北地雨肉，似羊肋，又大如手。

元和元年，司徒长史冯巡马生人。

晋怀帝永嘉元年，洛阳地陷，有二鹅飞出，苍者冲天，白者堕地。

公孙渊时，襄平北市生肉，长围各数尺，有头目口喙，无手足而动摇。

愍帝时，平阳雨肉，长三十步，广二十七步，旁有哭声，昼夜不绝，臭闻百里。数日，刘聪后产一蛇一虎，各害人而走，寻之不得。顷之，见于陨肉之旁。俄而后死，诸妖俱不见。

太康九年，幽州有死牛头能作人言。

永嘉中，吴郡万详婢生子，鸟头，两足马蹄，一手，尾黄色，大如枕。又枹罕令严根妓，产一龙一女一鹅。

义熙七年，无锡人赵未年八岁，一旦暴长八尺，髭须蔚然。

唐开元二年五月晦，天星尽摇，曙乃止。

元和二年十月，日旁有物如人形跪，手捧盘向日，盘中有物如人头。又四年闰三月，日旁又有一日。

乾符六年十一月朔，有两日并出而斗。

元和六年三月日晡，天阴寒，有流星大如一斛器，坠兖、郓间，声震数百里。所坠之上有赤气如立蛇，长丈余，至夕乃灭，野雉皆雊。又十二年九月甲辰，有流星起中天，首如瓮，尾如二百斛船，长十余丈，声如群鸭飞，明若火炬。须臾坠地，有大声如坏屋者三。

咸通十四年，宋州猎者得雉，五足，其三出背上。

弘道初，梁州仓有大鼠，长二尺余，为猫所啮，数百鼠反啮猫，少选，聚万余鼠。州遣人捕大鼠，击杀之，余皆去。

大中十年三月，舒州吴塘堰有众禽成巢，阔七尺，高一尺，水禽山鸟，无不驯狎。中有如人面绿毛、绀爪觜者，其声曰甘，人谓之甘虫。

中宗时，中郎将毛婆罗炊饭，一夕化为血。

天宝十三载，汝州叶县南有土块相斗，血出数日不止。

咸通八年七月，下邳雨沸汤，杀鸟雀。

周显德七年正月，日下复有一日。

宋景德元年十二月，日下复有二日。

天禧四年四月，有两月同出西南方。

淳熙十四年五月，有星昼出，大如日，与日相摩荡而入。

咸淳十年九月，有星见西方，曲如蚓。又有二星斗于中天，良久，一星坠。

元丰末，尝有物如席，见寝殿上，而神宗崩。元符末又数见，而哲宗崩。至大观间，渐昼见。政和以后大作，每得人语则出，先若列屋推倒之声。其形丈余，仿佛如龟，金眼，行动有声，黑气蒙之。气之所及，腥血四洒，兵刃皆不能施。又或变人形，或为驴，多在掖庭间。自后人亦不大怖。宣和末，眚息而北狩矣。

庆历三年十二月，天雄军降红雪，既化，尽血也。

端平三年七月，亦雨血。

绍兴二年，宣州有铁佛坐，高丈余，自动，迭前迭却者数日。

淳熙九年，德兴县民家镜自飞舞，与日相射。

雨毛雨土，史不绝书，而元至元二十四年，雨土至七昼夜，深七八尺，牛畜尽没死，则亦亘古未有之变也。

百草不畏雪而畏霜，盖雪生于云，阳位也，霜生于露，阴位也；不畏北风而畏西风，盖西转而北，阴未艾也，北转而东，阳已生也。

夏霜，冬雷，风霾，星孛，谓之天变可也。至于日月交蚀，既有躔度分数，可预测于十数年之前，逃之而不得，禳之而不能，而且无害于事，无损于岁也，指以为天之变，不亦矫诬乎？蚀而必复，天体之常。管窥蠡测，莫知其故，而奔走驰骛，伐鼓陈兵，若苍卒疾病而亟救之者，不亦儿戏乎？《传》称鲁哀之时，刑政弥乱而绝不日食，以为天谴之无益，告之不悟也。然司马之时，羊车宴安，羯胡启衅，日食三朝，不一而足，天何尝谴而有益也？文景之世，日月薄蚀，相望于册，而海内富庶，粟朽贯红，以为天谴之厚于鲁哀乎？是为父者日扑责贤子而姑息不肖子也，天不亦舛耶？然则何说之从？曰：日食变也，而非其变者也。譬之人之有疾病也，固有兢业保守而抱疴不绝者矣，亦有放纵酒色而恬无疾疢者矣，乃其寿命修短之源则固不系是也。圣人之事天也，无时不敬，而遇其灾变则尤加皇惧焉，曰："吾知敬天而已，初不为祸福计也。"盖自俗儒占候之说兴，必以某变属之某事，求之不得则多方傅会，不觉其自相矛盾，而启人主不信之端。故金陵有"天变不足畏"之说，虽千古之罪言，而亦自有一段之见解也。

三代之时，日食皆不预占。孔子答曾子："诸侯见天子，入门不得终礼者，太庙火、日食是也。"不知古人不能知耶？抑知之而不以告耶？而预占日食，又不知起于何时也。但不预占，则必有阴云不见者，故《春秋》于日食不恒书，非不食也。

使日食不预占，令人主卒然遇之，犹有戒惧之心。今则时刻秒分已预定之矣，不独人主玩之，即天下亦共玩之矣。予观官府之救护者，既蚀而后往，一拜而退，杯酌相命；俟其复也，复一拜而讫事。夫百官若此，何以责人主之畏天哉？

谷永有云:"日食,四方不见而京师见者,沉湎于酒,祸在内也;京师不见而四方见者,百姓屈竭,祸在外也。"司马温公又言:"四方不见而京师见者,祸尚浅也;四方见而京师不见者,祸寖深也。"其言虽各有理,终亦穿凿傅会。浮云蔽塞,一时偶然,即百里之中,阴晴互异,又安能必四方之皆见否乎?假令中国不见而夷狄见,南夷不见而北狄见,又将何词以解耶?至于当食不食与食而不及分数者,则历官推步之失,尤不当举贺也。

世间第一诞妄可笑者,莫如日中之乌、月中之兔,而古今诗文沿袭相用,若以为实然者,其说盖出于《春秋元命苞》、《淮南鸿烈解》及张衡《灵宪》语耳。然屈原《天问》已有毕羽之说,而《史记·龟策传》载孔子言日为德而辱于三足之乌。夫《史记》所载,不见经书,而《天问》所疑,皆儿童里俗之谈,近于游戏。至汉以后,遂通用之而不疑矣。

夅州载宋庆元中,一岁五次月食而皆非望,其后有一岁八次而亦不拘望者。今考《宋史·天文志》,并无之,不知何所出也。

日中既有乌,又有羲和驭车,月中既有兔,又有蟾蜍,有桂,有吴刚、姮娥、珸璘,又有广寒宫殿、琼楼金阙及八万三千修月户,何月中之淆杂,而人又何能一一见之也。此本不必辩,宋儒辩之,已自腐烂,而以为大地山河影者,又以五十步笑百步也。

东坡《鉴空阁》诗云:"悬空如水镜,泻此山河影。妄称蟾兔蟆,俗说皆可屏。"然坡知蟾兔蟆之为俗说,而不知山河影亦俗说也。段成式《酉阳杂俎》云:"月中蟾桂,地影也。空处,水影也。"宋人之论本此。

周昭王时,九月并出,贯紫微之府,无何而王济江溺死。今人知尧时之有十日,而不知周时之九月也。

相传永乐中,上方燕坐楼上,见云际一羽士驾鹤而下,问之,对曰:"上帝建白玉殿,遣臣于陛下索紫金梁一枝,长二丈。某月日来取。"言毕,腾空而去。上惊异,欲从之,独夏原吉曰:"此幻术也,天积气耳,安有玉殿金梁之理。即有之,亦不当索之人间也。"狐疑不决。数日,道士复至,曰:"陛下以臣为诳乎?上帝震怒,将遣雷神示警。"

上谢之。又去。翊日，雷震谨身殿，上大惧，括内外金如式制之。至期，道士复至，稽首称谢，梁逾千斤，而二鹤衔之以去。上语廷臣，原吉终不以为然，乃密遣人访天下金贱去处，则踪迹之。至西华山下，果有人鬻金者甚贱，乃随之至山顶，见六七道士方共斫梁，见人即飞身而去。使者持半梁复命，上始悔悟。又传弘治中，有徽王亦被道士以此术诈得一银镂纹门槛，后事发被擒，此与小说载弹子和尚诈王太尉钱十万贯事极相类。想罗公远、叶法善辈皆用此术，而世相传，真以明皇为游月宫。夫月岂诚有宫哉？

燕、齐之地，无日不风，尘埃涨天，不辨咫尺，江南人初至者甚以为苦，土人殊不屑意也。楚、蜀之地，则十日九雨，江干岭侧，行甚艰难。其风日晴朗者，一岁中不能三十日也。岂天地之气固有所偏耶？

江南每岁三四月，苦霪雨不止，百物霉腐，俗谓之梅雨，盖当梅子青黄时也。自徐、淮而北，则春夏常旱，至六七月之交，愁霖不止，物始霉焉，俗亦谓之梅雨，盖霉与梅同音也。又江南多霹雳，北方差少。

魏时河间王子元家，雨中有小儿八九枚堕于庭前，长六七寸，自言家在河东南，为风所飘至此。与之言，甚有所知。国初山东历城王氏方鳏居，一日天大风，晦冥良久。既霁，于尘坌中得一好女子，年十八九，云外国人也，乘车遇风，欻然飘坠。遂为夫妇。今王氏百年科名，贵盛无比，皆天女之后也。

月犯少微，戴逵以为忧，而谢敷死，人为之语曰："吴中高士，求死不得。"荧惑入南斗，梁武帝徒跣下殿以禳之。既而闻魏主西奔，大惭曰："虏亦应天象耶？"二人之心一也，一负时名，一负正朔，而卒不应也。然不以为幸而反以为惭，固知好名之心，有甚于好生者矣。

习凿齿谓星人曰："君尝闻知星宿有不覆之义乎？"大凡占星者皆于中天野次窥之，故云不覆。

晋郭翰少有清标，乘月卧庭中，织女降之，与谐伉俪。后以七宝枕留赠，诀别而去。吾友孙子长，少年美晰，七夕之夜，感牛女之事，为文以祝之，词甚婉丽。忽如梦中，为女仙召至琼楼玉阙，殊极人间之乐，七日始苏。时皆笑以为妄，余谓非妄也，魅也。人有邪念，祟得干之，就其所想以相戏耳。

北斗相传如豕状，唐一行于浑天寺中掩获群豕，而北斗不见。国朝徐武功奉斗斋甚虔，阖门不食豕肉。及论决之日，大风霾雷电，有物若豕，蹲锦衣堂上者七焉，遂得赦，戍金齿。是其验也。一云北斗九星，七见二隐。

《晋·天文志》："凡五星降于地为人：岁星为贵臣；荧惑为儿童，歌谣嬉戏；镇星为老人妇女；太白为壮夫；辰为妇人。"其言甚怪诞，然东方朔为岁星，萧何为昴星，李白为太白星。唐太宗时，北斗化为七僧，西市饮酒。一行时，北斗化为豕，入浑天寺中。西川章仇兼琼时，太白酒星变为纱帽藜杖，四人饮酒。宋嘉祐中，寿星变为道士，饮酒不醉。夫星之精为人所感而生，理或有之，岂有在天之宿变为人物，下游人间者哉？野史之诞甚矣！至谓狼星直日，遗有残羊，益妄矣。

古今名世公卿，皆上应列宿，如诸葛武侯、祖逖、马燧、武元衡之属，皆将卒而星殒。然自古及今，星殒不知其几，而悬象在天者，不觉其稀少也，岂既陨之后还复生长如人耶？夫天之星应地之石也，山海之中，石累取而不竭，斫尽而复出，则星可知矣。

徐整《长历》云："大星径百里，中星五十里，小星三十里。"然星之坠地，化为石，不过尺寸计耳，岂应遽缩至是？万历壬子十二月廿五日申时，四川顺庆府广安州无风无云，雷忽震动，坠石六块，其一重八斤，一重十五斤，一重十七斤，小者重一斤或十余两，岂有三十里之径而仅一拳石之多哉？大率以里数言天者，皆杜撰之词，圣人不道也。

流星，色青赤者名地雁，有光者名天雁，其坠之地，主兵。

今历家禄命，金、木、水、火、土五星之外，又有四余星，一曰紫气，二曰月孛，三曰罗睺，四曰计都。而罗、计二星，人多忌之。考历代《天文志》，实无此二星也，不知此说昉自何时。余考宋《蠡海录》所载有之，则其说久矣。今术家以四余为暗曜，岂亦以天象无所见，故强为之说耶？

上官桀时，虹下宫中饮井，井为竭。越王无诸宫中，断虹饮于宫池，渐渐缩小，化为男子。韦皋在蜀，宴将佐，有虹垂首于筵，吸其饮食。晋陵薛愿，虹饮其釜，愿辇酒灌之，遂吐金以报。刘义庆在广陵，方食粥，虹饮其粥。张子良在润州，虹饮其瓮浆。后魏首阳山中，虹饮于溪。史传所书，不一而足。夫虹乃阴阳之气，倏忽生灭，虽有形而无质，乃能饮食，亦可怪矣。今山谷中，虹饮溪涧，人常遇之，亦有饮于池者。昔秦苻生谓"太白入井，自为渴尔"。以此观之，其言亦未足深笑也。

今人虹、霓俱作平声读，然虹亦作去声，今凤阳虹县是也。霓亦作入声，沈约《郊居赋》"雌霓连蜷"，云恐人读作平声是也。既有雌雄，复能饮食，故字皆从虫。

余在浙中，见人呼虹作厚音，尝笑之。后见用修《丹铅录》作鲎。鲎者，海物之名也，其字从鱼，岂可指为虹霓乎？燕、齐人呼为酱，又可笑矣。吾郡方言呼为空去声。按韵书，虹一音贡，又作虹，则闽音亦有自来也。

唐代州西有大槐树，震雷击之，中裂数丈，雷公为树所夹，狂吼弥日，众披靡不敢近。狄仁杰为都督，逼而问之，乃云："树有乖龙，所由令我逐之，落势不堪，为树所夹。若相救者，当厚报德。"仁杰乃命锯匠破树，方得出。夫雷公被树夹已异矣，能与人言，尤可怪也。又叶迁招曾避雨，亦救雷公于夹树间，翌日雷公授以墨篆。与仁杰事政同。

雷之击人，多由龙起，或因雷自地中起，偶然值之，则不幸矣。一云乖龙惮于行雨，往往逃于人家屋壁，及人耳鼻或牛角之中。所由令雷公捉之去，多致霹雳。然亦似有知，不妄击者。野史载柴再思当大雷时，危坐不动，忽有四人舁其床出庭中，俄而大震，龙出。僧道宣右手小指上有小点如麻，因雷鸣不已，出手户外，一震而失半指。又有藏老僧耳中者，出而僧熟睡不觉。余从大父廷柱，幼时婢抱入园中，雷下击婢，婢走，雷逐之。入室，安儿床上，而婢震死，儿无恙也。东郡马生尔骐言：其母一日雷绕户外，念东室漏，趋视之，大震一声，有龙自其枕下出，穿屋而升，枕掀地上。此非人之幸，亦雷及龙之有知也。

《风俗通》云："雷不盖酱。"雷声者，阳气之发也，收敛之物，触之辄变动。今人新死未敛者，闻雷声，尸辄涨起是也。

《论衡》曰："画工图雷公状，如连鼓形，一人椎之。"可见汉时相传若此。然雷之形,人常有见之者,大约似雌鸡肉翅,其响乃两翅奋扑作声也。宋儒以阴阳之理解释雷电,此诚可笑。夫既有形有声,春而起,秋而蛰,其为物类审矣,且与云雨相挟而行。又南方多而北方少,理之不可晓者。万历戊戌六月,余在真州,避暑于天宁寺大树下。旁有浮屠,卓午方袒跣与客对弈,忽雷震一声,起于坐隅,若天崩地裂,客惊仆地。余仰视,见火焰一派,从塔顶直入云中,塔角一砖击碎堕地。是日扬州相距六十里,亦震死一妇人。

雷之击人也,谓其有心耶,则枯树畜产亦有震者,彼宁何罪?谓其无心耶,则古今传记所震所击者,皆凶恶淫盗之辈,未闻有正人君子死于霹雳者。惟王始兴几罹其祸,卒亦获免,非妄击也。盖其起伏不恒,或有卒遇之者;至于击人,则非大故不足以动天之怒耳。然而世之凶恶淫盗者,其不尽击何也?曰:此所以为天也。使雷公终日轰然,搜人而击之,则天之威亵矣。圣人迅雷风烈必变,不可以自反无缺,而遂不敬天怒也。

余旧居九仙山下,庖室外有柏树,每岁初春,雷必从树旁起,根枝半被燋灼,色如炭云。居此四年,雷凡四起,则雷之蛰伏,似亦有定所也。

今岭南有物,鸡形肉翅,秋冬藏山土中,掘者遇之,轰然一声而走,土人逐得,杀而食之,谓之雷公。余谓此兽也,以其似雷,故名之耳。彼天上雷公,人得而食之耶?

传记六和塔顶有月桂,因风飘落,此说不经之甚。月中岂真有桂耶?夜静风高,从山外飘来者耳。史传所载雨粟、雨麦,及魏河内雨枣、安阳殿雨朱李者,皆此类也,盖自天而下,故通谓之雨耳。

天门九重,形容之言也,天岂真有门哉?然尝有人见天门开,中有楼台、衣冠人物往来者,何也?曰:此气之开合也。其楼台人物,如海市蜃宫,顷刻变幻者也。考之史传,燕冯跋、北齐高洋,皆独见天开,自知必贵。羊袭吉、马浩澜皆见之。王文正公旦幼时见天门开,中有己姓名,则又异矣。俗云:"见天开不以语人,拜之大吉。"又有时裂十余丈,人所共见者,则灾异也。

谅辅为五官掾,大旱祷雨,不获,积薪自焚,火起而雨大至。戴封在西华亦然。临武张熹为平舆令，乃卒焚死，有主簿小吏皆从焚，焚讫而澍雨至。水旱之数，圣帝明王不能却也，而以身殉之，不亦过乎？琼、戴幸而获免，张熹死而效灵。前二人之雨，天所以示听卑之意也；后者之焚，天所以绝矫诬之端也。天亦巧矣！

昔人谓亢旱之时，上帝有命，封禁五渎。此诚似之，每遇旱，即千方祈祷，精诚愈竭，杳无其应。燕、齐之地，四五月间尝苦不雨，土人谓有魃鬼在地中，必掘出鞭而焚之方雨。魃既不可得，而人家有小儿新死者，辄指为魃，率众发掘，其家人极力拒敌，常有丛殴至死者，时时形之讼牒间。真可笑也。

南安王元积为相州刺史，祷雨不效，鞭石虎像一百，未几，疽发背死。奚康生在相，亦以祷雨取西门豹舌，三儿暴丧，身亦遇疾。万历己丑，吾郡大旱，仁和江公铎为守，与城隍约，十日不雨则暴之。既而暴又不雨，则枷之，良久始解。无何，江至芋江，登舟，堕而伤足，病累月，几殆。人亦以为黩神之报也。

元微之诗云："江喧过云雨，船泊打头风。"过云雨、打头风，皆俚语也。今闽人犹谓暑天小雨为过云雨。

齐地东至于海，西至于河，每盛夏狂雨，云自西而兴者，其雨甘，苗皆润泽；自东来者，雨黑而苦，亦不能滋草木，盖龙自海中出也。

俗云："千里不同风，百里不同雨。"然雨非独百里，有咫尺之地，晴雨迥别者。余一日与徐兴公集法海寺，至暮而别，余西行数十步，即遇大雨如注，衣巾淋漓。兴公东行，点滴而已。陈后山云："中秋阴晴，天下如一。"此语未试，然亦恐不尽然也。后山又云："世兔皆雌，惟月中兔雄，故兔望月而孕。"此村巷小儿之谈，安所得而称之？"雄兔脚扑朔，雌兔眼迷离"，古诗有之矣。使置兔暗室中，终岁不令见月，其有不孕者耶？月为群阴之宗，月望而蚌蛤实，月虚而鱼脑减，月死而蠃蜅膲，又岂月中有雄鱼蚌耶？

宋秘阁画有梁文瓒五星二十八宿图，形状诡异，不知其何所本，亦犹五岳真形图也。

《周书》谓：天狗所止地尽倾，余光烛天为流星，长数十丈，其疾如风，其声如雷，其光如电。吴、楚七国反时，吠过梁者是也。然梁虽被围，未有陷军败将之衄，略地屠城之惨，而七国不旋踵以亡，则天狗亦恶能为祸福。俗云："天狗所止，辄夜食人家小儿。"故妇女婴儿多忌之。

闽中无雪，然间十余年亦一有之，则稚子里儿，奔走狂喜，以为未始见也。余忆万历乙酉二月初旬，天气陡寒，家中集诸弟妹，构火炙蛎房啖之。俄而雪花零落如絮，逾数刻地下深几六七寸，童儿争聚为鸟兽，置盆中戏乐。故老云："数十年未之见也。"至岭南则绝无矣。柳子厚《答韦中立书》云："二年冬，大雪逾岭，被越中数州，数州之犬皆仓皇噬吠，狂走累日。"此言当不诬也。

《山海经》曰：由首山、小咸山、空桑山，皆冬夏有雪。《汉书·西域传》曰："天山冬夏有雪。"今蜀峨眉山夏有积雪，其中有雪蛆云。

峨眉虽六月盛寒，未必有雪，惟至绝顶，望正西一片白茫茫然，不知其几千里，土人云：此西域雪山也。有一年酷暑，西望不见白者，而巴江之水涨逾百倍，云是雪山水消耳。

《困学纪闻》云："琼为赤玉，咏雪者不宜用之。"此言虽是，然终是宋人议论。古人以玉比雪，亦取其意兴耳。琼、琚、瑶、玖，皆玉之美名，非颜色也，且亦比况之词，宁堪一一著相耶？至于"白鹇失素"，白鹇，白质黑纹，原非纯白，伯厚又不知纠其非，何也？

《诗》："相彼雨雪，先集维霰。"霰，雪之未成花者，今俗谓之米粒雪，雨水初冻结成者也。《尔雅》注引《诗》作霓，又谓之霄雪，疏："霄即消。"盖误以霄为霓也，失之愈远矣。霄亦音屑，从雨从肖，非从肖也。杨用修辨之甚明。

雹似是霰之大者，但雨霰寒而雨雹不寒，霰难晴而雹易晴，如骤雨然，北方常遇之。相传龙过则雹下，四时皆有。余在齐、鲁，四五月间屡见之，不必冬也。然雹下之地，禾麦经年不生，盖冷气凝结，入地未化耳。史书所载雹有大如桃李者，如鸡子者，如斧者，如斗者，惟武帝元封中雹大如马头，极矣。《稽神录》又载杨汀自言天祐初在彭城，避暑于佛寺，忽闻大声震地，走视门外，乃见一雹，其高与寺楼等，入地可丈余，经月乃消。其言似诞，然宇宙之中，恐亦何所不有。

《春秋》书"雨木冰"，盖阴雾凝封树上，连日不开，冻而成冰，人拆取之,枝叶皆具,谓之树介,亦谓木稼。俗言:“木雨稼,达官怕。”唐永徽、宋元丰中,皆有此异,卒有牝鸡、新法之祸。万历丁丑,余在楚,亦一见之。时江陵不奔丧,斥逐言官,天下多故,是其应也。

风之微也,一纸之隔则不能过;及其怒也,拔木折屋,掀海摇山,天地为之震动,日月为之蔽亏。所谓“天下之至柔,驰骋天下之至刚”者耶? 且百物之生,非风不能长养,而及其肃杀收成之者,亦风也。人居大块之中,乘气以行,鼻息呼吸,不能顷刻去风;而及其侵肌骨,中荣卫,卒然而发,虽卢、扁无如之何。至释氏又谓业风一吹,金石皆成乌有,岂非陶铸万物,与天地相终始者哉? 盖天地之中,空洞无物,须得一气鼓舞动荡其间,方不至毁坏,即如人之有气息一般。《庄子》所谓“野马也,尘埃也,生物之以息相吹也”。此息字亦有二义:有生息之息,有休息之息。当其生息,便是薰风;及其休息,便是业风。小则为春夏秋冬,大则为元会运世。如斯而已。

常言谓:“鱼不见水,人不见气。”故人终日在气中游,未尝得见,惟于屋漏日光之中,始见尘埃衮衮奔忙,虽暗室之内,若有疾风驱之者。此等境界,可以悟道,可以阅世,可以息心,可以参禅。漆园“齐物”之论,首发此义,亦可谓通天人之故者矣。

《易》曰:“天地盈虚,与时消息。”而况于人乎? 况于鬼神乎? 可见盈虚消息,自有主宰之者,虽天地亦不能违也。然除却天地,更有何物? 此处见解,难以语人,亦不得不以语人也。

圣人之所谓知天者,岂有它哉,亦不过识得盈虚消息之理而已。说天者莫辩乎《易》。《易》之一书,千言万语,总不出此四字。但天之盈虚消息,自然者也;圣人之知存亡进退而不失其正,亦自然者也。世之高贤亦有惧盛满而勇退者矣,亦有薄富贵而高蹈者矣,但以出处之间,未免有心,故又多一番魔障也。

李贺诗:“门前流水江陵道,鲤鱼风起芙蓉老。”鲤鱼风乃九月风也。又六月中有东南风,谓之黄雀风。

海风谓之飓风,以其具四方之风,即石尤风“四面断行旅”者也。相传石氏女嫁为尤郎妇,尤出不归,妻忆之至死,曰:“吾当作大风,为天下妇人阻商旅也。”故名石尤云。亦作石邮,见李义山诗。今闽人方音谓之颶风,音如贝焉。颶者,簸也。颶飓字相近,画容有讹,音不应差。或者误作飓而强为之解耳。

北地之风,不减于海颶,而吹扬黄沙,天地晦冥,咫尺不相见,岁恒一二云。然每月风之起,多以七八之日,无者得雨则解。闽地亦然也。

闽中亦有颶风,但一岁不一二发,发辄拔树掀瓦而止耳。惟岭南琼、崖之间,颶风三五年始一发,发则村落屋瓦林木,数百里如洗,舟楫漂荡,尽成齑粉。其将至数日前,土人皆知而预避之,巨室皆以铁楞木为柱,铜铁为瓦,防其患也。此亦可谓之小业风矣。

《周礼》:"以十有二风,察天地之和,命乖别之妖祥。"盖每岁十有二辰,皆有风吹其律,以知其和与否。此后世风角之始也。《春秋》襄十八年,楚师伐郑,师旷曰:"吾骤歌北风,又歌南风,南风不竞,楚人多死。"古人音律之微,足以察天地、辨吉凶如此。其法今不复传矣。但占卜之家量晴较雨,一二应验,其它灾祥,即史官所占,不尽然也。

关东西风则晴,东风则雨;关西西风则雨,东风则晴。此《续博物志》之言,不知信否。大抵东风必雨,此理之常。《诗》云:"习习谷风,以阴以雨。"谷风,东风也。东风主发生,故阴阳和而雨泽降。西风刚燥,自能致旱。若吾闽中西风连日,必有大灾,亦以燥能召火也。

古语云:"巢居知风,穴居知雨。"然鸠鸣鸢团,皆为雨候,则巢者亦知雨也;虎啸狪见,皆为风征,则穴者亦知风也。至于飞蛾、蜻蜓、蝇蚁之属,皆能预知风雨,盖得气之先,不自知其所以然也。

颶飚也,舶趠也,石尤也,羊角也,少女也,扶摇也,孟婆也,皆风之别名也。灌枝也,隔辙也,泼火也,霢霂也,皆雨之别名也。按《尔雅》:风从上而下曰飙,亦曰扶摇。《庄子》"抟扶摇羊角而上者九万里",言大鹏抟此二风而上也。近见诸书引用,多云"摇羊角而上",而以"抟扶"作连绵字,误矣。即杜少陵诗"五云高太甲,六月旷抟扶",想此老亦误读也。

《庐山记》:"天将雨则有白云,或冠峰岩,或亘中岭,谓之山带,不出三日必雨。"然不独庐山为然,大凡山极高而有洞穴者,皆能吐云作雨。孔子曰:"肤寸之云,不崇朝而雨天下者,其惟泰山乎。"安定郡有岘阳峰,将雨则云起其上,若张盖然。里谚曰:"岘山张盖雨滂沛。"闽中鼓山大顶峰,高临海表,城中家家望见之。云罩其顶,来日必雨,故亦有"鼓山戴帽"之谣。然它山不皆尔,以鼓山有洞穴故也。《海录碎事》云:"大雨由天,小雨由山。"想不诬耳。

卷之二

天　部　二

徐幹《中论》曰："名之系于实也，犹物之系于时也。"生物者，春也；吐华者，夏也；布叶者，秋也；收成者冬也。若强为之，则伤其性矣。

春夏秋冬之序，皆以斗柄所指定之，指东曰春，指南曰夏，指西曰秋，指北曰冬。今历日某月建某者，即斗柄之所指也。斗居中央而运四时，故为君象也。

夏日长冬日短者，日夏行天中，出于正东，入于正西，径天中而过，度数多也；冬行南隅，出于东南隅，入于西南隅，度数少也。日之不行东北西北者，天体欹而不足西北也。

汉高帝时，谒者赵尧举春，李舜举夏，兒汤举秋，贡禹举冬，四臣之名亦异矣，岂故为之耶？抑偶合也？而贡禹在高帝时，又非弹冠之贡禹也。

闽距京师七千余里，闽以正月桃华开，而京师以三月桃花开，气候相去，差两月有余。然则自闽而更南，自燕而更北，气候差殊，复何纪极。故大漠有不毛之地，而日南有八蚕之茧，非虚语也。历家所载二月桃始华，盖约其中言之耳。

贾佩兰云："在宫中时，以正月上辰出池边盥濯，食蓬饵，以去妖邪。"则不但上巳有戏，上辰亦有戏矣。

正月一日谓之三朝。师古《汉书注》云："岁之朝，月之朝，日之朝，故谓之三朝。"朝之义犹旦也。又谓之四始。《正义史记》注云："谓岁之始，时之始，日之始，月之始也。"

元旦，古人有画鸡、悬苇、酌椒柏、服桃汤、食胶饧、折松枝之仪，今俱不传矣，惟有换桃符及神荼、郁垒尔。闽中俗不除粪土，至初五日辇至野地，取石而返，云得宝，则古人唤如愿之意也。

以一月为正月，盖自唐、虞已然。舜以正月上日受终于文祖，是已唐、虞月建不可考，而岁首必曰正月，足以证昔人改年不改月之谬。《诗·豳风》以十一月为一之日，十二月为二之日，正月为三之日，则知周之建子也。《小雅》所谓"正月繁霜"者，则以四月纯阳之月名之，非岁首之正月矣。正者，取义以正朔也。至秦始皇讳政，改为平声，至今沿之，可笑甚矣。

岁后八日，一鸡，二猪，三羊，四狗，五牛，六马，七人，八谷。此虽出东方朔《占书》，然亦俗说，晋以前不甚言也。案晋议郎董勋《答问礼》，谓之俗言。魏主置百僚，问人日之义，惟魏收知之。以邢子才之博，不能知也。然收但知引董勋言，而不知引方朔《占书》，则固未为真知耳。

天下上元灯烛之盛，无逾闽中者。闽方言以灯为丁，每添设一灯，则俗谓之添丁。自十一夜已有燃灯者，至十三则家家灯火照耀，如同白日。富贵之家，曲房燕寝，无不张设，殆以千计，重门洞开，纵人游玩。市上则每家门首悬灯二架，十家则一彩棚，其灯上自彩珠，下至纸画，鱼龙果树，无所不有。游人士女，车马喧阗，竟夜乃散。直至二十外，薄暮，市上儿童即连臂喧呼，谓求饶灯。大约至二十二夜始息。盖天下有五夜，而闽有十夜也。大家妇女，肩舆出行，从数桥上经过，谓之转三桥。贫者步行而已。余总角时所见，犹极华丽。至万历乙酉春，不戒于火，延烧千余家，于是有司禁之，彩棚鳌山，渐渐减少，而它尚如故也。火灾自有天数，而士女游观，亦足占升平之象，亦何必禁哉！

蔡君谟守福州，上元日，命民间一家点灯七盏。陈烈作大灯丈余，书其上云："富家一盏灯，太仓一粒粟。贫家一盏灯，父子相对哭。风流太守知不知，犹恨笙歌无妙曲。"然吾郡至今每家点灯，何尝以为苦也。烈，莆田人。莆中上元，其灯火陈设，盛于福州数倍，何曾见父子流离耶？大抵习俗所尚，不必强之，如竞渡、游春之类，小民多有衣食于是者，损富家之羡镪以度贫民之糊口，非徒无益有害者比也。

齐、鲁人多以正月十六日游寺观，谓之走百病。闽中以正月二十九日为窃九,谓是日天气常窃晦然也,家家以糖枣之属作糜饷之。
《四时宝鉴》云:"高阳氏子好衣敝食糜,正月晦日死,世作糜弃破衣于
巷口,除贫鬼。"又池阳风俗,以正月二十九为穷九,扫除屋室尘秽,投
之水中,谓之送穷。唐人亦以正月晦日送穷,韩退之有《送穷文》,姚
合诗:"万户千门看,何人不送穷。"余谓俗说不足信。窃也,穷也,皆
晦尽之义也。诸月不言而独言正月者,举其端也。

凡月晦谓之提月,见《公羊传》何休注。提月,边也,鲁人之方
言也。

《景龙文馆记》云:"景龙四年正月二十八日晦。"夫二十八日亦可
为晦耶?

北人二月二日皆以灰围室,云辟虫蚁。又以灰围仓,云辟鼠也。
闽人以雷始发声,扫虫蚁。

二十四番花信风者,自小寒至谷雨,凡四月八气二十四候,每候
五日,以一花之风信应之:小寒,一候梅花,二候山茶,三候水仙;大
寒,一候瑞香,二候兰花,三候山矾;立春,一候迎春,二候樱桃,三候
望春;雨水,一候菜花,二候杏花,三候李花;惊蛰,一候桃花,二候棣
棠,三候蔷薇;春分,一候海棠,二候梨花,三候木兰;清明,一候桐花,
二候麦花,三候柳花;谷雨,一候牡丹,二候酴醾,三候楝花,过此则立
夏矣。然亦举其大意耳,其先后之序,固亦不能尽定也。

唐德宗以前世上巳、九日皆大宴集,而寒食多与上巳同时,欲以
二月名节,自我作古。李泌请废正月晦,以二月朔为中和节。可见唐
以前正月晦、寒食皆作节也。夫晦为穷日,寒食禁烟,以之宴会,皆非
礼之正。而二月十五自有花朝节,足敌中秋,何邺侯不引此而别作节
名?宜其行之不久也。按道经以二月一日为天正节,八日为芳春节,
蜀中以二月二日为踏青节,则安得谓二月无节也。

秦俗,以二月二日携鼓乐郊外,朝往暮回,谓之迎富。相传人有
生子而乞于邻者,邻家大富,因以二月二日取归,遂为此戏。此讹说
也。大凡月尽为穷,月新为富,每月皆然,而聊以岁首举行之,故正月
晦送穷,而二月二日迎富也。即如寒食禁火托之介子推,五日竞渡托
之屈原,皆俗说耳。《福州志》载,闽中以五月四日作节,谓闽王审知

以五月五日死，故避之。考《五代史·年谱》，审知则以十二月死，非五月也。志乘犹不可信，而况其他乎？

唐、宋以前，皆以社日停针线，而不知其所从起。余按《吕公忌》云："社日，男女辍业一日，否则令人不聪。"始知俗传社日饮酒治耳聋者为此，而停针线者亦以此也。

《养生论》曰："二月行路，勿饮阴地流泉，令人发疟。"此不可不知也。

仲春之月，雷始发声，夫妇有不戒其容止者，生子不备。大凡雷电晦冥、日月薄蚀而交合者，生子多缺，盖邪沴之气所感也。然《周礼》又以仲春令会男女，圣人岂不知愚民之易犯而故驱之耶？可为一笑。

唐时，清明有拔河之戏，其法以大麻绁，两头各系十余小索，数人执之对挽，以强弱为胜负。时中宗幸梨园，命侍臣为之，七宰相、二驸马为东朋，三相、五将为西朋，仆射韦巨源、少师唐休璟年老无力，随绁踣地，久不能起。上以为笑。夫此戏乃市井儿童之乐，壮夫为之已自不雅，而况以将相贵戚之臣，使之角力仆地，毁冠裂裳，不亦甚乎！《秦京杂记》载，寒食，内仆司车与诸军容使为绳樾之戏，今亦不行。今清明、寒食时，惟有秋千一事，较之诸戏为雅，然亦盛行于北方，南人不甚举也。

先王之制，钻燧改火，虽云节宣天地之气，然亦迂矣。寒食禁火，以为起自介子推者，固俗说之误；而以为龙星见东方，心为大火，惧火之盛而禁之，则尤迂之迂也。今之俗不知禁火，亦不知改火，而四时之气何尝不宣，岂可必谓古之是而今之非乎？

《周礼·司烜氏》："仲春以木铎徇火禁于国中。"注云："为季春将出火。"此亦今人谨慎火烛之意，非禁烟也。禁烟不知起何时，至唐、宋已然。改火之不行，似已久矣，诗人吟咏之词，未足据也。杨用修谓不改火出于胡元卤莽之政，此真可笑。使今日必行之，则闽、广之地安得榆杏，而齐、鲁之地安得檀？使民走数千里而求火种，亦不情之甚矣。

北人重墓祭，余在山东，每遇寒食，郊外哭声相望，至不忍闻。当时使有善歌者，歌白乐天《寒食行》，作变徵之声，坐客未有不堕泪者。南人借祭墓为踏青游戏之具，纸钱未灰，舄履相错，日暮，墦间主客无不颓然醉矣。夫墓祭已非古，而况以焄蒿凄怆之地为谑浪酩酊之资乎？

《琴操》谓介子绥以五月五日死，文公哀之，令民不得举火。今人以冬至一百五日为寒食，其说已互异矣。《邺中记》载并州为介子推断火冷食三日。《汉书·周举传》谓太原以介子推焚骸，每冬中辄一月寒食。至魏武帝令，又谓太原、上党冬至后百有五日皆绝火，讹以传讹，日甚一日。至唐时，遂有"普天皆灭焰，匝地尽藏烟"之语，则无论朝野贵贱，皆绝火食。故曰"日暮汉宫传蜡烛"，谓至是始举火也。然此犹之可也，至于民间犯禁，以鸡羽插入灰中，焦者辄论死，是何等刑法耶？国朝之不禁火，其见卓矣。

三月三日为上巳，此是魏、晋以后相沿，汉犹用巳，不以三日也。事见《宋书》。周公谨《癸辛杂志》谓上巳当作上己，谓古人用日例以十干，恐上旬无巳日。不知《西京杂记》正月以上辰，三月以上巳，其文甚明，非误也。但巳字原训作止，谓阳气之止此也。则巳恐即是己字，但不可以支为干耳。

《田家五行》曰："三月无三卯，田家米不饱。"

《月令》："四月，靡草死。"靡草，荠苨、葶苈之属，非一草也。荠苨似人参，冬水而生，夏土而死，麦秋至，麦至是熟。凡物之熟者，皆谓之秋耳。今俗指麦间小虫为麦秋，可笑也，亦犹北人指七月间小蜻蜓为处暑耳。

四月十五日，天下僧尼就禅刹搭挂，谓之结夏，又谓之结制，盖方长养之辰，出外恐伤草木虫蚁，故九十日安居。《释苑宗规》云："祝融在候，炎帝司方，当法王禁足之辰，是释子护生之日。"至七月十五日始尽散去，谓之解夏，又谓之解制。《西域记》作十六日，为是。余见近作诗者，以入定、搭挂概谓之结夏，非其义矣。

结夏以十六日为始者，印度之法也。中国以月晦为一月，天竺以月满为一月，则中国之十六日，乃印度之朔日也。考《西域记》，又有白月、黑月及颇沙荼、室罗伐拏、婆达罗钵陁等月，说者谓二十八宿之名，未知是否。

古人岁时之事行于今者，独端午为多，竞渡也，作粽也，系五色丝也，饮菖蒲也，悬艾也，作艾虎也，佩符也，浴兰汤也，斗草也，采药也，书仪方也，而又以雄黄入酒饮之，并喷屋壁、床帐，婴儿涂其耳鼻，云以辟蛇虫诸毒。兰汤不可得，则以午时取五色草沸而浴之。至于竞渡，楚、蜀为甚，吾闽亦喜为之，云以驱疫，有司禁之不能也。

五月五日子，唐以前忌之，今不尔也。考之载籍，齐则田文，汉则王凤、胡广，晋则纪迈、王镇恶，北齐则高绰，唐则崔信明、张嘉，宋则道君皇帝，金则田特秀。然而覆宗亡国者，高绰、道君二人耳。然一以不轨服天刑，一以盘荒取丧乱，即不五日生，能免乎？

田特秀，大定间进士也。所居里名半十，行第五，以五月五日生，小名五儿。年二十五，举于乡，乡试、府试、省试、殿试皆第五。年五十五，以五月五日卒。世间有如此异事，可笑。

《容斋随笔》云："唐玄宗以八月五日为千秋节。张九龄《上大衍历序》云：'谨以开元十六年八月端午献之。'又宋璟表云：'月惟仲秋，日在端午。'然则凡月之五日，皆可称端午也。"余谓古人午、五二字想通用。端，始也，端午犹言初五耳。

五月十三是龙生日，栽竹多茂盛。一云是竹醉日。

田家忌迎梅雨。谚云："迎梅一寸，送梅一尺。"然南方验而北方不尔也。

夏至后九九气候谚云："一九二九，扇子不离手。三九二十七，冰水甜如蜜。四九三十六，汗出如洗浴。五九四十五，头戴秋叶舞。六九五十四，乘凉入佛寺。七九六十三，床头寻被单。八九七十二，思量盖夹被。九九八十一，阶前鸣促织。"冬至后谚云："一九二九，相逢不出手。三九二十七，篱头吹篥栗。四九三十六，夜眠如露宿。五九四十五，太阳开门户。六九五十四，贫儿争意气。七九六十三，布衲担头担。八九七十二，猫犬寻阴地。九九八十一，犁耙一齐出。"今京师谚又云："一九二九，相逢不出手。三九四九，围炉饮酒。五九六九，访亲探友。七九八九，沿河看柳。"按此谚起于近代，宋以前未之闻也。其以九数，不知何故。今吴兴人言道里远近，必以九对，而不言十,亦可笑也。

暑宜干也,而值六月,则土反润溽。寒宜冻也,而值腊月,则水泉反动。阳中有阴,阴中有阳也。

伏者何也?凡四时之相禅,皆相生者也,而独夏禅于秋,以火克金,金所畏也,故谓之伏。然岁时伏腊,亦人强为之名耳,岂金气至是而真伏耶?《史记》:"秦德公二年,初伏,以狗御蛊。"则是西戎之俗所名,三代无之也,乃相承至今用之,何耶?然汉制,至伏闭尽日,故东方朔谓伏日当蚤归,是犹避蛊之意。今不复然,但历家尚存其名耳。至于人家造作饮食、药饵之类,动称三伏,亦不知其解也。

凡物遇秋始熟,而独麦以四月登,故称麦秋。然吾闽中早稻皆以六月初熟,至岭南则五月获矣。南人不信北方有八月之雪,北方亦不信南方有五月之稻也。

暑视寒为不可耐,人言南中炎暑,然暑非有甚也,但多时耳。余在京师数年,每至五、六月,其暑甚于南中,然一交秋即有凉色。闽、广从五月至八月,凡百余日皆暑,而秋初尤烈,但至日昃,必有凉风,非如燕京六月彻夜烦热也。

京师住宅既逼窄无余地,市上又多粪秽,五方之人,繁嚣杂处,又多蝇蚋,每至炎暑,几不聊生。稍霖雨即有浸灌之患,故疟痢瘟疫,相仍不绝。摄生者惟静坐简出,足以当之。

《月令》:"七月,天地始肃,禾乃登。"若以闽、广言之,肃则太早,而登已太晚也。故吾谓圣人约其中而言之也。

立秋有礼,名曰貙刘,《汉书》注谓之貗娄。杨子曰:"不膢,腊也与哉?"今人尚知有腊,而膢则不知久矣。

牛女之事,始于《齐谐》成武丁之妄言,成于《博物志》乘槎之浪说。千载之下,妇人女子传为口实可也,文人墨士乃习为常语,使上天列宿横被污蔑,亦不可怪之甚耶?

《长恨歌》载玄宗避暑骊山,以七月七日与贵妃凭肩誓心,愿世为夫妇。《天宝遗事》又言帝与贵妃每至七月七日夜,在华清宫游宴,宫女皆陈瓜果乞巧。皆误也。考之史,玄宗幸华清皆以十月,其返皆以二月或四月,未有过夏者。野史之不足信,往往如此。

《岁时记事》云："七夕，俗以蜡作婴儿浮水中，以为妇人宜子之祥，谓之化生。"王建诗"水拍银盘弄化生"是也。今人以泥塑婴儿，或银范者，知为化生，而不知七夕之戏。

闽人最重中元节，家家设楮陌冥衣，具列先人号位，祭而燎之。女家则具父母冠服、袍笏之类，皆纸为者，笼之以纱，谓之纱箱，送父母家；女死，婿亦代送。至莆中，则又清晨陈设甚严，子孙具冠服，出门望空揖让，磬折导神以入，祭毕，复送之出。虽云孝思之诚，然亦近于戏矣。是月之夜，家家具斋，馄饨、楮钱，延巫于市上，祝而散之，以施无祀鬼神，谓之施食。贫家不能办，有延至八九月者。此近于淫，然亦古人仁鬼神之意，且其费亦不多也。

七月中元日谓之盂兰会，目连因母陷饿鬼狱中，故设此功德，令诸饿鬼一切得食也。人之祖考，不望其登天堂，生极乐世界，而以饿鬼期之乎？费思甚矣。

唐乔琳以七月七日生，亦以七月七日被刑。

海潮八月独大，何也？潮，应月者也，故月望则潮盛，而八月之望则尤盛也。然独钱唐然耳，闽、广、胶、莱诸海，皆与常时无别也。枚乘《七发》："以八月之望，观涛乎广陵之曲江。"夫广陵之涛，亦岂以八月独盛哉？乘之所指，亦谓吴、越耳。其曰广陵者，当时吴、越，皆属扬州也。

人言八月望有月华，或言夜半，或言微雨后，或言不必八月，凡秋夜之望俱有之；或言其五采鲜明，旁照数十丈，如金线者百余道，或言但红云围绕之而已。余自少至壮，彻夜伺之者十数，竟不得一见也。临川吴比部挹谦为余言：少时曾一见之，其景象鲜妍，千态万媚，真人间所未见之奇，惜未能操笔赋之耳。人又言二月朔日正午有日华，而人愈不得见。余考李程《日五色赋》云："德动天鉴，祥开日华。"殆谓是耶？

《月令》：八月，"鸿雁来"矣；至九月，又言"鸿雁来宾"，何也？仲秋先至者为主，季秋后至者为宾也。

雀入大水为蛤，北方人常习见之，每至季秋，千百为群，飞噪至水滨，簸荡旋舞，数四而后入。其为蛤与否，不可得而知也。然冬月何尝无雀,或所变者又是一种耶? 或亦有不尽变者,如鹰化鸠、雉化蜃之类耶?

九日佩茱萸登高,饮菊花酒,相传以为费长房教桓景避灾之术。余按戚夫人侍儿贾佩兰言:"在宫中,九月九日食蓬饵,饮菊花酒。"则汉初已有之矣,不始于桓景也。

九日作糕,自是古制,今江、浙以北尚沿之。闽人乃以是日作粽,与端午同,不知何取也。

"菊有黄华",桃华于仲春,桐华于季春,皆不言有,而菊独言有者,殒霜肃杀,万木黄落,而菊独有华也。菊色不一,而专言黄者,秋令属金,金以黄为正色也。

《吕公忌》曰:"九日,天明时以片糕搭儿女头额,更祝曰:'愿儿百事俱高。'"此古人九日作糕之意,其登高亦必由此,《续齐谐》所传不足信也。

十月谓之阳月,先儒以为纯阴之月,嫌于无阳,故曰阳月。此臆说也。天地之气,有纯阳必有纯阴,岂能讳之? 而使有如女国讳其无男而改名男国,庸有益乎? 大凡天地之气,阳极生阴,阴极生阳,当纯阴纯阳用事之日,而阴阳之潜伏者已骎骎萌蘖矣,故四月有亢龙之戒,而十月有阳月之称。即天地之气,四月多寒,而十月多暖,有桃李生华者,俗谓之小阳春,则阳月之义,断可见矣。

四月麦熟,阳中之阴也;十月桃李花,阴中之阳也。

道经以正月望为上元,七月望为中元,十月望为下元,遂有三元、三官大帝之称。此俗妄之甚也。天地以金、木、水、火、土为五府,犹人之有五官也。春木,夏火,秋金,冬水,而土寄王焉。火官主于行火,俗所避忌,而土官又不可得见,故遂以春为天官,秋为地官,冬为水官,其实木、金、水三位也。四时五气,合而成岁,阙一不可,何独祀其三而遗其二乎? 至于火之功用尤钜,古人四时钻燧改火,而今乃摈之,不得与三官之列,亦不幸矣。

宋初,中元、下元皆张灯,如上元之例,至淳化间始罢之。

日当南至,昼漏极短,而晷影极长。日当北至,昼漏极长,而晷影极短。以其极也,故谓之至。然南至为北陆,北至为南陆者,何也?

以其影之在地者言也。然极居天中，日之北至，不能逾极而北也，故书南至而不书北至也。

今人冬至，多用书云事。《左传》："春，王正月，日南至。公既视朔，遂登观台以望，而书，礼也。"按《周礼·保章氏》："以五云之物辨吉凶、水旱、丰荒之祲。"注："二至二分观云气，青为虫，白为丧，赤为兵荒，黑为水，黄为丰。"则不独冬至也。但云气倏变，一岁四占，倘吉凶互异，当何适从耶？

《传记》载：冬至，日当南极，暑景极长，故有履长之贺。非也。夫暑景极长，则昼漏极短，圣人惜寸阴，惟日不足，至短之日，何以贺为？盖冬至一阳初生，日由此渐长，有剥而就复，乱而复治之机。不贺其盛而贺其发端者，古人月恒日升之义也。其曰履长，即履端之意，非谓暑景之长也。晋、魏宫中女工，至后日长一线，故妇于舅姑，以是日献履、袜，表女工之始也。魏崔浩女献袜，谓"阳升于下，日永于天，长履景福，至于亿年"，可谓得之矣。

今代长至之节，惟朝廷重之，万国百官奉表称贺，而民间殊不尔也。

汉时宫中女工，每冬至后一日多一线，计至夏至，当多一百八十线。以此推之，合一昼夜当绣九百线，亦可谓神速矣。不知每线尺寸若何，又不知绣工繁简若何。律之于今，恐无复此针绝也。

至后雪花五出，此相沿之言，然余每冬春之交，取雪花视之，皆六出，其五出者，十不能一二也。乃知古语亦不尽然。

腊之名，三代已有之，夏曰嘉平，殷曰清祀，周曰大蜡，总谓之腊。宫之奇曰"虞不腊"是也。《史记》："秦惠文王十二年，初腊。"盖西戎之俗，不知置腊，至是始效中国为之耳。今人亦不知有腊，但以十二月为腊月，初八日为腊八日而已，不知冬至后三戌为腊也。又云魏以辰日为腊，晋以丑日为腊。

伏猎侍郎，古今传为话柄。余按《风俗通》云："腊者，猎也。田猎取兽，祭先祖也。"则谓腊为猎，亦无不可耳。

道家有五腊：正月一日为天腊，五月五日为地腊，七月七日为道德腊，十月一日为民岁腊，十二月腊日为王侯腊。

腊之次日为小岁,今俗以冬至夜为小岁。然卢照邻《元日》诗云:"人歌小岁酒,花舞大唐春。"则元日亦可谓之小岁矣,亦犹冬至亦可谓之除夜也。《太平广记·卢顼传》云:"是日冬至,除夜。"

傩以驱疫,古人最重之,沿汉至唐,宫禁中皆行之,护童侲子至千余人。王建诗"金吾除夜进傩名,画裤朱衣四队行"是也。今即民间亦无此戏,但画钟馗与燃爆竹耳。

俗皆以十二月二十四日祀灶,谓灶神是夜上天,以一家所行善恶奏于天也。至是日,妇人女子多持斋。余于戊子岁,以二十五日至姑苏,苏人家家烧楮陌茹素,无论男妇皆然。问其故,曰:"昨夜灶神所奏善恶,今日天曹遣所由覆核耳。"余笑谓:"古人媚灶之意,不过如此。然不修行于平日,而持素于一旦,灶可欺乎?天可欺乎?"今闽人以好直言无隐者,俗犹呼曰灶公也。

《万毕术》云:"灶神晦日归天,白人罪过。"《酉阳杂俎》云:"灶神有六女,常以月晦上天白人罪状,大者夺纪,小者夺算。"然则今以廿四、五持斋者,不太蚤计耶?

汉时行刑常以冬末,故王温舒顿足谓:"冬再展一月,足了吾事。"而魏其、灌夫以十二月晦弃市,盖田蚡必欲煞之,过宿则春,不行刑矣。至东汉章帝始下诏定律,无以十一、十二月报囚。今国朝论囚,常以冬至前三日,而遇有庆泽,常免论决佳误杀人者,老死圜扉而已。浩荡之恩,视之往代为独广矣。

田家四时占候谚语,有不可不知者,今录之:日生双耳,断风绝雨。　日落云里走,雨落半夜后。　日没胭脂红,无雨也有风。　月如仰瓦,不求自下。月如弯弓,少雨多风。　一个星,保夜晴。　明星照湿土,来日依旧雨。　东风急,备蓑笠。　云行东,车马通。云行西,脚踹泥。云行南,水平潭。云行北,阵徒黑。　春甲子雨,赤地千里。夏甲子雨,撑船入市。秋甲子雨,禾头生耳。冬甲子雨,牛羊冻死。　春丙旸旸,无水撒秧。夏丙旸旸,干死稻娘。秋丙旸旸,干谷入仓。冬丙旸旸,无雪无霜。　春己卯风树头空,夏己卯风禾头空,秋己卯风水里空,冬己卯风栏里空。　雨落五更,日晒水坑。天下太平,夜雨日晴。　久晴逢戊雨,久雨望庚晴。　久雨不晴,且看丙丁；久晴不雨，且看戊己。　朝霞暮霞，无水煎茶。　朝霞不出市，暮霞走千里。　甲子丰年丙子旱，戊子蝗虫庚子叛，惟有壬子水滔滔，总在正月上旬看。　雨打墓头钱，今年好种田。　甲申晴，米价平。　前月廿六七，后月看消息。　三月无三卯，田家米不饱。　三月初三雨，桑叶无人取。三月初三晴，桑上挂银瓶。　有利无利，但看四月十四。　稻秀雨浇，麦秀风摇。　日暖夜寒，东海也干。　梅里雷低，田被水埋。　雨打梅头，无水饮牛。雨打梅额，河水干坼。　夏至有雷三伏冷，重阳无雨一冬晴。　未吃端午粽，寒衣未可送。　六月无苍蝇，新旧米相登。　六月初三晴，山篆尽枯零。　六月初三一阵雨，夜夜风潮到处暑。　六月不热，五谷不结。　朝立秋，暮飕飕。夜立秋，热到头。　秋分在社前，斗米换斗钱。秋分在社后，斗米换斗豆。　云掩中秋月，雨打上元灯。　九月十三晴，钉靴挂断绳。　十月初一阴，柴炭贵如金。　卖絮婆子看冬朝，无风无雨哭号咷。　至前米价长，贫儿有处养；至前米价落，贫儿转萧索。　腊月有雾露，无水做酒醋。　除夜犬不吠，新年无疫疠。　一日之忌，暮无饱食。一月之忌，暮无大醉。一岁之忌，暮无远行。终身之忌，暮常护气。

先王之正时也，履端于始，举正于中，归余于终，则凡有闰者，似皆归之岁末。故鲁文公元年闰三月，而《传》以为非礼也。至汉文帝时犹然。今之置闰，皆以节气中分之日，上十五日为前月，后十五日为后月也。然节序考据，只凭故事推算耳，其间秒分度数，岂能保其不差乎？古来历法，未有久而不差者，盖造化转旋之妙，有非人力所及者。而谓尺寸玉衡足以尽天地之变，亦大惑矣。《春秋》：哀公十二年十二月，螽，季孙问诸仲尼。仲尼曰："丘闻之也，火复而后蛰者毕。今火犹西流，司历过也。"今之秋多暑于夏，春多寒于冬，三月而后生稊，九月而后黄落。以气候考之，每逾一月则历法之差也，不言可知矣。况近来日月交蚀，度数有不尽如所推者。敬天授时，国之急务，可委之冥漠，不亟厘正耶？

改年而不改月，秦政之失也。三代皆改月。《豳风》所纪，与今气候同者，夏正也，然十一月以后不书月，但云一之日、二之日而已。三月则曰蚕月，四月以后，始如常称，盖亦不能无异矣。周七八月，夏五六月，频见传注，而十二月螽，孔子对季孙谓“火尚西流”，其为十月无疑。又僖公五年正月，日南至矣；昭公二十年二月朔，日南至矣。岂是时方冬至乎？宋儒执秦、汉之谬而不考之圣经，故议论纷纭，而卒无一定之见耳。然则谓《春秋》以夏时冠周月，是乎？曰：若是则周之乱民也，何以为孔子。

期三百六旬有六日，今一年止三百六十日耳，而小尽居其六，是每岁尚余十二日也，计五岁之中，当余六十日，故三年一闰，而五岁再闰也。然则不以三百六旬六日为岁，而必置闰，何也？日月之行，晦朔弦望，度数不能尽合也。指日月以定晦朔，观斗柄以定四时，而以参差不合之数归余于闰，圣人之苦心至矣。然亦非圣人之私意为之，盖天地之定数也。望而蚌蛤盈，晦而鱼脑减，此物之知晦朔者也。社而玄鸟来，春而雁北乡，是物之知四时者也。藕桐应闰而置叶，黄杨遇闰而入土，此物之知闰余者也。至于晦朔之畸数，闰月之余分，圣人不能齐也，而况巧历乎？惟积渐而差，考差而改，斯无弊之术也。

历法，圣人不尽言，非不言也，改朔授时，天子事也。虽有其德，苟无其位，不敢作礼乐，圣人之心也。至颜渊问为邦，首曰“行夏之时”。而视朔南至，《春秋》每致意焉，亦有概乎其言之矣。然三代之历，圣人所定，行之六七百年，其势不容不差。后世通儒术士，竭其智数心思，考索推步，至无遗力，然行之不百年而已，不胜其蹐驳也。三代治历之法，它无可考，惟《周礼》：太史氏正岁年以序事，颁之官府及都鄙，颁告朔于邦国。闰月，诏王居门终月；而保章氏掌天星，不与焉。噫，何简也！自秦而后善治历者，汉则邓平、洛下闳、刘歆、蔡邕、刘洪，六朝则何承天、祖冲之，唐则刘孝孙、何妥、刘焯、李淳风、僧一行，周则王朴，宋则沈括，元则郭守敬而已。然而洛下闳《太初历》，至章帝时仅百余年，已云差失益远；而《四分历》创于建武，行于永元，聚议定式已逾七十余年，而行不过百年，亦何益之有也。唐宋诸家，人人自负，然唐三百年中而八改历，宋三百年中而十六改历，尚可谓之定法乎？宋苏子容重修浑仪，制作之精，皆出前古。至虏陷燕京，取其所制浑仪以去，乃其法子孙亦不复传矣，其谓精密，吾未敢信也。

元郭守敬之历，推测援引，纤悉无遗，国朝所用，皆其遗制，三四百年仅差分秒，此即圣人不能无也，而议者何以求多为哉？但今之历官但知守其法而不知穷其理，能知其数之然而不知其所以然，譬之按方下药，保其不杀人尔，不敢望其起死回生之功也。

李淳风最精占候，其造《麟德历》，自谓应洛下闳"后八百年"之语，似极精且密矣；然至开元二年，仅四十年而纬晷渐差，不亦近儿戏乎？一行《大衍历》，据《唐书》所载，反覆评论，二万余言，穷古今之变，天地之故，当时所谓"贯三才，周万物，穷术数，先鬼神，容成再出，不能添累黍之功，寿王重生，无以议分毫之失"，宜乎千岁可俟矣；而至肃宗时，山人韩颖已言其误，每节损益，又增二日，其故何也？王朴阴阳星纬，无不通晓，其治历，削去近代符天流俗之学，自成一家；然刘羲叟议其不能宏深简易，而径急是取，故宋建隆之初即废不用矣。此三子者，皆精于天文，而治历差谬如此，故《周礼》以治历属太史，为天官之属，占星属保章，为春官之属，分而为二，非无见也。今人但以占候稍失而遽欲改历法，亦过矣。

《宋史·律历志》曰："天步艰难，古今通患。天运日行，左右既分，不能无忒，谓七十九年差一度，虽视古差密，亦仅得其概耳。又况黄、赤道度有斜正、阔狭之殊，日月运行有盈缩、朒朒、表里之异，测北极者率以千里差三度有奇，晷景称是。古今测验止于岳台，而岳台岂必天地之中？徐杭则东南相距二千余里，华夏幅员，东西万里，发敛晷刻，岂能尽谐？又造历者追求历元，逾越旷古，抑不知二帝授时齐政之法，果殚于是否乎？是亦儒者所当讨论。诿曰星翁历生之责可哉？"此亦古今不易之论也。

京师城东偏有观象台，高五丈许，其上有浑天仪一具，如世所图璇玑者，皆铸铜为器，四柱，以铜龙架而悬之，制作精巧。又有简仪一具，状相似而省十之七，只周遭数道而已。玉衡一，亦铜为之，如尺而首尾皆曲，有二孔，对孔直窥，以候中星。又有铜球一，左右转旋，以象天体。以方函盛之，函四周作二十八宿真形，南面有御制铭，正统七年作也。台下小室有量天尺，铸铜人捧尺北面，室穴其顶，以候日中测景之长短，冬至后可得一丈七尺，夏至后可得二尺云。中为紫微殿，殿旁有铜壶滴漏一器，然皆不注水，徒虚具耳。

测北极者以千里差三度，今滇南距燕万里，当差三十度。又成祖北征，出塞三千余里，已南望北斗，却不知北斗正中之地在何处。分野之说固不足凭，而以郡国正中论之，则幅员有长短广狭，难以一律齐也。

占步者多用里差之说，如历之有岁差也。然铁勒熟羊胛而天明，西域朔夕月见，而南交州生明之夕，月已中天，此诚差矣。史载安息西界循海曲至大秦，回万余里，无异中国。即以中国东西南北，相距何止万里，而日月星辰并无差谬，又何也？大约目所未见，语多矛盾，讹以传讹，吾未敢信也。

大挠之初作甲子也，不过以纪日月代结绳云尔。其后月以干乘支，日以支配干，而五行分属，于是有阏逢、旃蒙诸名，于是有元光、邶章、剑昌、子方诸号，于是有毕陬、橘如诸阳，于是有鼠、牛、虎、兔诸肖，于是有天刚、太乙、胜光、小吉诸将，于是有海中金、炉中火诸纳音，于是有建、除、满、平诸体，于是有专制、义伐诸乘，而其说愈不可胜穷矣。余谓太岁方向禁忌既不足信，而历日所书阴阳避忌皆毫无影响，益知当时之作此，原非为占候吉凶也。

古人事之疑者，质之卜筮而已；治乱吉凶，考之星纬而已，未闻择日也。今则通天下用之矣，而吉凶祸福，卒不能逃也。甚矣，世之惑也！

余尝以破日娶妾矣，不逾年而得雄；尝以月忌上官矣，不数载而迁；尝以天贼日解水衡钱万缗矣，而卒无恙；尝以空亡日出行莅任矣，而诸事尽遂。其余小事，不可胜纪，故谓阴阳历日可尽废也。

今阴阳家禁忌，可谓极密。一年之中，则有岁破、死符、病符、太岁、劫杀、伏兵、灾杀、大祸、岁杀、岁刑、金神将军诸方。一月之中，有月忌、龙禁、杨公忌、瘟星、天地凶败、天乙绝气、长短星、空亡、赤口、天休废、四方耗、五不遇、六不成、四虚败、三不返、四不祥、四穷、四逆、离别、反激、咸池、伏龙、交龙、宅龙、往亡、八风、九良、星绝、烟火、胎神、上朔、月建、月破、月厌、月杀等日。一日之中，则有白虎、黑杀、刀砧、天火、重丧、天贼、地贼、血支、血忌、归忌、黑道、土瘟、天狗、大败、蚩尤、官符、死炁、飞廉、受死、火星、河魁、钩绞、焦坎、游祸、灭门、的呼等凶神。盖一岁之中，吉日良时无凶神恶煞者，不过数日耳，而又加以方向之不利，生命之相妨，仇难二星之躔度，太白日神之游方，一一择而忌之，则虽终岁不作一事可也。而穷村深谷之家不知甲子，愚冥狞犷之辈不信鬼神，何尝见其祸败之相仍哉？太史公谓阴阳之术太详，而众忌讳，使人拘而多畏。夫阴阳、四时、八位、十一度、二十四节，各有教令，曰顺之者昌，逆之者亡，未必然也。夫汉初之阴阳家，止于四时、八位、十一度、二十四节而已，而子长尚以为未必然，况今日天罗地网之密乎？其不足信必矣。

余乡有一二缙绅，凡事必择日，裁衣宴会之类，无不视历，然而官罢子死，家居杳无吉耗也。此亦汝南陈伯敬之流耳。后闻吴中有巨室，子妇临蓐欲产，以其时不吉，劝令忍勿生，逾时子母俱毙。此尤可发一笑也。

《淮南子》曰："水生木，木生火，火生土，土生金，金生水。子生母曰义，母生子曰保，子母相传曰专，母胜子曰制，子胜母曰困。"今《七政历》有之，但以保为宝，以困为伐耳。

西家之东即东家之西，此一言足以破太岁之谬矣。纣以甲子亡，武王以甲子兴，此一言足以破阴阳之忌矣。鸡、猪、薤、蒜，逢着则吃；生、老、病、死，时至则行，此一言足以破终身之惑矣。此非后世之言也，圣人已言之矣，曰"死生有命，富贵在天"。

箕子之陈《洪范》，分为九类，别为九章，谓之九畴，原不相附属也。至刘向为《五行传》，乃取其五事、皇极、庶征，附于五行。果尔，则八事皆宜属五行，而胡八政、五纪、三德、稽疑、福极之类又不能附也？盖向父子原为《春秋》灾异之学，恐其言之无稽，事之不足征信，故于《洪范》之中，摘其五行之说，为其近于灾祥占候而推广之，至举天地万物动植，无大小皆推其类而附之于五行。至求其征应而不可，则又以五事强合之，而凡上下贵贱，食息起居，无大小皆比其类而附之于五事。虽宇宙之理，似不过是，而其迁就穿凿，亦已甚矣。后世之人虽知其非，而无有昌言正之者，历代国史相沿为《五行志》，至于日月薄蚀、星辰变故、灾异之大者，则又属之天文，岂阴阳与五行有二理耶？而风雨雷电，又岂非天文之属乎？其说愈刺缪而不通矣。故作史者于《天文志》宜考究分至、躔度、分野，而一切灾异宜为《灾祥志》，而不宜为《五行志》也。

正、五、九不上官，自唐以来有此忌矣。《清波杂志》谓佛法以此三月为斋素月，不宜宰杀，足破俗见。今京师官命下即到任，初不忌此三月，而差跌更少；外官无不避之者，而祸败更多。人何不思之甚也！

俗云："初五十四二十三，太上老君不出庵。"谓之月忌。考之历家，乃廉贞独火日也。《蠡海录》谓以洛书、九宫推之，以是日入中宫。然不知入中宫者何物，亦不知所以当避忌者何故，恐亦茫昧不足信也。噫，俗之敝也久矣。

阴阳家择日，皆以年配月，月配日，日配时，如人禄命然，合之者吉。然当三代改朔之朝，子丑之月，或属上年，或属下年，不知择者当何适从。而当改革之际，推禄命者又不知以何为准也。

五行有生中之克，有克中之用，有反恩而成仇，有化难以为恩。如火生于木，而焚木者火；水生于金，而沉金者水；火本克金，而金得火乃成器；金本克木，而木得金乃成材。至于盛极必衰，否极必泰，此皆阴阳循环之理，造化玄机之妙，而圣人则之，故"乾"之上九有亢龙之悔，而"剥"之上九有得舆之象也。今星命之术但知有生克制化，而岂知盈虚消息之理乎？

水生木矣，而木中有液，谓木生水亦可；火生土矣，而石中有火，谓土生火亦可：此两相生者也。水克火矣，而火然则水干，谓火克水亦可；土克水矣，而水浸则土溃，谓水克土亦可：此两相克者也。木不能离土而克土，土不能离水而克水，此相亲而相克者也；火燎木而生于木，土遏火而生于火，此相憎而相生者也。故世有骨肉而反为寇仇，有胡、越而反为一家，亦五行之气使然也。

洱海水面火高十余丈，蜀中亦有火井，是水亦能生火也。火山地中不生草木，锄镢所及，应时烈焰，是土亦能生火也。至于阳燧、火珠，向日承之，皆可得火，火固不独生于木也。

萧丘有寒焰，洱海有阴火。又江宁县寺有晋时长明灯，火色青而不热。天地间有温泉必有寒火，未可以夏虫之见论也。

五行惟金生水，颇不可解，说者曰："金为气母，在天为星，在地为石，云自石生，雨从星降，故星动摇而占风雨，石础润而占雨水，故谓金生水也。"予谓金体至坚，而有时融液，是亦生水之义也。至周兴嗣《千文》谓"金生丽水"，则水反生金矣。

天一生水，地二生火，天三生木，地四生金，天五生土，此又不依相生之序，以气之先后论也。其受形也，水最微，火次之，木次之，金又次之，至土而最重大。其灭形也，水最速，火次之，木次之，金又次之，至土而永不耗。自微而著，自少而老，阴阳之义备矣。

六十甲子之有纳音也，盖本于六十律旋相为宫隔八相生之说。古人作律，原与历相通也，至姓氏之纳音则近诬矣。姓者，非受之于天地也，非秉阴阳之气生而有之也，或因望而为氏，或分封而赐姓，或避难而改易，或无稽而杜撰，一家之人分支别族，一人之身朝更夕改，安知陶朱即范氏之宗而束晰为疏氏之胄乎？又安知嬴吕牛马之暗易而嗣源鸿渐之无祖乎？五行纳音，安所适从？至于谈禄命者推其所安之宫，谈相术者观其所禀之形，迁就苟合，犹之可也。帝王历数自有天命，而必强而合之，以某德王，或取相生，或取相胜，盖自邹衍、刘向发端，已不胜枘凿矣，后之学者未能窥天地之藩篱，识阴阳之形似，而但随声附和，亦何益之有哉？

称日者昼夜以百刻，而每时止于八刻，则是九十六刻也；今铜漏中增初初、正初二刻，每时十刻，则是百二十刻也，其于百刻数俱不合矣。不知每时之加初初、正初二刻，虽合之得二十四刻，而实四刻之暑所分也，计其度数，每六刻方抵一刻耳。此说余少时见之一书，今亦不复记也。

西僧琍玛窦有自鸣钟，中设机关，每遇一时辄鸣，如是经岁无顷刻差讹也，亦神矣。今占候家时多不正，至于选择吉时，作事临期，但以臆断耳。烈日中尚有圭表可测，阴夜之时，所凭者漏也，而漏已不正矣，况于山村中无漏可考哉？故知兴作及推禄命者，十九不得其真也。余于辛亥春得一子，夜半大风雪中，禁漏无声，行人断绝，安能定其为何时？余固不信禄命者，付之而已。

　　俗谓得吉日不如得吉时，如巳、午、未等时，固可见矣，而历所谓日出、日入时者，乃以出海、入地论，非挂檐际时也。余尝登泰山观日出矣，下至半山而犹昏黑也。在黄山，入夜，饭罢出门，仰视天都峰顶，日色照耀，如火中莲花。此皆九月事，正历所载，日出卯入酉者也，而参差乃尔，益信世之愦愦耳。

卷之三

地　部　一

天有九野，地有九州，然吾以为分野之说，最为渺茫无据。何者？九州之画，始自《禹贡》，上溯开辟之初，不知几甲子矣，岂天于斯时始有分野耶？九州之于天地间，才十之一耳。人有华夷之别，而自天视之，覆露均也，何独详于九州而略于四裔耶？李淳风谓："华夏为四交之中，当二仪之正，四夷炎凉气偏，鸟语兽心，岂得同日而语。"然荆蛮、闽越、六诏、安南，皆昔为蛮夷，今入中国，分野岂因之而加增耶？至于五胡蒙古，奄有天下，莫非夷也，何独详于此而略于彼耶？历考前代《五行志》，某星变则某郡国当其咎，然不验者什常七八也，况近来山河破碎，愈无定则矣。

天无私覆，地无私载。今分野以五星、二十八宿皆在中国，仅以毕、昴二星管四夷异域，计中国之地仅十之一，而星文独占十之九也，偏僻甚矣。

禹使太章步东极至于西极，二亿三万三千五百里，使竖亥步北极至于南极，如之，则中国之地，仅二十分之一也。

禹别天下为九州，三代因之。秦分天下为三十六郡。汉分为十三部，一部六郡。晋分为十五道。唐十道。宋四京、二十三路。元十一省、二十三道。国朝两京、十四省，后因弃安南，实十三省也，郡共一百六十，州二百三十四，县共一千一百一十六云。

伏羲、神农都陈，黄帝都涿鹿，尧都平阳，舜都蒲坂。大圣人之建都，固在德而不在险，要亦当时水土未平，规制粗定，茅茨土阶，非有百雉九重之制，绤衣鼓琴，亦无琼林大盈之藏。而每岁省方，坐不安席，盖亦以天下为家之意，不必择土而安也。至于三代，德不及尧、舜而乱贼渐萌，于是不得不相地定鼎，据上游之胜，以控制天下。禹都安邑,其后太康失国迁徙,不可考。汤都亳邑,至盘庚七迁,皆苟且以便民,非若后世建都之难也。周公定鼎郏鄏,始为万年不拔之基,而以洛邑为朝会之所,盖亦以防备不虞,知后世子孙必有不能守其故业者矣。此亦堪舆家之鼻祖也。

殷世常苦河患,故自仲丁至盘庚,或迁敖,或迁相,或迁耿,或渡河而南,或逾河而北,当时不闻其求治水之方,而但迁徙以避之。计迁徙不费于开凿,而民未稠密,河亦不大害民也。周世绝不闻可患,但苦戎狄,盖关中之地已近边塞矣。当时燕、晋、代、秦诸国诸侯,各自守其地以御夷,而区区天子之都,竟不能守而以予秦,使得成帝业,岂非天哉!

古今建都形胜之地,无有逾关中者,盖其表里山河,百二重关,进可以攻,退可以守,治可以控制中外,乱可以闭关自守,无论汴京,即洛阳不及也。江南之地,则惟有金陵耳。

帝王建都,其大势在据天下之吭,又其大要则在镇遏戎狄,使声息相近,动不得逞。关中逼近西戎,故唐时回纥、土蕃,出其不意,便至渭桥。汉时灞上细柳连营,天子至亲劳军,盖当时西虏似强于北也。至宋时,幽、燕十六州已为契丹所据,则自河南入江淮,其势甚便,不得不都汴京以镇之。使当时从晋王言,都关中,则画淮为界,不至绍兴而始见矣。汴京既失,江北不可守,其势不得不阻江为固,镇江则太逼,杭州则太远,险而可守,孰有出建康之上者?故李纲、宗泽惓惓以为请而不见听从,惜哉!

高宗之都临安,不过贪西湖之繁华耳,然亦办四明航海一条走路也。临安虽有山有水,然其气散而不聚,四面受攻,无险可凭。元兵从湖州间道入,如无人之境耳,虽兴亡有数,而亦地利之不固也。建康外以淮为障,内以江为藩,虽中主庸将,足以自守。曹丕临广陵,欲渡者数矣,竟叹天堑之不可越。苻坚陷盱眙而东,沿江列戍,朝野震恐,谢玄三战三捷,杨俱难等奔喙不暇。其后若卢循乘虚直捣蒋山,居民荷担而立,孟昶望风自裁,自谓天下事定矣,而不能当寄奴之一炬;萧轨、任约以十万勍卒奄至鸡山,据北郊坛,剥床以肤,何急也,霸先从容谈笑,俘四十六将军于幕下,若探囊取物。此岂智愚之悬绝若是哉？川陆之长技既异，主客之劳逸顿殊，一夫当关，万人莫敢谁何，其势居然也。故六朝相承二百余载，莫强于秦苻坚，莫盛于魏道武，而卒不能遂混一之志，良有以矣。

以我国家之势论之，不得不都燕，盖山后十六州自石晋予狄几五百年，彼且自以为故物矣，一旦还之中国，彼肯甘心而已耶？其乘间伺隙，无日不在胸中也。且近来北虏之势强于西戎，若都建康，是弃江北矣；若都洛阳、关中，是弃燕云矣。故定鼎于燕，不独扼天下之吭，亦且制戎虏之命。成祖之神谋睿略，岂凡近所能窥测哉！

我太祖之定都建康也，盖当时起兵江左，自南趋北，不得不据第一上流，以为根本之地，而后命将出师，鞭笞群雄，此亦高、光之关中、河内也。当时角逐者惟张士诚、陈友谅二人耳，然姑苏势狭而无险可据，武昌地瘠而四面受敌，其形胜已不相若矣，而况材智规摹又相去万万哉！宜其折北而不支也。

太祖既逐胡元，命燕王镇守北平，盖隐然以北门锁钥付之矣。当时亲王握重兵，节制有司，大率如汉初七国故事，而燕王之英武雄略，岂久在人下者。使当时不封燕，纵得守臣节，不兴靖难之师，而北虏乘间窃发，燕云终非国家有也。故太祖之封燕王，与文皇之定都于燕，其远见皆相符契矣。

燕山建都，自古未尝有此议也，岂以其地逼近边塞耶？自今观之，居庸障其背，河、济襟其前，山海扼其左，紫荆控其右，雄山高峙，流河如带，诚天造地设，以待我国家者。且京师建极，如人之元首然，后须枕藉，而前须绵远。自燕而南，直抵徐、淮，沃野千里，齐、晋为肩，吴、楚为腹，闽、广为足，浙、海东环，滇、蜀西抱，真所谓扼天下之吭而拊其背者也。且其气势之雄大，规摹之弘远，视之建康偏安之地，固已天渊矣。国祚悠久，非偶然也。

辽、金及元皆都燕山，而制度文物，金为最盛，今禁中梳妆台、琼花岛及小海、南海等处，皆金物也。元冬、春则居燕，夏、秋则如上都，畏热故也。惟其有两都，故王师一至，即时北遁，而山后十六州，四五百年始见天日，非偶然也。

周时洛邑为天下之中，今天下之势，则似荆襄为正中，盖幅员广狭,固自不同也。然所贵于中者,取其便朝会耳。若以建都譬之,元首在腹,何以居重驭轻哉?

幽州有黍谷,相传邹衍吹律之所,盖当时以为极寒之地矣。若以今之宁夏、临洮诸边较之,其寒奚止十倍而已。今燕山寒暑气候与江南差无大异,且以边场戎马之地,一旦变为冠裳礼乐之会,固宜天地之气亦随之变更耳。

恒山为北岳,即今真定是也。或云北岳不可即,其一石飞至阳曲,故于阳曲立庙遥祭之,实非岳也。按《水经》恒山谓之玄岳,《周官》并州其镇山曰恒山。《管子》云其山北临代,南俯赵,东接河海之间。其在今之定州无疑矣,何必求之沙漠之外哉?

五岳者,中国之五岳也,随其幅员,就其方位而封之耳。三代洛邑为天地之中,南不过楚,北不过燕,东不过齐,西不过秦,故以嵩山为中岳,而衡、岱、恒、华,各因其地封之以为镇山。若后世幅员既广,方位稍殊,即更而易之,亦无不可,固不必拘拘三代之制也。

以今天下之势论之,当以天寿山为北岳,罗浮为南岳,钟山为东岳,点苍为西岳,衡霍为中岳。其间相去,各四五千里,亦足以表至大之域,示无外之观。此非拘儒俗士所能与议也。

京师风气悍劲,其人尚斗而不勤本业。今因帝都所在,万国梯航鳞次毕集,然市肆贸迁皆四远之货,奔走射利皆五方之民,土人则游手度日,苟且延生而已。不知当时慷慨悲歌游侠之士,今皆安在?陵谷之变,良不虚也。

燕云只有四种人多:奄竖多于缙绅,妇女多于男子,娼妓多于良家,乞丐多于商贾。至于市陌之风尘,轮蹄之纷糅,奸盗之丛错,驵侩之出没,盖尽人间不美之俗、不良之辈而京师皆有之,殆古之所谓陆海者。昔人谓"不如是不足为京都",其言亦近之矣。

长安有谚语曰:"天无时不风,地无处不尘,物无所不有,人无所不为。"

《绀珠集》云:"东南天地之奥藏,其地宽柔而卑,其土薄,其水浅,其生物滋,其财富。其人剽而不重,靡食而偷生,其士儒脆而少刚,笞之则服。西北天地之劲力,雄尊而严,其土高,其水寒,其生物寡,其财确。其人毅而近愚，食淡而轻生，士沉厚而慧，挠之不屈。"此数语足尽南北之风气，至今大略不甚异也，但南方士风近稍狞悍耳。

今国家燕都，可谓百二山河，天府之国，但其间有少不便者，漕粟仰给东南耳。运河自江而淮，自淮而黄，自黄而汶，自汶而卫，盈盈衣带，不绝如线。河流一涸，则西北之腹尽枵矣。元时亦输粟以供上都，其后兼之海运，然当群雄奸命之时，烽烟四起，运道梗绝，惟有束手就困耳。此京师之第一当虑者也。

今之运道，自元始开，由济宁达临清，其有功于上都不浅。而当时已有"挑动黄河天下反"之谶，则其劳民伤财，亦可知矣。但元时尚引曹州黄河之水以济运道。国朝因河屡决，泛溢为害，遂塞张秋口，而自徐至临清，专赖汶、泗诸水及泰山、莱芜诸县源泉以足之。诸泉涓涓如线，遇旱辄涸，既不可得力，而汶河至分水闸又分而为二，其势遂微。每二、三月间，水深不过尺许，虽极力挑濬，设闸启闭，然仅可支持，倘遇一夏无雨，则枯为陆矣。

运河之开，无风波之患，诚为良策，而因之遂废海运，亦非也。海上风涛不虞，数岁间一发耳。而今运河挑濬之费，闸座捞浅之工，上自部使者，下至州邑倅贰之设，其费每岁岂直巨万已哉？海运一行则诸费尽可省，亦使浙直诸军士因之习于海战，倭寇之来，可以截流而御之。自海运废而士益惮于海矣。元时海运有三道，而至正十三年，千户殷明略所开新道，自浙西至京师不旬日，尤为便者。所当间一举行，以济运河之不及者也。

古者诸侯封国，自食其入，江北之地，如齐、晋、燕、代、秦诸国，士饱仓盈，不闻其仰给于江南也。如汉时与楚血战五载，军士粮饷乃自关中转输；即武帝穷兵黩武，频年暴师于外，亦不闻其借粟于吴、楚也。至唐而始有漕运，自江而淮，自淮而河，计米一斗费钱七百，然贞观、开元盛时，不闻其乏食也。至于季世，乃有"米已至陕，吾父子得生"之喜，岂非内无储积而枵腹待哺于外哉？宋时汴及临安，地皆咫尺，故不闻转饷之苦。今京师三大营，九边数十万军，升合之饷，皆自漕河运致。古称"千里运粮，士有饥色"，今乃不啻万里矣。万一运道有梗，何以处之？故为今日计，则屯田之策宜行于边塞，而水田之利宜兴于西北滨水诸郡县也。屯田之策,且耕且守,分番上下,不惟享其粒食,而士亦不至媮惰。盖守御可以老弱占籍,而力耕则非少壮不能,军将不待汰而精矣。且有田则有塍有浍,沮洳泥泞亦可杜胡马奔突之患,其利又不止充口腹已也。

齐、晋、燕、秦之地,有水去处皆可作水田,但北人懒耳。水田自犁地而浸种,而插秧,而薅草,而车戽,从夏讫秋,无一息得暇逸,而其收获亦倍。余在济南华不注山下见十数顷水田,其膏腴茂盛,逾于南方,盖南方六七月常苦旱,而北方不患无雨故也。二策若行,十数年间,民见利而力作,仓庾充盈,便可省漕粮之半。即四方有警,而西北人心不至摇动,京师益安于泰山矣。

黄河之水,若引之以灌田,广开沟洫以杀其势,而其末流通之运道以济汶、泗之渴,使之散漫纡回,从容达淮入海,不但漕运有裨,而陵寝亦无虞矣。

禹之治水,一意视水之所归而已,随山刊木,凿隧通道,惟使水得所之而止,无他顾虑也。白圭,战国之时各有分界,动起争端,能以邻国为壑,而邻国不知有水患,不可谓之非奇功也。至于今日,则上护陵寝,恐其满而溢;中护运道,恐其泄而淤;下护城郭人民,恐其湮汩而生谤怨。水本东而抑使西,水本南而强使北,且一事未成,百议蜂起,小有利害,人言丛至,虽百神禹,其如河何哉!王敬美赠潘司空诗有云:"坚排众议难于水。"亦有激哉其言之也。

黄河行徙,似有神导之,有非人力所与者。然处置得宜,精诚所格,亦可转移,如汉武沉璧卒塞瓠子是也。万历间,以宝应湖之险,别开里湖以避之,既开而水不往注,如是者三年。一夜,闻风雨声甚厉,比晓视之,水已徙矣。

善治水者,就下之外,无它策也。但古之治水者,一意导水,视其势之所趋而引之耳。今之治水者,既惧伤田庐,又恐坏城郭,既恐妨运道,又恐惊陵寝,既恐延日月,又欲省金钱,甚至异地之官,竞护其界,异职之使,各争其利,议论无画一之条,利病无审酌之见,幸而苟且成功足矣,欲保百年无事,安可得乎!

当河决归德时,所害地方不多,时议皆欲勿塞,而相国沈公恐贻桑梓之患，故山东、河南二中丞议论不合，而廷推即以河南中丞总督河道，不使齐人有异议也。既开新河，而初开之处，深广如式，迤逦而南，反浅而狭。议者又私忧之：下流反浅，何以能行？况所决河广八十余丈，而新开仅三十丈，势必不能容，泛溢之患，在所不免。而一董役者奏记督府："若河流既回，势若雷霆，藉其自然之势以冲之，何患浅者之不深乎？"督府大以为然，遂下令放水。不知黄河浊流下皆泥沙，流势稍缓，下已淤过半矣。一夕水涨，鱼台、单县、丰沛之间，皆为鱼鳖。督府闻之，惊悸暴卒。此亦宋庆历间李仲昌之覆辙也。

治河犹御敌也，临机应变，岂可限以岁月。以赵营平老将灭一小羌，犹欲屯田持久，俟其自败。癸卯开河之役，聚三十州县正官于河堧，自秋徂冬，不得休息。每县发丁夫三千，月给其直二千余金，而里排亲戚之运粮行装不与焉。盖河滨薪草米麦一无所有，衣食之具皆自家中运致，两岸屯聚计三十余万人，秽气薰蒸，死者相枕藉，一丁死则行县补其缺。及春，疫气复发，先后死者十余万，而河南界尤甚。役者度日如岁，安能复计久远。况监司催督严急，惟欲速成，宜其草菅民命而迄无成功也。

舆地有南戒、北戒之说。北戒自积石、终南，负地络之阴，东及太华，逾河，并雷首、砥柱、王屋、太行，北抵常山之右，乃东循塞垣，至秽貊、朝鲜，是谓北纪，所以限戎狄也。南戒自岷山、嶓冢，负地络之阳，东及太华，连商山、熊耳、外方、桐柏，逾江濮、荆山，至于衡阳，乃东循岭徼，达于瓯闽，是谓南纪，所以限蛮夷也。此天下之大势也。

今中国之势，惟河与海环而抱之。河源出昆仑星宿海，盖极西南之方，其流北行，经洮州，又东北越乱山中，过宁夏，出塞外，始折而南，入中国，至砥柱折而东，经中州至吕梁，奔而入淮，直抵海口。海则从辽东、朝鲜极东北界迤逦而南，经三吴、瓯闽折而西，直抵安南、暹罗、滇洱之界，盖其西南尽头去星宿海亦当不远矣。西北想亦当有大海环于地外，但中国之人耳目所未到也。

以中国之水论之，淮以北之水河为大，而淝也，颍也，汴也，汶也，泗也，卫也，漳也，济也，潞也，滹沱也，滦也，沁也，洮也，渭也，皆附于河者也。淮以南江为大，而吴也，越也，钱唐也，曹娥也，螺女也，章贡

也,汉也,湘也,贺也,左蠡也,富良也,澜沧也,皆附于江者也。至其
支流小派,北以河名而南以江名者,尚不可胜计也。而淮界其中,导
南北之流,而会之以入于海,故谓之淮。淮者,汇也,四渎之尊,淮居
一焉。淮之视江、河、汉,大小悬绝而与之并列者,以其界南北而别江
河也。

禹九河故道,今传其名,尚有存者。徒骇在沧州,太史在南皮县
之北,马颊在东光县界,胡苏在庆云县西南,简、洁俱在南皮城外,钩
盘在献县东南,鬲津在庆云,又云在乐陵县。考之于书,多与今不相
合。郦道元谓九河、碣石皆沦于海,此盖后世新河傅以旧名耳,今又
将并其新者而湮塞之矣。

沧州盐山县有丱兮城,一名千童城,相传徐福将童男女千人入
海,侨居于此。但不知福当时从天津入海耶? 从胶莱入海耶? 考始
皇既并渤海以东,过黄腄,穷成山,登之罘,立石琅琊,而后遣徐福等
入海,其不由盐山明甚。后人以其近海,戏为此名耳。

南皮旧城,一名石崇城,崇故居遗址犹在。其路西有小阜,则范
丹宅也。二人生同里闬,乃一贫一富,大相悬绝如此。及异代之后,
荒丘衰草,又复同归于尽,丹未见不足,而崇未见有余也。且丹以廉
得名,而崇以财杀身,所谓身名俱泰者安在哉? 每一过之,令人怃然。

京师北三山大石窝,水中产白石如玉,专以供大内及陵寝阶砌、
栏楯之用,柔而易琢,镂为龙凤芝草之形,采尽复生。昔人谓愚父所
藏燕石,当即此耶?

三国时谚曰:“宁饮建业水,不食武昌鱼。宁还建业死,不止武昌
居。”盖当时形胜,自是建业为上游,而文物之繁丽,沃野之富饶,又所
不论也。钟山龙蟠,石城虎踞,帝王之都,诸葛武侯已称之矣。但孙
氏及晋,不过百年,宋、齐、梁、陈,为祚愈促。我太祖定鼎创业,将垂
万祀,而再世之后,竟复北迁,岂王气之有限耶? 抑终是偏安之势,非
一统之规也?

金陵规模稍狭,钟山太逼,而长江又太逼,前无余地,觉无绵远气
象,其大略仿佛甚似闽中,但闽又较偏一隅耳。

金陵钟山,百里外望之,紫气浮动,郁郁葱葱,太祖孝陵在焉,知

王气之未艾也。又城中民居，凡有小楼，东北望无不见钟山者，其他四远诸山，重沓环抱，刘禹锡诗"山围故国周遭在"，高季迪"白下有山皆绕郭"是也。但有牛首一山，背城而外向，然使此山亦内绕，则无复出气，不成都矣。

建业之似闽中有三：城中之山，半截郭外，一也；大江数重，环绕如带，二也；四面诸山，环拱会城，三也。金陵以三吴为东门，楚、蜀为西户，闽中以吴、越为北门，岭表为南府。至于阻险自固，金陵则藉水，闽中则藉山。若夫干戈扰攘之际，金陵为必争之地，闽可毕世不被兵也。

近人有谓金陵山形散而不聚，江流去而不留，非帝王都也。其言固似太过，但天下如人一身，帝都不在元首，亦当在胸，今大一统之时，金陵在左腋下，何以运四方乎？天之北极，人君之位也，必正中而近北，则今日之燕京近之矣。江左六朝失淮以北，则又建康为上游，且相承正朔二百余载矣，何不可都之有？

金陵南门名曰聚宝，相传洪武初沈万三所筑也。沈之富甲于江南，太祖令筑东南诸城，西北者未就而沈工已竣矣。太祖屡欲杀之。人言其家有聚宝盆，故能致富，沈遂声言以盆埋城门下以镇王气，故以名门云。迤东有赛公桥，云沈造数桥，自以为能诩其子妇，妇恚，自出己财为之，其宏丽工致，又倍于沈，故以"赛公"名也。沈后以事编置云南，子孙仍富，或言其有点化之术云。

金陵诸胜如凤皇台、杏花村、雨花台，皆一抔黄土耳，惟摄山、石灰、牛首诸寺，宏丽无恙。城中之寺，莫侈于瓦棺；城外之寺，莫雄于天界。至于长干一望，丛林相续，金碧照目，梵呗聒耳，即西湖之繁华，长安之壮丽，未有以敌此者也。

余承乏留都比部，留都三法司省寺独在太平门外，左钟山而右玄武湖。出门太平堤，逶迤二里许，春花夏鸟，秋月冬雪，四时景光，皆足娱人。缓辔徐行，晨入酉出，啸歌自足，忘其署之冷也。嗣是移官职方，徙北水部，衮衮马头尘，匆匆驹隙影耳。追思曩者闲心乐地，讵可复得？故今宦者谓留都为仙吏，而留都诸曹中，司寇之属尤为神仙也，然不可为巧宦者道也。

金陵有莫愁湖。莫愁，石城女子，非石头城也。石城在古为复州郧中，今之承天府是也，且与襄阳估客同为一事。今人误以为石头城，故并其湖而妄名之耳。

雨花台下一派沙土中，常有五色石子，状如鞅鞨，青碧红绿不等，亦有极通明可爱者，不减宝石也。雨后行人往往拾得之。岂当时天所雨花，其精气凝而为石耶？

牛首山寺，窗中见塔影，闭门则影从门罅入，其影倒见，尖反向门。塔相去甚远，此理之不可晓者。何处无塔，何处无窗隙，而塔影未必入，即入而未必倒也。

灵谷寺乃太祖改葬宝誌之所，规制甚丽，中殿无梁，云犹是六朝所建也。有琵琶谷，拍手辄鸣，作琵琶声。寺原有松十万株，近为僧众所盗，以刀刻其皮一周，无何则枯死，辄报官而薪之。今所存不能十之一也。

太祖于金陵建十六楼以处官伎，曰来宾，曰重译，曰清江，曰石城，曰鹤鸣，曰醉仙，曰乐民，曰集贤，曰讴歌，曰鼓腹，曰轻烟，曰淡粉，曰梅妍，曰柳翠，曰南市，曰北市。盖当时缙绅通得用官伎，如宋时事，不惟见盛时文网之疏，亦足见升平欢乐之象。今时刑法日密，吏治日操切，而粉黛歌粉之辈，亦几无以自存，非复盛时景象矣。王百穀送王元美诗云："最是伤心桃叶渡，春来闻说雀堪罗。"语虽不典，然实关于国家兴衰之兆，非浪语也。

金陵秦淮一带，夹岸楼阁，中流箫鼓，日夜不绝，盖其繁华佳丽，自六朝以来已然矣。杜牧诗云："商女不知亡国恨，隔江犹唱《后庭花》。"夫国之兴亡，岂关于游人歌妓哉？六朝以盘乐亡，而东汉以节义、宋人以理学，亦卒归于亡耳。但使国家承平，管弦之声不绝，亦足妆点太平，良胜悲苦呻吟之声也。

金陵街道极宽广，虽九轨可容。近来生齿渐蕃，民居日密，稍稍侵官道以为廛肆，此亦必然之势也。天造草昧，兵火之后，余地自多，奕世承平，户口数倍，岂能于屋上架屋，必蚕食而充拓之。官府又何爱此无用之地，而不令百姓之熙熙穰穰也。近来一二为政者苦欲复当时之故基，民居官署概欲拆毁，使流离载道，瓦砾极目，不祥之兆莫大焉。

姑苏虽霸国之余习，山海之厚利，然其人儇巧而俗侈靡，不惟不可都，亦不可居也。士子习于周旋，文饰俯仰，应对娴熟，至不可耐。而市井小人，百虚一实，舞文狙诈，不事本业，盖视四方之人皆以为椎鲁可笑，而独擅巧胜之名。殊不知其巧者乃所以为拙也。

三吴赋税之重，甲于天下，一县可敌江北一大郡，破家亡身者往往有之，而闾阎不困者，何也？盖其山海之利，所入不赀，而人之射利，无微不析，真所谓弥天之网，竟野之罘，兽尽于山，鱼穷于泽者矣。其人亦生而辩晰，即穷巷下佣，无不能言语进退者，亦其风气使然也。

洞庭西山出太湖石，黑质白理，高逾寻丈，峰峦窟穴，賸有天然之致。不胫而走四方，其价佳者百金，劣亦不下十数金，园池中必不可无之物。而吾闽中尤艰得之，盖阻于山岭，非海运不能致耳。昆山石类刻玉，然不过二三尺而止，案头物也。灵璧石，扣之有声，而佳者愈不可得。宋叶少林自言过灵璧，得石四尺许，以八百金市之，其贵亦甚矣。今时灵璧无有高四尺者，亦无有八百金之石也。

滇中大理石，白黑分明，大者七八尺，作屏风，价有值百余金者。然大理之贵，亦以其处遐荒，至中原甚费力耳。彭城山上有花斑石，纹如竹叶，甚佳，而土人不知贵。若取以为几，殊不俗也。

吾闽玉华洞石似昆山，而精莹过之，小者如拳，大者二三尺许，然多止一二面，而其背蚀土者殊粗。若得四面如一，无粗石皮傅之，其价亦不赀也。

永安溪中出石，多如悬崖倒覆之状，土人就其势少加斫削，置之庭前，亦自奇绝。高者五六尺许，但色枯而不吸水，故不能生苔作绿沉色，以此减价耳。

闽中白沙溪北有温泉焉，地名汤院，山上出石，脆而易琢，粗而滋水，窟宅峰峦礧磈之奇，不可名状，闽人园中常以此代太湖。然太湖终见石质，而汤院岁久，苔滋草生，荟蔚其上，竟可作小山矣。

岭南英石出英德县，峰峦耸秀，岩窦分明，无斧凿痕，有金石声。置之斋中，亦一奇品，但高大者不可易致。

金陵凤凰台上有奇石，丈许，相传李太白物，好事者又刻太白《凤凰台》诗于上,盖亦宋人墨迹也。楚陈玉叔官金陵,舁以归,舟至采石,大风浪作,舟竟覆,石沉焉。岂谪仙之英魂不欲此石落他人之手耶?亦异矣。

李德裕云:"以吾平泉一草一石与人者,非子孙也。"余谓富贵之家修饰园沼,必竭其物力,招致四方之奇树怪石,穷极志愿而后已。其得之也既难,则其临终之时,必然留连眷恋,而惧子孙之不能守也。岂知子孙之贤不肖,志趣迥别,即千言万语,安能禁其不与人哉?况富贵权力一旦属之他人,有欲不与人而不可得者,其为惑滋甚矣。余治小圃,不费难得之物,每每山行,遇道旁石有姿态者,即觅人舁归,错置卉竹间,久而杂沓,亦觉有郊坰间趣。盖不惟无财可办,亦使他日易于敕断,不作爱想也。

赵南仲爱灵璧一石,而命五百卒舁至临安;郑璠得象江六怪石,而以六十万钱輂归荥阳。劳民伤财,至于此极,何怪艮岳石纲终贻北狩也!以此为雅,不敢谓然。

山中石掘置池畔草间,自与世间传玩诸石气色不同,盖深山之中,受雾露、日月之精,不为耳目之娱。每至树木茂密,烟霭凝浮,一种赏心,非富贵俗子所可与也。

《酉阳杂俎》载:利州临江寺石,得之水中,初才如拳,置佛殿中,石遂长不已,经年重四十斤。大凡石在土中水中者皆能长,但无如是之速耳。余在闽山中见一石,窦穴数尺,中空,有宋时人题诗,上半截犹可读,下半截已为外面所障。其石一片而生,非嵌就者,故知石能长无疑也。

岭南有海石,如羊肚,大者七八尺,然无色泽,不足贵。闽有浮石,亦类羊肚,而败絮其中,置之水中则浮,以语它乡人,未必信也。

零陵石燕,相传能飞,飞即风雨,唐诗"石燕拂云晴亦雨"是也。然是石质,断无能飞之理。谢鸿云:"向在乡中山寺为学,见高岩上石有如燕状者,因以笔记之。石为烈日所暴,忽有骤雨过,石即冲起,往往坠地。盖寒热相激而迸落,非真能飞也。"此言足破千古之疑矣。山东有阳起石,煅为粉着纸上,日中暴热便能飞起,盖此石为阳精,相感之理,固宜尔也。其石入药,能壮阳道。

《管子》曰："齐之水道躁而复,故其民贪粗而好勇。楚之水淖弱而清,故其民轻果而贼。越之水重浊而洎,故其民愚疾而垢。秦之水泔最而稽,淤滞而杂,故其民贪戾罔而好事。晋之水枯旱而运,淤滞而杂,故其民谄谀而葆诈,巧佞而好利。燕之水萃下而弱,沉滞而杂,故其民愚戆而好贞,轻疾而易死。宋之水轻劲而清,故其民简易而好正。"校之于今,亦不甚然矣。大抵江北之水迅激而浊,故其人重而悍;江南之水委纡而冽,故其人缓而巧。至于五方之变,亦有不能尽符者,人不受命于物也。

轻水之人多秃与瘿,重水之人多肿与躄,甘水之人多好与美,辛水之人多疽与痤,苦水之人多尫与偻。余行天下,见溪水之人多清,咸水之人多戆,险水之人多瘿,苦水之人多痞,甘水之人多寿。滕峄、南阳、易州之人,饮山水者无不患瘿,惟自凿井饮则无患。山东东、兖沿海诸州县井泉皆苦,其地多碱,饮之久则患痞,惟不食面及饮河水则无患,此不可不知也。

余在东郡久,东郡近郭诸泉皆苦,衙斋中至无一草一木,即折杨柳种之,亦皆不活,所谓不毛之地也。每雨过日晒,土花蠹起如白盐者无数。市上面饼皆苦水所发,食之即饮井泉,无不生痞矣。彼中婴儿殇于此者,十常五六,而南方人尤不惯此,动罹其祸,不可救药也。

易州、湖州之镜,阿井之胶,成都之锦,青州之白丸子,皆以水胜耳。至于妇人女子,尤关于水,盖天地之阴气所凝结也。燕赵、江汉之女,若耶、洛浦之姝,古称绝色,必配之以水,岂其性固亦有相宜?不闻山中之产佳丽也。吾闽建安一派溪源,自武夷九曲来,一泻千里,清可以鉴,而建阳士女莫不白晰轻盈,即舆台下贱,无有蠢浊肥黑者,岂非山水之故耳。

刘伯刍之论水,以扬子中泠为第一,次之慧山、虎丘、丹阳、大明、淞江、淮水为七。陆竟陵之品泉,则以康王谷为第一,次之濂水、慧山、兰溪以至于雪水,凡二十,而扬子中泠屈居第七矣。此果铢称尺量,不易之论耶? 而所品之外,天下又果无泉可以胜此者耶? 吾以为二子之论,但据生平耳目之所及者而品第之耳。天下中川一百三十有五,小川一千二百五十有一,水泉三亿三万三千五百一十有九,而遐荒绝域者不与焉，今以一人之闻见意识，遂欲遍第天下之水，何异井蛙管豹之见也。

《茶经》云："水品：山水为上，江水次之，井水为下。"此自是定论，然山水须乳泉缓流者，又须近人村落者。若深山穷谷之中，恐有瘴雾毒蛇，不利于人。即无毒者，亦能令人发疟，盖其气味与五脏不相习也。奔湍急濑，久饮能令人瘿。井水亦有绝佳者，不亚山泉。大约江水以甘胜，井水以冽胜，山水则兼甘与冽而有之者也。

闽地近海，井泉多咸，人家惟用雨水烹茶，盖取其易致而不臭腐，然须梅雨者佳。江北之雨水不堪用者，屋瓦多粪土也。

以余耳目所及之泉，若中泠、锡山等泉，人所共赏者不载，若济南之趵突泉、临淄之孝妇泉、青州之范公泉、吴兴之半月泉、碧浪湖水、杭州西湖龙井水、新安天都之九龙潭水、铅山之石井寺水、观音洞水、武夷之珠帘泉、太姥之龙井水、支提之龙潭水、闽中鼓山之喝水岩泉、冶山之龙腰水、东山之圣泉、金陵蒋山之八功德泉、摄山之珍珠泉，皆甘冽异常。其它难以枚举，但在穷乡遐僻，无人鉴赏耳。

客中若遇无甘泉去处，但以苦水烹之，数沸后澄至冷，去其泥滓，复烹之，即甘矣。此亦古人炼炭之法也。北方每霖雨时，取箅几滑净者，于空中盛，倒入罂中，亦与南方雨水气味无别也。

人生饭粗粝，衣毡毳，皆可耐，惟无水烹茶，殊不可耐。无山水即江水，无雨水即河水，但不苦咸，即不失正味矣。冰水虽寒，不堪烹者，不净也。雪水易腐，雨水藏久即生孑孓，饮之有河鱼之疾，而闽人重之，盖不甚别茶也。

凡出师遇深山无泉之处，掘井一二丈不得水者，可束蕴火薰之，而密覆其上。火烟不得出，必寻泉脉隙处潜通，即它山数里外泉皆能引而致之，烟通则泉流矣。

凡古坑有水处曰胆水，无水处曰胆土。胆水可以浸铜，胆土可以煎铜。

天下泉有一勺而不枯不溢者。夫不枯易耳，其不溢也何故？此理之不可晓者。余在蒋山，见一人泉，仅盛碗许，吸尽复出。闽雪峰有应潮泉，亦仅如碗。东山圣泉可尺许，松根环之，千年如一日也。

然此数者,犹泉脉在地中,不可见也。鼓山凤尾亭泉,初泻岩下,后为神晏喝从山背,而下承一石池,方广不逾七尺,水终日奔注其中而不见其溢也,愈令人不可解矣。

温泉,江北惟骊山、沂州有之,江南黄山、招州有之,至吾闽中则多矣。吾郡城内外温泉共十五处,而其一在汤门外,最小而极热,土人呼为杀狗泉,盖盗狗者常于此治之也。晦翁注《论语》,谓鲁有温泉,理或然也。然晦翁未至鲁,岂不习闽乎?而乃以理断之,何也?

大凡温泉之发源,其下必有朱砂,或硫黄、礜石,盖天地至阳之精所结也。闽中诸泉皆作硫黄气,甚者薰人不可耐。人有疥者,浴之辄愈,竹木浸一宿则终不蠹,盖硫黄能杀诸虫也。华清宫余未之见,然李贺诗有“华清宫中礜石汤”之句,其为礜石无疑矣。黄山下者,万历戊戌秋,曾与同志诸子共浴其中。方广丈许,上有石屋覆之,其底皆白沙,沙热,足不能久住,所浴垢腻自流于外,都不烦人力也,亦无硫黄气。相传朱砂在其下。一日,有樵子早过之,见泉水赤如血砂,片若桃花者浮满水面,惊怪,归以语人。翌日,邻里竞往视之,则无所见矣。浴久令人骨节怠缓不收,盖居深山中,去城市僻远,非若闽中之秽杂也。

淄、渑之合,易牙尝而知之,李德裕知石头城下水非金山泉,陆羽知扬子江临岸水非南泠,蒲元知涪水与江水之杂,皆神鉴也。窃怪水之投水,自当混而为一,乃扬杓倾盆至半,知其自此始为南泠,岂真有限界而不乱耶?吾郡海水通河,河淡而海咸,随潮上下,二水之鱼交入辄死,乃知水自不混,但恐交接之处不能截然耳。

登州海上有蜃气,时结为楼台,谓之海市。余谓此海气,非蜃气也。大凡海水之精,多结而成形,散而成光,凡海中之物得其气久者,皆能变幻,不独蜃也。余家海滨,每秋月极明,水天一色,万顷无波,海中蚌蛤、车螯之属,大者如斗,吐珠与月光相射。倏忽吐成城市楼阁,截流而渡,杳杳至不可见方没。海滨之人亦习以为常,不知异也。至于蛣蜻、蚶蛎之属,积壳厨下,暗中皆生光尺许,就视之荧荧然,其为海水之气无疑矣。

宋时巨室治园作假山,多用雄黄、焰硝和土筑之。盖雄黄能辟虺蛇，焰硝能生烟雾，每阴雨之候，云气浡郁，如真山矣。

假山之戏，当在江北无山之所，装点一二以当卧游。若在南方，出门皆真山真水，随意所择，筑菀裘而老焉。或映古木，或对奇峰，或俯清流，或踞磐石，主客之景皆佳，四时之赏不绝，即善绘者不能图其一二，又何叠石累土之工所敢望乎？

假山须用山石，大小高下，随宜布置，不可斧凿。盖石去其皮便枯槁，不复润泽生莓苔也。太湖锦川虽不可无，但可妆点一二耳。若纯是难得奇品，终觉粉饰太胜，无复丘壑天然之致矣。余每见人园池踞名山之胜，必壅蔽以亭榭，妆砌以文石，缭绕以曲房，堆叠以尖峰，甚至猥联恶额，累累相望，徒滋胜地之不幸，贻山灵之呕哕耳。此非江南之贾竖，必江北之阉宦也。

《西京杂记》载：茂陵富人袁广汉筑园四五里，激流水注其内，摄石为山，高十余丈。此假山之始也。然石初不甚择，至宋宣和时，朱勔、童贯以花石娱人主意，如灵璧一石高至二十余丈，周围称是，千夫舁之不动；艮岳一石高四十余丈，封为盘固侯。石自此重矣。李文叔《洛阳名园记》十有九所，始于富郑公而终于吕文穆，其中多言花木池台之盛。而其所谓山，如王开府宅、水北、胡氏二园者，皆据嵩少、北邙之麓以为胜，则知时未尚假山也。自宣和作俑而后人争效之，然北人目未见山而不知作，南人舍真山而伪为之，其蔽甚矣！

吴中假山，土石毕具之外，倩一妙手作之，及异筑之费，非千金不可，然在作者工拙何如。工者事事有致，景不重叠，石不反背，疏密得宜，高下合作，人工之中不失天然，逼侧之地又含野意，勿琐碎而可厌，勿整齐而近俗，勿夸多斗丽，勿太巧丧真，令人终岁游息而不厌，斯得之矣。大率石易得，水难得，古木大树尤难得也。

王氏弇州园，石高者三丈许，至毁城门而入，然亦近于淫矣。洛阳名园以苗帅者为第一，据称大树百尺对峙，望之如山，竹万余竿。有水东来，可浮十石舟。有大松七，水环绕之。即此数语，胜概已自压天下矣。乃知古人创造，皆极天然之致，非若今富贵家但斗巨丽已也。

纨袴大贾非无台沼之乐，而不传于世者，不足传也。拘儒俗吏极意修饰以自娱奉，而中多可憎者，胸无丘壑也。文人墨士有鱼鸟之致，山林之赏，而家徒四壁，贫不可为悦也。穷乡潟壤，沙塞陋域，空藏白锃，而无一竹一石可供吟啸者，地限之也。幸而兼此四者，所得于造物侈矣，而犹然逐于声利，耽于仕进，生行死归，它人入室，不亦可叹之甚哉！

唐裴晋公湖园，宏邃胜概，甲于天下；司马温公独乐园，卑小不过十数椽。然当其功成名遂，快然自适，则晋公未始有余，而温公未始不足也。况以晋公之勋业，当时文人已有"破尽千家作一池"之诮，而温公之园，亦俨然与洛中诸名园并列而无惭色，乃知传世之具在彼不在此，苟可以自适而止矣，不必更求赢余也。

吾闽穷民有以淘沙为业者，每得小石有峰峦岩穴者，悉置庭中，久之甃土为池，叠蛎房为山，置石其上，作武夷九曲之势，三十六峰森列相向，而书晦翁《櫂歌》于上，字如蝇头，池如杯碗，山如笔架，水环其中，蚬蛳为之舟，琢瓦为之桥，殊肖也。余谓仙人在云中下视武夷，不过如此。以一贱佣，乃能匠心经营，以娱耳目若此，其胸中丘壑，不当胜纨袴子十倍耶！

《名园记》水北、胡氏园，其名皆可笑。如其台，四望百余里，萦伊缭洛，云烟掩映，使画工极思，不可图画，而名之曰玩月台。有庵在松桧藤葛之中，辟旁牖则台之所见亦毕备于前，而名之曰学古庵。乃知此失，古人已有之，但不如今人之多耳。今人之扁额又非甚不通者，但俗恶耳。入门曲径，首揭"城市山林"；临池水槛，必曰"天光云影"；"濠濮想"多见鱼塘，"水竹居"必施筠坞；"日涉"、"市隐"，屡见园名；"环翠"、"来云"，皆为楼额。至于俗联，尤不可耐，当借咸阳一炬了之耳。此失闽最多，江右次之，吴中差少。

余在德平葛尚宝园见木假山一座，岩洞峰峦皆木头叠成，不用片石抔土也。余奇而赏之，为再引满，因笑谓葛君："岁久而朽奈何？"答曰："此土中之根，非百年不朽也。吾园能保百年乎？"余更赏其达。时万历壬寅元日也。

魏武帝于邺城西北筑三台，中名铜雀，南名金虎，北名冰井，皆高八九丈，有屋百余间。今人但知有铜雀，而不知更有二台也。

万历癸丑四月望日，与崔徵仲孝廉登张秋之戊己山，酒间，徵以支干命名者。徵仲言："有子午谷、丁戊山、二酉室。"余言："秦有子午台，见《拾遗记》。楚有丙穴。汉有戊己校尉，又有庚辛之坊，甲乙之帐，丙舍、子夜，甲第、辛盘。"徵仲言："有屈戍、午道，白丁、壬人。"余言："尚有乙榜及呼庚癸者。"时徵仲下第贫乏，大笑而已。归途马上思唐诗有"午桥群吏散，亥字老人近"，亦可补一阙也。

濮州有愁台，陈思王故址也。长安有讼台，韦庶人所作也。楚有思台，樊姬墓也。汉有望思台，武帝为戾太子作也。有灵梦台，为李夫人作也。周有谂台，景王作也。谂之为言离也。此皆以情名者也。

帝王苑囿台观之乐诚不能无，盖自土阶茅茨不可复得，而灵台灵囿，文王之圣已不废矣。如唐太宗之九成宫，明皇之骊山温泉，此其乐在山川者也。宋高宗叠石以像飞来，激水以为冷泉，此其乐在工巧者也。宣和艮岳，穷极人间怪木奇石，珍禽异兽，深秋中夜，凄凉之声四彻，此其乐在玩物者也。始皇阿房千万间，武帝上林苑中离宫七十所，炀帝西苑三百里，此其乐在宏丽者也。东昏为芳乐苑，当暑种树，朝种夕死，细草名花，至便焦燥，纷纭无已，山石皆涂采色，诸楼壁悉画男女私亵之像，其杀风景甚矣，此其所以为东昏也。

缙绅喜治第宅，亦是一蔽。当其壮年历仕，或鞅掌王事，或家计未立，行乐之光景皆已蹉跎过尽。及其官罢年衰，囊橐满盈，然后穷极土木，广侈华丽，以明得志。曾几何时而溢先朝露矣。余乡一先达，起家乡荐，官至太守，赀累巨万，家居缮治第宅，甲于一郡，材具工匠皆越数百里外致之。甫落成而身死，妻亦死，子女争夺，肉未寒而券入他人之手矣。每语子弟，可为永鉴也。

郭汾阳治第，谓工人曰："好筑此墙，勿令不牢。"筑者释锤而对曰："数十年来，京城达官家墙皆是某所筑，今某死某亡，某败某绝，人自改换，墙固无恙。"令公闻之，惕然动心，即日请老。噫，贤哉工人之言！达哉令公之见也！

精巧愈甚，则失势之日人之瞰之也愈急，是速其败也。价值愈高，则贫乏之日人之市之也愈难，是益其累也。况致富之家多不以道，子孙速败自是常理，冷眼旁观，可为叹息。

宋王君贶拜三司，方二十七岁，即在洛起宅，至八十岁而宅终不成。子舍早世，惟一孙居之，不能十分之一。富郑公亦起大宅，而无子，族子绍定居之，而绍定又无子。二公皆宋名臣，而不能勘破此关，况今世哉！

古人观室者，周其寝庙，又适其偃焉。偃者，厕也。厕虽秽浊之所，而古人重之。今大江以北人家，不复作厕矣。古之人君，便必如厕，如晋景公如厕陷而卒，汉武帝如厕见卫青，北齐文宣令宰相杨愔进厕筹，非如今净器之便也。但江南作厕，皆以与农夫交易。江北无水田，故粪无所用，俟其地上干，然后和土以溉田。京师则停沟中，俟春而后发之，暴日中，其秽气不可近，人暴触之辄病，又何如奏厕之便乎？

武帝如厕见卫青，解者必曲为之说，此殊可笑。史之记此，政甚言帝之慢大臣，以见其敬黯耳。若非溷厕，史何必书？卫青，公主马前奴也，官即尊贵，帝狎之久矣。文宣令宰相进厕筹，武帝之如厕见大将军，亦何足怪。唐郭汾阳将校官至节度使，封侯皆趋走执役于前，夫人小女至令捧汤持帨，则帝之如厕见青，固狎爱之至，而亦青之所以自全也。

石崇厕上有绛纱帐大床，茵蓐甚丽，两婢持香囊，则帝王之厕可知，岂比穷措大粪秽狼藉、蝇蛆纵横者，而不可屈大将军一见乎？

阁与阁，世人多混用之。阁，夹室也，以板为之，亦楼观之通名也。《内则》："天子之阁，左达五，右达五。"盖古人制此以庋饮食之所，即今房中之板阁。而后乃广其制，为天禄、凌烟等名，或以藏书，或以绘像，或以为登眺游览之所。此楼阁之阁也。阁者，门旁小户也。汉公孙弘开东阁以延贤人，盖避当门，而东向开一小门引宾客，以别于官属，即今官署脚门旁有延宾馆是也。韩延寿为太守，闭阁思过，即如今闭脚门，不听官属入耳。唐正衙日唤仗入阁，则百官亦随以入，谓之入阁，盖中门不启而开脚门也。然则夹室谓之阁，旁门为之阁，义自昭然。汉三公黄阁，注："不敢洞开朱门，以别于人主，故黄其阁。"今国家设文渊阁藏书，而大学士主之，故谓之阁老。若以黄阁、东阁之义言之，亦可谓之阁老耳。

《尔雅》："小闺谓之阁。"闺即门也，故金门亦谓金闺，处子谓之闺女，以其处门内也。今人闺阁概作闺阁，至以朝廷东阁，亦巍然揭"东阁"之额而不觉其非，盖黄阁老，子美诗已误用之矣。今若称阁下为阄下，举世有不笑之者耶？

紫微原为帝星，以其政事之所从出，故中书省亦谓之紫微，而舍人为紫微郎。白乐天"紫薇花对紫微郎"者，以其音之偶同，戏用之耳。今各处藩省多揭"紫薇"为堂名，而参知署额多称"薇省分署"者，习而不觉其非也。

古者官舍概谓之省寺。《汉书·何并传》："王林卿度泾桥，令骑奴还至寺门，拔刀剥其建鼓。"唐制，中书、两府谓之三省，宋惟有中书省。国朝去中书，而外藩司原有行省之设，故俗谓之十三省云。寺则一二，九卿如大理、光禄之类，盖亦仍其旧称。而佛宫概谓之寺矣，相传起于汉明帝崇重佛教，化比于公卿之爵，故以寺名其居。今则非敕赐者不得称也。

《孟子》："德之流行，速于置邮而传命。"注："置，驿也。邮，驲也。所以传命也。"今人驿与驲多通用，而不知其异也。按马传曰置，步传曰邮。置者，驿马也，邮者，铺递也。既言置，又言邮，盖亦当时俗语，如今言驿铺也。至《广雅》解云："置，驿也。邮，亦驿也。"则误以驲为驿也。

古者乘传皆驿车也。《史记》："田横与客二人乘传诣雒阳。"注："四马高足为置传，四马中足为驰传，四马下足为乘传。"然郑子产乘遽而至，则似单马骑矣。《释文》以车曰传，以马曰遽。子产时相郑国，岂乏车乎？惧不及，故乘遽，其为驿马无疑矣。汉初尚乘传车，如郑当时、王温舒皆私具驿马，后患其不速，一概乘马矣。

闽中方言，家中小巷谓之弄。《南史》："东昏侯遇弑于西弄。"弄即巷也。《元经世大典》谓之火弄，今京师讹为胡同。

佛典：一弓为四肘，五百弓为一拘卢舍。王荆公诗："卧占宽闲五百弓。"五百弓，四里也。今闽中量田尚用弓，云四步为一弓，而它处人无知之者，此亦古法之遗也。又佛地以二亩为双，皇华老人诗"招客先开四十双"是也，而今绝无知者。

《诗》:"及尔同僚。"《左传》:"同官曰寮。"注:"寮,小窗也。"盖取同舍之义。然古僚通作寮。《书》:"百僚师师。"僚之为言臣也。《释文》:"僚,贱隶之称。"《左传》:"泉丘人女奔孟僖子,其僚从之。"则僚不过朋侪之义,故其字从人,寮声。《诗》之所谓同僚者,恐亦如是。后人见其从宀,遂引僧寮、绮寮之义以证之,不知同寮可作同僚,而僧寮不可作僧僚也。

《岁时记》:"务本坊西门有鬼市,冬夜尝闻卖干柴声。"是鬼自为市也。《番禺杂记》:"海边时有鬼市,半夜而合,鸡鸣而散,人与交易,多得异物。"又济渎庙神尝与人交易,以契券投池中,金辄如数浮出,牛马百物,皆可假借。赵州廉颇墓亦然。是鬼与人市也。秦始皇作地市,令生人不得欺死人,是人与鬼市也。

岭南之市谓之虚,言满时少,虚时多也。西蜀谓之亥。亥者,痎也;痎者,疟也。言间日一作也。山东人谓之集,每集则百货俱陈,四远竞凑,大至骡马牛羊,奴婢妻子,小至斗粟尺布,必于其日聚焉,谓之赶集。岭南谓之趁虚,而岭南多妇人为市,又一奇也。京师朔望及二十五,俱于城隍庙为市,它时散处各方,而至此日皆合为一市者,亦甚便之。而京师间有异物奇宝,郎曹入直之暇,下马巡行,冠带相错,不禁也。初四、十四、二十四等日,则于东皇城之北有集,谓之内市,多是内人赢余之物,不及庙中之多也。至每岁正月十一日起,至十八日止,则在东华门外迤逦极东,陈设十余里,谓之灯市,则天下瑰奇巨丽之观毕集于是,视庙中又盛矣。

灯市虽无所不有,然其大端有二:纨素珠玉多宜于妇人,一也;华丽妆饰多宜于贵戚,二也。舍是则猥杂器用饮食与假古铜器耳。余在燕都,四度灯市,日日游戏,欲觅一古书古画,竟不可得,真所谓入宝山而空手却回,良以自笑也。

《左传》曰:"都鄙有章。"都,城郭也;鄙,乡村也。故都训美,鄙训俗。《淮南子》曰:"始乎都者常卒乎鄙。"亦犹朝市之分君子小人也。

卷之四

地 部 二

蜀江油有左担道,为其道至险,担其左者不得易至右也。《汉书·西南夷传》:"滇池,秦时尝破,略通五尺道。"谓其险阨,才五尺也。《西域传》:"乌秅国,其西则有县度。"谓悬绳而度也。今天下莫险于栈道,然直指使者行部肩舆安稳,岂复王阳回驭时乎?

闽中自浙之江山入度仙霞岭,亦自险绝,北人度,汗津津下矣。余己丑夏下第,适天欲雨,暝云四合,与徐惟和自绝顶直趋至平地,而后雨作。要其险岂能敌白鹤岭之半乎?若登山游眺,险尚有什百于此者,韩昌黎恸哭不足为奇也。

平生游山所历,当以方广岩、灵羊谷为第一险,仰倚绝壁,下临无际,既无藤葛可攀,途仅尺许而又外倾,且为水帘所喷,崎岖苔滑,就其旁睨之,胆已落矣。余与诸友奴仆六七人,仅一小奴过之,然几不能返,面无人色矣。武夷折笋,余少时登之,殊不为意,盖梯干甚伟,险处又有铁绠可攀,自不至失足耳。但既过险,龙脊上甚难行,亦强弩之末势也。

华山余未之登,读王恒叔游记,知其险甲于诸岳,亦在龙脊上难行耳。天台石梁,不过独木桥之类,人自气慑耳,无崩朽之虞也。闽鼓山白云洞,石磴七百级,望之如登天,然不过苦诸缙绅公子体腴骨弱者耳,许掾得此,自当无苦也。

新安黄山深处,由石牌楼达海子,有积沙岸丈许,人疾过之则济,少驻足沙便崩,余不敢度也。潘景升笑而践之,行二三步而崩,大呼求救,土人掖之以还,面如死灰云。余笑谓:"不尔,几作嬴政崩沙丘矣。"友人王玉生过灵羊谷亦然,归家病几一月。如此奇僻,可作昌黎后身,然食肉不食马肝,未为不知味也。

余游四方名山，无险不届，并未失足。壬子秋过吕亭驿一板桥，去地二丈余，中道而折，四舆人及余皆殒地。其不为齑粉者，以下皆积沙也，始知人不隤于山而隤于垤，祸每生于所忽也。

南昌，《滕王阁序》既云"星分翼轸"，又云"龙光射斗牛之墟"。翼轸、斗牛相距甚远，必有一谬。

荆州黄牛峡下有查波滩，宋寇莱公谪巴东，舟经此滩，闻水中人语，出视之，见一裸体者为之挽舟。公叱之，曰："我黄魔神也。公异日当大用，故为公挽舟耳。但裸体不敢相见。"公以锦袄投之，神即披袄再拜，冉冉而去。

夷陵龙角山有石穴，窅黑无际，其中有二巨石，相对而立，中间丈许，名阴阳石。阴石常湿，阳石常燥，每水旱不调，居民具仪从入穴中，旱则鞭阴石，潦则鞭阳石，无不应时而止。但鞭者不出三年必死，故人不敢为也。

松滋县南九十里有竹泉，宋政和初，有僧浚井，得竹笔。后黄庭坚谪黔过之，视笔曰："此吾过峡中虾蟆背所坠也。"后其笔忽成竹，始知此泉与峡水通也。

荆州济江西岸有地肺，洪潦常浮不没，其状若肺焉，故名。骆宾王吸金丹于地肺，即此也。或云终南山亦曰地肺，一云太一山。

《山海经》："鲧窃帝之息壤，以湮洪水。"今江陵南门有息壤祠云。息壤，石也，而状若城郭。唐元和中，裴宇牧荆州，阴雨弥旬不止。有道士欧阳献谓宇曰："公曾得一石室乎？瘗之则雨止矣。"宇惊曰："有之，但已弃竹篱外矣。"觅而瘗之，雨即止。后人有发之者，辄致淋雨。苏轼序云："今江陵南门外有石，状若宅陷地中而犹见其脊，旁有石记云：'不可犯畚锸，以致雷雨。'后失其处。"万历壬午新筑南门城，乃复得而瘗之，置祠其上。

匡续字子孝，周武王时人，庐于浔阳山中。后威烈王以安车迎续，续仙去，惟庐存，故命其山为庐山，亦曰匡山也。

黄州东百里有孔子山，相传孔子适楚，尝登此山。上有坐石，草木不侵。有砚石，每雨辄有墨水流出。

汴有老圃纪姓者，一锄庇三十口，病笃，呼子孙戒曰："此二十亩地便是青铜海也。"此与舌耕、研田何异。

《洞天福地记》所言里数多诞，如云泰山周回三千里，霍林洞天亦三千里之类。今计其地，才百分之一耳。或以列真所居分治之域论耶？其说殆不可晓。

杜少陵文："九天之云下垂，四海之水皆立。"坡诗："天外黑风吹海立。"余从祖司农公杰以大行奉使过海，中流有龙见焉，倒垂云际，距水尚百许丈，而水涌起如炊烟，直与相接，人见之历历可辨也。始信水立之语非妄。

正德中，顺天文安县水忽僵立，是日天大寒，遂冻为冰柱，高五六丈，四围亦如之，中空而旁有穴，凝结甚固。逾数日，流贼刘六、刘七等杀掠过此，民大小老弱相率入冰穴中避之，赖以全活者甚众。此亦古今所未见之异也。

金陵钟山有八功德水，相传梁天监中，胡僧昙隐所掣也。其泉一清，二冷，三香，四柔，五甘，六净，七不饐，八蠲疴，故名八功德。

《七发》云："观涛于广陵之曲江。"广陵，今扬州也。扬州之涛殊不足观，汉时吴越、钱塘皆属扬州，或者曲江之涛即指西陵之潮耳。况广陵之江一望而尽，非曲江也。

成都有天涯、海角二石。天涯石在中兴寺，故老传云，人坐其上则脚肿不能行。至今人不敢践履。地角石在罗城内西北隅角，高三尺余，旧有庙。王均之乱，为守门者所坏，今不复存矣。

刘骥之采药至衡山，深入忘返，见有一洞水，水南有二石囷，一囷闭，一囷开。水深广不得过，欲还失道，遇伐弓人问径，仅得还家。或说囷中皆仙灵方药诸杂物，骥之欲更寻索，终不知处也。此与王烈、嵇叔夜事相类，名山洞府信有之。

宋崇宁中铸九鼎，用金甚厚，取九州水土内鼎中，既奉安于九成宫，车驾临幸，遍礼焉。至北方之宝鼎，忽漏，水溢于外。刘炳谬曰："正北在燕山，今宝鼎但取水土于雄州境，宜不可用。"其后竟以北方致乱。

建炎三年，吉州修城，役夫得髑髅，弃水中。俄浮一钟，有铭五十六字，云："唐兴元年吾子没，瘗庐陵西垒。后当火德五九之际，世衰道败,浙梁相继丧乱。章贡康昌之日,吾亦复出是邦,东平鸠工复使吾子同河伯听命水官。"郡守命录其词,录毕而钟自碎。

张唐英谓姚玙乃与洛水进赤石者同等。杨用修引《唐语林》:武后时争献祥瑞,洛滨居民有得石而剖之中赤者,献于后,曰:"是石有赤心。"李日知曰:"此石有赤心,其余岂皆谋反耶?"唐英所引盖此事,《语林》罕传,人亦鲜知。余按此事载《唐书·李昭德传》中甚明,固非《语林》,亦非李日知事也。余髫时读史即知有此,用修乃以为新闻耶?

济南有二奇焉:趵突泉从地中涌起六七尺者数处,冬夏不竭,流而成河;华不注山亦从地中突起,旁无丘陵绵亘,远望之若浮图焉,其上乱石纵横,如人工所堆叠。皆奇观也。

峄山多石,黝黑色,从下望之,簇簇如笋然。山径皆缘石行,或俯出其下。石之下皆沙也,石附沙以自固。久之,沙为风雨摧剥渐尽,窟穴竞开,石亦不能自立,常有自山巅陨至田中者,譬之米中鸡子,米尽则魇矣。叶福唐相君为南宗伯时游此,政值石坠,滚至前仅丈余而止,稍进则齑粉矣。此亦游者所当戒也。

秦始皇泰山立无字碑,解者纷纭不定,或以为碑函,或以为镇石,或以为欲刻而未成,或以为表望,皆臆说也。余亲至其地,周环巡视,以为表望者近是。盖其石虽高大,而厚与凡碑等,必非函也。此石既非山中所产,又非寻常勒字之石,上有芝盖,下有趺坐,俨然成具,非未刻之石也。考之《史记》,始皇以二十八年上泰山,立石,封,祠祀。下,风雨暴至,休于树下,因封其树为五大夫。禅梁父,刻所立石,其辞云云。则泰山之石已刻矣。今元君祠旁公署中尚有断碑二十九字,此疑即所刻之石也,然则片石之树其巅为祠祀表望明矣。

泰山之称雄于江北,亦无佛处称尊耳。齐、鲁之地,旷野千里,冈陵丘阜,诧以为奇,而岱宗巍然,障大海而控中原,其气象雄伟,莫之与京,固宜为群岳之宗也。又岱为东方主发生之地,故祈嗣者必祷于是,而其后乃傅会为碧霞元君之神以诳愚俗,故古之祠泰山者为岳也,而今之祠泰山者为元君也。岳不能自有其尊,而令它姓女主偃然据其上,而奔走四方之人,其倒置亦甚矣。

有死而后有生，故泰山之有蒿里山也，酆都城也，十王殿也，皆为受生而设也。余窃以为东方主生，西方主杀，各有司存，岂宜并用。酆都业在西方，则受死之籍，当归金天。华岳虽相去万里，而造化视之，不过左右手耳。愚民贪生而又畏死，故祝延者与求胤者，香火相望。要之生可祈也，死亦可祈也；死不可免也，则生亦不必祷也。况不知寡欲而求生子，不知行善而求延年，民之大惑也。

藏经云："泰山为天帝之孙，为五岳祖，主掌人间生死修短。"此俗说之鼻祖也。然天帝岂应有孙，不过以东方震旦之地，有"帝出乎震"之说而附会之耳。

渡江以北，齐、晋、燕、秦、楚、洛诸民，无不往泰山进香者，其斋戒盛服，虔心一志，不约而同。即村妇山甿皆持戒念佛，若临之在上者，云稍有不洁，即有疾病及颠踬之患。及祷祠以毕，下山舍逆旅，则居停亲识皆为开斋，宰杀狼藉，醉舞喧呶，娈童歌倡，无不狎矣。夫既不能修善于平日，而又不能敬谨于事后，则其持戒念佛，不过以欺神明耳，曾谓泰山不如林放乎！

均州之太和山，万方士女骈阗辐凑，不减泰山，然多闽、浙、江右、岭蜀诸人，与元君雄视，无异南北朝矣；而均州诸黄冠千数，放纵无忌，此则岱宗所无也。

武当、元君二祠，国家岁籍其香钱，常数万缗，官入之以给诸司俸禄，不独从民之便，而亦藉神之贶矣。然官吏饩廪，自当有惟正之供，取足于此，似为不经。似当入之本州，以为往来厨传之费，免加派之丁粮则善矣。今泰山四、九二月之终，藩省辄遣一正官至殿中亲自检阅，籍登其数，从者二人，出入搜索，如防盗然，谓之"扫殿"，而袍帐、化生俚亵之物，皆折作官俸，殊不雅也。武当亦然。

齐云僻处万山之中，故进香者少，所入则黄冠橐中物耳。其轩辎供应之费亦道官主之，故邑人差不累也。然齐云实无奇，奇者天门与石桥岩耳，而游者又多未之及也。

游山不藉仕宦，则厨传舆僮之费无所出，而仕宦游山又极不便。侍从既多，不得自如，一也；供亿既繁，彼此不安，二也；呵殿之声既杀风景，冠裳之体复难袒跣，三也。舆人从者，惮于远涉；羽士僧众，但欲速了。崄巇之道,恐异夫之诮语;奇绝之景,惧后来之开端。相率导引于常所经行而止,至于妙踪胜赏,十不能得其一二也。故游山者须藉同调地主,或要丘壑高僧,策杖扶藜,惟意所适。一境在旁,勿便错过;一步未了,莫惮向前。宁缓毋速,宁困毋逸,宁到头而无所得,毋中道而生厌怠。携友勿太多,多则意趣不同;资粮勿太悭,悭则意兴中败。勤干见解之奴,常鼓其勇;富厚好事之主,时借其力。勿偕酒人,勿携屌伴。每到境界,切须领略;时置笔砚,以备遗忘。此游山之大都也。

天下丘壑,无如闽中之多者,即生长其中,不能尽识也。闻粤西山水之奇甲于宇内,每问其土人,云出门皆山,而山皆洞,委蛇屈曲里许者不可数计也。吾闽城内外诸山皆有之,但无好事者搜剔之耳。

山川须生得其地,若在穷乡僻壤、轮蹄绝迹之处,埋没不称者多矣。如姑苏之虎丘,邹之大峄,培塿何足言,而地当舟车之会,遂令游咏赞赏,千载不绝,岂亦有幸不幸耶?

山莫高于峨眉,莫秀于天都,莫险于太华,莫大于终南,莫奇于金山、华不注,莫巧于武夷,其它雁行而已。峨眉之巅有积雪,武夷半壁有仙舟,华不注地中崛起,天都面面莲花,苟不亲见,以语人,未必信也。

雁荡瀑布无声,故自奇绝。闽中水帘数处皆无声,盖岩腰凹而水喷空,则为水帘自不能奔号也。水帘奇于瀑布。吾闽四山皆瀑也,而黄岩峰瀑布,数百里外皆望见,如匹练焉。余又在黄山见九龙潭水从绝顶分为三而下,至半腰合流,又三分之,如是者三始至地,望之如杂佩然,亦一奇也。

峨眉虽六月必具单夹絮衣而登,其下犹炎暑也,至半山则御夹衣,绝顶则着絮矣。过十月则不可登,道为雪封,且寒甚也。其山本以两峰相对,如蛾眉然,故名。蛾字当从虫,不当从山也。

峨眉之巅,四望无与颉颃者,惟正东有一点青色如烟,相传匡庐山也。然庐山未必便高于诸岳,又况九江地下,即高不能敌西北方也。西北地势视东南已高与山齐矣。此非臆说也。山东济宁分水闸,北距临清仅三百七十里,地高九十尺,南距徐州仅四百里,地高一百十有六尺。以川江之势度之，其建瓴之势，一日千里，岂直千仞而已哉？

吾闽俗谓延平之水高与鼓山平，然未有以试也。万历己酉夏，大水骤至，城中涨溢，水从南门出，高二丈许，门阖仅露一抹，如蛾眉然。余居距门百余武，庭中水仅四五尺，东折至鳌峰下则无水矣。相距半里许而地形高下已逾二丈，寻常行路殊不为觉，始信人言不诬也。昔人谓桂林之壤视长沙、番禺高千尺，理固然耳。

水固常有斗者。《春秋》书："縠洛斗，毁王宫。"《竹书纪年》载："洛伯用与河伯冯夷斗。"《竹书》或诞妄不经，《春秋》圣人之笔，不可诬也。《宋史·五行志》载：高宗绍兴十四年，乐平县河决，冲田数百顷，田中水自起立，如为物所吸者，高地数尺，不假堤防而水自行。里南程家井水亦高数尺，夭矫如虹，声若雷霆，穿墙毁楼而出。二水斗于杉墩，且前且却，十余刻乃解，各复其故。《说海》纪贵州普定卫有二水，一曰滚塘寨，一曰闹蛙池，相近前后。吴人从军至此，夜闻水声搏激，既而其响益大，居人开户视之，波涛喷面，不可逼近，坐以伺旦。及明声息，二水一涸一溢，人以为水斗。此亦古今所有，不足异也。按《纪年》所纪洛伯、河伯，乃二诸侯也，而后世傅会之，遂以冯夷为河伯之名。并识于此。

天下海潮之来，皆以渐次。余家海滨，每乘潮汐渡马江，舟中初不觉也。盐官潮来则稍拍岸，激石成声，与长溪松山下潮相似。惟钱唐则不然，初望之一片青气，稍近则茫茫白色，其声如雷，其势如山，吼掷狂奔，一瞬至岸，如崩山倒屋之状。三跃而定，则横江千里，水天一色矣。近岸一带人居，潮至，浪花直喷屋上，檐溜倒倾若骤雨然，初观之亦令人心悸，其景界甚似扁舟犯怒涨下黯淡滩时也。

海中波浪，人所稀见，即和风安澜时，其倾侧簸荡，尤胜洞庭、扬子怒涛十倍也。封琉球之舟，大如五间屋，重底牢固，其桅皆合抱坚木，上下铁箍，一试海上，半日，板裂箍断。虽水居善没之人，未习过海者，入舟辄晕眩，呕哕狼藉。使者所居皆悬床，任其倾侧而床体常平，然犹晕悸不能饮食，盖其旷荡无际，无日不风，无时不浪也。观海者难为水，讵不信然！

浙之宁、绍、温、台，闽之漳、泉，广之惠、潮，其人皆习于海，造小舟仅一圭窦，人以次入其中，暝黑不能外视一物，任其所之，达岸乃出之。不习水者附其舟，晕眩几死，至三日后长年以篙头水饮之始定。盖自姑苏一带沿海行至闽、广，风便不须三五日也。

海上操舟者，初不过取捷径往来贸易耳，久之渐习，遂之夷国，东则朝鲜，东南则琉球、旅宋，南则安南、占城，西南则满剌迦、暹罗，彼此互市，若比邻然。又久之，遂至日本矣。夏去秋来，率以为常，所得不赀，什九起家。于是射利愚民，辐辏竞趋，以为奇货，而榷采之中使利其往来税课，以便渔猎，纵令有司给符缯与之，初未始不以属夷为名。及至出洋，乘风挂帆，飘然长往矣。近时当事者虽为之厉禁，诛首恶一二人，然中使尚在，祸源未清也。老氏曰："不贵难得之货，使民不为盗。"上既责以税课方物，而又禁其贩海，其可得乎？

贩海之舟，所以无覆溺之虞者，不与风争也。大凡舟覆，多因斗风。此辈海外诸国既熟，随风所向，挂帆从之，故保其经岁无事也。余在海盐、钱唐，见捕鱼者为疏竹筏，半浮半沉水上，任从风潮波浪，舟皆戒心而筏永无恙者，不与水争也。小人诚有意智，然因之悟处世之法。江南遣徐铉聘宋，词锋才辩，廷臣无出其右者，而宋太祖遣一不识字殿侍接之，即是此意。

海外之水，不知还靠天乎？还有地乎？今之高处望日似从海中生者，盖亦远视云然，如落日之衔山，非真从山落也。所云海外诸国，如琉球、日本之类，皆海中，非海外也。北方沙漠之外，不知还有海否，若果有之，则中国与北虏亦在海中矣。水土合而成地，大段水犹多于土也。

潮汐之说诚不可穷诘，然但近岸浅浦，见其有消长耳，大海之体固毫无增减也。以此推之，不过海之一呼一吸，如人之鼻息，何必究其归泄之所。人生而有气息，即睡梦中形神不属，何以能吸？天地间只是一气耳。至于应月者，月为阴类，水之主也。月望而蚌蛤盈，月蚀而鱼脑减，各从其类也。然齐、浙、闽、粤，潮信各不同，时来之有远近也。

苏州东入海五六日程有小岛，阔百里余，四面海水皆浊，独此水清，无风而浪高数丈，常见水上红光如日，舟人不敢近，云："此龙王宫也。"而西北塞外人迹不到之处，不时闻数千人砍树拽木之声，及明远视，山木一空，云："海龙王造宫也。"余谓龙以水为居，岂复有宫？即有之，亦当鲛宇贝阙，必不藉人间之木殖也。愚俗之不经一至于此。

天下之桥，以吾闽之洛阳桥为最，盖跨海为之，似非人力。相传蔡君谟遣吏持檄海神，及归，得一醋字，遂以廿一日酉时兴工，至期，潮果不至。今世所传《四喜》杂剧者本此也，事有无不可知。计桥长三百六十丈，若当怒潮，必难驻足耳。吾郡台江大桥亦百余丈，跨大江而度，三十九门，江涛澎湃，亦自恐人，不知当时何以建址。大抵闽人工于此伎，亦不烦神力耳。

江南无闸，江北无桥；江南无茅屋，江北无溷圊。南人有无墙之室，北人不能为也；北人有无柱之室，南人不能为也。北人不信南人有架空之楼行于木杪，南人不信北人有万斛之窖藏于地中。

地窖燕都虽有之，不及秦、晋之多，盖人家颛以当蓄室矣。其地燥，故不腐，其土坚，故不崩。自齐以南不能为也。三晋富家藏粟数百万石，皆窖而封之，及开则市者坌至，如赶集然，常有藏十数年不腐者。至于近边一带，常作土室以避虏，其中若大厦，尽室处其中，封其隧道，固不啻金汤矣，但苦无水耳。

闽、广地常动，浙以北则不恒见，说者谓滨海水多则地浮也。然秦、晋高燥无水，时亦震动，动则裂开数十丈，不幸遇之者，尽室陷入其中。及其合也，浑无缝隙，掘之至深而不可得。王太史维桢实遭此厄。则闽、广之地动而不裂者，又得无近水滋润之故耶？然大地本一片生成，而有动不动之异，理尤不可解也。

万历己酉夏五月廿六日，建安山水暴发，建溪涨数丈许，城门尽闭。有顷，水逾城而入，溺死数万人，两岸居民树木荡然如洗。驿前石桥甚壮丽，水至时人皆集桥上，无何，有大木随流而下，冲桥，桥崩，尽葬鱼腹。翌日水至福州，天色晴明而水暴至，斯须没阶，又顷之，入中堂矣。余家人集园中小台避之，台仅寻丈，四周皆巨浸矣。或曰："水上台可奈何？"然计无所出也。少选，妹婿郑正传泥淖中自御肩舆，迎老母暨诸室人至其家，始无恙，盖郑君所居独无水也。然水迄不能逾吾台而止，越二日始退。方水至时，西南门外白浪连天，建溪浮尸蔽江而下，亦有连楼屋数间泛泛水面，其中灯火尚荧荧者，亦有儿女尚闻啼哭声者，其得人救援，免于鱼鳖，千万中无一二耳。水落后，人家粟米衣物为所浸渍者出之，皆黴黑臭腐，触手即碎，不复可用。当时吾郡缙绅，惟林民部世吉捐家赀葬无主之尸凡以千计，而一二巨室大驵，反拾浮木无数以盖别业，贤不肖之相去远矣！

闽中不时暴雨，山水骤发，漂没室庐，土人谓之出蛟，理或有之。大凡蛟蜃藏山穴中，岁久变化，必挟风雨以出，或成龙，或入海。闽乌石山下瞰学道公署，数年前邻近居民常见巨蟒，长数百尺，或蹲山麓，或蟠官署觚棱之上，双目如炬。至己酉秋八月，一夜大风雨，乌石山崩，自后蟒不复见云。先是，阮中丞一鹗无功于闽，而庙食山巅，舆论不慊也。是日山崩，政当其处，祠宇尽为洪水漂流，片瓦只橼杳不可见，时以为异云。

吴兴水多于山间暴下，其色殷红，禾苗浸者尽死，谓之"发洪"。晋中亦时有之。岢岚四面皆高山，而中留狭道，偶遇山水迸落，过客不幸，有尽室葬鱼腹者。州西一巨石，大如数间屋，水至，民常栖止其上。一日水大发，民集石上者千计，少选，浪冲石转，瞬息之间，无复孑遗，哭声遍野。时固安刘养浩为州守，后在东郡为余言之，亦不记其何年也。

水柔于火，而水之患惨于火，火可避而水不可避，火可扑灭而水无如之何，直俟其自落耳。若癸卯山东之水，丁未南畿之水，己酉闽中之水，壬子北都之水，皆骸骨蔽野，百里无烟，兵戈之惨，无以逾之。然北方之水，或可堤防而障，或可沟浍而通，惟南方山水之发，疾如迅雷，不可御也。

火患独闽中最多，而建宁及吾郡尤甚，一则民居辐凑，夜作不休；二则宫室之制，一片架木所成，无复砖石，一不戒则燎原之势莫之遏也；三则官军之救援者徒事观望，不行扑灭，而恶少无赖利于劫掠，故民宁为煨烬，不肯拆卸耳。江北民家土墙甓壁，以泥苫茅，即火发而不然，然而不延烧也。无论江北，即兴泉诸郡多用砖甓，火患自稀矣。

周辉《清波杂志》谓："人生不可无田，有则仕宦出处自如，可以行志，故福字从田从衣，谓之衣食足为福也。然必税轻徭简，物力有余之地差足自乐,若三吴之地,赋役繁重,追呼不绝,只益内顾之忧耳。"彼但知福之从田,而不知累之亦从田也。按福字旁从示,不从衣。

吴、越之田,苦于赋役之困累;齐、晋之田,苦于水旱之薄收。可畜田者,惟闽、广耳。近来闽地殊亦凋耗,独有岭南物饶而人稀,田多而米贱,若非瘴蛊为患,真乐土也。

燕、齐萧条,秦、晋近边,吴、越狡狯,百粤瘴疠,江右蠲瘠,荆楚慓悍,惟有金陵、东瓯及吾闽中尚称乐土,不但人情风俗文质适宜,亦且山川丘壑足以娱老,菟裘之计,非蒋山之麓则天台之侧,非武夷之亭则会稽之穴矣。

书言天下有九福:京师钱福、病福、屏帷福,吴、越口福,洛阳花福,蜀川药福,秦陇鞍马福,燕、赵衣裳福。今以时考之,盖不尽然,京师直官福耳,口福则吴、越不及闽、广,衣裳福则燕、赵远逊吴、越,钱福则岭南、滇中,贾可倍蓰,宦多稛载。

凡山川佳丽之处,亦须风气回合,川壑幽邃,缓急可避兵革者。如武夷之小桃源,居万峰之中,秀色环抱,石门一径,可杜而绝。其中豁然别是一天地,有田有水,又有村落,可为伴伍,养蜂蒸楮,可以为生,鹅鸭鸡豚,可以自给,山寇所不及,海贼所不到。想武陵避秦之地,未必胜此也。黄山之丞相园次之,但地稍瘠,又无人烟耳。

楚中如衡山宝庆,亦一乐土也,物力裕而田多收,非戎马之场,可以避兵,而俗亦朴厚。长沙则卑湿而儇,不可居矣。

国家自采榷之使四出,虽平昔富庶繁丽之乡,皆成凋敝,其中稍充裕者,岭南与滇中耳。然五岭瘴乡,不习者有性命之虞。滇南远隔绝徼,山川阻修,黔巫之界,苗僚为梗,过客辎重,时遭抄掠,不但商旅稀少,即仕宦者亦时时戒心也。

滇中沃野千里,地富物饶。高皇帝既定昆明,尽徙江左诸民以实之,故其地衣冠文物,风俗言语,皆与金陵无别。若非黔筑隔绝,苗蛮梗道,诚可以卜居避乱。然滇若不隔万山,亦不能有其富矣。

富室之称雄者,江南则推新安,江北则推山右。新安大贾,鱼盐为业,藏镪有至百万者,其它二三十万则中贾耳。山右或盐或丝,或转贩或窖粟,其富甚于新安,新安奢而山右俭也。然新安人衣食亦甚菲啬,薄糜盐虀,欣然一饱矣,惟娶妾、宿伎、争讼,则挥金如土。余友人汪宗姬家巨万,与人争数尺地,捐万金;娶一狭邪如之,鲜车怒马,不避监司前驱,监司捕之,立捐数万金。不十年间,萧然矣。至其菲衣恶食,纤啬委琐,四方之人皆传以为口实,不虚也。

天下推纤啬者必推新安与江右,然新安多富,而江右多贫者,其地瘠也。新安人近雅而稍轻薄,江右人近俗而多意气,齐人钝而不机,楚人机而不浮,吴、越浮矣而喜近名,闽、广质矣而多首鼠,蜀人巧而尚礼,秦人鸷而不贪,晋陋而实,洛浅而愿,粤轻而犷,滇夷而华。要其醇疵美恶,大约相当,盖五方之性,虽天地不能齐,虽圣人不能强也。今之宦者,动欲择善地,不知治得其方,即蛮夷可化,况中国哉!

仕宦谚云:“命运低,得三西。”谓山西、江西、陕西也。此皆论地之肥硗,为饱囊橐计耳。江右虽贫瘠而多义气,其勇可鼓也。山、陕一二近边苦寒之地,诚不可耐,然居官岂便冻饿得死?勤课农桑,招抚流移,即不毛之地,课更以最,要在端其本而已。不然,江南繁华富庶,未尝乏地也,而奸胥大蠹舞智于下,巨室豪家掣肘于上,一日不得展胸臆,安在其为善地哉?

仕小邑,驭疲民,居官者每郁郁不乐,此政不必尔。小邑易于见才,疲民易于见德,且不见可欲则心不乱。尝见江南大地,败官者十常八九,择地者固无益也。

边塞苦寒之地,有唾出口即为冰者;五岭炎暑之地,有衣物经冬不晒晾即霉湿者。天地气候不齐乃尔。然南人尚有至北,北人入南,非瘅即痢,寒可耐而暑不可耐也。余在北方,不患寒而患尘;在南方,不患暑而患湿。尘之污物,素衣为缁;湿之中人,强体成痹。然湿犹可避,而风尘一至,天地无所容其身,故释氏以世界为尘,讵知江南有不尘之国乎?

丹阳有奔牛坝,相传梁武帝时,有人于石城掘得一僧,瞑目坐土中,奏于帝。帝问誌公,誌公曰:“此入定耳,可令人于其旁击磬,则出定矣。”帝命试之,果开目。问之不答,誌公乃话其前事云云。其僧一视誌即起身向南奔去,帝遣人逐之,至此地化为牛,故因以名也。近时樵阳子亦类此。

蜀有火井，其泉如油，热之则然。有盐井，深百余尺，以物投之，良久皆化为盐，惟人发不化。又有不灰木，烧之则然，良久而火灭，依然木也。此皆奇物，可广异闻。鲁孔林闻亦有不灰木，取以作炉，置火辄洞赤，但余未之见耳。

闽中郡北莲花峰下有小阜，土色殷红，俗谓之胭脂山，相传闽越王女弃脂水处也。环闽诸山无红色者，故诧为奇耳。后余道江右，贵溪、弋阳之山无不丹者，远望之如霞焉。因思楚有赤壁，越有赤城，蜀有赤岸，北塞外有燕支山，想当尔耳。

由江右抵安庆，山多童而不秀，惟有匡庐，数百里外望之天半，若芙蓉焉。自德安至九江，或远或近，或向或背，皆成奇观，真子瞻所谓"旁看成岭侧成峰"者，岱岳不及也。

秦筑长城以亡其国，今之西北诸边，若无长城，岂能一日守哉？秦之长城，自榆中并河以东属之阴山，以今长城计之，仅及其半，而燕、代近胡之塞原有长城，又不自始皇始也。今九边惟辽东不可城，而政当女真之冲。蓟镇之城则近时戚大将军继光所筑，其固不可攻，虏至其下辄引去。其有功于边陲若此，而犹不免求全之毁，何怪书生据纸上之谈而轻诋嬴政也！

九边惟延、绥兵最精，习于战也。延、绥兵虽十余人，遇虏数千，亦必立而与战，宁战死，不走死也。故虏亦不敢轻战，虑其所得不偿失耳。辽左兵极脆弱，建酋时时有轻中国之心，所赖互市羁縻之耳。然互市盟好，边境虽偷目前之安，而武备废，士卒惰窳，久而上下相蒙，不知有战矣。夫初立互市，本欲偷闲以缮治守御，生聚教训也，今反因之而废战具，不亦惑之甚耶！

宁夏城相传赫连勃勃所筑，坚如铁石，不可攻。近来哱拜之乱，官军环而攻之三月余，至以水灌，竟不能拔，非有内变，未即平也。史载勃勃筑城时蒸土为之，以锥刺入一寸即杀工人，并其骨肉筑之，虽万世之利，惨亦甚矣。近时戚将军筑蓟镇边墙，不僇一人，期月而功就，城上层层如齿外出，可以下瞰，谓之"瓦笼城"，坚固百倍，虏终其世不敢犯。则又何必以杀僇为也？

女真兵满万则不可敌，今建酋是也。其众以万计不止矣，其所以未暇窥辽左者,西戎、北鞑为腹背之患,彼尚有内顾之忧也。防边诸将诚能以夷攻夷,离间诸酋,使自相猜忌,保境之不暇,而何暇内向哉? 不然,使彼合而为一,其志尚未可量也。

河套之弃,今多追咎其失策,然亦当时事势不得不弃也。何者? 我未有以制其死命,令彼得屯牧其中,纵驱之去,终当复来。至于今日,则拓跋焘所谓"我发未燥,已闻河南是我家地"者,事愈不可为矣。

曾铣欲复河套,卒为严嵩所尼,至不保要领。然使曾策果行,河套果复,不过一时可喜,而后来边衅一开,兵革何时得息? 羊祜所谓"平吴之后尚烦圣虑"者也。赵普谓曹翰攻幽州,得之何人可守? 翰死何人可代? 此不易之论也,盖我之兵力不加于彼,而彼盘据已久,一旦失之,势所必争耳。

西戎茶马之市,自宋已然,盖土蕃浑酪腥膻,非茶不解其毒,而中国藉之可以得马,以草木之叶易边场之用,利之最大者也。但茶禁当严,马数当核。今之茶,什五为奸商驵侩私通贸易,而所得之马又多尫病残疾,不堪骑乘者,直与之耳,非市也。

江北俵马之役最称苦累,而寄养之户尤多败困,要其所以,则侵渔多而费用繁也。山东大户每金解马,编审之时已有科派,俵解之时又有使用,轮养有轮养之害,点视有点视之费,印烙有印烙之弊,上纳有上纳之耗,无不破家亡身者。然而马必不可少也,得贤守令监司,弊或稍差减耳。

马之入价也,漕之改折也,虽一时之便,而非立法之初意也。太仆之马价,原为江南有不宜马之地,而入价于北地市之也。漕粮之改折,亦为一时凶荒之极,米价腾涌,而入价以俟丰年之补籴也。今公然以佐官家不时之用矣。舍本色而征银甚便也,马粮有余而见镪不足甚利也,然而马日减少,太仓之粟无一年之积者,折价误之也。承平无事犹可,一旦缓急,必有执其咎者。

唐李蟾判度支,以每年江、河、淮运米至京,脚钱斛计七百,议以七百钱代之。王铎曰:"非计也。京国籴米既耗积食,而七百之费兼济贫民。"时议不从。既而都下米果大贵,卒罢不行。则今日之治漕动称改折者,其非久远之计可知矣。

　　古今幅员户口，莫盛于隋之大业，唐之开元。考之《隋书》，户八百九十万七千五百四十六，口四千六百一万九千九百五十六。唐开元时，户八百四十一万二千八百七十一，口四千八百一十四万三千六百九。二主富盛亦略相当，然盛未几而祸败即随之矣。宋庆历间，户至一千九十万四千四百三十四。国朝嘉、隆之时，户共一千一百一十三万四千，口共五千五百七十八万三千，而熟夷不与焉，视隋、唐、宋盛时固已过之矣。使东胜不徙，安南不弃，金瓯尚无缺也。抱杞人之忧者，能无戒于衣袽乎？

　　户口生息甚难而凋耗甚易，盖治日常少而乱日常多，兼以治平之时，不无盗贼之窃发，水旱之流移，而乱离之世，即欲一日无事，不可得也。况乱离之后，数十年养之而不足，而承平之世，一旦败之而有余。周自东迁以及刘、项之世，分裂战争者三四百年，长平一坑四十余万，即虫蚁蚊蚋，宁能当此惨劫耶？汉至文、景盛矣，而武皇耗之，明、章治矣，而桓、灵覆之，赤眉、董卓之乱，黔首宁有种耶？至于典午失权，胡羯肆烈，南北分朝，兵连祸结，又二百余年，春燕巢于林木，亦可哀也。唐自贞观至开元，拊养生息，渐称繁庶，而渔阳鼙鼓一动，宗社为墟，至于黄巢之变，杀人如麻，流血成川。浸淫至于五季，其间承平无事者，可以日计也。宋之盛时，已日与契丹、元昊构隙，而燕云不复，淮北中失，偏安忍耻，仅抚遗民，女真侵其半，蒙古凶其终。其视汉、唐规模固已不逮，而其受害之惨，使天地反覆，日月无光，三皇五帝以来之人民土地，一旦沦于夷狄，亦宇宙所未有之事也。盖自三代以来，战国至于刘、项，是一劫；三国至于五胡，是一劫；中唐至于黄巢、石晋，是一劫；女真至于蒙古，是一大劫，中国之人，无复孑遗矣。故我太祖皇帝之功，谓之劈开混沌，别立乾坤，当与盘古等，而不当与商、周、汉、唐并论也。二百四十年来，休息生养，民不知兵，生齿繁盛，盖亦从古所无之事。故未雨绸缪，忧时者不得不为过计矣。

　　国家近边之民常苦北虏，滨海之民时遭倭患，然虏寇频而倭患少，故塞上村落萧条，有千里无复人烟者。倭自嘉靖末钞掠浙、直、闽、广，所屠戮不可胜数。即以吾闽论之，其陷兴化、福清、宁德诸郡县，焚杀一空，而兴化尤甚，几于洗城矣。刘六、刘七破残七藩，而山东、河南为最，其他若萧乾养之乱广，蓝廷瑞之乱郧，邓茂七之乱闽，叶宗留之乱浙，阿克之乱滇，杨应龙之乱蜀，哱拜之乱宁夏，皆小劫也，而水旱灾疫则无岁无之矣。

吴之新安，闽之福唐，地狭而人众，四民之业，无远不届，即遐陬穷发、人迹不到之处，往往有之，诚有不可解者。盖地狭则无田以自食，而人众则射利之途愈广故也。余在新安，见人家多楼上架楼，未尝有无楼之屋也。计一室之居可抵二三室，而犹无尺寸隙地。闽中自高山至平地，截截为田，远望如梯，真昔人所云"水无涓滴不为用，山到崔嵬尽力耕"者，可谓无遗地矣，而人尚什五游食于外。设使以三代井田之法处之，计口授田，人当什七无田也。

古者一夫百亩，无赋役租税也，故中原硗确之地，上农夫足食九人。若以今燕、齐之地论之，一望千顷，常无升斗之人者，不知当时授田之制，肥硗高下，必适均乎？抑惟其所值也？当时天子诸侯既各有疆界，不相逾越，十分之中，取其一为公田，仕者之家又有世禄之田，小国不过五十里，城郭、村落、山川之外，田之所余，亦寥寥矣。使生齿日繁而地不加广，何以给之？吾窃意古之授田者，亦只如今佃种之类，一夫耕百亩，而世家巨室收其所入耳，未必便为世业也。

江南大贾，强半无田，盖利息薄而赋役重也。江右荆楚、五岭之间，米贱田多，无人可耕，人亦不以田为贵，故其人虽无甚贫，亦无甚富，百物俱贱，无可化居转徙故也。闽中田赋亦轻，而米价稍为适中，故仕宦富室，相竞畜田，贪官势族，有畛隰遍于邻境者。至于连疆之产，罗而取之，无主之业，嘱而丐之，寺观香火之奉，强而夺之，黄云遍野，玉粒盈艘，十九皆大姓之物，故富者日富而贫者日贫矣。

俗卖产业与人，数年之后辄求足其直，谓之"尽价"，至再至三，形之词讼。此最薄恶之风，而闽中尤甚。官府不知，动以为卖者贫而买者富，每讼辄为断给。不知争讼之家，贫富不甚相远，若富室有势力者，岂能讼之乎？吾尝见百金之产，后来所足之价，反逾其原直者。余一族兄，于余未生之时，鬻田于先大夫，至余当户，犹索尽不休，此真可笑事也。

闽田两收，北人诧以为异，至岭南则三收矣，斗米十余钱，鱼虾盈市，随意取给，不甚论值，单袷之衣，可过隆冬，道无乞人，户不夜闭，此真极乐世界。惜其天多瘴雾，地多虫蛇，屋久必蛀，物久必腐，无百年之室，无五十年之书，无二十年之衣，故上不及闽，下不及滇也。

北人不喜治第而多畜田，然硗确寡入，视之江南，十不能及一也。山东濒海之地，一望卤泻，不可耕种，徒存田地之名耳。每见贫皂村甿，问其家，动曰有地十余顷，计其所入，尚不足以完官租也。余尝谓不毛之地，宜蠲以予贫民，而除其税可也。

九边如大同，其繁华富庶不下江南，而妇女之美丽，什物之精好，皆边塞之所无者。市款既久，未经兵火故也。谚称蓟镇城墙、宣府教场、大同婆娘为"三绝"云。迤西榆林、庆阳，渐有夷风，至临洮、巩昌，苦寒之极，其土人亦与戎狄无别耳。

临边幸民，往往逃入虏地，盖其饮食语言既已相通，而中国赋役之繁，文网之密，不及虏中简便也。虏法虽有君臣上下，然劳逸起居，甘苦与共，每遇徙落移帐，则胡王与其妻妾子女皆亲力作，故其人亦自合心勇往，敢死不顾。干戈之暇，任其逐水草畜牧自便耳，真有上古结绳之意。一入中国，里胥执策而侵渔之矣。王荆公所谓"汉恩自浅胡自深"者，此类是也。

汉中行说不得志于中国，遂入匈奴，为之谋主，大为汉患。宋韩、范不用张元，而令走佐曩宵，兵连祸结，不得安枕者五十年。近来如倭酋关白，亦吴越诸生，累不第而入海，使非天戮鲸鲵，辽左之祸尚未艾也。故边民之逃而入虏，它不足虑，惟恐有此辈一二在其中耳。

倭之寇中国也，非中国之人诱之以货利，未必至也；其至中国也，非中国之人为之乡导，告以虚实，未必胜也。今吴之苏、松，浙之宁、绍、温、台，闽之福、兴、泉、漳，广之惠、潮、琼、崖，驵狯之徒冒险射利，视海如陆，视日本如邻室耳，往来贸易，彼此无间。我既明往，彼亦潜来，尚有一二不逞，幸灾乐祸，勾引之至内地者。败则倭受其僇，胜则彼分其利，往往然矣。嘉靖之季，倭之掠闽甚惨，而及官军破贼之日，倭何尝得一人只马生归其国耶？其所虏掠者，半归此辈之囊橐耳。故近来贩海之禁甚善，但恐未能尽禁也，盖巨室之因以为利者多也。

嘉靖之季，倭奴犯浙、直、闽、广，而独不及山东者，山东之人不习于水，无人以勾引之故也。由此观之，则倭之情形，断可识矣。

御倭易于御虏，十百不啻也。倭奴舍大海而登陆，深入重地，已不能无疑惧，而步行易乏，其势四散，非有阵法埋伏之类，直斗力耳。若得智勇之将，帅节制之师，一鼓可平也。即闽、广乡兵，训练之皆可用，亦不必借浙兵耳。北虏大漠之地，原自其胜场，中国之兵马脆弱，已自不敌，而悍犷之性，不惧死，不畏寒，败而复至，散而复合，及其鸟栖鼠散，不可踪迹，虽以卫、霍，不能穷其部落，况今日之孱兵庸帅哉？戚少保继光守蓟、辽日，以意制大烦，每发辄毙千余人，血肉枕籍，而终不肯退，然虏亦畏之甚，不敢窥边者二十余年云。

夷狄诸国，莫礼义于朝鲜，莫膏腴于交阯，莫悍于鞑靼，莫狡于倭奴，莫醇于琉球，莫富于真腊。其他肥硗不等，柔犷相半，要其叛服，不足为中国之重轻，惟有北虏南倭震邻可虑，其次则女真耳。

元之盛时，外夷朝贡者千余国，可谓穷天极地，罔不宾服，而惟日本崛强不臣，阿剌罕等率师十万往征，得返者三人耳。国朝洪武初《四夷王会图》，共千八百国，即西南夷经哈密而来朝者三十六国。永乐中，重译而至又十六国，其中如苏禄、苏门答剌、彭亨、琐里、古里、班卒、白葛达、吕宋之属二十余国，皆前代史册所不载者，汉、唐盛时所未有也。然其中惟朝鲜、琉球、安南及朵颜三卫等受朝廷册封，贡赋惟谨，比于藩臣，其他来则受之，不至亦不责也，可谓最得驭夷之体。

太祖之绝日本朝贡，知其狡也。文皇之三犁虏庭，知其必为边患也。舍此二者，中国可安枕而卧矣。固知创业之主，其明见远虑，自非寻常所及也。

今诸夷进贡方物，仅有其名耳，大都草率不堪。如西域所进祖母绿、血竭、鸦鹘石之类，其真伪好恶皆不可辨识，而朝廷所赐缯帛靴帽之属，尤极不堪，一着即破碎矣。夫方物不责，所以安小夷之心，存大国之体，犹之可也；赐物草率充数，将令彼有轻中国之心，而无感恩畏威之意。且近来物值则工匠侵没于外，供亿则厨役克减于内，狼子野心，且有诤语，诤语不已，且有挺白刃而相向者，甚非柔远之道也。蜂虿有毒，祸岂在小，而当事者漫不一究心，何耶？

　　西南海外诸蕃,马八儿、俱蓝二国最大而最远,自泉州至其国约十万里,元时曾一通之而来朝贡,计其所得,不足偿所费之百一也。国朝西蕃,天方、默德那最远,盖玄奘取经之地,相传佛国也,其经有三十六藏,三千六百余卷,其书有篆、草、楷三法,今西洋诸国多用之。又有天主国,更在佛国之西,其人通文理儒雅,与中国无别。有琍玛窦者,自其国来,经佛国而东,四年方至广东界。其教崇奉天主,亦犹儒之孔子,释之释迦也。其书有《天主实义》,往往与儒教互相发,而于佛、老一切虚无苦空之说皆深诋之,是亦逃杨之类耳。琍玛窦常言:"彼佛教者,窃吾天主之教,而加以轮回报应之说以惑世者也。吾教一无所事,只是欲人为善而已。善则登天堂,恶则堕地狱,永无忏度,永无轮回,亦不须面壁苦行,离人出家。日用所行,莫非修善也。"余甚喜其说为近于儒,而劝世较为亲切,不似释氏动以恍惚支离之语愚骇庸俗也。其天主像乃一女身,形状甚异,若古所称人首龙身者。与人言,恂恂有礼,词辩扣之不竭,异域中亦可谓有人也已。后竟卒于京师。

　　天竺古称佛国,盖佛所出之地耳,如鲁生孔子,岂其地皆圣人耶?但闻其国人质实尚义,不为淫盗。其问刑有四,曰水,曰火,曰称,曰毒,皆所以谳疑狱也。水则以石与人衡而投之,石浮者曲,人浮者直。火则灼铁,令人抱持,曲者号呼,直者无损。称则人石适均,较之秤上,虚则石轻,实则人轻。毒则以毒入羊髀中食之,曲则毒发,直者无恙。盖终未免夷俗耳。

　　琉球国小而贫弱,不能自立,虽受中国册封,而亦臣服于倭,倭使至者不绝,与中国使相错也。盖倭与接壤,攻之甚易,中国岂能越大海而援之哉?其国敬神,以妇人守节者为尸,谓之女王,世由神选以相代云。自国王以下,莫不拜祷惟谨。田将获,必祷于神,神先往,采数穗茹之,然后敢获。不者食之立死。御灾捍患,屡显灵应。中国使者至,则女王率其从二三百人,各顶草圜,入王宫中视供臆厨馔,恐有毒也。诸从皆良家女,神特摄其魂往耳。中国人有代彼治庖者,亲见神降,其声呜呜如蚊焉。

　　万历乙未,浙帅刘炳文提舟师从海道趋登州以备倭,四阅月始至,炳文自为记,甚繁,予为略之,以识其程云。乙未上元,从台州开帆百里,至金鳌山,高宗南渡避金处也。历老鼠屿,出琛门,风适猛烈,两礁夹起东西矾,牛头、圣堂两门,尤为险阻,而五屿、羊屿、昏山、黄珠、茶盐两山,皆四面巉剥,总莫系泊,飘逐空洋,夜半飓发,船各涣散。诘旦,于灵门山聚合。出金齿门,因潮浮至箸竿山,复依南田岙。夜触韭山,船多破损,收回五爪山修舱。至点灯礁,犯及乱礁。洋为藏龙薮,倏尔惊触,震荡翻激,水赤天昏,龙须卷水,至半空而倒泻,船皆碎毁,几为鱼鳖。出白马礁,过大漠坑,依险而泊。由浪橹头转历升罗屿,得登普陀山。旁有金钵盂,俨然峙焉。出此渡横水洋,入五爪湖,移住庙子湖,随风逐浪,直蹴陈钱山。其下有大毒,信宿而往,面颜尽变,且多患疟疾。及下八山、浪岗、马碛、李婿岙,举皆砂石乱列。其水有绿有黑,有淡有辛,有苦有臭,有清彻见底,虾鱼可数,有浅滩如湖,蛟龙鳞角显著。俄为飓风打出穷洋,直抵倭国五岛山。转经渔山,假泊沙,俟风息,驱滩山,过鼠狼湖及上川、下川、鹰巢头诸山,再入西洋岙,则谓之落漈,船凡撤入,十无一回。乃乘飓西逐羊山,上有圣姑礁,盘礴巍峨,宛如装砌。许山联脉金山卫,其柘林、乍浦、澉浦,延袤千余里,又皆控扼三吴者也。复顺流而东,七丫诸港,岐分错杂,窒碍莫前。崇明县孤悬海外,而大阴、新安诸沙,生聚甚夥。福山直对三爿沙,旁通扬子江,与狼山相望。若东洲河、七星港、竖河口、黄泾河,不下十余口,海潮灌浸,直达维扬。转而西行,有三槿、大横、深泞、非予四口,张方、大楼、沥水、姜系、掘港五港,一望无山,其川山洼、川渔洼、三寨洼,狂澜澎湃,殊甚险剥,水纹斑斓,因号虎斑水。仅得开山,无岙可泊,至射洋湖之云梯关宿焉。适反风解缆,自辰至申,浤浤颓波,极目无际,漏下三鼓,得抵莺山之湾,问其程则余五百里。越明日,朔风举帆,踊跃碧虚,蹀躞于黄混水,号曰望昊洋,依凭延真岛。此皆从来人迹不到之乡,但见灵鳅老鼋,三五喷沫相随,大者方丈,高厚六尺,壳背乱缨,长目虎口,就矾舒伏,迤逦于白山、高公诸岛。登竹岛之巅,四顾寥廓,惟东海所城甚迩。其夜三面受风,避入杜林山,因陟云台山,古三元修道上升处也。翌日,西北作云,东南吼风,巨浪掀翻,桅樯断折。凡三日夜,不知疾行几千里,潝濊呀呷,风虽少平,余波尤涌。东方既白,迸崖滴水之湾,隶山东境上矣,去安东卫仅百里。须臾潮至,开行二三日,海天一色,并无岙屿可以停舟,野宿洋飘,如浮萍无定。泊栽堂山,至柘沟、塔埠、杜家港诸洋。越日入胶港,补缮坏船。过东岛,依田横岛,夜泊福山岛,而山若有神,上无草木,中无穴洞,悲鸣有声。翌日,至草岛嘴,去大嵩三五十里,风湿弥漫,海面愈赊,仅有巨高岛、棘簪岛、灵井山依傍海阳所,且咫尺莫能跻焉。夜将半,犁入鱼网上,探水不过十余丈,乃莫耶岛也,与辽东连界,海运所经故道。至聿青岛明光山,不半潮,已达塔岛。觅泉取水,相望佛山,涛沫溅洒,宛似一挂珠帘,石槛礁栏出数百丈,盘错密布。潮急风猛,顷刻抵渚里,去查山仅几里。上有古迹,路甚崎岖,附葛攀藤,一步一蹶,得造其绝顶焉。其上复有南天门,巉岏秀拔,凌接云际。东限一洞,幽雅修洁,昔玉阳真人煮炼于此,骑白鹤飞升,有云光宫在焉。旁多山茶,名子心,香馥袭人。舟井碧泉,峥嵘犄角,天然云房石室也。登舟,行于马大嘴,见一巨鱼横于乱礁上,长百余丈,其脊如山,口阔无鳞,令刃其脊,总数百人,仅开一肋。肉不堪烹,可熬油,栋骨一节,计千余斤,而肉内小刺亦逾寻丈。潮回日落,携刺数根而西,遇飓风,至宁津所,戍卒萧条,烟火不过百余家。西有岩石,参差十数里,乃西杨舍人之墓,每每作祟,覆雨翻云,秋则远去掠人田禾,春夏于此妖劫过船。捩舵放舟,越三百里,遥望大洋突起数丈,如银砌玉妆,近如喷雪筛粉,俗呼为"白蓬头"者是也。其山脉绵亘,暗藏水底,密迩成山,郁律几百里,皆雄崖剑峰,万里海涛,冲注会集。秦始皇造石桥渡海观日,神人驱石,鞭之见血,至今山石皆红。内有成山,冲出此险道。泄泄宵行,至威海卫所,开泊刘公岛。其岛尚有居址,似旧有辽人在焉。不移时入大空岛,岛多浮石,即顽钝碔砆,浮水不沉。转入宁海州外洋,盘旋落子窝之里,若清泉寨、奇山所,又其扞屏。递过福山县,入龙山港,至栳栳岛,乃云晴雨止。转泊八角山,则见斜曛凝耀,矶屿烟笼,始若楼台错列,继若城郭周围,俄而人马纵横,又俄而旗帜掩映,出没无定,变换不常。或告曰:"此海市也。"旁有长山岛,有黑岛,上多巨蛇,产金砂。少选,抵蓬莱阁矣。追思海波汹险,几不免者数数,而兹得出苦海,登彼岸,至荡漾于鼋鼍之窟，蛟龙之薮，岑嵒之峰，左衽之国，或因萍流而回，或因归风而返，俾不至于殒逝，再得与人间事，岂非徼天幸哉！自浙适齐，计日四越月，计程七千里；由浙江达直隶，延袤二千七百里；自直隶金山卫抵东海所，计一千八百里；自东海抵登、莱，计二千四百里。若夫环转倒流于波漾，则又不止万里有奇矣。

封琉球之役，无不受风涛之险者。万历己卯，予从祖大司农公杰以大行往，至中流，飓风大作，雷电雨雹，一时总至，有龙三，倒挂于船之前后，须卷海水入云，头角皆现，腰以下不可见也。舟中仓皇无计，一长年曰："此来朝玺书耳。"令扶使者起，亲书"免朝"示之，应时而退。天子威灵，百神效顺，理固有不可诬者，若非亲见，鲜不以为妄矣。至丙午夏，给事子阳往，其险尤甚。先是，舟侧一巨鱼，狎扰不去，舟人谓可脍也，饵而获之，其大专车。未及下箸而风涛大作，柁裂桅折，自分必死矣，尽舟中所得宝物投水中，仅得免。有金香炉百余两，宫中祀天之用，亦为中国取去，至是尽入水府矣。琉球小而贫，虽受中国册封为荣，然使者一至其国，诛求供亿，为之一空，甚至后妃簪珥，皆以充数。盖从行者携货物往而高责其售直也。然向者皆严行禁约，少知敛戢，至丙午称狼籍矣。闻其国将请封，必储蓄十余年而后敢请。堂堂天朝，何忍以四夷为壑，而饱驵狯之欲哉！可为长太息者，此也。

往琉球海道之险倍于占城，然琉球从来无失事者，占城则成化二十一年，给事中林荣、行人黄乾亨皆往而不返，千余人得还者，麦福等二十四人耳。盖亦物货太多，而不能择人故也。

海上有天妃神甚灵，航海者多著应验。如风涛之中忽有蝴蝶双飞，夜半忽现红灯，虽甚危，必获济焉。天妃者，言其功德可以配天云耳，非女神也。闽郡中及海岸广石皆有其祠，而贩海不逞之徒往来恒赛祭焉，香火日盛，金碧辉煌，不知神之聪明正直，亦吐而不享否也。

孔子当衰周，欲居九夷，此非戏语也。夷狄之不及中国者，惟礼乐文物稍朴陋耳，至于赋役之简，刑法之宽，虚文之省，礼意之真，俗淳而不诈，官要而不繁，民质而不偷，事少而易辨，仕宦者无朋党烦嚣之风，无讦害挤陷之巧，农商者无追呼科派之扰，无征榷诈骗之困。

盖当中国之盛时,其繁文多而实意少,已自不及其安静,而况衰乱战争之日,暴君虐政之朝乎?故老聃之入流沙,管宁之居辽东,皆其时势使然。夫子所谓"夷狄之有君,不如诸夏之无"者,其浮海居夷,非浪言也。

鞑靼之狞犷,而敬信佛法,爱礼君子,得中国冠裳皆不杀,即配以部落妇女,见一僧至,辄膜拜顶礼,不敢亵慢。倭奴亦重儒书,信佛法,凡中国经书,皆以重价购之,独无《孟子》,云:"有携其书往者,舟辄覆溺。"此亦一奇事也。

宋政和间,有于阗国进玉表章,其首云:"日出东方赫赫大光照见西方五百里国,五百里国内条贯主黑汗王表上日出东方赫赫大光照见四天下,四天下条贯主阿舅大官家。"又元丰四年,于阗国上表称"于阗国偻儡大福力量知文法黑汗王书与东方日出处大世界田地主汉家阿舅大官家"云,其可笑如此。考汉文帝时,单于遗汉书曰:"天地所生日月所照匈奴大单于。"隋文帝时,沙钵略致书曰:"从天生大突厥天下圣贤天子伊利俱卢设莫何始波罗可汗致书大隋皇帝。"又倭国有"日出天子致书日入天子"之语。我朝四夷表章皆颁有定式,不敢逾越,其间有悖慢之语者,不受也。

卷之五

人　部　一

唐太宗曰："土城竹马，儿童乐也；金翠纨绮，妇人乐也；贸迁有无，商贾乐也；高官厚秩，士夫乐也；战无前敌，将帅乐也；四海宁一，帝王乐也。"

一尺之面，亿兆殊形，此造物之巧也。方寸之心，亿兆异向，此人之巧也。然面貌，父子兄弟有相肖者矣，至于心，虽骨肉衽席，其志不同行也。人巧胜于天也。

陆士龙有笑疾，古今一人而已。齐之雍门，汉之许庆，唐之唐衢，皆以善哭称，可谓有哭疾也。滑石梁好畏，见子之影，以为鬼而惊死，谓之有畏疾可矣。

杞梁之妻哭三日而城为之摧，信乎其善哭也！王莽帅诸生小民会哭南郊，哭甚者除为吁嗟郎；刘德愿以哭贵嫔得刺史：是教人以哭也。如丁邹、严兴之哭和士开母，程伯献、冯绍正之哭高力士母，又不待教而能者也。宇宙之间，何所不有？

尧、舜至圣，身如脯腊；桀、纣无道，肥肤三尺。

赵伯翁肥大，夏月诸孙纳李八九枚于其脐中，此必误也。李或是郁李耳，大如樱桃，故可纳八九枚也。

尧八眉，舜四瞳子，禹目跳，汤偏，文王四乳，仲尼面如蒙供，周公身如断菑，皋陶色如削瓜，闳夭面无见肤，傅说身如植鳍，伊尹面无须麋。故知大圣大贤，不可以形貌相也。

九真女子赵妪，乳长数尺。冯宝妻洗氏，亦长二尺，暑热则担于肩。李光弼之母，须数十根。皆异表也，而或立殊勋，或止作贼，在其人尔。宋徽宗时有酒保妇朱氏，四十生须，长六七寸。《庚巳编》载弘治末，应山县女子生髭三寸许，又郧阳一妇美色，生须三缭，约数十茎，而皆无它异。

舜重瞳子，盖偶然尔，未必便为圣人之表也。后世君则项羽、王莽、吕光、李煜，臣则沈约、鱼俱罗、萧友孜，皆云重瞳，而不克终者过半，相何足据哉？

《风俗通》云："赵王好大眉，人间皆半额。齐王好细腰，后宫多饿死。"夫细腰束素，固自可人；广眉不修，丑莫甚焉，不必半额也。又云："楚王好细腰，群臣皆数米而炊，顺风而趋。"夫妇人细腰可耳，施之臣下，将欲何为？此亦可笑之甚也。

人有生而白毛者，近人妖也。晋惠帝永宁元年，齐王冏举义军，军中有小儿，出于襄城繁昌县，年八岁，发体悉白，颇能卜。吾郡中亦有一人，今年才二十余岁耳，而眉发皤然，举体皆白毛，无一根黑者。两目昏昏然，不甚见物。每里中杂剧，辄扮作东方朔。余已见之十余年矣。

人以须发早白为不寿之征，此未必然。晋王彪之年三十余，须鬓尽白，时人谓之"王白头"。后至七十余岁始卒。余友林生者，二十许头即白，今五十尚无恙也。

崔琰须长四尺，王育、刘渊皆三尺，渊子曜长至五尺，谢灵运须垂至地，关羽、胡天渊髯皆数尺，国朝石亨、张敬修髯皆过膝。然相法曰："须长过发，名为倒挂，必主兵厄。"验之往往奇中。

相书云："耳门小者，其人富而吝。"又曰："耳门不容麦，寿可逾百。"夫既富而吝矣，虽百岁何为？

汾阳王足掌有黑子，使浑瑊洗足，而瑊亦有之，知其贵而不寿。张守珪使安禄山洗足亦然。大凡足有黑子者，多为贵征。汉高祖左股七十二黑子也。然黑子欲藏，生显处多不佳。余见真州一沙弥，自项以下黑子如织，卒无以异人也。

汉先主戏张裕多须，曰"诸毛绕涿居"，裕答之亦云"露涿君"。详其语，必当时以男子势为涿也。

人寿不过百岁，数之终也，故过百二十不死，谓之失归之妖。然汉窦公年一百八十；晋赵逸二百岁；元魏罗结一百七岁，总三十六曹事，精爽不衰，至一百二十乃死；洛阳李元爽年百三十六岁；钟离人顾思远年一百十二岁,食兼于人,头有肉角;穰城有人二百四十岁,不复食谷,惟饮曾孙妇乳;荆州上津乡人张元始一百一十六岁,膂力过人,进食不异;范明友鲜卑奴二百五十岁;梁鄱阳忠烈王友僧惠照,至唐元和中犹存,年二百九十岁;日本纪武内年三百七岁;金完颜氏医姥年二百许岁。此皆正史所载,其它小说若宋乡、党翁之类,又不胜其数也。

山东济宁州民王士能,生元至正甲辰,至国朝成化癸卯,已一百二十岁,行止如常。后不知所终,今其子孙、住宅坊额尚在也,相传蜀雪山遇异人致然。国初茹文中亦百余岁。近时闽中林太守春泽公,大廷尉如楚祖也,年一百四岁乃卒。己酉岁,余宅艰家居,地邻郡庠之后圃。圃中有种蔬者,生弘治之癸亥,已一百七岁矣,老而无子,婿亦七十余岁,又二岁乃死。彼固无养生之术者也,然孤寡贫困,虽寿亦无益耳。至于永乐中,楚一盗魁,年一百二十五岁,尤为可恨也。

彭祖之知不出尧、舜之上,而寿八百;颜渊之才不出众人之下,而寿十八。士固有不朽者,修短何足论也。然进德修业,未见其止,中途摧谢,万世之下有遗恨焉。故曰"人不可无年"。

颜回不死,可以圣矣;诸葛亮不死,可以王矣。此不幸而死者也。贾生志大才疏,言非实用;长吉蛇神牛鬼,将堕恶道,天假之年,反露其短。此幸而死者也。至于范云、沈约、褚渊、夏贵之辈,又不幸而不死者也。

吾郡林太守春泽,子孙皆寿逾八十。其家相传服松梅丸,云取松脂用河水浸四十九日,文武火煮,令白如饧糖,然后和乌梅、地黄为丸。服之大便常秘结。太守公年老,生果冰水不去口,终不泄泻。然他人多不能服。余同年沈茂荣为监司,求其方于林孙,服之火盛欲炽,日加烦渴,不久而死。是欲延年而反促寿矣,故知修短亦自天数也。

汉中山王胜有子百二十人,此古今所无之事,而萧梁鄱阳忠烈王恢亦有男女百人,国朝庆成王有子百人,三者足以媲美。要亦王侯之家,固宜尔尔。士庶媵侍有限,口食不充,多男多累,帝尧已虑之矣。

隋麻叔谋、朱粲尝蒸小儿以为膳。五代苌从简好食人肉,所至多潜捕民间小儿以为食。严震、独孤庄皆有此嗜。至宋邕智高之母阿侬者,性惨毒,嗜小儿肉,每食必杀小儿。噫,此虎狼所不为,而人为之乎!

扬子云曰:"富无仁义之行,犹圈中之鹿,栏中之牛也。"然以匹夫而富敌王公,权侔卿相,其人必非寻常见解,故子长于货殖诸子尤惓惓焉。但古之致富者皆观天时,逐地利,取予趋舍,动合权变。如陶朱、计然,其上者也。卓氏、程郑,铁冶力作,纤啬射利,固已贾行而市心矣。后世倚权怙势,纳贿行劫,如石崇、王元宝之流,乃豺狼蛇蝎,岂独牛豕而已哉?

秦汉之富家,如陶朱、程郑、计然、猗顿之外,卓王孙家僮千人,袁广汉藏镪巨万,樊重富拟封君,折像赀逾二亿,糜竺僮客万人,而邓通、董贤、郭况之辈,又不论已。其它杜陵樊嘉、茂陵挚纲及如氏、苴氏、刁间、姓伟、张长叔、薛子仲等,赀皆至十千万,今之王侯有是乎?石崇、刁逵之于晋王,元宝、邹骆驼之于唐,称巨擘矣,而李昊、元雍动笑石家乞儿,彼郡王宰相,擅权纳贿,亦不过邓通、董贤之流,何足道也。宋不闻有巨富者,当时天下金帛,半为金、辽括尽矣。国初金陵沈富,字仲荣,富甲天下,人呼沈万三云。太祖军资,多取足焉。后以事谪辽阳,子孙仍富。或云穴地得金,或云有点化术,不知然否。其后纵有货殖者,不过至百万止矣,使石崇辈见之,又不知当何揶揄也。

富者多悭,非悭不能富也。富者多愚,非愚不能富也。此子云所谓"圈鹿栏牛"者也。

人而无子,天之僇民也,然贫贱之家,百无一二,富贵之家,此患不绝,其故何也?种有贵贱,多寡自殊,一也;血气未定,多所斫丧,二也;嬖幸既众,功不专精,三也;药石助长,无益有害,四也;专求美曼,不择福相,五也;婴儿饱暖,多生疾患,六也。要其究竟,皆莫之为而为。虞翻为子娶妇,远求小姓,足使生子,盖妇之骄妒淫佚,多令后嗣夭阏也。然而不尽然也。

晋姚弋仲有子四十二人,吐谷浑有子六十人,宋张耆子亦四十二。弋仲不闻其有他术;耆诸姬妾窗阁皆直马厩,每马交合,纵使观之,随有御幸,无不成孕。

颜之推赋云："魏妪何多，一孕四十。中山何夥，有子百廿。"妇人孕至四十，亦古今稀有之事也。

山气多男，泽气多女。故山陵险阻，人多负气；江河清洁，女多佳丽。

齿居晋而黄，颈处险而瘿。晋地多枣，故嗜者齿黄，然齐亦多枣，何独言晋也？瘿虽由山溪之水所致，然多北方，如滕县、南阳、易州之处，饮其水者辄患。至江南千峰万壑中，居者何限，不闻其有颈疾也。至北方舆夫项背负重，日久结瘤，亦如瘿状，但有面背之异耳。岭南人好啖槟榔，齿多焦黑，宁独晋乎？至于衍气多仁，陵气多贪，云气多痹，谷气多寿，恐亦未尽然也。

鞑靼种类生无痘疹，以不食盐醋故也。近闻其与中国互市，间亦学中国饮食，遂时一有之，彼人即异置深谷中，任其生死，绝迹不敢省视矣。一云不食猪肉故尔。

桂州妇人生子，辄取其衣胞，洗净细切，五味调和烹之，以享亲友。此夷俗也。然余习见富贵之家，取紫河车为丸，千钱一具，皆密令稳婆盗出，血肉腥秽，以为至宝，不亦可怪之甚耶？

紫河车，欲得首胎生男者为佳。相传胞衣为人取去，儿必不育，故中家以上，防收生妪如防盗然。而妪贪厚利，百计潜易以出。其功不过壮阳道、滋气血而已，而忍于贼人之子。噫，妪不足责也，富贵之人亦独何心哉？

一产三男，史必书之，纪异也。然亦有产四男者，余在福州亲见之，守东门军人妻也。《庚巳编》载武进人张麻妻一产五男，嘉靖六年，河间民李公窝妇陈氏一产七女。此载籍以来所无者。

汉窦武之母产一蛇一鹤。晋枹罕令严根妓产一龙一女一鹅。刘聪后刘氏产一蛇一虎。唐大顺中，资州王全义妻孕，而渐下入股至足，大拇指坼而生珠，渐长大如杯。宋潮州妇人产子，如指大，五体皆具者百余枚。其它形体奇异者不可胜纪，盖其所感触者异耳。

晋惠帝时，京洛有人兼男女体，亦能两用人道者，今人谓之半男半女也。又有一种石女，一云实女，无女体而亦无男体。近闻毗陵一搢绅夫人，从子至午则男，从未至亥则女，其夫亦为置妾媵数辈侍之。

有伎亲承枕席,出以语人云:"与男子殊无异,但阳道少弱耳。"一云上半月为男,下半月为女,《般若经》载博叉半择迦是也。

晋元帝太兴初,有女子其阴在腹,当脐下,自中国来至江东,其性淫而不产。又有女子阴在首,性亦淫。夫阴在首上,不知何以受淫。佛经载人□受淫有七处,前后窍及口与两手两足弯也。今西北军士有以足弯当龙阳者。史传载有以口承唾者,亦有以口承便溺者,其受淫又何足怪。

孖生者疑于兄弟,或云后生者为兄,以其居上也。此《西京杂记》所载,盖霍将军时已有此议论矣。然据引殷王祖甲、许螯公、楚大夫唐勒、郑昌时、文长倩、滕公、李黎等,皆以前生者为兄,则知后生为兄之说不经矣。乃世亦有共胞靠背而生者,孰从而定之? 余所见妇人有产数日而复产者,即祖甲以卯日生、嚚巳日生,良亦隔二日矣。嘉靖初,京师民米鉴妻二月十一生一子,十二生一子,十三生一子。近日范工部钫内子得一女,四阅月矣,又生一男子。此亦古今所未见之事也。

陈后山《丛谈》云:"郯城民妻有二十一子,而双生者七。"余闻之相人者,妇人上唇有黑子者,多孖生。

晋时暨阳人任谷耕于野,见羽衣人,与淫,遂孕。至期复至,以刀穿其阴下,出一蛇子,遂成宦者。宋宣和六年,有卖青果男子孕而生女,蓐母不能收,易七人,始免而逃去。国朝周文襄在姑苏日,有报男子生子者,公不答,但目诸门子曰:"汝辈慎之。近来男色甚于女,其必至之势也。"

叶少蕴云:"某五十后不生子,六十后不盖屋,七十后不做官。"夫子女多寡,听之可也,五十之年,岂遽能闭关乎? 屋蔽风雨而止,不必限之以年也。七十而后休官,不亦晚乎? 人生得到七十,复能有几? 以余论之,五十后不当置姜,六十后不当作官,七十后即一切名根系念尽与勒断,以保天年可也。

思虑之害人,甚于酒色。富贵之家,多以酒色伤生;贤智之士,多以思虑损寿。

思虑多则心火上炎,火炎则肾水下涸,心肾不交,人理绝矣。故文人多无子,亦多不寿,职是故也。然而不能自克,何也? 彼其所重有甚于子与寿也。

昔人有言:生而富贵,穷奢极欲,无功无德而享官爵,又求长寿,当如贫贱者何? 若又使之永年,造物亦太不均矣。许公言谓王子涛:"上帝所甚恶者贪,所甚靳者寿。人能不犯其所甚恶,未有不得其所靳者。"故人之享福不可太过,贪得不可太甚也。

余见高寿之人多能养精神,不妄用之,其心澹然,无所营求,故能培寿命之源。然世间名利色欲之类,澹而不求可也,读书穷理,老当不倦。若徒贸贸玩愒,寿若彭、聃,何益之有?

人有被杀而无血者,高僧示化,往往有之。唐周朴为黄巢所杀,涌起白膏数尺;元董搏霄为贼所刺,惟见白气一道冲天,可谓异矣。晋司马睿斩令史淳于伯,血逆流上柱二丈三尺;齐杀斛律光,其血在地,去之不灭。此冤气也。苌弘血化为碧,亦是类耳。相传清风岭及永新城妇人血痕,至今犹存。国朝靖难时,方孝孺所书血,天阴愈明。贯日飞霜,盖从古有之矣。

人死而复生者,多有物凭焉。道家有换胎之法,盖炼形驻世者易故为新,或因屋宅破坏,而借他人躯壳耳。此事晋、唐时最多,《太平广记》所载,或涉怪诞,至史书《五行志》所言,恐不尽诬也。其最异者,周时冢至魏明帝时开,得殉葬女子犹活。计不下五六百年,骨肉能不腐烂耶? 温韬、黄巢发坟墓遍天下,不闻有更生者。史之纪载,亦恐未必实矣。

人化为虎者,牛哀、封邵、李微、兰庭雍之妹也;化为鼋者,丹杨宣骞母也;化为狼者? 太原王含母也;化为夜叉者,吴生妻刘氏也;化为蛾者,楚庄王宫人也;化为蛇者,李势宫人也。若郗氏之化蟒,则死后轮回以示罚耳。

黔筑有变鬼人,能魅人至死。有游僧至山寺中,与数人宿。夜深,闻羊声,顷便入室就睡者,连鬶之。僧觉,以禅杖痛击之,踣地,乃一裸体妇人也。将以送官,其家人奔至,罗拜乞命,遂舍之。他日僧出,见土官方执人生瘗之,问其从者,曰捉得变鬼人也。

"僬侥氏三尺,短之至也,长者不过十之,数之极也"。然防风之骨专车，长狄身横九亩，似已逾三十尺矣。近代之所睹记，若翁仲、巨毋霸、苻秦乞活夏默等，长不能过二丈。至于今日，有逾一丈者，共骇以为异矣。短至三尺，时时有之，即衣冠中间或一遇。余在闽中，见一人年三十余，首如常人，自项以下才如数月婴儿，弱不能行立，髡首作僧，坐竹笼中舁之，能敲木鱼诵经。然此乃奇疾，不可谓之成人也。万历甲戌，甘肃掘地得小棺千余，皆长尺许，其中人颜色如生，不知何种人也。

岳珂《桯史》载：姑苏民唐姓者，兄妹俱长一丈二尺。国朝口西人长一丈一尺，腰腹十围，其妹亦长丈许。余亲见文书房徐内使者，长可九尺许。余时初登第，同诸部郎接本，徐自内出，望之如金刚神焉。一刑曹陡见之而悸，溺下不禁。目中所见长人，此为之最。其短三尺者，盖常见之也。

京师多乞丐，五城坊司所辖，不啻万人。大抵游手赌博之辈，不事生产，得一钱即踞地共掷，钱尽，继以襦裤，不数掷，倮呼道侧矣。荒年饥岁则自北而南，至于景州，数百里间连臂相枕，盖无恒产之所致也。

京师谓乞儿为花子，不知何取义。严寒之夜，五坊有铺居之，内积草秸及禽兽茸毛，然每夜须纳一钱于守者，不则冻死矣。其饥寒之极者，至窖干粪土而处其中，或吞砒一铢，然至春月，粪砒毒发必死。计一年冻死毒死不下数千，而丐之多如故也。

胎十月而子生，精气足也。然亦有七月而生者，亦有过期至十四五月者，所感异也。世传尧十四月而产，又云尧以前皆十四月而产，盖因《庄子》有"舜治天下，民始十月生子"之说。宁知庄生之寓言乎？世又言老子八十一年而产，此固不足信。余所见大同中翰马呈德，其内人孕八岁而生子，以癸卯孕，庚戌免身，子亦不甚大，但发长尺许。今才三岁，即能诵诗书如流，对客揖让，无异成人，甚奇事也。

孟贲生拔牛角，乌获举移千钧，力之至也，而将略不显。夏育、太史噷叱咤骇三军，而身死庸夫，不善用其力也。项王拔山扛鼎，意气雄豪，自是古今第一人物，然鸿门宴上樊将军拔剑啖肉，目眦尽裂，主人按剑而不敢动，几于勇而能怯矣，业虽不遂，未失为千古英雄也。

汉季关、张称万人敌,岂独以勇力胜,忠肝义烈,盖有国士之风焉。不然,彼典韦、许褚、马超、曹彰等,非不并驱中原,碌碌何足比数也。南北纷争,虓虎辈出,高敖曹、羊侃、奚康生、卢曹、彭乐、张蚝、邓羌、麦铁杖之徒,史不绝书,而位不过偏裨,地未越尺寸,惜其未逢英主以驾驭之,宜其成就止此。唐初秦叔宝、尉迟恭、薛仁贵等,皆樊、彭之流,非绝世之具。宋令文、彭博通徒斗气力,而不闲韬钤,其与冥然无支祈又何间哉?邓伯翊铜筋铁肋,不立勋万里外,而弃家入道,可谓善藏其用矣。大凡勇力盖世者,当本之以忠义,济之以智术。忠义不明,徒一剧贼尔;智术不足,即如关、张,吾不能无遗憾焉,况其它乎?

张蚝本张平养子,通于平妾,自割其势。后仕苻坚,至大将军,封侯,骁勇绝伦,称万人敌。宦者以勇闻,古今一人而已。

羊侃于尧庙蹑壁行,直上五寻,横行七迹。泗桥石人长八尺,大十围,执以相击,悉皆破碎。侃非徒有力,盖亦趫捷绝伦者。其守台城,却侯景,鞠躬尽瘁,死而后已。国士之风,至于侃近之矣。

卢曹以海神胫骨为枪,时人莫能举,而惟彭乐举之。宋令文撮碓觜书四十字,以一手挟讲堂柱起,可谓震世神力矣,而不能夺彭博通之卧枕。陈安刀矛并发,十伤五六,一时目为壮士,而平先搏战,三交,夺其蛇矛,悬头涧曲,易若探囊。王彦章铁枪驰突,勇冠三军,而与夏鲁奇一战而踬,虽有绝艺,困于敌也。

斩蛟者,子羽、伙飞、蒯丘圻、周处、邓遐、赵昱,而许真君不论也。刺虎则多矣:任城王曳虎尾以绕背,虎弭耳无声;桓石虔径拔虎箭,虎伏不敢动;杨忠左挟虎腰,右拔其舌;元石明三一日而杀五虎,可谓盖代神力也已。若徒搏之,世不乏人也。

韩延寿超逾羽林亭楼,捷之至也。羊侃蹑壁五寻,权武投井跃出,沈光拍竿系绳,手足皆放,透空而下。柴绍之弟着吉莫靴,直上砖城,手无攀援,"壁龙"之号,不减"肉飞仙"矣。近来行绳走竿多出女子小人之戏,而武弁之中未之有闻。

近代穿窬之雄,其趫捷轻僄,有不可以人理论者。如小说所载黄铁脚,及明时坊偷儿着皂靴缘上六石碑者,亦飞仙之亚也。嘉靖末年,有盗魁劫大金吾陆炳家,取其宝珠以去,陆气慑不敢言。一日与巡按御史语，偶及之，其夜即至，怒曰："嘱公勿语，何故不能忘情！"既而嬉笑曰："虽百御史，其如我何？我不杀公也。"一跃而去，不知所之。此殆古之剑侠者耶？又万历间，金陵有飞贼，出入王侯家，如履平地。其人冠带驺从，出入呵殿甚都，与缙绅交，人不疑也。后以盗魏国公玉带，为家人所告，伏法。惜其有技而妄用之也。

《剧谈录》载张季弘所遇逆旅妇人，以指画石，深入数寸。恐亦言过其实。即不然，亦木客野叉，非人类也。德宗时，三原王大娘以首戴十八人而舞，恐扛鼎之力不雄于此。汪节对御，俯身负一石碾，碾上置二丈方木，又置一床，床上坐龟兹乐人一部，时称神力矣，而王氏以妇人能之，尤亘古所无也。

太原民程十四者，勇冠一时，身长八尺，筋骨皮肉，殆非人类。祖本徽州军也，至歙收装，里恶少有力者狎而侮之，程怒，奋拳挺之于墙，去地尺许，手足无所施。群少噪而击之，至于铁尺挝其胫百数，程若不闻也，垂死乃放之。尝随人出猎，遇猎犬，皆妥耳依人，众恐有虎，散归。程问故，大笑曰："虎何足畏！"独持一巨梃，入深林中伺之。日暝，虎不至，乃还。程尝自言在其乡搏一虎，生挟之，欲归，又一虎突至，仓卒中以所挟虎击之，两碎其首焉。斯亦卞庄、周处之俦与？此万历初人也。

《小说》载：国初有吴斋公者，力逾千斤，尝遇巨舰，怒帆顺风，吴在下流，以手逆拓之，舰为开丈许。有剧盗闻之，将甘心焉，往谒之。吴知，微服应门曰："客欲访吾斋公耶？少出，寻至矣。"留客坐，烹茶，取巨竹本碗大者掖之，砉然碎为数片。盗心惊，问何人，曰："斋公之仆也。"盗默辞去。每遇力作时，取巨缅如指者寸寸断之，始解。此其骁犷岂在宋令文下，而没世无闻，良可叹也！

彭博通宴客，遇暝，独持两床，降阶就月，酒肴尊俎，略无倾泻。近代如刘都督显亦能为之。余在福宁，见戎幕选力士，以五百斤石提而绕辕门三匝者为合式。时浙营中有十数人。又其翘者，以石立两人于上，用右手挈之，殊有余任。乃知千斤之力，世未尝乏也。

人有千斤之力，始能于马上运三十斤之器。余在白门亲试之。其有五百斤力者，但能举动而已，不能运转如飞也。乃知关、张、秦叔宝、王彦章之流，兵器皆重百斤，非万斤之力不至，是可易得哉！

　　武艺十八般，而白打居一焉。今人小厮扑无对者，如小虎梁兴甫亦足以雄里闬矣，但用之战场，未必皆利。河南少林寺拳法，天下所无，其僧游方者皆敌数十人。流贼乱时，有建议以厚赏募之，得精壮五百余。贼闻，初亦甚惮之，与战佯北，伺其夜袭击，尽歼焉。则亦用之不得其宜也。故练兵不若选将也。

　　正统己巳之变，招募天下勇士，山西李通者行教京师，试其技艺，十八般皆能，无人可与为敌，遂应首选。然通后卒不以勋业显，何也？十八般：一弓，二弩，三枪，四刀，五剑，六矛，七盾，八斧，九钺，十戟，十一鞭，十二简，十三槁，十四殳，十五叉，十六杷头，十七绵绳套字，十八白打。

　　人有头断而不死者，神识未散耳，非关勇也。传记所载，若花敬定丧元之后，犹下马盥手，闻浣纱女无头之言，乃作贾雍至营问将佐："有头佳乎？无头佳乎？"咸泣言有头佳，答曰："无头亦佳。"乃死。盖其英气不乱，故尔。若淳安潘翁遭方腊乱，斩首尚能编草履如飞，汤粥从头灌入；崔广宗为张守珪所杀，形体不死，饮食情欲无异于人，更生一男，五年乃死，则近于妖矣。

　　璇玑玉衡，以齐七政，万世巧艺之祖，无出历山老农矣。黄帝之指南车，周公之欹器，其次也。公输之云梯，武侯之木牛流马，又其次也。棘猴玉楮，非不绝人伦，侔化工，几于淫矣，然亦聪慧天纵，非可以智力学而至者。大约百工技艺，俱有至极，造其极者谓之圣，不可知者谓之神。虽曰无益，不犹愈于饱食终日，无所用心者哉？

　　北齐胡太后使沙门灵昭造七宝镜台，三十六户各有妇人，手各执锁。才下一关，三十六户一时自闭；若抽此关，诸门皆启，妇人皆出户前。唐马登封为皇后制妆台，进退开合，皆不须人，巾栉香粉，次第迭进，见者以为鬼工，诚绝代之技也。然运机发纵，可以意推，葭莩浑仪，递相祖述，在能扩而演之耳。元顺帝自制宫漏，藏壶匮中，运水上下。匮上设三圣殿，腰立玉女，按时捧筹，二金甲神击鼓撞钟，分毫无爽。钟鼓鸣时，狮凤在侧，飞舞应节。匮两旁有日月宫，宫前飞仙六人，子午之交，仙自耦进，度桥进三圣殿；已，复退立如常。神工巧思，千古一人而已。近代外国琍玛窦有自鸣钟，亦其遗意也。

今人语工程之巧者，必曰鲁班所造，然鲁班之后，世固未乏巧工，而班之制造传于世者，未数见也。汉之胡宽、丁缓、李菊，唐之毛顺，俱载史册。宋时木工喻皓，以工巧盖一时，为都料匠，著有《木经》三卷，识者谓宋三百年一人而已。国朝徐杲以木匠起家，官至大司空，其巧侔前代而不动声色。尝为内殿易一栋，审视良久，于外另作一栋。至日断旧易新，分毫不差，都不闻斧凿声也。又魏国公大第倾斜，欲正之，计非数百金不可。徐令人囊沙千余石置两旁，而自与主人对饮。酒阑而出，则第已正矣。亦近代之公输也，以伎俩致位九列，固不偶然。

喻皓最工制塔。在汴起开宝寺塔，极高且精，而颇倾西北，人多惑之。不百年，平正如一。盖汴地平无山，西北风高，常吹之故也。其精如此。钱氏在杭州建一木塔，方两三级，登之辄动，匠云："未瓦上轻，故然。"及瓦布而动如故，匠不知所出，走汴，赂皓之妻，使问之。皓笑曰："此易耳。但逐层布板讫，便实钉之，必不动矣。"如其言，乃定。皓无子，有女十余岁，卧则交手于胸，为结构状。或云《木经》，女所著也。

国朝徐杲之外，又有蒯义、蒯刚、蔡信、郭文英，俱以木工官至工部侍郎，而能名不甚著。

梓匠轮舆，能与人规矩，不能使人巧。然巧一也，至于穷妙入神，在人自悟。分量有限，即几希之间，难于登天。若曹元理、赵达算术，再传之后，渐失玄妙，非不传也，后人聪明无企及之故也。它如管辂之卜，华佗之医，郭璞之地，一行之天，积薪之弈，僧繇之画，莫不皆然。后人失其分数，思议不及，遂加傅会，以为神授。此政不可知之谓神耳，岂真有鬼神哉？

诸葛武侯在隆中时，客至，属妻治面，坐未温而面具。侯怪其速，后密觇之，见数木人斫麦运磨如飞，因求其术，演为木牛流马云。盖庄子所谓"不龟手之药，或以封，或不免于绖澼絖"者也。自武侯有此制，而后世有巧幻之器，如自沸铛、报时枕之类，皆托之诸葛，有无不可知也。

南齐祖冲之因武侯有木牛流马，乃造一器，不因风水，施机自运，不劳人力。又造千里船，于新亭江试之，日行百里。及欹器、指南车之属，皆能制造。此其巧思，孔明之后一人而已。其论钟律历法，尤极精辨，而丧乱之世不见施行，惜哉！

唐文宗时有正塔僧，履险若平地，换塔杪一柱，不假人力，倾都奔走，皆以为神。宋时真定木浮图十三级，势尤孤绝，久而中级大柱坏欲倾，众工不知所为。有僧怀丙，度短长别作柱，命众维而上。已而却众工，以一介自随，闭户良久，易柱下，不闻斧凿声也，亦神矣。国朝姑苏虎丘寺塔倾侧，议欲正之，非万缗不可。一游僧见之，曰："无烦也，我能正之。"每日独携木楔百余片，闭户而入，但闻丁丁声。不月余塔正如初，觅其补绽痕迹，了不可得也。三事极相类，而皆出游僧，尤奇。

算术自皇甫真、曹元理、赵达之后，未有能继之者，史所谓得其分数而失玄妙者也。《北史·綦母怀文传》载：晋阳馆有一蠕蠕客，胡沙门指语怀文云："此人有异算术。"乃指庭中一枣树云："令其布算实数。"并辨赤白若干，赤白相半若干。于是剥而数之，唯少一子，算者曰："必不少，但更撼之。"果落一实。此其算法，视元理不知鼠之为米又高一着矣。隋诸葛颖、宋邵尧夫其次也。国朝唐应德先生极精算术，与顾应祥司寇皆以神算自负，云一城中可算若干人，一厫中可算若干米，分毫不差。然未经试验。今其法具在，亦未有能传之者也。

唐公常云："知历数又知历理，此吾之所以异于儒生。知死数又知活数，此吾之所以异于历官。"所著《勾股测望论》、《勾股容方圆论》、《弧矢论》、《分法论》、《六分论》，发挥备矣。余在吴兴，访顾司寇子孙，问之皆不得其传，为之叹息。坐上一客曰："纵使传得，亦将安用？"一笑而罢。

南方好傀儡，北方好秋千，然皆胡戏也。《列子》所载偃师为木人，能歌舞，此傀儡之始也。秋千云自齐桓公伐山戎，传其戏入中国。今燕、齐之间，清明前后此戏盛行。所谓北方戎狄爱习轻趫之能者，其说信矣。

古今不甚相远者，惟有医之一途，盖功用最切，优劣易见，人多习而精之故也。然扁鹊之视五脏症结，华佗之剖心傅药，不可得已。李子豫、徐秋夫、孙法宗、许智藏之技，冥通要眇，鬼物犹或惮之，况常人乎？甄权、王彦伯、张仲景、葛洪、钱乙之辈，史不绝书，观其著论造极，投匕解厄若运之掌，功参造化，不谓之圣不可。夫医者，意也，以意取效，岂必视方哉？然须博通物性，妙解脉理，而后以意行之。不则妄而轻试，足以杀人而已。

梁新遇朝士风疾，告以不可治，赵鄂教以食消梨而愈。王太后病风，饵液不可进，许胤宗以黄蓍、防风煎汤置床下熏之而能言。年少食脍不快，眼前常见小镜，赵卿诳以会食，使啜芥醋而愈。富商暴亡，梁新因其好食竹鸡，知为半夏毒，姜汁灌之而愈。桐城孕妇七日不产，庞安时针其虎口，使缩手而遽下。皇子瘈疭，钱乙以土胜水，水平而风自止，进黄土汤一剂而安。吴门孕妇不下，葛可久以气未足，初秋取桐叶饮之，立下。此以意悟者也。史载之治朱师古之食挂，徐嗣伯治老姥之针疽，贾耽视老人之虱瘕，徐之才视乘船人之蛤精疾，周顾知黄门腹中蛟龙，以无命门脉而知为鬼。此以博识者也。醫和诊晋侯，而知其良臣将死。僧智缘每察脉，知人祸福休咎；诊父之脉，而能道其子吉凶。此以理推者也。意难于博，博难于理，医得其意，足称国手矣。

汉郭玉善医，虽贫贱厮养，必尽心力，而疗治贵人，时或不愈。和帝问之，对曰："贵者处尊高以临臣，臣怀怖惧以承之，其为疗也，有四难焉。自用意而不任臣，一难也；将身不谨，二难也；骨节不强，不能使药，三难也；好逸恶劳，四难也。针有分寸，时有破漏，重以恐惧之心，臣意且犹不尽，何有于病哉？"唐许胤宗，人劝其著书以贻后世者，答曰："医特意耳，思虑精则得之。脉之候幽而难明，吾意所解，口莫能宣也。古之上医，要在视脉，病乃可识。病与药值，惟用一物攻之，气纯而速愈。今之人不善为脉，以情度病，多其物以幸有功。譬猎不知兔，广络原野，冀一人获之，术亦疏矣。一药偶得，它味相制，弗能专力，此难愈之验也。"噫，旨哉，二子之言！其知道乎，进于技矣。后世贵人召医，十九蹈郭玉之言。庸医视病，不可不思胤宗之旨也。

唐太宗苦风眩，百医不效，而张憬藏以乳煎荜拨饮之，立差。韩聂矢贯左髀，镞不出者三十年，刘赟傅以少药，立出之，步履如常。魏安行妻风痿十年不起，王克明一针而动履如初。朱彦修治女子疔疾皆愈，唯颊丹不灭，葛可久刺乳而立消。此技之有独至也。至于刳破腹背，断截肠胃，抽割积聚，湔洗疾秽，如有神道设教，则吾不敢知。若犹技也，窃恐理之所无。庞安常以为史之妄者，良不虚也已。

　　世间固有一种奇疾，非书所载，而疗治之方亦殊怪僻，非人意想所及者。如贾耽所视老人虱瘕，世间无物可疗，惟千年木梳及黄龙浴水饮之。又有噎死剖腹得鳖者，白马溺淋之，悉化为水。一云蓝汁治之。有患应声虫者，人教以读《本草》，至雷丸独不应，遂以主方投之，立差。又有生面疮者，诸药饲之俱下咽，至贝母则闭口瞑目，乃撩而灌之，遂结痂云。此亦奇矣。余所记忆，蔡定夫之子苦寸白虫啮肠胃间，如万箭攒攻。医教以勿食，良久，炙猪肉一大脔，衔而勿咽。如此半晌，觉胸间嘈杂不可耐，乃以槟榔末取石榴根东引者煎汤调服之，暴下如倾，得虫数斗，尚能动云。此虫惟月三日以前其头向上，可用药攻打，余日则头向下，纵有药皆无益，故先以炙诱之，令其毕赴，然后一举而歼焉。《西湖志》载医者为吴太师治马蝗，《杂记》载刘大用为卫承务子治水蛭法，皆与此同，不可不知也。

　　《宣室志》载：渤海高生病臆，痛不可忍，召医视之。医曰："有鬼在臆中，药亦可疗。"煮药饮之，吐痰斗余，胶固不可解。刃剖之，有一人自痰中起，初甚么麽，俄长数尺，倏忽不见。鬼藏臆中，已奇矣，而知臆中鬼者，亦神手也。不著其名，惜哉！此与猱藏颈、乐神藏鼻中何异。

　　有皮肤中生虫如蟹走，作声如小儿嗁者，治用雄黄、雷丸为末，掺猪肉上热啖之。有手足甲忽倒长入肉，痛不可忍者，葵菜治之。有面上及遍身生疮如猫眼，有光彩，无脓血，痛痒不恒者，寒疮也，鸡、鱼、葱、韭治之。有遍身肉出如锥，痒痛不能饮食者，青皮葱烧灰淋洗，饮豉汤解之。有遍体生泡如甘棠梨，破之水出，中有石一片如指甲大，去之复生，以荆三棱、蓬莪术为末，酒服之。有灼艾痂落后，疮肉忽片片如蝶飞去，痛不可忍者，热证也，大黄、朴硝为末，水服之。此等奇疾虽世所希有，姑笔之以当异闻。

宋范缙叔末年得奇疾，但渐缩小如小儿，临终形仅如三五岁耳。此疾终无人识。《太平广记》载有人患此，经年而复故。又松滋令姜愚忽病，不识字，数年方复故。又有人得疾，视物皆曲，弓弦、界尺之类，视皆如钩，竟无能治之者。

宋秘书丞张锷有奇疾，中身而分，左常苦寒，右常苦热，巾袜袍裤，纱绵相半，终岁如是。《太平广记》载无目表弟亦然，可谓异疾矣。

陶穀《清异录》载：螯屋士人有蛀牙疾，一日有声发于龈腭，若人马喧腾而去，痛顿止。夜半复闻来声云："小都郎回活玉寰也。"呵殿以次入口中，痛复大作。其言似幻妄。余同年历城穆吏部深家居得疾，耳中尝闻人马声。一日闻语曰："吾辈出游郊外。"即似车马骡驴以次出外，宿疾顿瘳。至晡复闻人马杂遝入耳中，疾复如故。穆延医治，百计不效，逾年自愈。始信书言不谬。

又浙有士人，一指忽痛，指甲间生一珊瑚，高二寸，血色气缕成海市人物城郭楼台。医谓火所致，服以大黄，始愈。故曰暴病多火，怪病多痰，医者不可不知也。

善医者不视方，盖方一定而病无定也。余在东郡，室人产后虚悸，每合眼即有气一股从下部上攻，直至胸膈，闭急而窘。如是五昼夜，殆矣，诸医泥方，惟以补气血投之，益甚。庠生马尔骐者晓医，语之曰："此火也，急则治标，何暇顾气血。"投以胡黄连，一进而熟寐，一昼夜诸症脱然。万历辛亥九月在家，侍儿忽病，气逆不可卧，一僧善方者曰："此气不归元耳，六味丸可立愈也。"投之久而如故，且吐出原药。僧怖曰："胃有寒痰，不受药矣，非附子不能下也。"余信且疑，时有良医薛子勉者，家芋江，距城二十里。病且亟，乃飞骑迎之。至诊视，笑曰："易与耳。"投以苏子、萝卜子、栀子、香附等少许，饮之贴然。且告之故，薛大惊曰："凡气逆者，皆火也。附子入口，必死无疑。"僧亦愧服。至今齐中国手推马生，闽中推薛生也。

古之医皆以针石、灸艾为先，药饵次之。今之灸艾惟施之风痹急卒之症，针者百无一焉，石则绝不传矣。古之视病，皆以望闻问切为要。今则一意切脉，贵人妇女，望闻绝不讲矣。夫病非一症，攻非一端，如临敌布阵，机会猝变。而区区恃诸草木之性，凭尺寸之脉，亦已疏矣；况药性未必遍谙，但据《本草》之陈言，脉候未必细别，徒习弦涩之套语，杀人如芥，可不慎哉！

余里中有齐公宪者，三代习小儿医，而至公宪尤极精妙，凡遇痘疹未发时，一见即别其吉凶生死，百不爽一也。性落魄嗜酒，每痘疹盛行时，门外围绕常千百人，肩舆于道，聚众攘夺。齐每自病之，欲弃去而不能也。余行天下，见诸小儿医，未有及之者，即谓钱乙复生可耳。

痘疮者乃造化之杀机，儿童之劫数，非可以常理测也。世人沿习之论，但云胎毒所致，故有谓成胎以后勿复再幸者，有谓初生之时探取其口中血者，有谓怀胎十月勿食酰厚煎煿滋味者。至于烧脐炼砂、兔血稀痘诸方，言人人殊，及其试之，百无一验。况有同母共胎孪生者，而稠稀迥若天壤。又有一时气运吉凶不同，倘遇其吉，比屋皆安；若际其凶，夭札如麻，至有一村之中无复儿声者。此盖长平坑卒，南阳贵人之比，而禄命医药，至此尽不足凭矣。但初发之时，吉凶即可辨识：热甚而发骤者多凶，热微而发迟者多吉。吉者静以俟之，凶者药以解之。无实实，无虚虚，无信庸医谬方，妄以异功木香等散投之，守禁忌，节起居，慎调护，谨饮食，即凶亦有变为吉者。如其不然，足以速其毙耳。至于药饵之方，则始终以解毒和中为主，始则发散之，既则表托之，后则健中排脓，如是而已。其他奇方劫药，不可轻试也。

嗜异味者必得异病，挟怪性者必得怪证，习阴谋者必得阴祸，作奇态者必得奇穷。此格言也，故曰"君子依乎中庸"。

卜筮原无他术，惟在人灵悟，推测隐微，固非可以口传而语授也。如占雨得剥，李业兴以坤上艮下，艮为山，山出云，占为有雨；吴遵世以坤为地，土制水，占为无雨。而卒无雨。卜二牛先起，得火兆，郭生以火色赤，谓赤牛先起；麹绍以火将然，烟先发，谓青牛先起。而卒如绍言。乃知在人见解耳。

皇甫玉善相人，至以帛抹眼，摸其骨体，便知休咎，百不爽一。今江湖方外尚有传捻骨相者，如正统间虎丘半塘寺僧，两目俱盲，揣骨无不奇中。又高齐时吴士有双盲者，闻人声音，知其贵贱，文襄历试之，无不验者。此与汉龙渊术同。摸骨揣声，视相人又难矣。时又有馆客赵琼,其妇叔奇弓虽转属他人,无不尽知,时人疑其别有假托,然总是术之至精耳。六朝时有善相笏者,相休祐笏,以为多忤。休祐以褚渊最为谨密,乃阴换之。他日渊见帝,误称"下官",大被憎谴。夫一手板,弃之则沟中断耳,于人何与?术固有不可知者耶?他如李峤之龟息,周必大之帝须,甘侯头低视仰,马周火色鸢肩,博识者自当辨之,未为神也。

李筌为节度判官,望东南有异气,而知安禄山之生。贾耽为节度使,见群小尼入城,而知有火患。二人之识鉴可谓神矣。筌注《黄帝阴符经》,推演幽奥,佥谓鬼谷、留侯复生,而耽于医药、卜筮、天文、术数无不通晓,信当代之异人也。

卜自管辂、郭璞之后,至李淳风而神矣。相自姑布子卿、唐举之后,至袁天纲而神矣。宋之费孝先,明之袁忠彻,皆诣极绝伦,上追千古,数百年来,未有继之者也。

生死祸福,一定不易,精术数者,但能前知之耳,不能逃也。郭璞谓卜翊曰:"吾不能免公吏,亦犹卿之不能免卿相。"然璞以忤贼臣而死,虽死,不犹愈于生乎?桑道茂见污伪命,而哀求李晟以获免,虽前知之力,而生不如死多矣。郑虔遇郑相如,告以祸乱,而勉以守节勿污,卒脱于死。前知者当如此矣。

余妻父郑参知述,尝自言未第时,有江右金道人者善相,百不失一。嘉靖甲午秋,郑偕诸名士访之,历历如响,独不顾郑。郑时自负才名,恚之。道人曰:"毋怒也,秋榜后当奉告。"至期,果下第。复问道人,道人曰:"君相法在丁酉当魁省试。"郑问何以为验,曰:"至年发当长尺许,是其兆也。"遂去,郑心记之。洎丁酉春,发果暴长尺许,益自负。秋初,道人复至,告之故,曰:"未也。入试之后,额当隆起如赘然,登第后始消耳。"已而果然。既又问春榜消息,良久弹指曰:"尚远,尚远,吾不及见也。"郑不怿,遂不终问。越十四年庚戌,始成进士,访道人,则已死矣。

后时兰溪有杨子高者,跛一足,挟相人术走天下。其辨人贵贱贫富,历历如见,名遂大噪,家致万金。尝至闽,一见朱中丞运昌,而谓其必死。一日至余斋中,坐客不期而集者二十许人,或文学,或布衣,或掾史、赀郎、丹青、地师，辨析无毫厘差谬。人亦疑其有它术者。余闲扣之，曰："此无它，但阅人多耳。"然已后事多不肯尽言也。

邓通富埒人主，亚夫位至封侯，而卒不免饿死，相法诚不爽矣。《南史》：庾翼家富于财，食必列鼎，状貌丰美，人谓必为方伯。及魏克江陵，卒以饿死。有褚蕴者，面貌尖危，从理入口，竟保衣食而终。相人者安可执一论也。

《清波杂志》载许志康论太素脉，谓可卜人之休咎。如智缘为王荆公诊脉，而知元泽之登第也。王禹玉在坐，深不然之。余在真州，江进之廷尉言有易思兰者，太素脉甚神。试之，其说以左右各三部，每部分为十年，十年之中分作七十二至，言亦甚辩。时戊戌秋也。余欲以明春入都，四月补官，问可得否。易曰："据脉，夏方得行，官期在秋。"余谓不然，易傲然笑曰："太素已定，岂人能为？"然余明年卒以二月行，四月授东郡司理，易言未尝中也。在东郡时，又有以太素脉见者，其说以心脉为君，肝脉为臣，君臣相应者为贵脉。其言视易尤为支离，乃谢遣之。丙午至闽，闻莆有瞽者，亦姓易，精此术，年八十余，老矣，遣人以安车致之。其辨人贵贱、卜休咎如神，而不肯言诊视之术。诊时每以一手屈人指，自大至小五屈之，即瞭然矣。时诸客递诊，言皆如响。间及婢仆，脉亦知之。余潜以手往视，良久惊曰："此非凡人，那得至此？"语之故，乃大笑。其人戆直，贵贱祸福，皆直言之，故时为人殴辱，隐深山中。惜其绝技终泯泯不传也。

卷之六

人　部　二

　　禄命之说,相传始于唐李虚中,然三刑六合,贞观初已辟其说,似非起于李也。至于今云屯林立十得四五,声价即烨然矣。大约子平为定体,五星为变用。譬之相者,富贵贫贱,部位大略,一见可识者,子平之局也。至于气色流年,变动不一,则五星之用也。然子平生克死数,人皆童而习之,而五星气余躔度,变化微眇,又岂俗师村瞽之所能测。故余从来未见有奇中者也。

　　李虚中以人生年月日所直支干推人祸福死生,百不失一,初不用时也。自宋而后,乃并其时参合之,谓之“八字”。然虚中末年炼黄金求不死,而卒发疽以死,可谓不知命之尤者,其术又何能灵?而今之瞽师村究,概能推生克衰旺之数,但不验耳。使天之生人可以八字定其终身,何名造物?

　　世间最不足信者,禄命与堪舆二家耳。盖其取验皆在十数年之后,任意褒贬以自神其术,而世人喜谀觊福,往往堕其术中而深信之。余尝见此二家,有名倾华夏而术百无一中者,大率因人贵后而追论其禄命,因家盛后而推求其先茔,意之不得则强为之解,以求合其富贵之故。甚矣,人之惑也!

　　推禄命者,年月日时相配以定吉凶。然今用夏正,故寅月属之今年,若建子建丑,则十一、十二两月皆当属之明岁,其生克制化必有相枘凿者,吉凶又何所适从耶?若长平坑卒,南阳贵人,又所不必论也。

　　京山曹子野以禄命擅名一时,余过姑苏,偶闻其在逆旅,亟召之至。其论与众不同,每运十年,不分支干,曰:“夫干,属天者也,支,属地者也,合则为用,离则为敌。岂有人之性命,五年行天上,五年又行地中者乎?”其言甚辩,余不能难也,而推未来休咎,亦殊不验。又闻岳州有李蓬头者,其术胜曹,惜未之见耳。

　　禄命之说,诚眇茫不足信。人有同年庚日时而贵贱迥不相同者。相传太祖高皇帝已定天下,募有与己同禄命者,得江阴一人,召至,欲杀之。既见,一野叟耳,问何以为生,曰:"惟养蜂十三笼,取其税以自给。"太祖笑曰:"朕以十三布政司为笼蜂乎?"遂厚赐遣还。然帝王间气,固自难以凡人例论也。宋时一军校,与赵韩王同年月日时生,韩王有大迁除,军校则有一大责罚,小迁转则军校微有谴诃。此又不知何故。至货粉郑氏生子,与蔡鲁公同命,而卒十八溺死,则迥若天渊矣。余外祖徐子瞻,与同里宋姓者年月日时尽同,少同学相善也,同食既于庠,同无子。至四十九岁而宋卒,徐惧,不敢出户阈,然其后乃相继举三子,即惟和兄弟也。以贡仕至县令,归,年八十余始卒。何后事之大不相同耶?永康程京兆正谊,与义乌虞怀忠同禄命,同以辛未成进士,同作司李,同日内召。然虞授御史,声势烜赫,家富不赀,坐左迁,后稍起,至县令,郁郁以死。程授比部郎,出入藩臬,位至大京兆,年八十方卒。乃其家赀不敌虞十一也,岂富厚为造物所忌,既夺其爵,复减其算耶?或为富不仁,虞固有以自取之耶?《乐善录》所载二士人亦若此,盖以富贵享用折算耳。然谓之曰命,则宜一定不易,或凶恶而富寿,或良善而穷夭,始足信也。若因生平作为而转移,则又何必言命哉?

　　万历丙午,浙中有郦道人者,挟数学来闽,人信之如神,然小术颇有验。余往访之。郦以片纸书数字内袖中,既令余念《诗经》一语,余漫应曰:"关关雎鸠。"已出袖中书,则此句也。凡人有来卜者,有数事,辄预书贴壁上,令自取之,无不符合,以是名益噪。然余细核之,似有役鬼搬运之术耳,其未来事分毫不验也。先是,广平有籍大成者,最善诸幻术。逆旅天寒,有数客至,大成为符焚之,食顷,酒肴皆具。又焚一符,则歌妓毕集,但自腰以下不可见耳。问其故,曰:"此生魂也,吾以术摄之。"有人苦尪瘵无力,大成为呵一气,即摄一人力传其体,呵十气,遂可举千斤。少顷,尪瘵如故。后坐不法论死,系司寇十余年。人问之,曰:"吾越狱如平地耳,但有此宿业须受之,必不死也。"已而果赦,出戍辽左。自后为幻术者皆宗大成而失其玄妙,若郦生者,又不足数也。

　　嘉、隆间,新安汪龙受得数学于游僧,颇有奇验。四明袁文荣当
国,寄一白棋子,托人问子。汪曰:"白者,北也。棋子者,子也。此北
京当局之人来问子也。但此棋子非木非石,经火锻炼,了无生气,必
不能生子。若再以生克之理推之,此老不久亦当终局。"其人隐之,不
敢以闻。越数月而袁公捐馆。

　　幻戏虽小术,亦自可喜。余所见有开顷刻花者。以莲子投温汤
中,食顷即生芽舒叶,又食顷生莲花如酒盏大。又有燃釜沸油,投生
鱼其中,拨剌游泳,良久如故。又有剖小儿腹种瓜,顷刻结小瓜,剖之
皆可食。又有以利刃二尺许插入口,复抽出。又有仰卧以足承梯,倚
空而不仆,一小儿穿梯以升,直至其巅,观者毛发洒沥。至于舞竿走
绳,特其平平者耳。长安丐者有犬戏猴戏,近有鼠戏。鼠至顽,非可
教者,不知何以习之至是。余庚戌在京师,见戏者笼一小雀,中置小
骨牌,仅寸许,击小锣一声,雀以口啄其机,门便自开。令取天牌,则
衔六六出;取地牌,则衔么么出,其应如响。观毕,复击锣一声,雀入
而门自闭。《辍耕录》载弄虾蟆者亦然。噫,亦异矣。

　　风角之术起于汉末。谢夷吾望阁而知乌程长之死,李郃观星而
知益部使之来,精之至也。后来樊英、管辂之辈,皆本于此,第其术有
至未至耳。风吹削脯,杨由知人献橘;赤蛇分道,许曼知太守为边官。
至于段翳封药门生,知与吏斗破;李南爨室暴风,其女预知死期,可谓
通变化,入幽冥,无以加矣。至魏而管辂诣其极,至晋而郭璞集其成。
五胡之世,佛图澄、崔浩、陆法和擅其称。盛唐之时,罗公远、僧一行、
孙思邈闯其室。五代以降,其术不复传矣。

　　汉时解奴辜、张貂皆能隐沦,出入不由门户,此后世遁形之祖也。
介象、左慈、于吉、孟钦、罗公远、张果之流,及《晋书》女巫章丹、陈琳
等术皆本此,谓为神仙,其实非也。其法有五,曰金遁,曰木遁,曰水
遁,曰火遁,曰土遁。见其物则可隐,惟土遁最捷,盖无处无土也。须
炼遁神四十九日,于空山无人之中独坐结念,更有符咒役使百神。若
一念妄起,便须重炼。即如红线、聂隐娘、精精、空空之流,皆此等辈
耳。国初有冷谦,字启敬,导人入太仓库盗钱,事发被逮,求饮,即跳

入瓶中，扑破，片片皆应，而竟不知所在，此水遁者也。正德初，有老翁脱太监于流贼者，又钟鬶髻握土一块，遂不见，土遁者也。

《传记》载剑侠事甚多，其有无不可知，大率与遁形术相表里。今天下未必尽无其人也，但此术终是邪魅，非神非仙。蜀许寂好剑术，有二僧语之曰："此侠也，愿公无学。神仙清净事，异于此。诸侠皆鬼，为阴物，妇人僧尼皆学之。"其言信矣，但红线、隐娘及崔慎思、王立、董国度所娶事皆相类，或亦好事者为之耳。

凡幻戏之术，多系伪妄。金陵人有卖药者，车载大士像问病，将药从大士手中过，有留于手不下者，则许人服之，日获千钱。有少年子旁观，欲得其术，俟人散后，邀饮酒家，不付酒钱，饮毕竟出，酒家如不见也。如是者三。卖药人扣其法，曰："此小术耳，君许相易，幸甚。"卖药曰："我无它，大士手是磁石，药有铁屑，则粘矣。"少年曰："我更无它，不过先以钱付酒家，约客到绝不相问耳。"彼此大笑而罢。

国初程济，朝邑人，有仙术。为四川岳池县教谕，相去数千里，旦暮寝食未尝离家，而日治岳池事不废。后随建文出亡，卒脱艰险，济有力焉。然则王乔、卢耽之事，世固未尝无其人也。

《传记》有周文襄见鬼事，盖已死而英气未散，魂附生人，无足异也。如刘伟者为太守，卒已数十年，忽往来人间，言未曾死，则妄矣。近万历间又有称威宁伯王越者，往来吴越间，人信之若神，大抵妖人假托之词耳。安知宋时贺水部者非妄耶？世人好奇，遂不及察，非隽不疑不能缚戾太子也。

《夷坚志》载法术若毛一公、汲井妇人之类，一遇其敌，便几至杀身。相传嘉隆间有幻戏者，将小儿断头，作法讫，呼之即起。有游僧过见而哂之，俄而儿呼不起，如是再三。其人即四方礼拜恳求："高手放儿重生，便当踵门求教。"数四不应，儿已僵矣。其人乃撮土为坎，种葫芦子其中，少顷生蔓结小葫芦，又仍前礼拜哀鸣，终不应。其人长吁曰："不免动手也！"将刀砍下葫芦，众中有僧头欻然落地，其小儿应时起如常。其人即吹烟一道，冉冉乘之以升，良久遂没，而僧竟不复活矣。盖术未精而轻挑衅端，未有不死者也。夷僚之中，此术最多。《庚巳编》载吴中焚尸，亦有此术，有李智者，甚与毛一公相类也。

　　木工于竖造之日，以木签作厌胜之术，祸福如响。江南人最信之，其于工师，不敢忤嫚。历见诸家败亡之后拆屋，梁上必有所见，如《说听》所载，则三吴人亦然矣。其它土工石工，莫不皆然，但不如木工之神也。然余从来不信，亦无祸福。家有一老木工，当造屋时戏自诩其能，余诘之曰："汝既能作凶，亦当能作吉。屋成，能令永无鼠患，当倍以十金奉酬。"工谢不能也。大凡人不信邪，则邪无从生。

　　夷獠中有采生术，又善易人手足。有在獠中与其妇淫者，其夫怨之，以木易其一足而不知也。旬日之间，渐觉痿痹不能起，又久之，皮干木脱，成废人矣。吾闽中有蛊毒，中人则夜为之佣作，皆梦中魂往，醒则流汗困乏，不数月劳瘵以死。此亦采生之类也。

　　元世祖诛阿合马，藉其家，有妾名引住者，搜其藏，得二熟人皮于柜中，两耳俱存，扃钥甚固。问莫知为何人，但云诅咒时置神座上，其应如响。汉时宫中巫蛊，但得木偶人耳，未闻以人皮者也。近来妖人有生剖割人而摄其魂以为前知之术者，盖起于此。若樟柳神灵哥，又其小者耳。成化间妖人王臣箧中有二木人，听其指挥，此亦巫蛊之遗法也。

　　遇天使而求金，占失仆而假策，伐笼臂而目疾愈，延射鸟而母病除，救堕梁于十世之后，免重辟于黄沙之中，术数之精乃与神通，然亦非颖悟绝伦不能与也。宋余杭徐复以六壬名天下，及闻州僧与衙校推祸福，怪而扣之。僧曰："尽子思虑所至，子所不及，吾无如之何。"复即以为课，与日时推之，累日尽得僧之秘，但有驹堕三足者未之见也。僧曰："子智止此，不可强也。"乃知人之天分有限，百工技艺，莫不皆然。

　　管仲之识俞儿也，子产之识实沈、台骀也，东方朔之识巫雀、毕方也，终军之识骓虞、鼹鼠也，刘向之识危与贰负也，蔡邕之识青鸾、投蜺也，张华之识海凫、龙肉也，诸葛恪之识傒囊也，陆敬叔之识彭侯也，何承天之识威斗也，陆澄之识服匿也，沈约之识焦明、罜盖也，斛斯徵之识錞于也，刘杳之识挈囊也，傅奕之识金刚石也，欧献乘之识息壤也，贾耽之识虮瘕也，段成式之识报时铁也，留源之识冤气也，傅弘业之识虎蜼也，徐铉之识海马骨也，赞宁之识蚌泪画也：此以博识得之者也。还无社之对山鞠穷也，驳忌之对隐语也，东方朔之答令壶龃也，杨修之辨黄绢也，李虡之辨三三两两也，刘显之辨贞字也，则天之解青鹅也，班支使之解大明寺水也：此以捷悟得之者也。捷悟者可以思而及，博识者不可以强而致也。至于郑钦悦辨任昇之铭，据鞍绎思仅三十里而千古之疑一旦冰解，近于神矣。东平昌生辨石壁道语，斯为次之。其它如谈马砺毕之题、川狗御饭之语，已为黄绢之重儓，而去姓得衣之叙，委时百一之解，不过离合之鼙妇，作者固可厌，而解者亦不难也。

人有一目数行俱下者，非真俱下也，但目捷耳。迟速相去甚者差四五倍，不但三也。一览无遗，则尝有之矣。闽林誌避雨，寓染坊，得其染帐，漫阅之，匆匆而去。越二日其家回禄，索帐者纷然，莫知为计。林复过之，曰："我能记之。"取笔疾录，不爽一字。此天生之资，非强记可到者。嘉禾周鼎，读百韵诗一遍即诵，又能从末倒诵，亦绝世之资矣，而功名不显，盖似有别才也。

子瞻再读《汉书》，张方平闻而讶之，则张之颖悟过苏可知。然而苏以文章名世，张卒无闻也，此陆澄所以有"书厨"之诮也。

介葛卢解牛语，公冶长、侯瑾解鸟语，阳翁仲、李南解马语，唐僧隆多罗、白龟年俱通鸟兽语，成子、杨宣皆解雀语。夫鸟兽之音，终身一律，果能语耶？左氏之诬、野史之谬无论已，公冶长圣门高第，乃受此秽名。至宋之问诗"不如黄雀语，能免冶长灾"，则真以为实事矣。世又传公冶长雀绕舍呼曰："公冶长，南山虎驮羊，汝得其肉，我食其肠。"又云："喈喈喷喷，白莲水边，有车覆粟。车脚沦泥，犊牛折角。收之不尽，相呼共啄。"余谓雀作人言固可怪，而春秋之雀知用沈约之韵，又可怪也。至太原王氏因祭厕神而获闻蚁言，又奇矣。

元时有必兰纳识里者，贯通三藏及诸国语，凡外夷朝贡表笺文字无能识者，皆令译进，令左右执笔，口授如流，略不停思，皆无差谬。众无不服其博识，而不知其所从来也。此其难又甚于介葛卢等矣。

《冷斋夜话》载：太平有日者，为市井凡庸之人课，无不奇中；至为达官贵人课，则皆无验。或问之，答曰："我无德量，凡见寻常人则据术而言，无所缘饰；见贵人则畏怖，往往置术之实而务为谀词，其不验要不足怪。"此言政与汉郭玉论医相同。余行天下,遇有术数者,多召致之,而十九无验,彼务为迎合故也。

六壬之数若精,天下无不可测之物。云间有陈生者,善为之,试以小事,良信。尝教余四课三传之法,至于占解推测,在人自悟,不可传也。余时亦懒,且以为无益,遂不竟学,徒家藏其书数百卷。今细思之,终是无益,纵学得如邵尧夫,亦徒为人役役也。

修武有崔生者,善六壬,余在东郡,曾一致之,言多奇中。但其起课法微不同,大约用金口诀,取其简便耳。向后休咎,亦不肯尽言也。聊城杨师孝,术颇精于崔,人以神仙目之。然其人不学无术,故不能尽其变也。

古人谓蓍短龟长,故舍筮从卜。今之卜则六壬备矣,患人未之精耳。筮用《易》占,其繇不可得而闻也,不知古卜筮繇词皆何所本,如"凤凰于飞"、"大横庚庚"之类,似非当时杜撰也。焦延寿《易林》,其占亦多奇。余于己亥春为友人筮补官,得"僵尸蔽野,不见其父"之繇。时友人有老父在,不怿也。余解之曰:"僵尸无验矣,而独丧父,验乎?妄耳。"无何献播俘,至日补牒下,友人抚心曰:"验矣,奈何!"旬日而外艰之讣至。

自周以后始有堪舆之说,然皆用之建都邑耳。如《书》所谓"达观于新邑,营卜瀍涧之东西",《诗》所谓"考卜维王,宅是镐京"者,则周公是第一堪舆家也。而葬之求吉地,则自樗里始。然汉时尚不甚谈,至郭璞以其术显,而惑之者于是牢不可破。然观天下都会市集等处,皆倚山带溪,风气回合,而至于葬地,则有付之水火、犁为平田者,而子孙贵盛自若也。其效验与否昭然矣,世人不信目而信耳,悲夫!

堪舆自郭璞之后,黄拨沙、厉伯招其最著者也。然璞已不免刑戮于其身,而黄、厉之后,子孙何寥寥也。其他如吴景鸾、徐善继等,或不得令终,或后嗣绝灭。若有地而不能择,是术未至也;若曰天以福地留与福人,则又何必择乎?江南之俗,子孙本支,人各为冢,一家贵盛,则曰某祖坟也,一支绝灭,则曰某祖坟也。而其家丘垅百数,岂独无一善地,足以掩前人之失?又岂独无一恶地,足以败已成之绪者乎?至如父得善地,子得恶地,祸福又将何适从也?况为其术者各任己见,甲以为善,乙以为恶,嚣然聚讼,迄无定评。而漫以祖父之骨,尝试于数十年之后,以验术者之中否,而其人与骨固已朽矣,则又何惮而不妄言也。且人之一身,岁不能无休戚,阖门百口,岁不能无盛衰,此必然之理也,而谓生者之命脉,其权尽制于死者之朽骨,不亦可笑之甚耶!

葬欲其速朽也,比化者无使土侵肤,人子之情也。山形完固,不犯水蚁,不近田畴,土膏明润,梧楸森郁,死者之宅永安,子孙自阴受其庇矣。若必待吉地,暴露浅土,惑于异议,葬后迁移,使祖父魂魄无依,骨肉零落,天且殛之矣,何福之能求!世有掘墓而得石与水者,皆好奇以求福也,不求福则无祸。

世有葬后而棺反侧者,地脉斜也;棺骸俱散者,无生气也;聚叶满穴中者,风杀也。水蚁之患可避,而此数者稍难辨耳。

葬地大约以生气为主,故谓之龙经,所谓“空手抱锄头,步行骑水牛”者,总欲认得真龙耳。龙真穴真,断无水蚁、风杀之患。世有好奇者,先看向背沙水,而后以己强合之,误人多矣。

有龙真而穴未真者,气脉未住也,故好奇者有斩龙法,譬之人方远适,而挽之使入门也。不可为训,恐有主客同情之戒。

吴越之民多火葬,西北之民多葬平地,百年之后,犁为畎亩矣,而富贵不绝,地理安在?

惑于地理者,惟吾闽中为甚,有百计寻求,终身无成者,有为时师所误,终葬败绝者。又有富贵之家,得地本善,而恐有缺陷,不为观美,筑土为山,开田为陂,围垣引水,造桥筑台,费逾万缗,工动十载。譬人耳鼻有缺而雕瑅为之,纵使乱真,亦复何益?况于劳人工,绝地脉,未能求福,反以速祸。悲夫!

余从大父观察公讳廷柱,于书无所不读,聪颖绝人,而尤于择地自负,所著《堪舆管见》,人争传诵之。致政归,筑室于西湖之上,面城背水,四面巨浸,人以为绝地,公不听也。传及子孙,贫落日甚,孤丁孑然几斩,竟不能有,鬻为宗祠。

古今之戏,流传最久远者,莫如围棋,其迷惑人不亚酒色,“木野狐”之名不虚矣。以为难,则村童俗士,皆精造其玄妙;以为易,则有聪明才辩之人，累世究之而不能精者。杜夫子谓其有神圣教，固为太过；而观其开阖操纵，进退取舍，奇正互用，虚实交施，或以予为夺，或因败为功，或求先而反后，或自保而胜人，幻化万端，机会卒变，信兵法之上乘，韬钤之秘轨也。《棋经》十三篇，语多名言，意甚玄着，要一言以蔽之，曰着着求先而已矣。

弈秋、杜夫子、王抗、江彪、王积薪、滑能之技不知云何，即其遗谱，亦无复传者矣。今所传者，尚有王积薪所遇姑妇及顾师言镇神头二势。妇姑之说荒诞不足信，或者积薪以此自神其术耳。镇神头以一着解两征，虽入神妙，而起手局促缠累，所谓张置疏远者安在哉？恐亦好事者为之耳。今之势谱如所谓大小铁网、卷帘边、金井栏者，凡以百计，要其大意，只求制人而不制于人而已。

唯其求制人，故须求先。始而布置，既而交战，终而侵绰，稍缓一着，则先手为彼所得，而我受制矣。先在彼者，弃子可也；先在我者，无令人有可弃之子可也。

近代名手，弇州论之略备矣。以余耳目所见，新安有方生、吕生、汪生，闽中有蔡生，一时俱称国手，而方于诸子，有“白眉”之誉。其后六合有王生，足迹遍天下，几无横敌。时方已入赀为大官丞，谈诗书，不复与角，而汪、吕诸生皆为王所困，名震华夏。乙巳、丙午，余官白门，四方国士，一时云集。时吴兴又有周生、范生，永嘉有郑头陀，而技俱不胜王。泊余行后，闻有宗室至，诸君与战，皆大北。王初与战亦北，越两日，始为敌手，无何，王又竟胜。故近日称第一手者，六合小王也。汪与王才输半筹耳，然心终不服，每语余：“彼野战之师，非知纪律者。”余视之良信，但王天资高远，下子有出人意表者，诸君终不及也。

到溆于梁武御前比势覆局，凡有记性者皆能覆局，不必国手也。余棋视王、方诸君差三四道，至覆局则与之无异，与余同品者皆不能也。此但天资强记耳。遇能记时，他人对局，从旁观亦能覆之。至其攻取大略，即数年后，十犹可覆七八也。

王六合与余弈，受四子，然其意似不尽也。王亦推余颖悟，谓学二年可尽其妙。时余以废时失事，不肯竟学，然尚嗜之不厌。至丙午南归,始豁然有省,取所藏谱局尽焚弃之,从此绝不为矣。然世人之戒弈,难于戒酒也。

邯郸淳《艺经》:棋局纵横各十七道,合二百八十九道。其制视今少七十一道。汉、魏以前,想皆如是。至誌公说法曰:"从来十九路,迷误许多人。"则与今无异矣。

象戏相传为武王伐纣时作,即不然,亦战国兵家者流,盖时犹重车战也。兵卒过界,有进无退,政是沉船破釜之意。其机会变幻,虽视围棋稍约,而攻守救应之妙,亦有千变万化不可言者。《金鹏变势》略备矣,而尚有未尽者,盖著书之人原非神手也。

象戏视围棋较易者,道有限而算易穷也。至其弃小图大,制人而不制于人,则一而已。

唐《玄怪录》载岑顺事,可见当时象棋遗制。所谓天马斜飞,辎车直入,步卒横行者,皆仿佛与今同,但云上将横行击四方者稍异耳。唐不闻有象,而今有之。胡元瑞云"象不可用于中国",则局中象不渡河,与士皆卫主将者,不无见也。

双陆一名握槊,本胡戏也。云胡王有弟一人,得罪将杀之,其弟于狱中为此戏以上其意,言孤则为人所击,以讽王也。曰握槊者,象形也。曰双陆者,子随骰行,若得双六则无不胜也。又名长行,又名波罗塞戏。其法以先归宫为胜,亦有任人打子,布满他宫,使之无所归者,谓之无梁,不成则反负矣。其胜负全在骰子,而行止之间,贵善用之。其制有北双陆、广州双陆,南番、东夷之异。《事始》以为陈思王制,不知何据。

博戏自三代已有之。穆天子与井公博,三日而决。仲尼曰:"不有博弈者乎?"庄周曰:"问榖奚事,则博塞以游。"今之樗蒲,是其遗意,但所用之子,随时不同。古有六博,谓大博则六箸,小博则二茕,其法今不传矣。魏晋时始有"五木"之名,枭、卢、雉、犊、塞也,其制亦不可考。但史载刘裕与诸人戏,余人并黑犊以还,刘毅掷得雉,及裕掷,四子皆黑,一子跳跃未定,裕厉声喝之,即成卢。又曹景宗掷得卢,遽取一子反之,曰:"异事!"遂作塞。则卢与雉、塞皆差一子耳。大约黑而纯一色者为卢,相半者为雉。黑而有杂色者为犊、塞。以今骰子譬之，则浑四为枭，浑六为卢，四六相半为雉，其它杂色则犊、塞耳。今之樗蒲、朱窝云起自宋朱河《除红谱》，一云杨廉夫所作，然其用有五子、四子、三子之异，视古法弥简矣。

掷钱虽小戏，然刘寄奴能喝子成卢，宋慈圣侧立不仆，光献盘旋三日，似皆有鬼神使之者。若狄武襄平广南，手掷百钱尽红，虽云谲术，乃更胜真。

投壶视诸戏最为古雅。郭舍人投壶，激矢令反，谓之骁，一矢至百余骁。王胡之闭目，贺革置障，石崇妓隔屏风，薛眘惑背坐反投而无不中，技亦至矣。今之投壶名最多，有春睡、听琴、倒插、卷帘、雁衔、芦翻、蝴蝶等项，不下三十余种，惟习之至熟，自可心手相应。大率急则反，缓则斜，过急则倒，过缓则睡。又有天壶，高八尺余，宾主坐地上仰投之，西北士夫多习此戏。

藏钩似今猜枚，如《酉阳杂俎》所载，则众人共藏一钩而一人求之，此即古意钱之戏也。《后汉书》：梁冀能挽满、弹棋、格五、六博、蹴踘、意钱之戏。其法今亦不传矣。猜枚虽极鄙俚，亦有精其术者。吴门袁君著有《拇经》，自负天下无对，然余未之见。惟德清半月泉有行者，百发百中，人多疑有他术，然实无之也，惟记性高耳。能记其人十次以上，则纵横意之无不中。《杂俎》所谓察形观色，若辨盗者，得之矣。

弹棋之戏世不传矣，即其局亦无有识之者。吕进伯谓其形似香炉，然中央高，四周低，与香炉全不似也。弘农杨牢六岁咏弹棋局云："魁形下方天顶突，二十四寸窗中月。"想其制方二尺有四寸，其中央高者独圆耳。今闽中妇人女子尚有弹子之戏，其法以围棋子五，随手撒几上，敌者用意去其二而留三，所留必隔远或相黏一处者，然后弹之，必越中子而击中之，中子不动则胜矣。此即弹棋遗法。魏文帝客以葛巾拂，无不中者也，但无中央高之局耳。

后汉诸将相宴集，为手势令，其法以手掌为虎膺，指节为松根，大指为蹲鸱，食指为钩戟，中指为玉柱，无名指为潜虬，小指为奇兵，腕为三洛，五指为奇峰，但不知其用法云何。今里巷小儿有捉中指之戏，得非其遗意乎？然以将相为此已大不雅，而史弘肇以不解之故索剑相诟，尤可笑也，卒启骈族之祸，悲夫！

今博戏之盛行于时者，尚有骨牌。其法古不经见，相传始于宣和二年，有人进此，共三十二扇，二百二十七点，以按星辰之数。天牌二十四，象二十四气；地牌四点，象四方；人居中数，以象三才。其取名亦皆有意义。对者十二，为正牌，不对者八，为杂牌。三色成牌，两牌成而后出色以相赛。其取名如天圆地方、樱桃九熟之类，后人敷演其说，易以唐诗一句，殊精且巧矣。此戏较朱窝近雅，而较围棋为不费，一时翕然，亦不减"木野狐"云。

委巷儿戏，则有行棋，或五或七，直行一道，先至者胜。此古蹙融制也。有马城，不论纵横，三子联则为城，城成则飞食人一子。其他或夹或挑，就近则食之，不能飞食也。有纸牌，其部有四，曰钱，曰贯，曰十，曰万，而立都总管以统之。大可以捉小，而总管则无不捉也。其法近于孙武三驷之术，而吴中人有取九而捉者。又有棋局如螺形，四面逐敌子入穷谷中，而后提取之，曰旋螺城。虽鄙亵可笑，细玩亦有至理存焉。按《经籍志》有《旋棋格》，即螺城也，然螺城名似更佳。

李易安打马之戏，与握槊略相似，但彼双则不击，而此多逢寡即击。如叠至十九马，而遇二十马，即被击矣。一夫当关，则它骑不得过，又可以反而击人之单骑。行至函谷关，则非叠十骑不得过。至飞龙院，则非二十骑不得过。非正本采不得行，而临终尚有"落堑"一局，所谓"行百里者半九十"也。此戏较诸艺为雅，有赋文亦甚佳，但聚而费钱稍多耳。江北人无知之者。余在东郡，一司农合肥人也，恳余为授之，甚喜。

晁无咎有广象棋局，十九路，九十一子，今不传矣。司马温公制七国象棋法，亦是推广象戏遗意，而近于腐烂。至魏游秋肇制儒棋，有仁、义、礼、知、信之目，则益令人呕哕不堪。戏者，戏也，若露出大儒本色，则不如读书矣。

唐李郃有《骰子选格》，宋刘蒙叟、杨亿等有《彩选格》，即今升官图也。诸戏之中，最为俚俗，不知尹洙、张访诸公何以为之？不一而足。至又有选仙图、选佛图，不足观矣。

唐宋以前有叶子格，及遍金叶子格，金龙戏格，捉卧瓮人格，皆不知何物，其法亦无传之者。

陈晦伯引《咸定录》云：唐李郃为贺州剌史，与妓人叶茂连江行，因撰《骰子选》，谓之叶子，天下尚之。又《归田录》云：有叶子青者，撰此格。今其式不可考。杨用修以为似今纸牌，而晦伯、元瑞非之，皆未有的证也。晦伯谓杨大年好之，不过因《青琐杂记》有"与同辈打叶子"之语耳。

晋末诚多异人，如史所载陈训、戴洋、韩友、淳于智、步熊、杜不愆、严卿、隗炤、卜珝、鲍靓、麻襦、单道开、黄泓、王嘉、郭黁、台产之辈，皆穷极术数，造诣窈冥，苟能用之，足以息战争，裨治化，如图澄之仕石虎，罗什之从吕光，微言曲诲，利益多矣。索纮占梦，其术为下，然观其辞阴澹之言曰："少无山林之操，游学京师，交结时贤，希申鄙艺。会中国不靖，欲养志终年，老亦至矣，不求闻达。"乃知彼固有托而逃者耶？

鸠摩罗什但能精通术数，博极群书，僧中之子云、茂先也，谓之成佛作祖，吾则未敢。什父罗炎，修行不遂，为禁脔所逼，已堕落矣，至什而复蹈其辙焉，虽曰被逼，亦由欲障未除。升座讲经之际，二儿登肩，神识未定，鬼瞰之矣。既生二子，何患法种无嗣，伎女十人之蓄，不亦可以已乎？临终之时，诵神咒自救，未及致力，转觉危殆。其处死生之际，非能脱然无挂碍者，尚在道安、佛图澄之后乎！

晋会稽夏仲御能作水戏，操柁正橹，折旋中流，初作鲻鲎跃，后作鲋鲟引，飞鹢首，掇兽尾，奋长梢而直逝者三焉。于是风波振骇，云雾杳冥，白鱼跳入舟者八九。又作大禹《慕歌》之声，曹娥《河女》之章，子胥《小海》之唱，以足扣船，引声喉啭，清激慷慨。大风应至，含水噀天，云雨响集，叱咤欢呼，雷电昼冥，集气长啸，沙尘烟起。王公已下，莫不骇恐。此与李暮所遇父老何异，亦旷代之异人也。

晋石垣居无定所，不娶妻妾，人有丧葬，千里往吊，或同日共时，咸共见焉。又能暗中取物如昼无差。此亦昙霍、麻襦之流也，而史列之隐逸，误矣。

谢石之拆字，小数也，然拆杭字知兀术之复来，拆春字为秦头之蔽日，则事与机会，隐讽存焉。贾似道时术士拆奇字，谓立又不可，可又不立，亦足寒奸邪之胆矣，而不免杀身，悲夫！

耿听声嗅衣以知吉凶贵贱，王生听马蹄以知丁谓西行，沈僧照闻南山虎声而知国有边事，张乘槎见来远楼而知藩司有丧，皆风角之术，与拆字相同。机智之人可以意会，不可以法传也。

古者巫觋之俗盛于陈、郑，盖奸淫奇邪之所托也。然上有西门豹，则河伯绝取妇之媒；下有夏仲御，则丹珠失鼓舞之势。君正获襦，而一郡之巫息；左震破锁，而山川之祟消。天师杖而甘雨至，杨媪斩而火妖绝。世间第一妖惑，莫此为甚，而世犹信之不已，何哉？

汉武帝令丁夫人、洛阳虞初等以方祠诅匈奴、大宛，日与神君、文成等游，故其后卒有巫蛊之祸，父子、夫妇、君臣之间，坐夷灭者不可胜纪。然《周礼》宗伯之属，诅祝掌盟诅，司巫掌群巫之政，至于男巫女巫，不一而足，以冬至致天神人鬼，以夏至致地祇物魅。则三代已有之矣，曾谓周公作法，而有是乎？

今之巫觋，江南为盛，而江南又闽、广为甚。闽中富贵之家妇人女子，其敬信崇奉，无异天神，少有疾病，即祷赛祈求无虚日，亦无遗鬼，楮陌牲醪相望于道，钟鼓铙铎不绝于庭，而横死者日众。惜上之人无有禁之者，哀哉！

闽俗最可恨者，瘟疫之疾一起即请邪神，香火奉事于庭，惝惝然朝夕拜礼许赛不已。一切医药，付之罔闻。不知此病原郁热所致，投以通圣散，开辟门户，使阳气发泄，自不传染。而谨闭中门，香烟灯烛，焄蒿蓬勃，病者十人九死。即幸而病愈，又令巫作法事，以纸糊船，送之水际。此船每以夜出，居人皆闭户避之。余在乡间夜行，遇之辄径行不顾。友人醉者至，随而歌舞之，然亦卒无恙也。

闽女巫有习见鬼者，其言人人殊，足征诈伪。又有吞刀吐火，为人作法事禳灾者。楚、蜀之间，妖巫尤甚，其治病祛灾，毫无应验，而邪术为祟，往往能之。如武冈姜聪者，乃近时事也。吾闽山中有一种畲人，皆能之，其治祟亦小有验。畲人相传盘瓠种也，有苟、雷、蓝等五姓，不巾不履，自相匹配。福州闽清永福山中最多云。闻有咒术，能拘山神。取大木箍其中，云"为吾致兽"，仍设阱其旁，自是每夜必有一物入阱，餍其欲而后已。

　　古之善禁气者，能于骨中出镞，移痈疽向庭树。至于驱龙缚魅，又其易者耳。此却是真符咒，非幻术也。诸符咒，道藏中皆有之，但须炼将耳。今游僧中有燃眉烧指，及五七日不饥者，非真有道也，亦能禁气耳。至其伪者又不论也。

　　穿杨贯虱，精之至也，然亦可习也。至于截箭啮镞，非可习而能也。神而明之，有数存乎其间，即羿亦不能传之子者也。

　　李克用之悬针，斛律光之落雕，射之圣者也。由基矫矢而猿号，蒲且虚弦而凫落，射之神者也。后羿之缴日，督君谟之志射，射之幻者也。魏成帝过山二百余步，胡后之中针孔，射之佞者也。蹲甲而彻七札，射铁而洞一寸，射之力者也。伯昏务人登高山，履危石，临不测之渊，背逡巡，足二分垂在外，射之奇者也。范廷召所至，鸟雀皆绝，射之酷者也。魏舒、贾坚，射之雅者也。萧瑀、卢廙，射之猥者也。

　　尝于德平葛尚宝家，见二胡雏彀弩射飞，弦无虚发。每射栖雀，辄离数寸许，弦鸣雀飞，适与矢会，其妙有不可言者。信天性绝技，非学可至也。

　　吴门彭兴祖弟善弹，藏小石袖中，以掷鸟雀，百步之内，无不应手而殪。此与《水浒传》所载没羽箭张清何异。考史载萧摩诃掷铍，略与此同。惜不用之疆场，而但为戏耳。

　　古者射御并称，而今御法不传矣；歌舞并称，而今舞法不传矣；啸咏并称，而今啸法不传矣。然犹可想像见者，"六辔如组，两骖如舞"，必非舆儓掌鞭之手所能操纵也；"宛转从风，缅曼旋怀"，必非羽籥乐童之辈所能俯仰也。至于苏门隐者，若数部鼓吹，林壑传响，步兵闻之亦且心折，而况千载之下乎？然宇宙大矣，不应遽无其人，或吾未之见也。

卷之七

人　部　三

朱新仲《猗觉寮杂记》云："《唐·百官志》有书学一途，其铨人亦以身言书判，故唐人无不善书者。然唐人书未及晋人也，欧、褚、虞、薛，亦傍山阴父子门户耳，非成佛作祖家数也。右将军初学卫夫人，既而得笔法于钟繇、张旭，然其自立门户，何曾与三家仿佛耶？子敬虽不逮其父，然其意亦欲自立，不作阿翁牛后耳。"此一段主意，凡诗家、画家、文章家皆当识破，不独书也。

钟、王之分，政如汉魏之与唐诗，不独年代气运使然，亦其中自有大分别处，非谓王书之必不及钟也。大率古色有余则包涵无尽，神采尽露则变化无余，老、庄所为思野鹿之治也。

右将军陶铸百家，出入万类，信手拈来，无不如意，龙飞虎跳之喻，尚未足云，洵书中集大成手也。然庾征西尚有家鸡野鹜之叹，人之不服善也如此。

右军《兰亭》书，政如太史公《伯夷》、《聂政传》，其初亦信手不甚着意，乃其神采横逸，遂令千古无偶。此处难以思议，亦难以学力强企也。自唐及元，临《兰亭》者数十家，如虞、褚、欧、柳及赵松雪，虽极意摹仿，而亦各就其所近者学之，不肯画画求似也。此是善学古人者。如必画画求似，如优孟之学孙叔敖，则去之愈远矣。此近日书家之通病也。

王未尝不学钟也，欧、虞、褚、薛以至松雪未尝不学王也，而分流异派，其后各成一家。至于分数之不相及，则一由世代之升降，二由资性之有限，不可强也。即使可强而同，诸君子不为也。千古悠悠，此意谁能解者？

《曹娥》、《乐毅》，尚有蹊径可寻，至《兰亭》、《黄庭》，几莫知其端倪矣，所谓"大可为，化不可为"者也。

右军真迹，今嘉兴项家尚存得十数字，价已逾千金矣。又有婚书十五字，王敬美先生以三百金得之严分宜家者，今亦展转不知何处也。李怀琳《绝交论》真迹，在吾郡林家，余见之三四过，信尤物也，其纸颇有粉，墨淡垂脱。又一友人所见褚遂良《黄庭经》，纸是砑光，下笔皆偏锋，结构疏密不齐，与今帖刻全不类。大抵真迹虽劣，犹胜墨迹之佳者。

唐太宗极意推服大王，然其体裁结构，未免径落大令局中。大令所以逊其父者，微无骨耳。故右军赐官奴，而以筋骨紧密为言，箴其短也。如《洛神赋》，直是取态，而《墓田》《宣示》，一种古色尽无矣。譬之于诗，右军纯是盛唐，而大令未免傍落中、晚也。

作字结构、体势，原以取态，虽张长史奔放骇逸，要其神气生动，疏密得宜，非颓然自放者也。即旭、素传授，莫不皆然。今之学狂草者，须识粗中有细，疏中有密，自不放轻易效颦矣。

作草书难于作真书，作颠、素草书又难于作二王草书，愈无蹊径可着手处也。今人学素书者，但任意奔狂耳，不但法度疏脱，亦且神气索莫，如醉人舞跃号呼，徒为观者耻笑。

蔡君谟云："张长史正书甚谨严，至于草圣，出入有无，风云飞动，势非笔力可到。"然飞动非所难，难在以谨严出之耳。素书虽效颦，然拔山伸铁，非一意疏放者也。至宋黄、米二家，始堕恶道。国朝解大绅、马一龙极矣，桑民怿所谓"夜叉罗刹，不可以人形观"者也。

唐人精书学者无逾孙过庭，所著《书谱》，扬扢蕴奥，悉中綮窾。虽掊击子敬，似沿文皇之论，而溯源穷流，务归于正，亦百代不易之规也。至于五合、五乖之论，险绝、平正之分，其于神理，几无余蕴。且唐初诸家，如虞、褚、欧、薛，尚傍山阴门户，至过庭而超然融会，变成一家，几与《十七帖》争道而驰，亦一开山作佛手也。

陈丁觇善书，与智永齐名，时谓丁真永草。庾翌易右军之书，而右军不觉；怀素换高正臣之书，而正臣不能辨也。然异代之下，知有智永、右军、怀素而已，三子之名无闻也，岂非幸不幸哉！

颜书虽庄重而痴肥，无复俊宕之致，李后主所诮"叉手并脚田舍汉"者，虽似太过，而亦深中其病矣。《祭侄文》既草草，而天然之姿亦乏，不知后人同声赞赏何故？此所谓耳食者，可笑。

宋书如苏沧浪、张于湖、薛道祖、李元中等，亦皆极力摹仿二王，但骨力不足，故风采顿殊耳。蔡君谟极推杜祁公，谓之草圣，然杜草书亦媚而乏筋骨。元康里巙书学祁公者也，然元人笔力稍峭健于宋，其能书诸家亦多于宋。

宋人无书学，如苏、黄、米老等，真帖初见甚可喜，良久亦令人厌弃。蔡忠惠胜三家远甚，而时带俗笔。赵文敏之源流，盖自蔡出也。元时名家如鲜于困学、钱翼之、巙巙子山、邓文原，皆出宋人上，不独一文敏，而文敏名独噪甚，上下五百年，纵横一万里，乃知名之显晦，亦有命焉耳。

元章书才书学兼而有之，非苏、黄二公可望也。苏公字如堆泥，其重处不能自举。黄尤杜撰，撑手拄脚，放而不收，往而不返，近于诗家之钉铰打油矣。盖二公于书学原不深，性又不耐烦，信手涂出，便谓自成一家。盖世之效颦，托于自成一家者多矣。

章子厚日临《兰亭》一过，苏子瞻哂之，谓"从门入者，终非家珍"。然古人学书者，未有不从门入。人非生知，岂能师心自用，暗合古人哉？但既入门之后，须参以变化耳。苏公一生病痛，亦政坐此。往与屠纬真、黄白仲纵谈及此，余谓凡学古者，其入门须用古人之法度，而其究竟须运自己之丰神，不独书也。二君深以为然。

古无真正楷书，即钟、王所传《季直表》、《乐毅论》，皆带行笔。洎唐《九成宫》、《多宝塔》等碑，始字画谨严，而偏肥偏瘦之病，犹然不免。至国朝文徵仲先生，始极意结构，疏密匀称，位置适宜，如八面观音，色相具足，于书苑中亦盖代之一人也。

文敏书诸碑铭及《赤壁》、《千文》等，皆以秀媚胜，而时有俗笔，却无败笔，近俗故能不败也。然文敏入门却从大王来，晚年结构乃自成若此。余家藏文敏尺牍二通，其笔锋完劲，绝似《官奴帖》，乃知此老源流所自。后来纷纷摹本，亦画虎不成耳。大凡学古人书当观真迹，方得其运笔之一二，墨帖无为也。

国初能手，多黏俗笔，如詹孟举、宋仲温、沈民则、刘廷美、李昌祺之辈,递相模仿而气格愈下。自祝希哲、王履吉二君出,始存晋、唐法度,然祝劲而稍偏,王媚而无骨。文徵仲法度有余,神化不足,张汝弼乃素师之重儓,丰道生实淳化之优孟,文休承小禅缚律,周公瑕槁木死灰。其下琐琐,益所不论矣。今书名之振世者,南则董太史玄宰,北则邢太仆子愿,其合作之笔,往往前无古人。

文徵仲得笔法于嶷子山,而参以松雪,亦时为黄、米二家书,然皆非此公当行。惟小楷正书,即山阴在世,亦当虚高足一席。

云间莫廷韩,有书才而无书学,往往失于疏脱。济南邢子愿,有书学而无书才,往往苦于缠累。吴兴臧晋叔,一意临摹,而时苦生意之不足。姑苏王百谷,专工取态,而时觉位置之稍轻。夫惟以古人之法度,参以自己之丰神,华实相配,筋骨适均,庶乎升山阴之堂,入永兴之室矣。

古篆之见于世者,石鼓也,非独其笔画之古雅,规制之浑厚,三代遗风,宛然可挹。或以宇文周时作者,妄无疑也。三代所传彝鼎篆刻,或工或拙,或真或赝,皆不可知。即其笔法,篆文或繁或省,从左从右,不可摸捉。所谓"书同文"者安在哉?衡山祝融之碑,非篆非籀,非虫非鸟,而后人以意傅会,强合成文,虽曰禹迹,吾未敢信以为然也。夫结绳敝而文字兴,科斗残而篆、籀作,篆、隶微而真、草盛,舍繁就简,世之变也。必欲舍今而反古,虽圣人不可得已。

李斯小篆之作,其古今升降之关乎?峄山之铭,视泰山已不啻倍蓰矣。汉时小篆,仅闻萧相国以秃笔题殿额,覃思三月,观者如流。何起刀笔,为秦功曹,上蔡衣钵,固有所归矣。自晋及唐,数百年间,惟李阳冰一人以小篆显。五代以来,习者益寡,镌名印者但取裁汉篆,位置得宜而止,其于斯籀之学,概乎未有闻也。隶书自中郎而下,世不乏人,然东京之笔,古色苍然,降而宜官梁鹄,骎骎开唐隶门户矣。唐苏许公《摩崖碑》,颇有东京笔意。自宋而降,专取态度,汉隶绝响矣。近代之八分,皆金、元之滥觞也。

小篆,篆之圣者也。汉篆碑文不多见,见于印薮者,大都标置为体,而学问疏矣。唐陈惟玉、李阳冰,以篆显者也。嗣兹以降,虽镌石刻玉,世不乏人,而考古证今,不无遗漏。近代新安何震乃以篆刻擅名一时,求者屦常满,非重直不可得。震盖精小篆者,而时时为汉篆,亦以趋时好云尔。然以小篆作印章,胜汉篆十倍也。

国初闽陈登者,字思孝,最精小篆,凡周、秦以来石刻残缺无可考者,皆能辨之。永乐初入中书,时待诏吴郡滕用亨素负书名,见其后进,忽之不为礼。一日,对大众辨难许氏《说文》,词说蜂起,登随问条答,如指诸掌,考古证今,百不失一。用亨愧服,自是名大噪。盖世之精于字学者,未必工书,惟登兼之,以非世俗所尚,故声誉不布。而俗书恶札如马一龙、李昌祺等,反浪得名,悲夫!

今之隶书皆八分也,其源自《受禅碑》来,而务工妍,无古色矣。文徵仲、王百穀二君,工八分者也。新安詹泮、永嘉黄道元次之,而皆未免俗,所谓"失之毫厘,相去千里"者,不可不察也。白门胡宗仁善汉隶,尝为余题积芳亭扁,酷得中郎遗法,而世罕有赏者。大声不入里耳,悲夫!

今国家诰敕及宫殿扁额,皆用笔法极端楷者书之,谓之"中书格",但取其庄严典重耳,其实俗恶不可耐也。洪武初,詹孟举以此技鸣,南京宫殿省寺之署,多出其手。近代有姜立纲者,法度严整过之,一时声称籍甚,然亦时俗之所赏,胥史之模范耳。自后官二殿中书者皆习姜体,而不及愈甚。昔程邈作书以便贱隶,谓之隶书,今中书字体谓之胥书可也。

詹孟举书虽俗而端重遒劲,盖亦渊源于欧、虞而稍变之,非姜立纲可望也。评孟举书者,谓兼欧、虞、颜、柳之法,而有冠冕佩玉之风,然冠冕则有之矣,法度未易言也。真楷书者,如文徵仲,斯可矣。

师宜官、韦仲将,大字径丈,小字寸许千言,可谓兼才矣。子敬垩帚为书,观者如堵。惜其墨迹今皆不传。盖体势过大,既难收藏,而扁额洒壁,终归水火,故不及行草之流传久远也。宋时惟米南宫、朱晦翁署字今犹有存,然皆作意取态,标置成体,虽非真正楷法,而风韵遒远,自然不俗。赵集贤扁书一如真书,妍媚有余而筋骨尽丧矣。近代吴中诸公,率以八分题扁,较之真书,差易藏拙。吾闽林布衣烬学松雪而稍劲,郑吏部善夫仿晦翁而自得,张比部炜得法于米而参以己意,其所题识至逾寻丈,莫不极天然之趣,他方之以书名者不及也。

　　泰山有唐时摩崖碑，至为巨丽，而近人以林焞"忠孝廉节"四大字覆之，论者动以罪焞。余谓非焞罪也。焞布衣穷死，力岂办此？盖必当时监司有爱其书者，下郡县镌之石，而下吏凡俗，急承风旨，遂为此杀风景之事耳。太祖平建康，急欲治街道，有司遂尽取六朝时碑磨硙以应命。俗人所为，往往如是，而焞动遭排击，亦不幸矣。余游山中，见后人磨古碑而镌己字，比比也。

　　欧阳通作书，纸必紧薄坚滑者乃书之。而米元章亦云：纸欲砑光，始不留笔，笔欲管小，始易运用。乃知永师不择纸笔，无不如意之难也。然良工不示人以朴，择而用之，差无遗憾。

　　近代书者，柔笔多于刚笔，柔则易运腕也；偏锋多于正锋，偏则易取态也。然古今之不相及，或政坐此。

　　书名须藉人品，人品既高，则其余技自因附以不朽。如虞、褚、颜、柳，皆以忠义节烈著声；子瞻、晦翁书不甚入格，而名盖一代者，以其人也。不然，彼曹操、许敬宗、蔡京、章惇，皆工书者也，而今安在哉？

　　运笔之法，在于入门之初，各得其性之所近，故锋有偏正，书有迟速。至其优劣，不全在此。唐、晋书多用正锋，然如鲁公《祭侄文》及杨少师凝式书，皆已用偏锋矣。赵文敏全用偏锋，近代祝希哲亦然，然祝仅行草耳，赵即楷书亦偏也，何尝以是减价耶？草书欲其峭劲，故当疾速；楷书欲合法则，故尚迟缓。如惊蛇入草、鸿飞兽骇之态，必非舒徐者可能，而《黄庭》、《乐毅》等作，又岂可以潦草漫不经意者得之哉？孙过庭曰："劲速者超逸之机，迟留者赏会之致。将反其速，行臻会美之方；专溺于迟，终亏绝伦之妙。"可谓尽之矣。余所见如莫廷韩、黄白仲，下笔如疾风卷叶，顷刻满纸，臧晋叔书则极意迟缓，然莫、黄多有败笔，而晋叔苦无逸态，亦坐是耳。学者须从迟入，以速成，而终复反于迟，斯得之矣。

　　临古人书者，须先得其大意，自首至尾从容玩味，看其用笔之法，从何起构，作何结煞，体势法度，一一身处其地而仿佛如见之，如此既久，方可下笔。下笔之时，亦便勿求酷似，且须泛澜容与，且合且离，神游意会。久而习之，得其大概，而加以润色，即是传神手矣。余见人学《圣教序》者，一点一画，必求肖合。余笑。临字如人结胎，一月至十月，先具胚廓，后傅形骸，四支百窍，一时毕具，非今日具一目，明日具一口也。若必点点画画求之，去愈远矣。此亦子瞻言画竹之意，惜人未有悟者。

凡真迹经一番摹勒，便失数分神采，摹仿既久，几并其面目而失之。至于石刻，尤易失真。《淳化》以帝王之力，聚极工巧，题曰"上石"，其实木也，故其气韵生动，不失古人笔意，为古今墨迹之冠。但其搜罗未广，去取颇乖，分别真伪，不无混淆。盖王知微等识鉴分量原自止此，而当时亦但据内府所藏，急于成帙，不闻有广搜博采之令行于幽远也。使以唐太宗、宋高宗为之君，虞、褚、米、蔡佐之，相与尽力括访，极意剖析，去馋鼎之十三，入名流之遗逸，傍及缁流，以至彤管，抉名山石室之藏，泄昭陵玉碗之闷，勒之贞珉，以布海宇，书学庶无遗憾乎。噫，未易言也！

《淳化》一出，天下翕然从风，其后临摹重儓，不知几十百种，盖墨刻之盛行，从此始也。然摹仿既久，渐致乱真，辩论纷纷，遂成聚讼，盖不独《兰亭》、《黄庭》为然矣。国朝帖本，如东书堂、宝贤斋等，皆出宗藩，既非法眼，又无神手，萎荼不振，仅足充枣脯耳。文氏停云馆所刻宋、元诸家，皆非得意之笔。盖家藏有限，目力易穷，以一人而欲尽搜千古之秘，安可得哉？至于好事之家矫诬作伪者，又种种也。故书学之至今日，亦一大厄也，耳食多而真赏鉴不可得也。

魏《受禅碑》，梁鹄书，而钟繇镌之；李阳冰书，自篆自刻。故知镌刻非粗工俗手可能也。赵文敏为人作碑，必挟善镌者与偕，不肯落他人之手。近时文长洲父子，皆自摹勒上石，或托门客温恕、章简甫为之，二人皆吴中名手也。纵有名笔而不得妙工，本来面目，十无一存矣，况欲得其神采哉？余在吴兴，得姑苏马生，取古帖双钩廓填，上石而自镌之，毫厘不失笔意。闽莆中有曾生次之。

唐应用善书细字，尝于一钱上写《心经》，又于麻粒上书"国泰民安"四字。此虽绝世之技，然亦近于棘猴矣。以余所见，有便面上书《西厢》杂剧一部者。余亦能之，但目力胜人耳，不关书法也。

古人有善书而名不传于世者，吴有张纮，晋有刘瓌之，南齐有萧宣颖,北魏有崔浩,北齐有赵仲将,宇文周有冀儁,隋有僧敬脱,唐有薛纯陁、高正臣、吕向、梁昇卿、席豫诸人。或由真迹稀少,久遂漫灭,或因名过其实,奕世无传。至于萧何以功业掩,曹操以英雄掩,裴行俭以识量掩,司马承祯以高尚掩,郗氏以夫掩,临川晋阳公主以父掩,世无得而称焉,亦可惜也。而业未造就,滥得虚名,亦时有之,故曰:"或籍甚不渝,人亡业显;或凭附增价,身谢业衰。"呜乎! 自古已然,何况今日?

渤海高氏所书《圣教序》,上比山阴则不足,下视元和则有余,当与虞、褚争道而驰,古今彤管,此为白眉矣。帝王之书则梁武帝为冠,宋高宗次之,唐太宗又次之,其余不足观矣。

汉光武一札十行,皆亲手细书;唐太宗尝手书敕以赐群臣。可见古人以手书为礼,即万乘犹然也。故刘裕不善作书,刘穆之劝其信笔作大字以掩拙。彼岂乏掌记、侍史哉? 故王右军上孝武书,皆手笔精谨。至唐犹然,至有敕令自书谢状,勿拘真行者。而诰敕王言,皆用名人代书,如颜平原、柳诚悬之类,传为世宝,良亦不虚。至宋而来,假手者多。迨夫今日,则胥史之迹遍于天下,而手书带行,反目为不敬,名分稍尊即不敢用。其它借名赝作,十居其九。墨迹碑镌概不足信,书学安得而不废哉?

书力可千年,画力可五百年。书之传也以临拓,屡临拓而书之意尽失矣。画之传也以装潢,屡装潢而画之神尽去矣。书名之传,视画稍易,而画迹之藏,视书稍耐。盖世之学画者,功倍于书,而世之重画者,价亦倍于书也。

画视书微不及者,品稍下耳。况唐、宋以前,画手多工神佛士女、鸟兽竹木之形,徒以供玩弄树屏障,故其品尤自猥劣。顾士端父子每被任使,常怀羞恨,刘岳与工匠杂处,立本以画师传呼,虽声价重于一时,而耻辱怀于终身矣。自宋而来,虽尚平淡清远之趣,而吮笔和墨,终未能脱工艺蹊径也。

唐初虽有山水,然尚精工,如李思训、王摩诘之笔,皆细入毫芒。至王洽始为泼墨,项容始尚枯硬。逮夫荆浩、关仝,一变为平淡高远之致,遂令写生斗巧诸名手索然减价。至宋董源、李成、郭熙、范宽辈出,天真横逸,上无古人矣。然其结构精密,位置适均,浓淡远近,无不合宜,固非草率造次所可办也。自米元章学王洽而不得其神,倪元镇用枯笔而都无色泽,于是藏拙取捷之辈转相摹效,自谓画意,不复求精工矣。此亦绘事升降之会也。

宋画如董源、巨然,全宗唐人法度。李伯时学摩诘,以工巧胜,自是唐宋本色,而傍及人物、鞍马、佛像、翎毛,故名独震一时。接其武者唯赵松雪,然松雪间出独创,而龙眠一意摹仿,趣舍稍异耳。

古人言画,一曰气韵生动,二曰骨法用笔,三曰应物写形,四曰随类傅彩,五曰经营位置,六曰传模移写。此数者何尝一语道得画中三昧,不过为绘人物花鸟者道耳。若以古人之法而概施于今,何啻柄凿。

顾恺之《天女维摩图》,一身长至二尺有五,时犹谓之小身维摩,不知大者何似。今人画若作此,当置之何地?《列女图》人物三寸许,诧以为极细,若在今犹为极粗也。吴道子、黄筌皆画《钟馗捉鬼图》,近代如戴文进,乃不肯为方伯作神荼、郁垒。夫使之画者非矣,要之,画亦未为不可也。

小人物山水,自李思训父子始,盈尺之内,云树杂沓,楼观延袤,人物车马以千百计,须发面目,历历可辨。其后五代有王振鹏,不用金碧而精巧过之。宋、元李龙眠、刘松年、钱舜举,近代尤子求、仇实父,互仿为长卷,而浸失玄妙矣。

余所藏有李思训金碧山水、王孤云《避暑图》、李龙眠《山庄图》及元人《水碓图》,皆细入毫茫,巧思神手,非近代诸君所能仿佛也。闻刘松年有《仇书图》,画塾师外出,而众稚子戏剧之状,备尽形态。仇实父临之,至一童子手竹竿黏蛛丝,蛛且上且止,恍如生动,不觉为之阁笔。固知名手自有不可及处,惟深于个中始知之也。

唐画所见甚少,如王维、李昭道、周昉,不过数轴耳。宋画之可辨者,其气韵不同,墨法皴法亦各自擅长,非近代优孟手可到也。好事之家,止于绢素为辨,非知画者。

米芾《画史》云:"世人见马即命为曹、韩、韦,见牛即命为韩滉、戴嵩,甚可笑。"今人见鹰隼、鸂鶒即命为宣和,见马即命为子昂,见模糊云树即命为米元章。不特此也，所翁之龙，林良、吕纪之翎毛，夏昶之竹，盖愈趋而愈下矣。

元时有任月山善画马，钱舜举善人物，雪窗和尚善画兰，至于大痴、黄鹤之山水，皆与文敏不上下，而文敏弘远矣。

国初名手推戴文进，然气格卑下已甚，其他作者如吴小仙、蒋子诚之辈又不及戴，故名重一时。至沈启南出而戴画废矣。启南远师荆浩，近学董源，而运用之妙，真夺天趣。至其临仿古人之作，千变万化，不露蹊径，信近代之神手也。文徵仲远学郭熙，近学松雪，而得意之笔，往往以工致胜。至其气韵神采，独步一时，几有出蓝之誉矣。唐子畏雅称逸品，终非当家。云间侯懋功、莫廷韩步趋大痴，色相未化。顾叔方舍人、董玄宰太史源流皆出于此。然为董源、郭熙则难，为大痴较易，故近日画家衣钵，遂落华亭矣。

近日名家如云间董玄宰，金陵吴文中，其得意之笔，前无古人。董好摹唐宋名笔，其用意处在位置设色，自谓得昔人三昧。吴运思造奇，下笔玄妙，旁及人物、佛像，远即不敢望道子，近亦足力敌松雪，传之后代，价当重连城矣。吴名彬，莆人，寓金陵。

仇实父虽以人物得名，然其意趣雅淡，不专靡丽工巧，如世所传《汉宫春》，非其质也。至尤子求始学刘松年、钱舜举，而精妙殊不及。迨近日吴文中始从顾、陆探讨得来，百年坛坫，当属此生矣。

今人画以意趣为宗，不甚画故事及人物，至花鸟翎毛则辄卑视之，至于神佛像及地狱变相等图，则百无一矣。要亦取其省而不费目力，若写生等画，不得不精工也。

宦官、妇女每见人画辄问甚么故事，谈者往往笑之。不知自唐以前，名画未有无故事者。盖有故事便须立意结构，事事考订，人物衣冠制度，宫室规模大略，城郭山川形势向背，皆不得草草下笔，非若今人任意师心，卤莽灭裂，动辄托之写意而止也。余观张僧繇、展子虔、阎立本辈，皆画神佛变相，星曜真形。至如石勒、窦建德、安禄山，有何足画而皆写其故实。其他如懿宗射兔、贵妃上马、后主幸晋阳、华清宫避暑，不一而足。上之则神农播种，尧民击壤，老子度关，宣尼十哲，下之则商山采芝，二疏祖道，元达锁谏，葛洪移居，如此题目，今人却不肯画，而古人为之，转相沿仿。盖由所重在此，习以成风，要亦相传法度，易于循习耳。

江南顾闳中有《韩熙载夜宴图》，是时韩在中书，广蓄声伎，日事游宴，名闻中外。后主闻之，欲窥其灯烛尊俎、觥筹交错之态度不可得，乃命闳中夜至其第窥窃之。目识心存，翌日图绘以献，广布中外。此与宋高宗画吴益王冷泉濯足事相类，虽君臣之眷形骸无间，然近于淫媟，非所以训也。今后世所传石崇金谷屏障盖本于此，然粗俚无复仿佛矣。

王朏、周昉以唐臣子而画贵妃出浴、明皇斗鸡斫脍等图，不一而足，可谓无礼于其君矣，而世犹然赏之。至于韩晋公与李赞皇同时，而行辈皆高于李，反为德裕见客图，可见当时好事，有一传奇必形之歌咏，写之图画，上人不禁也。至宋而此风绝矣。

张僧繇画龙，点睛便飞去。《曹弗兴传》：至宋明帝时，累月旱暵，祈祷无应，以弗兴画置水旁，应时澍雨。绘事既精，神物凭焉。乃知韩幹画马，鬼使乘之，不足异也。然龙之形状，非目力可以细察，视之牛马，难易迳庭，故有三停九似、蜿蜒升降之异，加以海潮风浪之势，如斯而已。不知古人何所传授，而致精绝若是。至宋四明僧传古者，独专是技，名震一时，其跃波吟雾、穿石戏珠、涌水出洞诸态，种种备具，当时以为绝笔。元末国初，则长乐所翁为世珍重。自是以后，无复有传之者，盖亦史所谓得其分数而失其玄妙者与？

宋徽宗工画花鸟，故宣和殿所藏黄筌父子画至六百七十余幅，徐熙画至二百四十余幅，盖江南之亡，所藏尽归天府矣。但惜其所好止此，故品劣而气下。昔李伯时好画马，有道人戒以来生当堕马腹中，乃改画佛像。当时艮岳所蓄珍禽异兽动以万计，深秋中夜，凄楚之声四彻，而几案间所爱玩临摹者又复如是，安知将来不堕畜生道中耶？

牛马龙虎之属，画之固亦俊爽可喜，至罗隐之子塞翁者专画羊，张及之、赵永年专画犬，李霭之、何尊师专画猫，滕王元婴专画蜂蝶，郭元方专画草虫。彼顾有所独会耶？抑幽人高尚之致，托于是以寓意耶？而名亦因之以显，故曰"虽小道，必有可观者"。孔子谓："饱食终日，无所用心，不有博弈，犹贤乎已。"苟能专工一艺，足以自见，亦愈于没世而名不称者矣。

余见周昉、李龙眠及近代仇实父诸《美人图》，皆秾发丰肌，衣妆稠叠，一种风神媚态，略无仿佛。昔人谓周昉贵游子弟，多见贵而美者，故以丰厚为体。又关中妇女纤弱者少。此语固未必然，但当时好尚如此。韩幹画马，画肉不画骨，岂亦所见异耶？近日姑苏有张文元者，最工美人，其绰约明媚，令人神魂飞越，俗笔中之神手也，而名不出里闬，悲夫！

米氏《画史》所言赏鉴、好事二家，可谓切中世人之病。其为赏鉴家者，必其笃好，遍阅记录，又复心得，或自能画，故所收皆精品。近世人或有赀力，元非酷好，意作标韵，至假耳目于人，或置锦囊玉轴，以为珍秘，开之令人笑倒。此之谓好事家。余谓今之纨袴子弟，求好事而亦不可得。彼其金银堆积，无复用处，闻世间有一种书画，亦漫收买，列之架上，挂之壁间。物一入手，更不展看，堆放橱簏，任其朽蠹。如此者十人而九，求其锦囊玉轴，又安可得？余行天下，见富贵名家子弟烨有声称者，亦止仅足当好事而已，未敢遽以赏鉴许之也。

今世书画，有七厄焉：高价厚值，人不能售，多归权贵，真赝错陈，一厄也。豪门籍没，尽入天府，蟫蠹渐尽，永辞人间，二厄也。啖名俗子，好事估客，挥金争买，无复泾渭，三厄也。射利大驵，贵贱懋迁，才有赢息，即转俗手，四厄也。富贵之家，朱门空锁，榻笥凝尘，脉望果腹，五厄也。膏粱纨袴，目不识丁，水火盗贼，恬然不问，六厄也。拙工装潢，面目损失，奸伪临摹，混淆聚讼，七厄也。至于国破家亡，兵燹变故之厄，又不与焉。每读易安居士《金石录》，反覆再三，辄为叹息流涕。彼其夫妇同心赏鉴，而赀力雄赡，足以得之，可谓奇遇矣，而终不能保其所有，况他人乎？

观《宣和画谱》及米氏《画史》所载，可见宋时内府所藏山水何寥寥也，岂其所重者尚在人物、宫室、花木、虫鱼间耶？道释自顾恺之始，人物自曹弗兴始，鸟兽自史道硕始，信为绝代奇宝矣；而山水仅始于李思训，且以宋而置唐画，似非难得者，而仅止十人耳，则宣和好尚之偏也。观其论曰："山水之于画，市之康衢世目，未必售也。"其然岂其然乎？米老所言："晋及唐初画亦皆神佛故事，即阎立本、王摩诘，似亦未的见真本也。"以此观之,则如近代嘉禾项氏所藏,盖古今无与匹耳。

项氏所藏,如顾恺之《女箴图》、阎立本《豳风图》、王摩诘《江山图》,皆绝世无价之宝。至李思训以下,小幅不知其数,观者累月不能尽也。其它墨迹及古彝鼎尤多。其人累世富厚,不惜重赀以购,故江南故家宝藏皆入其手。至其纤啬鄙吝,世间所无。且家中广收书画而外,逐刀锥之利,牙签会计,日夜不得休息,若两截人然,尤可怪也。近来亦闻颇散失矣。

画视书稍难,而人之习书亦多于画。名公钜卿,作字稍不俗恶,书名亦藉以传矣。今观宋诸公书,如王临川、司马涑水、苏栾城等,皆非善书者也,而世犹然传赏之。至于画则非一二笔可了,亦非全不知者可以涂抹而成也。虽难易迥别,而道艺亦判矣。

自晋、唐及宋、元,善书画者往往出于搢绅士大夫,而山林隐逸之踪,百不得一。此其故有不可晓者,岂技艺亦附青云以显耶?抑名誉或因富贵而彰耶?抑或贫贱隐约,寡交罕援,老死牖下,虽有绝世之技,而人不及知耶?然则富贵不如贫贱,徒虚语耳。盖至国朝而布衣处士以书画显名者不绝,盖由富贵者薄文翰为不急之务,溺情仕进,不复留心,故令山林之士得擅其美。是亦可以观世变也。嘻!

藏画与藏字一也,然字帖颇便收拾,堆置案头,随意翻阅,间即学临数过,倦则叠之,自赏自证,力不劳而心不厌。画即不然,卷子展看一回,即妨点污,卷折不谨,又虞皱裂。壁上大幅,尤费目力,藏则有蠹蟫之虑,挂则有徽湿之忧。卷舒经手,则不耐其劳;付诸奴仆,则易至损坏。有识之士必不以彼易此。米南宫尝以十幅古画易一古帖。米于二事皆留心者,轩轾若此,其见卓矣。然古画易得,古帖难求,更难辨也。

画雪中之芭蕉也,飞雁之展足也,斗牛之竖尾也,子路之木剑,二疏之芒屩,昭君之帷帽也,虽经识者指摘,而画品殊不在此。国朝戴文进画《秋江独钓图》,一人朱衣把竿,宣庙叹其工,欲召见之。有谗之者曰:"朱衣,朝祭之服也,可用之鱼猎乎?"遂寝其命。夫世好奇之士,岂无朱衣垂钓者?然以艳丽之服施之川泽,亦终觉杀风景耳,宜乎谗言之得行也。

米元章与富郑公婿范大珪同游相国寺，以七百金买得王维《雪图》，因无仆从，借范人持之。行游良久，范主仆俱不见。翌日遣人往取，云已送西京裱背矣。米无如之何，因以赠之。余谓此老平日好攘人物，见蔡鲁公、王右军书，则叫呼欲投水，挟而得之。为天子书《千文》，则并禁中端砚而袖出。今日遇范，亦出乎尔反乎尔者也，可为绝倒。

五代东丹王李赞华善画，多写贵人酋长戈矛甲胄之形，为世崇尚，可见戎狄之中亦有文雅不群者。今西北诸狄识字者盖少，无论书画已。高丽、日本画皆精绝，不类中国。余从番舶购得倭画数幅，多画人物，形状丑怪，如夜叉然，长短大小不一，亦不知其何名也。画无皴法，但以笔细画，萦回环绕，细如毫发，四周皆番字，不可识。又有春意便面一摺，其衣冠制度甚为殊诡，设色亦不类中国也。

古人善画者必能写真，盖时尚画人物故也。国初犹然。相传戴文进至金陵，行李为一佣肩去，杳不可识，乃从酒家借纸笔图其状貌，集众佣示之。众曰："是某人也。"随至其家，得行李焉。今画者以写真为别技矣。吾闽莆田史氏，以传神名海内，其形神笑语逼真，令人奇骇，但不过俗子之笔耳。少陵所谓"坎轲风尘里，屡貌寻常行路人"者，政此辈也。近来曾生鲸者亦莆人，而下笔稍不俗，其写真大二尺许，小至数寸，无不酷肖。挟技以游四方，累致千金云。

闽人尚有刻木为小像者，召之至，草草审视，不移时即去，殊不见其审度经营也。越一日而像成，大小惟命，色泽姿态，毫发不爽，置之座右，宛然如生。此亦可谓绝技也已。

戴文进不肯为方伯作门神，方伯怒，囊以三木。右伯黄公泽，闽人也，见而问其故，笑而解释之。戴德黄甚，临行送画四幅，乃其生平最得意之笔。今黄之子孙尚留传其一云。技之厄于不知己而伸于知己如此。姑苏沈启南亦为太守召作屏风，不应，大怒，欲辱之。及入觐，谒太宰吴原博，首问："石田先生安否？"出问从者，始大惊，归而谢罪。文徵仲在史馆，同时诸翰林相谓："奈何以画匠辱我木天？"徵仲闻，即日拂衣归。三事皆相类，宜乎阎立本有厮役之恨也。

今赵州有吴道子画水墨刻,其波涛汹涌,翻澜骇沫,细观目为之眩,不知真迹当何如也。

人之技巧至于画而极,可谓夺天地之工,泄造化之秘,少陵所谓"真宰上诉天应泣"者,当不虚也。然古人之画,细入毫发,飞走之态,罔不穷极,故能通灵入圣,役使鬼神。今之画者,动曰取态,堆墨劈斧,仅得崖略,谓之游戏于墨则可耳,必欲诣境造极,非师古不得也。

凡百技艺,书上矣,卜筮次之,棋损闲心,画为人役。其它术数,致远恐泥,苟精其理,皆足成名,而高下之间,判然千里。余少也贱,罔不涉猎,而究竟无成,皆同袜线。今已一切敕断,惟柔翰宿业,尚未能驱除耳。

人之嗜好,故自迥异,如谢康乐好游涉山水,李卫公喜未闻见新书,此自天性,不足为病。右军好蓄鹅,子敬好作驴鸣,崔安潜好有斗牛,米元章好石,近于癖矣,而未害也。王思微好洁,陈伯敬好忌讳,宋明帝好鬼,以之处世,大觉妨碍。至于海上之逐臭,口口之嗜足纨也,甚矣!

口有同嗜,常语也。然文王嗜昌歜,曾晰嗜羊枣,屈到嗜芰,宋明帝嗜蜜浸鳆鮧,崔铉嗜新捻头,魏徵嗜醋芹,辛绍先嗜羊肝,顾翱母喜食雕胡饭,已为不得其正。至刘邕之嗜疮痂,鲜于叔明之嗜臭虫,张怀肃之嗜服人精,权长孺之嗜爪甲,国朝赵辉之嗜女人月水,刘俊之嗜蚯蚓,殆不可以人理论者。

古人嗜酒,以斗为节,十斗一石,量之极也。故善饮若淳于髡、卢植、蔡邕、张华、周颤之辈,未有逾一石者,独汉于定国饮至数石不乱,此是古今第一高阳矣。宋时如寇莱公、石曼卿、刘潜、杜默,皆以饮称雄者,其量恐亦不下古人也。近代酒人,不知视昔云何,但缙绅之中能默饮百杯以上不动声色者,即足以称豪矣。以耳目所睹记,若曾学士棨、冯司成衍、胡总制宗宪、汪司马道昆,皆自负无对者,而其他猥琐不论也。曾学士至铸铜与身等,视其所饮内之,至铜人溢出而尚未醉。冯司成放春榜,每进士陪一杯,遂讫三百杯,兴未尽,复于中择善饮者五人,与立酬酢,又百余爵,五人皆踉蹡不胜,而冯无恙也。胡在浙中迎乡榜亦然。汪司马每饮,大小尊罍错陈,以尽一几为率,啜之至尽,略无余沥,亦裴弘泰之匹矣。然汪尝言:"善饮者必自爱其量,每见人初即席便大吸者辄笑之。"亦可谓名言也。

廉将军老矣,然一饭斗米肉十斤,少壮之时不知云何。壮士猛将,想皆尔尔。樊哙生彘肩可啖,何论饭矣。苻秦乞活夏默等,啖肉三十余斤,其人长至二丈,自不可以常理论也。张齐贤候吏置一大桶屏后,伺公饮饭,如数投之,桶溢而食未已。赵温叔与兵马监押对食,猪羊肉各五斤,蒸糊五十事,此亦何逊廉将军乎?近代搢绅中如啖猪首一枚,折胡饼高至一箸者往往见之,不能尽书,其人亦不足书也。

亦有因疾而善啖者。余里中有人啖豚,尝至半体,乡里社日时为所嬲。一日众共执之,缚庭柱上,不得食。久之,觉喉中有物,一虾蟇跃出,众击杀之,自此不复能食矣。此与唐佐史食鲙至数十斤者相类。近闻太原有嗜酒者亦然,乃知嗜好之偏而酷者,皆疾也。

人有嗜睡者,边孝先、杜牧、韩昌黎、夏侯隐、陈抟、王荆公、李岩老皆有此癖。近时张东海有《睡丞记》,言一华亭丞谒乡绅,见其未出,座上鼾睡。顷之,主人至,见客睡,不忍惊,对坐亦睡。俄而丞醒,见主人熟睡,则又睡。主人醒,见客尚睡,则又睡。及丞再醒,暮矣,主人竟未觉,丞潜出。主人醒,不见客,亦入户。世有此可笑事。陆放翁诗云:"相对蒲团睡味长,主人与客两相忘。须臾客去主人觉,一半西窗无夕阳。"此诗殆为此丞发耶?

宋明帝好忌讳,文书上有凶、败、丧、亡等字,悉避之。移床修壁,使文士撰祝,设太牢祭土神。江谧言及白门,上变色曰:"白汝家门!"后梁萧詧恶人发白,汉汝南陈伯敬终身不言死,与妻交合必择时日,遣媵御将命往复数四。人之蔽惑可笑有如此者。

以余所见,搢绅中有恶鸦鸣者,日课吏卒左右彀弩挟弹,如防敌然。值大雪即不出,恶其白也。官文书一切史字、丁字、孝字、老字,皆禁不得用。又闽中一先辈尤甚,与家人言,无必曰有,死必曰生。身死之日,寸帛尺素皆无所有,几有小白之沘,至今乡曲以为话柄。然转相效仿者,不无其人也。

人有好货财者,坐卧起居,言动食息,无所往而不与阿堵俱也。一日病且死,强起阅库藏,白镪如山,扪摩不忍舍去,谓其子曰:"幸内十大镧棺中,亲我怀抱。"或曰以金入木不利,且启发冢之端,不如以楮代之可也。其人凝泪太息,不能言而逝。噫,斯人何愚也!生积巨万,而死不能将去锱铢。故人之所好,必求死之日得将去者,则几矣。

范云欲预册命,祈医速瘳,不顾三年后之死也。死生亦大矣,而人之所好,有甚于生者。苟奉倩之死,色也;刘伶之死,酒也;石崇之死,财也;梁冀、韩侂胄之死,权也:皆知之而不能自克者也。仕宦不止,生行死归,亦其次也。

金陵人有拾钞于道者,归而视之,荷叶也,弃之门外。逡巡一荷担者俯而拾焉,故钞也。一钞何足言,乃不可妄得若此,贪得者亦何为哉?

卷之八

人　部　四

　　士人之好名利，与妇人女子之好鬼神，皆其天性使然，不能自克。故妇人而知好名者，女丈夫也；士人而信鬼神者，无丈夫气者也。

　　木兰为男妆出成远征，而人不知也，可谓难矣。祝英台同学三年，黄崇嘏遂官司户，娄逞位至议曹，石氏衔兼祭酒，张謇之妇授官至御史大夫，七十之年复嫁，生二子，亦亘代之异人也。

　　国朝蜀韩氏女，遭明玉珍之乱，易男子服饰，从征云南七年，人无知者。后遇其叔，始携以归。又金陵黄善聪，十二失母，父以贩香为业，恐其无依，诡为男装，携之庐、凤间。数年父死，善聪变姓名为张胜，仍习其业。有李英者亦贩香，自金陵来，与为火伴，同卧起三年，不知其为女也。后归见其姊，姊诟之，善聪以死自矢，呼媪验之，果然，乃返女服。英闻大骇，怏怏如有所失，托人致聘焉。女不从，邻里交劝，遂成夫妇。此二事《焦氏笔乘》所载，前事甚似木兰，后事甚似祝英台。又有刘方兄弟，小说未详其世，当续考之。

　　女子诈为男，传记则有之矣，男人诈为女，未之见也。国朝成化间，太原府石州人桑翀，自少缠足，习女工，作寡妇妆，游行平阳、真定、顺德、济南等四十五州县。凡人家有好女子，即以教女工为名，密处诱戏，与之奸淫。有不从者，即以迷药喷其身，念咒语，使不得动。如是数夕，辄移他处，故久而不败。闻男子声辄奔避。如是十余年，奸室女以数百。后至晋州，有赵文举者，酷好寡妇，闻而悦之，诈以妻为其妹，延入共宿。中夜启门就之，大呼不从，赵扼其吭，褫其衣，乃一男子也。擒之送官，吐实，且云其师谷才，山西山阴人也，素为此术，今死矣。其同党尚有任茂、张端、王大喜、任昉等十余人。狱具，磔于市。

《异闻录》载妇人呼夫兄为伯,于书无所载,而引《尔雅》所称兄公代之。然兄公二字亦甚诡怪。余谓妇人称谓多从子,夫弟既可称叔,夫姊妹既可称姑,则夫兄称伯,又何疑哉?但伯者,男子之美称,古人妇称夫多用之,"伯也执殳"是也。

弥子之妻与子路之妻,兄弟也。《尔雅》曰:"两婿相并为亚。"《诗》"琐琐姻娅"是也。《严助传》呼友婿,宋时人谓之连袂,又呼连襟,闽人谓之同门。按《尔雅》注云:"江东人呼同门为僚婿。"则此二字亦古。

无盐、钟离春,不售女也,而卒霸齐国。黄承彦之女,黄头黑色,而才堪相配。许允之妇奇丑而才智明决。乃知以色举者,末也。

钟离春三十无所容,而宣王纳以为后。宿瘤之女状貌骇宫中,而闵王以为圣女。孤逐之女以丑状闻,三逐于乡,五逐于里,而襄王悦之。何齐之君世有登徒子之癖也?可发一笑。

美妇人多矣,然或流离颠沛,或匹偶非类,果红颜之薄命耶?抑造物之见妒也?妹喜、夏姬之伦无论已,西子失身吴宫,王嫱芜绝异域,昭阳姊妹终为祸水,虢国兄弟尺组绝命,不如意者不可胜数。惟文君之于长卿,绿珠之事季伦,可谓才色俱侔,天作之合矣,而一以琴心点玉于初年,一以行露碎璧于末路,令千古之下扼腕陨涕,欲问天而无从也。

男色之兴,自《伊训》有"比顽童"之戒,则知上古已然矣。安陵、龙阳,见于传册,佞幸之篇,史不绝书,至晋而大盛,《世说》之所称述,强半以容貌举止定衡鉴矣。史谓咸宁、太康之后,男宠大兴,甚于女色,士大夫莫不尚之。海内仿效,至于夫妇离绝,动生怨旷。沈约《忏悔文》谓:"淇水上宫,诚云无几,分桃断袖,亦足称多。"吁,可怪也。宋人道学,此风似少衰止,今复稍雄张矣,大率东南人较西北为甚也。

今天下言男色者,动以闽、广为口实,然从吴越至燕云,未有不知此好者也。陶毅《清异录》言:"京师男子举体自货,迎送恬然。"则知此风唐宋已有之矣。今京师有小唱,专供搢绅酒席,盖官伎既禁,不得不用之耳。其初皆浙之宁、绍人,近日则半属临清矣,故有南北小唱之分。然随群逐队,鲜有佳者。间一有之,则风流诸缙绅莫不尽力邀致，举国若狂矣。此亦大可笑事也。外之仕者，设有门子以侍左右，亦所以代便辟也，而官多惑之，往往形之白简，至于娟丽儇巧，则西北非东南敌矣。

衣冠格于文罔，龙阳之禁，宽于狭邪；士庶困于阿堵，断袖之费，杀于缠头。河东之吼，每末减于敝轩；桑中之遇，亦难谐于倚玉。此男宠之所以日盛也。

叙女宠者，至《汉事秘辛》极矣；叙男宠者，至《陈子高传》极矣。《秘辛》所谓"拊不留手"、"火齐欲吐"等语，当与"流丹浃藉"竞爽而文采过之。《子高传》如吴孟子铁缠稍等皆有见解，而"粉阵饶孙吴"一语，便是千古名通。此等文字，今人不能作也。

邓通之遇文帝，臣不敌君也；董贤之遇哀帝，君不敌臣也；弥子瑕之遇卫灵公，陈子高之遇陈武帝，君臣敌也：而皆以凶终。夫男色，天犹妒之，况妇人乎？

古者妇节似不甚重，故其言曰："父一而已，人尽夫也。"辰嬴以国君之女，朝事其弟，夕事其兄；鹑奔、狐绥之行，见于大邦之主，而恬不为耻也。圣人制礼，本乎人情。妇之事夫，视之子之事父，臣之事君，原自有间。即今国家律令严于不孝不忠，而妇再适者无禁焉，淫者罪止于杖而已，岂非以人情哉？抑亦厚望于士君子，而薄责于妇人女子也？

古者轻出其妻，故夫妇之恩薄，而从一之节微。今者非大故及舅姑之命陈于官，不得出其妻，则再醮者虽禁之可也，定之以年亦可也。

"父一而已，人尽夫也"，此语虽得罪于名教，亦格言也。父子之恩，有生以来不可移易者也。委禽从人，原无定主，不但夫择妇，妇亦择夫矣，谓之"人尽夫"，亦可也。

京师妇人有五不善：馋也，懒也，刁也，淫也，拙也。余见四方游宦取京师女为妾者，皆罄资斧以供口腹，蔽精神以遂其欲。及归故里，则撒泼求离，父母兄弟，群然嚣竞。求其勤俭干家，千百中不能得一二也。

维扬居天地之中，川泽秀媚，故女子多美丽，而性情温柔，举止婉慧。所谓泽气多女，亦其灵淑之气所钟，诸方不能敌也。然扬人习以此为奇货,市贩各处童女,加意装束,教以书、算、琴、棋之属,以徽厚直,谓之"瘦马"。然习与性成,与亲生者亦无别矣。古称燕赵多佳人,今殊不尔。燕无论已,山右虽纤白足小,无奈其犷性何。大同妇女姝丽而多恋土重迁,盖犹然京师之习也。此外则清源、金陵、姑苏、临安、荆州及吾闽之建阳、兴化,皆擅国色之乡,而瑕瑜不掩,要在人之所遇而已。

美姝世不一遇,而妒妇比屋可封,此亦君子少小人多之数也。然江南则新安为甚,闽则浦城为甚,盖户而习之矣。

妒妇相守,似是宿冤。世有勇足以驭三军而威不行于房闼,智足以周六合而术不运于红粉,俯首低眉,甘为之下,或含愤茹叹,莫可谁何。此非人生之一大不幸哉!

人有为妒妇解嘲者曰:士君子情欲无节,得一严妇约束之,亦动心忍性之一端也。故谚有曰:"到老方知妒妇功。"坐客不能难也。余笑谓之曰:君知人之爱六畜者乎?日则哺之,夜则防护栅栏,惟恐豺狸盗而啖之。此岂真爱其命哉?欲充己口腹耳。为畜者但知人之爱己,而不知人之自为也。妒妇得无似之乎?众乃大笑。

惧内者有三:贫贱相守,艰难备尝,一见天日,不复相制,一也。枕席恩深,山河盟重,转爱成畏,积溺成迷,二也。齐大非偶,阿堵生威,太阿倒持,令非己出,三也。妇人欲干男子之政,必先收其利权。利权一入其手,则威福自由,仆婢帖服,男子一动一静,彼必知之。大势既成,即欲反之,不可得已。

愚不肖之畏妇,怵于威也;贤智之畏妇,溺于爱也;贫贱之畏妇,仰余沫以自给也;富贵之畏妇,惮勃谿而苟安也;丑妇之见畏,操家秉也;少妇之见畏,惑床第也;有子而畏,势之所挟也;无子而畏,威之所劫也。八者之外而能挺然中立者,噫,亦难矣!

夫子谓"女子小人为难养",《书》称"纣用妇言",《诗》称"哲妇倾城"。凡妇人女子之性无一佳者,妒也,吝也,拗也,懒也,拙也,愚也,酷也,易怒也,多疑也,轻信也,琐屑也,忌讳也,好鬼也,溺爱也。而其中妒为最甚,故妇人一不妒足以掩百拙。古今妒妇充栋,不胜书也,今略记于左。

后妃之妒者，则若吕氏之人彘，赵家姊妹之啄皇孙，晋胡芳之将种，贾氏之弑姑杀子，梁郁氏之死为巨蟒，隋独孤后之选宫人惟择肥大，唐武曌之夺嫡篡位，韦庶人之袭武风轨，宋李后之因斋杀嫔。又若楚郑袖教新人之掩鼻，春申君之妾伤身以视君。袁绍之妻僵尸未殡，五妾骈首。闽王延翰之妻缚练尽赤，木掌掴人，身虿雷斧，稍快人意。缙绅则若叔向之母遗戒龙蛇，敬通之妻亲操井臼，袁术之妇绞妾悬梁，贾充之妻甘儿绝乳。弱翁见窘于广汉，庞参见按于祝良。王丞相九锡之嘲，谢太傅关雎之讽。桓宣武胆落老奴，车武子衅起绛衣。李相福一事无成，而虚咽儿溺；任瓌妻拜赐药酒，而立饮不疑。刘孝标家道辚轲，自比敬通；裴谈甘心崇奉，譬之魔母。宜城公主刵耳劓鼻，房孺复妻刻眉灼眼。柳氏截舌断指，祖约身被刑戮。荣彦远面有伤痕，金媚娘支解名姬。苏若兰捶辱舞伎。鱼玄机以疑杀婢，萧铿女以妒受谪。玄龄夫人奉敕慷慨，不辞饮鸩；杜业之妻雪涕申言，恐误任使。崔铉之见侮家僮，杨文公之取嘲四畏。陈龙丘狮子一吼，拄杖落地；诸葛元直见捉踾踧，面无人色。沈存中常被夏楚，血肉狼籍，威福倒置，于是极矣。又其猥者，京邑之妇绳系夫脚，陈觉之妻事婢若姑。铁臼严霜之歌，衡阳三女之厄。仲端忍饥于香团，康凝贻嗤于黑凤。慎言胭脂之虎，义方黑心之符。以功封者，哭其贵而见忘；算本利者，恐其多而娶妾。荀妇庾氏，无须之人，不得入门；武历阳女，桃花艳丽，横被摧折。刘休之妻亲卖帛筴，恬不知改；扈载拈香滴水，令严五申。李大壮绾髻安灯，体如枯木，廉耻道丧，又何怪哉？夫人之难割者，爱也。武氏欲倾王后，则忍于杀己女；湖倅见夫狎伎，支解所生之儿。人之所爱者，生也。段氏因夫诵《洛神赋》，而即夜自沉；范寺丞妻见夫衾有妓鞋，而阖门自缢。其子之不爱，而又何爱于人子；其身之不惜，而又何惜于人哉？至于介推之妹，庙前清泉千尺，妇人靓妆，必致雷雨；吴兴桑乞之妻死，而因夫再娶，白日现形，操刀割势。蜀功臣家富声伎，妻在不敢属目，妻死之后，方欲召幸，大声霹雳起于床簀，惊怖得病，竟殒其躯。郑尉李寒，纳姬楚宾，死而别婚，见其投药浴中，筋骨皆散。华亭卫宽夫，妻死再娶，形见堂中，生子为祟，竟致不育。如此等人，何不捉入无间地狱，而使之为厉耶？或曰：十殿阎君,恐亦畏妇。余笑谓宋绍兴间,姑苏龙王嬖妾为其夫人妒虐致死,天帝行刑,大风惊潮数百里。夫幽明一理也,阴间岂无惧内之鬼神哉?书之以发一笑。

贵妇多妒,妒妇多寿,同生同死,有若宿冤。《太平广记》载:秦副将石某,苦妻之妒,募刺客杀之,十指俱伤,卒不能害。如此数四,竟与偕老。故治妒者,轻则当如宋明帝之于刘休妻,决杖二十,赐妾别处;重则我太祖之于常遇春妻,菹醢其肉,以赐群臣。彼仓庚之羹,不可多得,安能人人而饮之哉?一云太祖所杀是中山王徐达夫人。

使天之于妒妇皆如王延翰之妻也,然亦不胜其雷矣。使君之于妒妇皆如常开平之妻也,然而不胜其醢矣。使佛之于妒妇皆如梁武帝之郗氏也,然而不胜其忏矣。使巫之于妒妇皆如牵羊之婿也,然亦不胜其祭矣。惟有嵩阳桂昌之妻,截婢指而己指落,截婢舌而己舌烂,庶几有惧乎。

宋时妒妇差少,由其道学家法谨严所致。至国朝则不胜书矣。其猥琐者无论,吾独叹王文成伯安内谈性命,外树勋猷,戚大将军元敬南平北讨,威震夷夏,汪少司马伯玉锦心绣口,旗鼓中原,而令不行于阃内,胆常落于女戎,甘心以百炼之刚化作绕指也,亦可怪矣。昔人云:“禽之制在气。”然则妇之制夫,固有出于勇力之外者矣。措大庸人,比屋可封,不足责也。

戚元敬原不畏妇,后因出师,以军法斩其子,自是夫人怨恨,誓不为置媵。戚无如之何,乃蓄之它室十余年,生二子矣。一日谋稍泄,夫人大恚,欲得而甘心焉,戚许以翌日。时夫人有弟在幕,戚召语之曰:“亟以三策语若姊。子母俱全,上策也;出其母而内子,次策也;若必欲杀吾子,吾当帅死士入室,先斩而姊,次斩若,次灭而宗,而后弃官爵而逃耳。吾辕门以三通鼓为节,立俟报命。”弟入,膝行涕泣,为姊言之。一不可,次又不可,门外鼓而噪,弟大哭曰:“姊死不足计,独不念灭门耶!”乃报可。令二妾入,各决数十杖,抚其子而泣,留之室。即日出其妾。妾归家,俱守志不嫁。越数年,夫人卒,二妾复归公。时咸谓戚将军能处变也。

江氏姊妹五人,凶妒恶,人称“五虎”。有宅素凶,人不敢处。“五虎"闻之,笑曰:"安有是?"入夜,持刀独处中堂,至旦帖然,不闻鬼魅。
夫妒妇,鬼物犹畏之,而况于人乎?

　　美妇则有仍之发,光可以鉴;昌容之仙,隔窗见骨。条涂之三,赤
乌之二。妺喜迁夏,妲己倾殷,褒姒覆周,丽姬倾晋。孔父之室,美而
称艳;巫臣之姬,鸡皮三少。南威入晋,三日不朝;夷光归吴,苏台为
沼。娄颜之妇,国色见称;吴广之女,颜若苕荣。郑袖擅楚,阴江争
赵。敬君以画自媒,女环以计求进。韩凭有妇,罗敷有夫。息妫不
言,如皋不笑。至于宓妃、青琴、毛嫱、郑旦、先施、阳文、吴娃、傅予、
白台、间须、旋娟、提谟、间娵、子奢,虽事迹鲜闻,时地莫考,而名标载
籍,不可厚诬。自汉而降,则戚夫人之翘袖折腰,李夫人之绝世独立。
阿娇贮之金屋,钩弋擘拳自开。丽娟吹气胜兰,昭君光动左右。飞燕
掌上可舞,合德肤滑不濡。文君眉若远山,丽华名动人主。女莹朝霞
和雪,二乔独步江东。夜来针绝,琼树鬒蝉。宋腊清歌,绛树妙舞。
甄氏惊鸿之姿,甘后乱玉之质。莫愁抱腰,江水不流;丽云一曲,醉者
顿醒。刘琰以冶容见疑,东美以比肩传子。潘以愁而惑人,张既死而
不舍。荀妇贾女,俱云绝伦;朝妹洛珍,同时擅宠。刘聪六后,天锡二
姬。金谷坠楼之人,香尘轻躯之媛。翔风以春华见美,宋祎以吹笛擅
声。桃叶以渡江兴歌,络秀以门户屈节。徐月华歌声入云,孙荆玉反
腰贴地。武康阮公之溪,章浦莲花之瑞。陈则丽华贵嫔,隋则宝儿绛
仙。玉儿步步莲花,小怜生死一处。太真姊妹,脂粉不施;浙东舞女,
兰气融冶。梅妃宠夺上阳,俊娥情深来梦。知之身殉碧玉,何恢掌失
耀华。仙娥时充使典,素娥独避正人。盈盈姿艳,冠绝一时;真真未
谐,扼腕千古。薛瑶英香肌玉骨,金媚娘沫墨劈笺。倩娘端妍绝伦,
紫云名不虚得。杜牧之寻春校迟,罗虬之比红已晚。宵娘新月凌云,
保仪华丽冠绝。蜀之花蕊,色艺俱工;刘氏琼仙,丰神独擅。侯君集
之饮乳不饭,白乐天之细口纤腰。韩氏之园桃巷柳,苏家之琴操朝
云。奇章真珠之室,玉堂翠翘之枝。镜儿绝代之姿,张红记曲之捷。
毕诚所献,相国惊魂;韩弘所遗,三军夺目。至于莺莺、燕燕,盼盼、师
师,红红、转转,小小、爱爱。李娃惑郑,小玉殉李。韦娘断刺史之肠,
柳姬感章台之咏。非烟红拂,不甘非偶;琴客宋熊,老而失身。解愁

幸遇大枢,素娥终辞洵美。史风迷香之洞,鸾儿袖里之春。若而人者,皆艳质照一时,香骨留千古矣。王元美谓酸士所获,不堪上驷,吾独以为不然。夫遇合有时,爱憎有命。故当其求也,或罗之四海而不遇,或邂之州里而偶得。及其爱也,或三千粉黛而不足,或一人专房而有余。彼岂铢铢而称,寸寸而度哉?但帝王之事,易于夸张,而士庶之家,莫为标榜。至于负绝世之姿,而匹偶非类,湮灭不称者,又不可胜数也。吾读彩凤随鸦之语,伤世有暗投之珠;咏紫鸾舞镜之诗,恨时无报仇之剑。薄命如许,虚名安用?夫欲无附而成名,文士尚难之,况妇人乎?

　妇人以色举者也,而慧次之。文采不章,几于木偶矣,但以容则缁缁接踵,以文则落落晨星。古无论已,自汉以降,则文君白头之吟,婕妤团扇之咏,乌孙黄鹄之歌,徐淑宝钗之札。道韫咏雪,崔徽写真。石氏房老,有春华秋实之篇;李家雪儿,任品藻雌黄之选。驿骑双果,绛仙之秀色可餐;珍珠寂寥,梅妃之光辉满座。贤妃昭容,擅秀于宫闱;季兰玄机,流芬于彤管。校书管领春风,燕楼残灯伴晓。花蕊宫词,易安金石,小丛雁门,容华宿鸟。苏小青骢之咏,曹姬玉殿之仙,月英惆怅之篇,慎妇望夫之作。此皆不栉之苏李,无晨之王孟,元白逊其挥毫,沈宋服其衡藻。若伏生之女,口授《尚书》;韦逞之母,博究经典。班氏手续兄书,文姬记录先业。皓首大儒,不敢望焉。至于窦氏《璇玑》,以八寸之锦,八百余言,纵横反覆,皆成文章,夺真宰之秘,泄造化之工,可谓出圣入神,亘古一人而已。谁谓红粉中无人乎?若夫残篇剩语,为时脍炙,而名姓磨灭,莫知谁何。如武昌之伎,有杨花扑面之句;如意女子,有人雁一行之作。凤儿寄怨花枝,霞卿伤春粉壁。彩凤随鸦,已毙健儿之手;枝头梅子,几回铁面之肠。见于纪载,尚未易更仆数也,稍为拈出,以为蛾眉吐气。若夫角枕赠答,杨华寄情,看朱成碧之诗,绿惨双蛾之句,非不婉至,而宣淫败度,吾无取焉。

　唐范阳卢某母琅琊王氏,于景龙中撰天宝回文诗,凡八百一十二字。诫其子曰:"吾没之后,尔密记之,若逢大道之朝,遇非常之主,当以真图上献。"至玄宗朝,东平太守始上之,高适代为之表,言其"性合希夷,体于静默,精微道本,驰骛玄关。旁通天地之心,预记休征之盛。循环有数,若寒暑之递迁;应变无穷,类阴阳之莫测"。果尔,则王氏不但词华巧思,亦且未事先知,又高窦氏一着矣。而名不甚张,岂非有幸不幸耶?

范蔚宗传列女而及文姬,宋儒极力诋之,此不通之论也。夫列女者,亦犹士之列传云尔。士有百行,史兼收之,或以德,或以功,或以言,至于方技缁流,一事足取,悉附纪载,未闻必德行纯全而后传也。今史乘所载列女,皆必早寡守志及临难捐躯者,其他一切不录,则士亦必皆龙逢、比干而后可耳,何其薄责缙绅而厚望荆布也。故吾以为传列女者,节烈之外,或以才智,或以文章,稍足脍炙人口者,咸著于编,即鱼玄机、薛涛之徒亦可传也,而况文姬乎?

唐明皇时,长安大内、大明、兴庆三宫,东都大内、上阳两宫,宫女几四万人,侍寝者难于取舍,至为彩局以定胜负。古今掖庭之盛,未有过此者也,而犹借才于寿邸。佳人之难得,讵不信哉!

飞燕能于掌上舞,风雪之中,体无疹粟,故当是古今第一人物。而成帝犹以为不及昭仪体白香也,遂令千载国色,零落于诸宫奴侍郎之手,不幸孰甚焉?

白乐天有舞妓名春草,苏长公有侍妾名榴花,秦少游侍儿名朝华,武翊皇有婢名薛荔。此传纪所罕见者。

名伎之惑人丧家亡者多矣。婢妾则原碧乱王,樱桃惑石。雷尚书奸政于始兴,冯成毋败度于崔悛。奇章以真珠丧誉,元实以红鸾捐躯。薛荔能惑三头,紫光卒败元湛。贤智之人,不能自克,何也?至于迷惑伉俪,以殉其躯,若长卿之于文君,荀粲之于曹氏,抑又罕矣。文君犹直得一死,奉倩遗才存色,非难遇也,而以身殉之,不亦可以已乎!

才智之妇,史不绝书,至于辛宪英者,度魏祚之不长,知曹爽之必败,算无遗策,言必依正,当是列女中第一流人物也。其次则唐侯敏妻董氏耳。方则天朝,来俊臣强盛,而妻逆知必败,劝敏自远。俊臣怒,出为武隆令。妻曰:"但去,莫求住。"出关而俊臣败。及抵忠州,以错题纸为州将所督,不许上任。妻曰:"但住,莫求去。"无何,贼破武隆,敏又获免。此岂有风角术耶? 何其奇中也。

　　狄梁公之仕女主也，有取日之绩，姚广孝之佐靖难也，有化国之勋，而皆为其姊所羞。士君子之识见，固有不及妇人女子者，抑亦为功名所迷耶？

　　高凉冼氏以一蛮女而能拊循部落，统驭三军，怀辑百越，奠安黎僚，身蒙异数，庙食千年。其才智功勋，有马援、韦皋所不敢望者，娘子军、夫人城视之当退十舍，而徵侧、赵妪辈无论已。国朝土官妻瓦氏者，勇鸷善战，嘉靖末年倭患，尝调其兵入援浙直，戎装跨介驷，舞戟如飞，倭奴畏之。使其得人驾驭，亦一名将也。

　　冯夫人锦车持节以和戎，浣花夫人出财募兵以御敌，蕲王夫人身援桴鼓，绣旗女将力敌李全，可谓女丈夫矣。彼一丈青、陈硕真等，虽盗贼之靡，亦一时之雄也。屡弁懦将，有愧于妇人者多矣。至《华阳志》所载荀崧小女，年方十三，父为杜曾所围，女率勇士溃围而出。贼追甚急，且战且前，卒诣周访，请救兵，破贼全城。此尤振古所未闻也。

　　荀奉倩云："妇人才智不足论，自宜以色为主。"此是千古名通。女之色犹士之才也，今反舍色而论才，则士亦论以色举，而龙阳、弥子列游、夏之上矣，岂理也哉？但佳人之难得，较之才士为甚耳。

　　世传贾充女与韩寿通者，讹也。寿先与陈骞女私通，约娶之，未娶而女亡，寿乃娶贾氏，故世误以为充女。而《晋书》骞弟雉与其子兴忿争，遂说骞子女秽行，骞表徙弟，以此获讥于世。则骞女之事亦未必然矣。观武帝贾公女五不可之语，则其姊妹似非光丽艳逸、端美绝伦者。

　　赵昭仪为卷发，号新兴髻。是时祸水未成，而已兆新室之谶矣。李煜之天水碧亦然。

　　蒲衣八岁而为舜师，羿子五岁而为禹佐，伯益五岁而掌火，项橐七岁而为孔子师。古之圣贤，生而神灵，长而徇齐，固不在夙慧之列也。其次则太子晋八龄而言服师旷，甘罗十二而辩动张唐。子奇有化阿之声，鲁连杜田巴之口。荆子十五而摄目，间丘十八而愿仕。外黄小儿，回暗哑之威；杨家童乌，与《太玄》之笔。吴氏季子，江夏黄童。子琰对日，文举辩果。自此以降，史不绝书。若三岁则黄泳诵诗，能避骞崩之讳；德兴切韵，知辨四声之殊。蔡伯晞神童应荐，官拜秘书。四岁则任彦升诵诗数十篇，陆元渊问天地何穷际。杨公权对四声而指灯盏柄曲。萧颖士属文观书，一览即诵；吕嗣兴诵书吟诗，应对不穷。赵郡王子献读《孝经》而流涕。五岁则王绚草翁必舅之戏，玄龄耸塈昂霄之姿。刘璱闻《管宁传》而精意听受，到沆见屏风诗而一诵无遗。苏颋依依汉阴之语，元之嫦娥玉簪之咏。黄庭坚遍读五经，刘毅兼通阵法。六岁则士龙已有诗名，刘显尽诵书史。陆琼能作五言，徐勉为文祈霁。简文面试，揽笔立成；德林《三都》，十日便熟。王子安构思无滞，杨弘农立咏弹棋。七岁则愍怀牵武帝之裾，百药辨琅琊之稻。贾嘉隐松槐之对，宋广平《鹏赋》之诵。邺侯赋方圆动静之篇，杨藏之有鼓吹官私之咏。高定有伐君之问，晏同叔有神童之荐。马略闭室读书，长吉荷衣面赋。韦弘育日，念《毛诗》一卷；杨大年谈论，一如成人。夏侯荣百余奏疏，一目不遗。而国初江左驿卒之子，有天子龙庭之对，不知姓名，亦可惜也。八岁则任昉月仪之制，何妥眷顾之答。伯玉覆局于帝前，义府借栖于宫树。刘晏时称国瑞，严武椎杀玄英。九岁则杨厚孝回亲心，崔恢秀才应选。慕容农参辰之问，虞荔十事之对。员俶升坛而词辩锋起，宋璟梦鸟而藻思日雄。十岁则贾逵暗诵六经，金銮书堪勒石。谢朓土山之赋，沈璞强识之资。邢子才霖雨五日，而《汉书》悉遍；李善宁子咏贫家壁，而略不构思。十岁以上，不胜书矣。然或岐嶷于稚年，而汩没于末路，或幼见其一斑，而长集其大成，是又在乎器量之盈虚，学问之加损。器盈者苗而不秀，学寡者美而无成。或天固限之，而亦人实斫之也。

洛阳杨牢，绝乳即能诗。白乐天七月未能言，而识"之、无"二字。王寀方能言，为贼所负，而以计自脱。此其颖异，又在向者诸人之上矣。国朝洪钟以四岁举，李东阳以五岁举，皆入翰林。程敏政、杨一清俱以八岁举，而杨少师廷和以十二岁举孝廉于乡，亦二百年来所无也。

曾子七十乃学诗，荀卿五十始学礼，公孙弘四十方读书，朱云亦四十始学《易》、《论语》，皇甫谧二十始授《孝经》，而皆成大儒，早慧者莫敢望焉。岂其不慧于初年，而顿悟于晚岁？抑由啬于天资，而胜以人力也？夫子谓"参也鲁"，而曾子竟以鲁得之，人可以资钝而自弃哉？

晚遇则吕望八十之年，鬻熊九十之岁。楚丘七十而见孟尝，公孙弘六十而举方正。颜驷庞眉，冯唐皓首。贡禹年八十方迁光禄，张柬之八十以司马拜相。杜德祥放榜，曹松等五人皆七十余，时有"五老"之称。宋梁颢以八十二状元及第，陈修以七十二探花及第，金河中、胡光谦以八十三举进士。国朝钱习礼年近八十犹在翰林，杨鼒、周诏皆八十余，以长史从龙，擢拜卿贰。其他七十以上登科第而名不显者，固不胜纪也。

公安刘珠为江陵张相君父执，万历辛未，江陵主文衡，珠始登第，年六十余，老矣。其寿相君诗曰："欲知阁老山为寿，但看门生雪满头。"又十余年始卒。

奴婢亦人子也，彼岂生而下贱哉？亦不幸耳。卫青纪勋麟阁，王斌仕至太守，李善流誉于托孤，熊翘受知于潘岳，王安存祖氏之宗，都儿化阳城之德，王义身捍白刃，李鸿力给锥刀，杜亮爱颖士之博奥，银鹿佐鲁公以忠贞。近代如陈迪抗节靖难，身膏斧锧，独家奴来保收其遗骸；浦江郑氏家僮施庆，执亲之丧，三年不御酒肉。此皆士君子之所难。而陶侃之海山使者，权同休、崔千牛之异人寄迹，严安脱胡煌于雷厄，又不论矣。至于婢媵笃生名世者往往而是，不可殚述。天固不以族类限人矣，而人顾苛责此辈，至犬彘之不若，亦何心哉！

冯子都宠于博陆，秦宫幸于梁冀，依凭城社，亦权门之弄臣也。国朝严分宜当国，家人永年者号鹤坡，招权纳贿，与朝绅往来，无不称鹤翁者，一御史至与之结义兄弟云。后张江陵相君家奴游守礼，势出严上，号曰楚滨词馆，诸君至为诗文赠之。通侯缇帅与往来燕饮，鲜衣怒马，据上坐，偃然矣。后事败，俱诛死。嗟夫！权之所在，爱之所偏，即始兴之贤，尚有雷尚书之惑，况其下此者乎？按：江陵家奴尚有宋九、王五者，九善词翰，而权不及游。五颇有识，常笑其侪所为。时有作《五七九传》者，七即游也。

奚婢之子，则无恤创赵，田文张齐，燕姞蕃郑，唐儿启汉，遥集兖宗，裴秀令望，王琨托体，恭心良贵，借胎寮友。其它名公钜卿，又不可胜数也。虞仲翔云："天之福人，不在贵族；芝草无根，醴泉无源。"

其识卓矣。

郭氏青衣捧剑言，愿为夷狄之鬼，耻作愚俗苍头。柳仲逞之婢鬻于盖巨源家，见其主市绫罗，亲自选择，酬酢可否，则失声而仆，曰："死则死耳，安能事卖绢牙郎乎？"夫奴婢有见解者，其学识过主家百倍，而欲强役使之，得乎？

郑玄家婢皆诵诗书，刘琰雪白丫头能诵《鲁灵光赋》。萧颖士之仆爱才，死而不去；苏眉山之婢易马，感而触槐。至于近代青衣能文章者，又比比也。

古者生齿不繁，故一夫百亩，民无游食。今之人视三代当多十数倍，故游食者众。姑勿论其它，如京师阉竖、宫女、娼伎、僧道，合之已不啻十万人矣。其它藩省虽无妇寺，而缁黄游方接武远近，粉黛倚门充牣城市，巨室之苍头使女拟于王公，绿林之亡命巨魁多于平民。昔人谓："一人耕之，十人聚而食之。"噫，何啻十而已耶！

今时娼妓布满天下，其大都会之地，动以千百计，其它穷州僻邑，在在有之，终日倚门献笑，卖淫为活。生计至此，亦可怜矣。两京教坊，官收其税，谓之脂粉钱。隶郡县者则为乐户，听使令而已。唐、宋皆以官伎佐酒，国初犹然，至宣德初始有禁，而缙绅家居者不论也，故虽绝迹公庭而常充牣里闬。又有不隶于官，家居而卖奸者，谓之土妓，俗谓之私窠子，盖不胜数矣。昔秦始皇之法，夫为寄豭，杀之无罪；女为逃嫁，子不得母。至今日而偃然与衣冠宴会之列，不亦辱法纪而羞当世之士哉？噫，是法也，谁为作俑？管子之治齐，为女闾七百，征其夜合之资以佐军国，则管氏者又嬴政之罪人也。

《左传》："既定尔娄猪，盍归吾艾豭。"艾豭者，牵牡豕以行淫者也。《方言》云："燕、朝鲜之间谓之豭，关东谓之彘。《诗》'一发五豝'是也。"故以男子之淫于它室者名之。秦始皇《会稽碑》作寄豭。今人以妻之外淫者，目其夫为乌龟，盖龟不能交，而纵牝者与蛇交也。隶于官者为乐户，又为水户。国初之制，绿其巾以示辱，盖古赭衣之意，而今亡矣。然里闬尚以"绿头巾"相戏也。

世间人可贵而亦可贱，可爱而亦可憎，上可以陪王公，而下受辱于里胥不敢校者，伎与僧耳，道、尼不足数也。故名伎高僧皆能奔走一时，流芳千古，而其猥劣顽贱、嗜利无耻者，至为悲田乞儿所不屑。然伎既以色失身，而僧亦以髡灭伦，所谓以其小者信其大者，奚可哉！

释氏轮回之说，所以劝世之为善也，而有不足取信者，何也？不论修行与否，但欲崇奉其教，则世岂无诋佛之君子而持经茹素之穷凶极恶乎？一也。生前之吹求太苛，而死后之忏悔太易，当其生则一物一命，锱铢报应，而及其死则弥天之罪，一忏即消，愚民且自以为无所逃于生前，而妄冀不必然于身后，何惮而不为恶？二也。大君子之为善，原不为身后计也。至于小人，虽宪典火烈，杀人奸盗犹不绝踵，而况地狱之渺茫乎？至于回头即岸之说，大盗巨魁以此自文者多矣。惟圣人之言曰："作善，降之百祥；作不善，降之百殃。"又曰："善不积不足以成名，恶不积不足以灭身。"噫，何其简而易行也。

今之释教殆遍天下，琳宇梵宫盛于黉舍，唪诵咒呗嚣于弦歌，上自王公贵人，下至妇人女子，每谈禅拜佛，无不洒然色喜者。然大惑有二端：血气已衰，死生念重，平生造作罪业，自知无所逃窜，而藉手苦空之教，冀为异日轮回之地。此一惑也。其上焉者行本好奇，知足索隐。读圣贤之书，未能躬行实践，厌弃以为平常，而见虚无寂灭之教，闻明心见性之论，离合恍惚，不着实地，以为生平未有之奇，亘代不传之秘，及一厕足，不能自返，而故为不可摸捉之言以掩之，本浅也而深言之，本下也而高言之，本近也而远譬之，本有也而无索之，如中间一条大路不行，却寻野径崎岖，百里之外，测景观星，而后得道，自以为奇。此又一惑也。先之所惑什常七八，后之所惑百有二三，其于释氏宗旨尚未得其门户，况敢窥其堂奥哉？至于庸愚俗子，贪生畏死，妄意求福，又不足言矣。

以吾儒之教譬之，为贫贱所驱迫，发愤读书，期取一第，以明得意者，此佞佛以求免轮回者也。志愿已毕，自揣无以逾人，而倡为道学之说，或良知，或止修，拾纸上之唾余，而刻画妆饰以欺世盗名，而世亦靡然从之，直谓上窃洙泗之传，闽洛不论也，此离合恍惚，自以为奇者也。至于老学究，童而习之，白尚纷纷，藉口青衿以别凡民，则亦愚庸之妄意求福者而已。其于吾儒之道，何曾仿佛梦见耶？

三教之最失其传者，无如道家。当时老氏之教，清净无为而已，施之于治，则绝圣去智，掊斗折衡，使结绳之治可复原以用世，而非以长生也。至于赤松子、魏伯阳则主炼养，卢生、李少君则主服食，下至张道陵、寇谦之则主符箓篆咒，愈趋而愈下。至近世黄冠如林灵素者流，则但醮祭上章，祈福禳罪而已，盖不惟与清净之旨大相悖盭，即炼养服食之旨、驻年羽化之术，亦概乎未之有闻也。夫逢掖之口周、孔，犹能论其世，髡缁之托释迦，犹能诵其言，至道流黄冠，口不绝声称太上老君矣，彼讵知柱史为何人，五千言为何物，大道上德之宗旨为何事耶？而悉依托之伯阳氏，以自立于三教之一也，不亦大可羞耶？

高僧坐化，往往见之史传，此不足异也。万历戊申秋，长溪僧天恩者来福州，讲经于芝山寺。一旦，无疾而终，趺坐自如，略无倾侧。此余所亲见也。当天恩在时，吾辈虽从之游，未有信其高者，惟友人林熙工、陈惟秦皆往拜为弟子，其平日苦修，余不得而知矣。又有立化者，有倒立而化者，虽自眩变相，要非空寂之教所急也。相传高僧化后，发爪皆如生时。唐僧义存没后置函中，每月其徒出之，发爪皆长，辄为剪剃以为常，经百余年不废。后因兵火乱，始封而灰之。《墨客挥犀》所载鄂州僧无梦亦然，后为一妇人手摸而触之，遂不生。至于仙蜕，余在武夷见其二，齿发手指宛然如故，但枯槁耳。余每窃叹，以为释氏之教，天地万物一切归于虚无，故毁形灭性，直欲参透本来面目。其于四大色身，不过百年之暂寄寓，何为既死之后，犹恋恋不忍舍如此。至若神仙暂游万里，少别千年，世间一切事弃如脱屣，岂复爱护其委蜕而不令其朽腐哉？则神仙之见解反不若蛇蝉之属脱然无累矣。此理之不可解者也。

谓死者为必有知乎？则鬼魅纵横冥途，亦不胜其繁扰也。谓死者为必无知乎？则梦兆肸蚃，祸福感验，不可诬也。圣人之言曰："鬼神之为德，其盛矣乎。洋洋乎如在其上，如在其左右。"夫以为无，则何为赞其盛？以为有，则直云在而已，何言如在也？有无之间，不可思议者也。故曰："未知生，焉知死。"生死一理也，人得天地之气以生，及其死而气尽矣，然有未遽尽者在也。上焉者得正气，为圣贤为名世，死则为神为灵，亘古不磨，此即生时之显达者也。中焉者气有踳驳，根皆顽钝，倏而成形，倏而复命，自来自去，无复拘束，此即生时之齐民也。下焉者沴气所钟，济恶不才，或为大厉，或为罗刹，譬之草木中之钩吻，禽兽中之虎狼，则幽冥主者亦必有刑狱狴犴之具以禁制之，犹生人之有十恶不道而困于圜土者也。故知生之说，则知死之说矣。

老氏之说，终是贪生；释氏之说，终是畏死。人须到得死生不乱，方有着脚地位。宋僧有云："古人念念在定慧，临终安得而乱？今人念念在散乱，临终安得而定？"此格言也。如尹师鲁、刘子澄等，平日皆有大见解，方到得此。今人平日矢口圣贤，至临死之时，颠倒错乱，或牵恋不忍舍者，其无实学可知矣。

死生之际，一生学问大关头也，然有名为巨儒，而处死反不及常人者。如林兆恩会通三教，自谓海内一人，而临死乃病狂丧心，便溺俱下。吾郡一缙绅王鑛者，平日无所闻，年逾八十，自知死期，戒训子孙无作佛事，仍赋长诗一篇，既而曰："明日未能便去。后日望日也，吾当以十六日去。"至期，沐浴衣冠，谈笑而逝。此岂有宿根耶？抑平日不言躬行，人有不及知耶？林之虚名高王十倍，而死生之间迥别乃尔，殊可怪也。

释氏教人，临终之时，不思善，不思恶，一念坚定，直至西天。夫不思恶易也，至不思善则近于大而化之境矣。昔人所谓"善且不可为，况于恶乎？"然方寸之中，惟此一念，既不思善思恶，此心放顿在何处？此处尚有议论不得也。

学佛者焚身惑众，惧人之不信也，而托之火化；求仙者横罹非命，惧人之见笑也，而托之兵解。则世之恶疾而自焚者皆佛也，丽法而正刑者皆仙也。人之愚惑，一至于此。

僧之自焚者，多由徒众诳人舍施，愿欲既厌，然后诱一愚劣沙弥，饮以瘖药，缚其手足，致之上座而焚之耳。当烟焰涨合之际，万众喧阗，虽挣扎称冤不闻也。亦有无赖贪得钱帛，临期服水片数铢者，但觉寒战，烈焰焦灼，殊无痛楚。故远近信之，布衬云集，至于灼顶、燃灯、炼指、断臂、剔目，接踵相望。大约伪者十七，真者十三，为利者十九，为名者十一，皆非禅学之正宗也。

史传所载僧自焚者有三：其一唐李抱真，为潞州节度使，兵荒之后,财用窘竭,素与一僧交善,乃谓之曰:"事急矣,欲借师之道以济军国,可乎?"僧曰:"性命可捐,它何所惜。"曰:"师但投牒,言欲自焚,吾为地道与州宅通,火发之顷,即潜身而入,彼此俱无所损。"因引僧至地道,往来无阻。僧信之,遂积薪高坐,说法辞世。李亲率将校膜拜合施,于是州人响应云集,货财山积。克期举火,李已命人潜塞地道,顷刻之间,僧薪俱灰,收其施财以充公帑,别求如舍利者数十枚,建塔葬之。其一宋某人为某官,有僧投牒欲自焚,判许之。至期亲往验视,见僧两眼凝泪不动,问之不答,乃令人梯取之,授以纸笔。乃自言某处游僧,至此寺,众欺其愚弱,诳言惑众,厚得钱帛,至期药而缚之耳。遂按诛诸僧,毁其寺。又其一元时达鲁花赤,为政不通汉语,动辄询译者。江南有僧,田为豪家所侵,投牒讼之,豪厚赂译。既入,达鲁花赤问译:"僧讼何事?"译曰:"僧言天旱,欲自焚以求雨耳。"达鲁花赤大称赞,命持牒上,译业别为一牒,即易之以进。览毕,判可。僧不知也,出门则豪已积薪通衢,数十人舁僧界火中焚之。然则从来火化之妄惑,往往如是矣。

道家之教,若徒以功行积满,白日升天,尚可以诱人为善,即非柱下、黄石宗旨,吾不之责也。彼熊经鸟伸,炼形住世,已自是贪生业障,无益于时,而况于黄白龙虎之术,房中采战之方,贪利无厌,纵欲败度,以之求长生,何异适燕而南向郢哉?道家之旨清净无为,"不见可欲,使心不乱","不贵难得之货,使民不为盗"。况神仙乘云御气,下视尘寰,纵有大药点化山河,大地尽成黄金,亦复何益于身心性命,而且必无之事也。然世间固有一种痴人妄想,甘受邪术所欺,而崇奉惑溺,至破家亡身而不顾者,此又不如佞佛持素,差觉安静耳。

吾友曹能始尝言:"人虽极善,然一入公门作胥曹,无不改而为恶。人虽极恶,然一入佛寺作比丘,无不改而为善。"余大笑:"君但见其形骸耳,不闻有不要钱提控及杀人放火和尚耶?"然此语诚有致。不独此也,吾辈纵极高雅,一入公门说公事,便觉带几分俗恶;纵极鄙俗,一入佛寺看经啜茶,便觉有几分幽致。士大夫不可不存此想也。

天下僧惟凤阳一郡饮酒食肉娶妻,无别于凡民,而无差役之累。相传太祖汤沐地,以此优恤之也。至吾闽之邵武、汀州,僧道则皆公然蓄发长育妻子矣。寺僧数百,惟当户者一人削发,以便于入公门,其它杂处四民之中,莫能辨也。按陶榖《清异录》谓僧妻曰梵嫂。《番禺杂记》载广中僧有室家者,谓之火宅僧,则它处亦有之矣。此真所谓幸民也。

先为僧而后入仕者,宋汤惠休、唐贾岛、蔡京、宋法崧也。先仕而后为僧者,汉阳城侯刘俊、南齐刘勰、梁刘之遴、张缵、魏元大兴、唐圆净、南唐姚结耳、宋饶德操、佛印、元来复、见心也。先为道士而后入仕者,唐魏徵、卢程、元张雨、国朝陈鉴也。先仕而后为道士者,唐贺知章、郑铣、郭仙舟、宋李太尉也。先为僧又为道而后仕者,唐刘轲也。先入仕,惧祸为僧道而后又仕者,梁伏挺、唐徐安贞也。近时闽李贽先仕宦至太守,而后削发为僧,又不居山寺,而遨游四方以干权贵,人多畏其口而善待之,拥传出入,髡首坐肩舆,张黄盖,前后呵殿。余时在山东,李方客司空刘公东星之门,意气张甚,郡县大夫莫敢与均茵伏。余甚恶之,不与通。无何入京师,以罪下狱死。此亦近于人妖者矣。

赵普、王旦皆宋名臣,而旦于临终遗命髡首披缁,而普二女皆出家为尼,长号智果大师,次号智圆大师,其可笑如此。

僧道拜大位者,则唐怀义、于什方、叶静能、郑普思、尹愔,宋林灵素,元刘秉忠,国朝则姚太师广孝、邵大宗伯元吉、陶少师仲文三人而已。然广孝为佐命元勋,功参帷幄,盖陆法和、佛图澄之流也。虽拜大位,而终身不娶妻、不蓄发,晚年里居,布衲锡杖,萧如也。虽未成正果,似亦得度世法门者。邵、陶皆以房中邪术取悦一时,其品又在林灵素之下矣。

世传上中下八洞皆有仙人,故俗动称“八仙”云。如所谓钟离、铁拐、韩湘子、张果老之属,皆《列仙传》采拾而强合之耳。张果乃明皇时术士,与罗公远、叶法善同在朝,非仙也。独吕洞宾者,史传所载灵异之迹昭彰,在人耳目,想不可谓之全诬。今世所谓纯阳诗字甚多,如“朝游北海暮苍梧”及“石池清水是吾心”者,好事者裒为之集。但纯阳唐人,既举进士,又列仙籍,而其诗乃类宋人口吻,岂亦后人傅会所成耶?不然,既遗世高举,而又屡降人间,若恋恋不忍舍者何也?

退之云："我自屈曲住世间，安能从汝求神仙？"此视纯阳去而复来者，过之远矣。

宋瑞州高安县郑氏女定二娘者，临嫁汲井，忽有彩云掖之升天，州县以闻，立祠建庙，祈祷辄应。既而廉之，则因与人通而孕，父母丑之，密售于旁邑，而托词惑众耳。无何，新建有阚氏者，雇一婢，讯之，即仙姑也。昌黎《谢自然》、《华山》诗意亦可见。不独此也，汉末张道陵避疟丘社，得咒鬼之术，遂以符术使鬼疗病。后为蟒蛇所吞，子衡奔往觅尸不得，乃生麋鹄足，置石崖顶，托以白日升天。至今历代崇奉，称为天师，良可笑也。

张道陵初以妖术惑众，治病者，令出五斗米，故世号"米贼"。陵死，子衡传其道，衡死，鲁复行之。鲁母有姿色，出入益州牧刘焉之家，以鲁为司马。后刘璋立，杀鲁母及家室，鲁遂据汉中以叛，后为曹操所破，降魏为镇南将军。张之本末不过如此，自晋及唐尚未有闻，至五代遂称"天师"，历宋、元未有非之者。据广信之龙虎山，金碧殿宇，偃然为世业矣。我太祖皇帝曰："至尊者天，岂有师也？"削之，止称"真人"。然以二品秩传流后裔，亦幸之甚矣。真人每入觐，沿途民为鬼魅所恼者悉往投牒，所至成市。闻其符箓亦有验者，故愚民信奉之也。万历间，京师大旱，适真人入朝，上命留之祷雨，终不效，乃遣之。则其伎俩亦与寻常黄冠一间耳。

今天下有一种吃素事魔及白莲教等人，皆五斗米贼之遗法也，处处有之，惑众不已，遂成祸乱。如宋方腊、元红巾等贼，皆起于此。近时如唐赛儿、王臣、许道师，皆其遗孽。而吾闽中又有三教之术，盖起于莆中林兆恩者，以艮背之法教人疗病，因稍有验，其徒从者云集，转相传授，而吾郡人信之者甚众。兆恩死后，所在设讲堂香火，朔望聚会，其后又加以符箓醮章祛邪捉鬼，盖亦黄巾、白莲之属矣。兆恩本名家子，其人重意气，能文章，博极群书。倭奴陷莆后，骸骨如麻，兆恩捐千金葬无主尸以万计，名遂大噪。其后著《三教会编》，授徒讲学，颇流入邪说而不自知。既老病，得心疾，水火不顾，颠狂逾年乃死。此岂真有道术者，而闽人惑之，至死不悟也。今其徒布满郡城，其中贤者尚与士君子无别，一二顽钝不肖者，藉治病以行其私，奸盗诈伪,无所不有,其与邪巫、女觋又何别哉?余十三四时见《三教》书,心甚不然,著论以辟之,今亦不复记忆。及既长入闽,观其行事,益自负前言之不妄也。

古有百家九流,而今之行世者,仅仅数家而止,至于墨家、纵横家、名家,不惟不能传其学,亦不能举其书矣。战国之时,杨、墨盛行,及其后而杨之言绝矣,独墨氏之教,至往往称与孔并,即荀卿、贾谊亦尔,何其张也。然自汉以来,不闻有治墨家言者,岂泛爱而忘亲,纤啬而非儒,不可适于世故耶?纵横之术,自鬼谷子而后,秦、仪、衍、轸,相尚为高,至于汉之侯公、蒯彻,三国秦宓、彭羕之徒,亦其遗也。唐末藩镇纷争,说士间出,若柏耆、罗隐之流,皆得阖捭短长之术,而高者取世资,下至不能保其首领,亦所遇何如耳。名家搏抗千古,鉴察微茫,耳目岂能皆真,毁誉易于失实,不有人祸,必有天刑,谈何容易?是以君子不为也。

韩非曰:“自孔子之死也,而儒分为八。自墨子之死也,而墨分为三。”噫,今墨之三家既已失其传矣,而所号为儒者,又岂复八家之儒哉?己之不正,何以攻人?

孔子曰:“攻乎异端,斯害也已。”孔子当时,杨、墨未兴,其所谓异端者,不过邓析、少正卯之流耳。至孟氏极口诋杨、墨,不遗余力,想得天下崇信二家,不亚今之释、道,观当时著书立论者,动以孔、墨并称,可见矣。当时老、庄之言已满天下,而孟子不之及,盖以老子为仲尼所严事,非异端也。汉、唐而下,莫盛于佛、老,然道教已非柱史之旧,而世之惑溺者不过妄意神仙,或贪黄白以图利耳,固无甚见解,而亦不足辩也。惟释氏之教入人骨髓,然彼之所谈,皆高出世界四大之外,而排之者动以吾儒之粗攻释氏之精,如以赢兵敌强虏,宜其不能胜而反炽其焰也。二者之外,如白莲、回回、色目及吾闽三教等项,然皆猥琐庸劣,无甚见解,此又异端之重儓而不足与辩者也。

卷之九

物　部　一

莫灵于龙,人得而豢之;莫猛于虎,人得而槛之,有欲故也。故人而无欲,名利不能羁矣。

相人之书:凡人得鸟兽之一形者皆贵,大如龙凤则大贵,小如龟鹤猿马之类,亦莫不异于常人。夫人为万物之灵者也,今乃以似物为贵耶? 此理之所必无也。

龙性最淫,故与牛交则生麟,与豕交则生象,与马交则生龙马。即妇人遇之,亦有为其所污者。岭南人有善致雨者,幂少女于空中,驱龙使起,龙见女即回翔欲合,其人复以法禁使不得近。少焉,雨已沾足矣。

王符称世俗画龙,马首蛇尾。又有三停九似之说,谓自首至膊、膊至腰、腰至尾皆相停也;九似者,角似鹿,头似驼,眼似鬼,项似蛇,腹似蜃,鳞似鱼,爪似鹰,掌似虎,耳似牛。然龙之见也,皆为雷电云雾拥护其体,得见其全形者罕矣。

俗有立夏分龙之说,盖龙于是时始分界而行雨,各有区域,不能相逾。故有咫尺之间而晴雨顿殊者,龙为之也。又云龙火与人火相反,得湿则焰,得水则燔,惟以火投之则反熄。此亦不知其信否也。

《淮南子》言:"万物羽毛鳞介皆生于龙,故有飞龙、应龙、蛟龙、先龙之异,而四族分焉。"其言甚怪诞。余尝笑刘媪息大阪下,有龙据其上而生高祖,则刘氏子孙谓人族亦生于龙可也。然圣人系《易》,于龙取象,不一而足。道德如老子,乃得"犹龙"之誉,其尊敬之亦至矣,而古乃有豢龙、御龙、屠龙者何耶? 岂亦种类贵贱不同,如人之有上知下愚、天子匹夫者耶? 夫圣人无欲,而龙未免有欲,故终不能离夫物也。

万历戊戌之夏，句容有二龙交，其一困而堕地，夭矫田间，人走数百里竞往观之。越三日，风雷挟之而升。

司徒马恭敏治河日，于淮、济间得一龙蜕，长数十尺，鳞爪鬐角毕具，其骨坚白如玉。俗相传云龙由蛟蜃化者，寿不过三岁。

龙生九子，蒲牢好鸣，囚牛好音，蚩吻好吞，嘲风好险，睚眦好杀，屃屭好文，狴犴好讼，狻猊好坐，霸下好负重。此语近世所传，未考所出，而《博物志》九种之外，又有宪章好囚，饕餮好水，蟋蜴好腥，蛮蛿好风雨，螭虎好文采，金猊好烟，椒图好闭口，蚣蝮好立险，鳌鱼好火，金吾不睡，亦皆龙之种类也。盖龙性淫，无所不交，故种独多耳。

麟之长百兽也以仁，狮子之服百兽也以威，凤之率羽族也以德，而鹖之慑羽族也以鸷。然麟、凤为王者之祥，狮、鹖仅禁籞之玩，君子宜何居焉？

唐开元中，有凤逐二龙，至华阴，龙堕地，化清泉二道，其一为凤爪伤流血，泉色遂赤，今其地有龙骨山云。故老谓凤喜食龙脑，故龙畏之。今世所传《鸟王唵龙图》，盖本此也。夫凤非竹实不食，而亦嗜龙脑耶？

物之猛者不能相下，如龙潜水中，以虎头投之，则必惊怒簸腾，淘出之乃已。西域人献狮子，有系井旁树者，狮子彷徨不安，少顷风雨晦冥，龙从井中飞出，是交相畏也。

凤、麟皆无种而生，世不恒有，故为王者之瑞。龙虽神物，然世常有之，人罕得见耳。但以一水族而云雨雷电风雹皆为之驱使，故称神也。潜见以时，大小互用，上可在天，下可在田，故圣人独以属之乾道。

诸兽中独獬豸不经见，一云即神羊也。然神羊见于《神异经》，其言诞妄，不足信。考历代《五行》、《四夷志》，如麒麟、狮子、扶拔、驺虞、角端，史不绝书，而獬豸无闻焉，则世固未尝有此兽也。自楚文王服獬豸冠，而汉因之，相沿至今，动以喻执法之臣，亦无谓矣。

皋陶治狱，不能决者使神羊触之，有罪即触，无罪即不触。则皋陶之为理，神羊之力也。后世如张释之、于定国，无羊佐之，民自不冤，岂不胜皋陶远甚哉？

永乐中曾获麟,命工图画,传赐大臣。余尝于一故家得见之,其身全似鹿,但颈甚长,可三四尺耳,所谓麇身牛尾马蹄者近之,与今俗所画迥不类也。獬豸,世未必有此兽,如果有之,既曰神羊,则其形当似羊,不应如世所传。

宋嘉祐间,交阯贡麒麟二,状如牛身,被肉甲,鼻端有角,食生刍果,必先以杖击其角而后食。既至,枢密使田况辨其非麟,答诏止称异兽云,时以为得体。沈存中《笔谈》亦载此,而误以为至和中,沈又疑其为天禄云。

禁苑中四方鸟兽毕备,其不可驯者盛以樊笼。有鸳鸟高六七尺,诸禽兽皆畏之,不知其何名也。独无虎豹狮子之属。相传先朝皆蓄以备游玩,至今上中年,尚有虎数只。一夕,上梦虎啮左足,觉而腓痛,疑其祟,令司苑者勿与食,饿杀之。内一虎甚大,长丈许,饿至二十四日方死,呼声动地。自是不复畜焉。

新安有众逐虎,虎窜入神祠中,见土偶人庞然大也,搏之,偶踣而压虎腰折焉,众生得虎。时丁应泰为令,以为异政通于神明也,为新其祠,且令百姓歌谣之。

山民防虎者,有崖口缺,虎常跃入,乃以巨组纵横而空悬之,虎跃而下,浮胃组上,四足插空不能作势,终不能脱矣。又有以黐布地及横施道侧者,虎头触之,觉其黏也,爪之不得下,则坐地上,俄而遍体皆污,怒号跳扑至死。万历辛亥,闽西北多虎暴,三五为群。余时为先室治兆,从者常遇之,殆者数矣。后郡公募人捕之,旬日中格三虎,自是无患焉。

江陵有貙人能化为虎,又有貙虎还化为人。

虎据地一吼,屋瓦皆震。余在黄山雪峰,常闻虎声。黄山较近,时坐客数人,政引满,虓然之声如在左右,酒无不倾几上者。时谢于楚在坐,因言近岁有壮士守水碓,为虎攫而坐之,碓轮如飞,虎观良久,士且苏,手足皆被压不可动,适见虎势翘然近口,因极力啮之,虎惊大吼跃走,其人遂得脱。余谓:"昔人料虎须,今人乃舐虎卵乎?如此不如无生。"众皆绝倒。

胡人射虎,惟以二壮士彀弓两头射之。射虎逆毛则入,顺毛则不入。前者引马走避而后者射之，虎回则后者复然，虎虽多，可立尽也。中国马见虎则便溺下不能行，惟胡马不惧，猎犬亦然。何景明有《猎犬咋虎》诗，盖边方畜也。

戚大将军继光镇闽日，尝猎得一生虎，絷以铁绲，内槛中，日令屠者饲肉十斤。屠苦之，赂一医者为告免办，医诺之。无何，戚有目疾，召医，医言："惟生虎目可疗。"遂杀虎取目。后戚目疾虽瘳，而不虞医之诈也。

兽之猛者，狮子之下有扶拔，有驳，有天铁熊，皆食虎豹者。扶拔见诸史书，常与狮子同献，似之而非也。《诗》云："隰有六驳。"《易》："为驳马。"《管子》曰："䳂食蝟，蝟食骏𩦐，骏𩦐食驳，驳食虎。"《太平广记》所载，似虎而小，食略虎尽者是已。天铁熊似熊而猛，常挟虎而嚼其脑。唐高宗时加毗叶国献之，能擒白象。又有酋耳，亦食虎，而魏武所遇跳上师子头，与汉武时大宛北胡人所献大如狗者，又不知何兽也。

水牛之猛者，力皆能斗虎，虎不如也。宣德间，尝取水牛与虎斗，虎三扑而不中，遂为牛所抵而毙。余乡间牧牛不收，尝有触虎于岩石上至死不放者，迨晓力尽，牛虎俱毙。禁苑又有斗虎骡，高八尺，三蹄而虎毙。又刘马太监从西番得黑骡，日行千里，与虎斗，一蹄而虎死。后与狮斗，被狮折其脊死，刘大恸。骡能斗虎，古未闻也。

滇人蓄象，如中夏畜牛马然，骑以出入，装载粮物，而性尤驯。又有作架于背上，两人对坐宴饮者，遇坊额必膝行而过，上山则跪前足，下山则跪后足，稳不可言。有为贼所劫者窘急，语象以故，象即卷大树于鼻端，迎战而出，贼皆一时奔溃也。惟有独象时为人害，则阱而杀之。

狮子畏钩戟，虎畏火，象畏鼠，狼畏锣。

今朝廷午门立仗及乘舆卤簿皆用象，不独取以壮观，以其性亦驯警，不类它兽也。象以先后为序，皆有位号，食几品料。每朝则立午门之左右，驾未出时纵游齕草，及钟鸣鞭响，则肃然翼侍，俟百官入毕，则以鼻相交而立，无一人敢越而进矣。朝毕则复如常。有疾不能立仗，则象奴牵诣它象之所面求代行，而后它象肯行，不然终不往也。

有过或伤人，则宣敕杖之，二象以鼻绞其足踣地，杖毕始起谢恩，一如人意。或贬秩，则立仗必居所贬之位，不敢仍常立，甚可怪也。六月则浴而交之，交以水中，雌仰面浮合如人焉。盖自三代之时已有之，而晋、唐业教之舞及驾乘舆矣。此物质既粗笨，形亦不典，而灵异乃尔，人之不如物者多矣。

象体具百兽之肉，惟鼻是其本肉，以为炙，肥脆甘美。《吕氏春秋》曰："肉之美者，有髦象之约焉。"约即鼻也。

兽莫仁于麟，莫猛于狻猊，即狮子。莫巨于猰貐，长四百尺。莫速于角端，日行一万八千里。莫力于巂巂，莫恶于穷奇。食善人，不食恶人。

新安樵者得小熊，大如猫，蹒跚庭中，犬至猛者见之亦溺下。又长兴人得一虎子，其邻家有犬，最警猛，初见亦怖溺，少选复来窥，又走。如此数四，至暮则径往咋杀之矣。

今熊罴之属，世亦稀见。江南多豺虎，江北多狼。狼虽猛不如虎，而贪残过之，不时入村落窃取小儿，衔之而趋。豺凡遇一兽逐之，虽数昼夜不舍，必得而后已。故虎豹常以比君子，而豺狼常以比小人也。

万历壬子十月，有熊见于福州之平山，二樵子遇之不识，以为猪也，逐之。熊人立而爪樵者，众呼逐之，跃出城外，窜大树上。官闻，遣兵捕之。土人素未识熊，惧之甚，围而远射之，莫能中，中者辄为所接，折而掷之。良久，一裨将至，始曰："吾山中习熊，力止敌一壮夫耳，无畏也。"直至树下，彀矢一发而殪。郡向未有此兽，又入城中，亦一异事也。熊于字为能火，可无祝融之虑乎？

昭武谢伯元言：其乡多熊，熊势极长，每坐必跑土为窟，先容其势而后坐。山中人寻其窟穴，见地上有巨孔者，以木为桎梏施其上而设机焉。熊坐，机发两木夹其茎，号呼不能复起，土人即聚而击之，至死不能动也。

熊行数千里外，每宿必有窝，山中人谓之"熊馆"。虎则百里之外，辄迷不返。

鹿之属则有麋，有麕，有麝，有麈，有麐。猴之属则有猕，有猿，有狖，有玃。狐之属则有狸，有貉，有獾。鼠之属则有貂，有鼷，有彙，有鼷，有鼯，有鼬，有鼢。然麠似羊而从鹿，蜼似猿而从虫，鲛鲤似獭而从鱼，古人作字当别有取义也。麠之性怯，饮水见影，无不惊奔，故人食其心者多怔忡，不知所为。蟨鼠前而兔后，趋则顿，走则颠，故常与邛邛距虚比，即有难，邛邛距虚负之而走，蟨啮得甘草，必以遗邛邛距虚也，号为比肩兽。然世未尝见之。宋沈括使契丹，大漠中有跳兔，形皆兔也，而前足才寸许，后足则尺许，行则跳跃，止则仆地，此即蟨也，但又未见邛邛距虚耳。物之难博如此。狼亦负狈，今狼恒见，而狈不恒见也。

赢之为畜，不见于三代，至汉时始有之，然亦非中国所产也。匈奴北地，马驴游牝，自相交合而生。今北方以为常畜，其价反倍于马矣。《尔雅翼》曰：“赢股有锁骨，故不能生。”俗又言赢骨无髓，故不能交合生子。皆非也。赢本驴马野合所成，非本质也，交而生子，又不类父，大仅如犊，不堪乘载，故人禁之不令交耳。汉元康中，龟兹王娶乌孙公主女，自以尚汉外孙，衣服制度皆半仿中国，胡人相谓曰：“驴非驴，马非马。”若龟兹王者所谓赢也，今作骡。《说文》曰：“赢，驴父马母也。駃騠，马父驴母也。”然駃騠为神骏，而骡为贱畜，可见人物禀气于父，不禀气于母也。又驴父牛母谓之駝駞，见《玉篇》。

《拾遗记》云：“善别马者，死则破其脑视之，色如血者日行万里，黄者日行千里。”夫马已死矣，别之何为？别而至于破脑，尚为善别马乎？此亦可笑之甚者也。

余在齐久，其地多狼，多猬，多貛，多鼠狼。貛如犬，穴地中，常以夜定出田野觅食，鸡鸣即还。其行皆有熟路，土人觅其穴，置置于穴口，鸡鸣时纵犬嗾之，奔而入穴，即获焉。其肉脥甚，不能多啖也。鼠狼虽小，而窃食鸡鸽之类，一啮即断其喉。十百为群，皆啮杀无遗而后去，行走如飞。其气腥恶，狗啮之亦哕吐竟日云。

江南山中多豪猪，似野豕而大，能与虎斗。其毛半白半黑，劲利如矢，能激以射人，人取以为簪，云令发不垢。

齐、晋、燕、赵之墟，狐魅最多。今京师住宅有狐怪者十六七，然亦不为患，北人往往习之，亦犹岭南人与蛇共处也。相传天坛侧有白狐，云千余岁矣，须髯如雪，时时衣冠与人往来，人知之亦无异也。一旦,驾幸天坛请雨,匿数日不出。驾返复至,人问之,曰:"天子每出,百灵诃护,虽沟浍窟穴皆有神主之,何所藏匿。""然则安往?"笑曰:"直至泰山石窦中耳。"与一缙绅交善,一旦,张真人来朝,狐以帕一方托缙绅往求张印。张见帕大怒曰:"此老魅敢尔!"言未毕,狐已锁缚跪庭下矣。张曰:"野魅无礼,若得吾印,必且上扰天廷。"立取火焚杀之。缙绅泣为之请不得也。一云是德州猴精,缙绅为宁德陈侍御。

元至正间,范益者精于医,一日,老妪扣门,求医其女,问所居,曰:"在西山。"益惮其远,曰:"曷舆之来。"翌日,二女至,诊之,惊曰:"此非人脉,必异类也。当实告我。"妪泣拜曰:"某实西山老狐也。"问何以能入天子都城,曰:"真命天子自在濠州,诸神往护,此间空虚久矣。"益乃与之药而去。无何而高皇帝起淮右,益闻即弃官去。

狐千岁始与天通,不为魅矣。其魅人者,多取人精气以成内丹。然则其不魅妇人何也?曰:狐,阴类也,得阳乃成。故虽牝狐,必托之女以惑男子也。然不为大害,故北方之人习之。南方猴多为魅,如金华家猫,畜三年以上辄能迷人,不独狐也。

杭州有猢狲,能变化,多藏试院及旧府内。然余在二所,尝独处累月,意其必来,或可叩以阴阳变化之理,而杳不可得。

福清石竺山多猴,千百为群。戚少保继光剿倭时屯兵于此,每教军士放火器,狙窥而习之,乃命军士捕数百善养之,仍令习火器以为常。比贼至,伏兵山谷中,而令群狙闯其营,贼不虞也。少顷,火器俱发,霹雳震地,贼大惊骇,伏发歼焉。昔铖尹燧象,田单火牛,江逌火鸡,今戚公乃以火狙,智者相师,大约类此。

京师人有置狙于马厩者,狙乘间辄跳上马背,揪鬣搦项,翲之不已,马无如之何。一日复然,马乃奋迅断辔,载狙而行,狙意犹洋洋自得也。行过屋桁下,马忽奋身跃起,狙触于桁,首碎而仆,观者甚异之。余又见一马疾走,犬随而吠之不置,常隔十步许。马故缓行,伺其近也,一蹄而毙。灵虫之智,固不下于人矣。

置狙于马厩,令马不疫。《西游记》谓天帝封孙行者为弼马温,盖戏词也。

余行江、浙间,少闻猿声。万历己酉春至长溪,宿支提山僧楼上。

积雨初霁，朝曦荟蔚，晨起凭栏，四山猿声哀啸云外，凄凄如紧弦急管，或断或续，客中不觉双泪沾衣，亦何必瞿塘三峡中始令人肠断也。

獐无胆，马亦无胆；兔无脾，猴亦无脾；豚无筋，猬亦无筋。

瘦狗啮人，令人腹中长狗雏而死，急以药治之，狗从小便中出，即有啮衣服者，亟卷衣置圊上，经数宿，必有狗雏无数死其中。又有一种狗，不饮不食，常望月而嗥者，非瘦，乃肚中有狗宝也。宝如石，大者如鹅卵，小如鸡子，专治噎食之疾。余在东郡，获其一，每以施医者，然不甚效也。

近岁一长洲令署中闻地下小犬吠声，如此数昼夜，令人寻声发掘，杳无所见，后亦竟无祸福。案晋时辅国将军孙无终家于既阳，地中闻犬子声，寻而地坼，有二犬子，皆白色，一雌一雄，取而养之，皆死。后为桓玄所灭。又吴郡太守张懋、庐江民何旭家皆然，而俱不善终。《尸子》曰："地中有犬，名曰地狼。"《夏鼎志》曰："掘地得犬，名曰贾。"

魏正始中，中山王周南为襄邑长，有鼠从穴出曰："王周南，尔以某日死。"周南不应，鼠还穴。至期，更冠帻皂衣出，语曰："周南，汝日中死。"又不应，鼠复入穴。斯须复出，语如向。日适欲中，鼠入，须臾复出，出复入，转更数语如前。日正中，鼠曰："周南，汝不应，我复何道？"言绝，颠蹶而死，即失衣冠，取视俱如常鼠。故今人相戒："遇怪事不得言。"又谚语曰："见怪不怪，其怪自坏。"

闽中最多鼠，衣服书籍，百凡什物，无不被损啮者。盖房屋多用板障，地平之下常空尺许，数间相通，以妨湿气，上则瓦，下布板，又加承尘，使得窟穴其中，肆无忌惮。使如北地铺砖筑墙，椽上用砖石作仰板，自然稀少矣。闽中人若知此，不但可防鼠，亦可防火盗也。

占书谓："狼恭鼠拱，主大吉庆。"唐宝应中，洛阳李氏家亲友大会，而群鼠门外数百人立，驱之不去，空堂纵观，人去尽而堂崩。近时一名公将早朝，穿靴已陷一足，有鼠人立而拱，再三叱之不退。公怒，取一靴投之，中有巨虺尺余坠焉，鼠即不见。以至可憎之物，而亦能为人防患若此，可怪也。

猫之良者，端坐默然，而鼠自屏息，识其气也。俗言别猫者，一辟,二积,三咬,四食。今并其食者不可得矣。长溪大金出良猫,余常购之,其价视它方十倍。黑质金睛,非不虓然大也,而不能捕一鼠,至其前而不能捉也,此何异睢阳咋狐犬。书之以发一笑。

天顺间,西域有贡猫者,盛以金笼,顿馆驿中。一缙绅过之曰:"猫有何好,而子贡之?"曰:"是不难知也,能敛数金与我乎?"如数与之,使者结坛于城中高处,置猫其中,翌日视之,鼠以万计,皆伏死坛下。曰:"此猫一作威,则十里内鼠尽死。"盖猫王也。

京师内寺贵戚蓄猫,莹白肥大,逾数十斤,而不捕鼠,但亲人耳。蓄狗则取金丝毛而短足者,蹒跚地下,盖兄事猫矣,而不吠盗。此亦物之反常为妖者也。

太仓中有巨鼠为害,岁久,主计者欲除之,募数猫往,皆反为所噬。一日,从民家购得巨猫,大如狸,纵之入,遂闻咆哮声,三日夜始息。开视,则猫鼠俱死,而鼠大于猫有半焉。余谓猫鼠相持之际,再遣一二往援,当收全胜之功,而乃坐视其困也,主计者不知兵矣。

鼠大有如牛者,谓之鼹鼠,《尔雅》谓之鼶。旧说扬州有物度江而来,形状皆鼠而体如牛,人莫能名。有识者曰:"吾闻百斤之鼠不能敌十斤之猫,盍试之。"乃求得一巨猫十余斤者往,鼠一见即伏不敢动,为猫咋杀。此亦鼠之一种,不恒有者也。人云鼠食巴豆,可重三十斤,但未试耳。

《猗觉寮杂记》云:"鹇,白羽黑文,胸、颈皆青,冠、面、足皆赤,不纯白也。《雪赋》乃云'白鹇失素',是未识鹇也。"然李白亦有"白雪耻容颜"之语,岂相沿之误耶?朱子《诗传》:"鹤身白颈黑尾。"然鹤之黑者非尾也,乃两翅之下,翅敛则傅于后,似尾耳。此亦格物之一端也。

凡鱼之游皆逆水而上,虽至细之鳞,遇大水亦抢而上。鸟之飞亦多逆风。盖逆则其鳞羽顺,顺而返逆矣。人之生于困苦而死于安乐,亦犹是也。陈后山《谈丛》谓鱼春夏则逆流,秋冬则顺流,当再考之。

《孟子》曰:"缘木求鱼。"言木上必不得鱼也。今岭南有鲵鱼,四足,尝缘木上。鲇鱼亦能登竹杪,以口衔叶。《庄子》曰:"众雌无雄,而又奚卵?"今鸡鸭无雄亦自有卵,但不雏耳。妇人亦有无人道而生子者,况物乎?

《诗》云："莫赤匪狐，莫黑匪乌。"二物之不祥，从古已忌之矣。京师乌多而鹊少，宫禁之中早暮飞噪，千百为群，安在其为不祥也。北方民间住宅，有狐怪者十常二三，而亦不甚害人，久亦习之矣。鸦鸣俗云主有凶事，故女子小人闻其声以唾之，即缙绅中亦有忌之者矣。夫使人预知有凶而慎言谨动，思患预防，不亦吾之忠臣哉？乃人皆乐鹊而恶鸦，信乎逆耳之言难受也！

洞庭有神鸦，客帆过必飞噪求食，人以肉掷空中哺之，不敢捕也。楚人好鬼，罗愿云："岳阳人以兔为地神，无敢猎者。又巴陵乌绝多，无敢弋。"其语信矣。

乌与鸦似有别，其实一也。南人以体纯黑者为反哺之乌，而以白颈者为鸦，恶其不祥。此亦不然，古人乌、鸦通用，未有分者。乌言其色也，鸦象其声也。旧说乌性极寿，三鹿死后能倒一松，三松死后能倒一乌，而世反恶之何也？

猫头鸟即枭也，闽人最忌之，云是城隍摄魂使者，城市屋上有枭夜鸣，必主死丧。然近山深林中亦习闻之，不复验矣。好事者伺其常鸣之所，悬巨炮枝头，以长药线引之，夜然其线，枭即熟视良久，炮震而陨地矣。此物夜拾蚤虱而昼不见丘山，阴贼之性，即其形亦自可恶也。古人以午日赐枭羹，又标其首以木，故摽贼首谓之枭首。

枭、鸺、鸺鹠、鸺鹠、训狐、猫头，皆一物而异名，种类繁多。鬼车、九首则惟楚、黔有之，世不恒见。

世俗相传，谓仓庚求友，以为出于《诗》。然《诗》但言"伐木丁丁，鸟鸣嘤嘤。出自幽谷，迁于乔木。嘤其鸣矣，求其友声"，初不指其何鸟也。凡鸟雌雄相呼、朋类相唤者亦多矣，不独莺也。释者以《禽经》有"莺鸣嘤嘤"之语，遂以诗人为咏仓庚，不知《禽经》乃后人所撰，正因《诗》之语而附会之耳，岂可引以证《诗》乎？况扬雄《羽猎赋》有"鸿雁嘤嘤"之句，可又指为雁乎？

《淮南子》："季秋之月，雁来宾，雀入大水为蛤。"来宾者，以初秋先来者为主，而季秋后至者为宾也。许叔重解以"雁来"为句，而曰："宾雀者，老雀也，栖宿人家，如宾客然。"崔豹《古今注》亦云："雀一名嘉宾。"必有所考，今记于此。

白鹢相视,眸子不动而风化,不必形交也。鹢即鶂,似雁而善高飞,昔人谓其吐而生子,未必然也。又鸬鹚亦胎生,从口吐出,此屡见诸书者,而未亲见之。

鹘与隼皆鸷击之鸟也,然鹘取小鸟以暖足,旦则纵之,此鸟东行,则是日不东往击物,西、南、北亦然,盖其义也。隼之击物,遇怀胎者辄释不杀,盖其仁也。至鹰则无所不噬矣,故古人以酷吏比苍鹰也。

鹰产于辽东,渡海而至登、莱,其最神骏者,能见海中诸物,辄扑水而死。故中国之鹰不及高丽产。

教鹰者,先缝其两目,仍布囊其头,闭空屋中,以草人臂之。初必怒跳颠扑不肯立,久而困惫,始集臂上,度其馁甚,以少肉啖之,初不令饱。又数十日,眼缝开,始联其翅而去囊焉。囊去,怒扑如初,又惫而驯,乃以人代臂之。如是者约四十九日,乃开户纵之。高飞半晌,群鸟皆伏,无所得食,方以竹作雉形,置肉其中,出没草间,鹰见即奋攫之,遂徐收其绦焉。习之既久,然后出猎,擒纵无不如意矣。

狡兔遇鹰来扑辄仰卧,以足擘其爪而裂之,鹰即死。惟鹘则不用爪,而以翅击之使翻,便啄其目而攫去。又鹰遇石则不能扑,兔见之辄依岩石旁旋转,鹰无如之何,则盘飞其上,良久不去。人见而迹之,兔可徒手捉得也。

南京一勋贵家蓄猕猴甚驯,既久辄戏其侍婢,主怒而欲杀之,逃匿报恩寺塔顶,出没趫捷,人无如之何。或教放鹰击之,猴见鹰至即裂其爪,鹰反毙焉。如是数四,主怒甚,募有能击者,予百金。一辽东人应募,解绦纵鹰,鹰形甚小,至塔顶盘飞良久,瞥然远逝,不知所之,万众相视罔测。良久乃从天际而下,将至猴身,乘其张目熟视,将毛羽一抖,黄沙蔽天而下,猴两目眯不能开,一击而陨地矣。乃知向之远去为藏沙也,物之智如此。主大喜,厚赐之。

有鱼鹰者,终日巡行水滨,遇游泳水族,悉啄之。又有信天翁者,不能捕鱼,立沙滩上,俟鱼鹰所得偶坠则拾食之。昔人有诗云:"荷钱荇带绿波空,唼鲤含鲨浅草中。江上鱼鹰贪未饱,何曾饿死信天翁。"杨用修《丹铅录》亦载此诗,以为兰廷瑞作也。一云瀛水上有二鸟,立不动者名信天缘,奔走不休者名谩画。

虎鹰能擒虎豹，亦展沙眯其目，虎畏之，远望辄妥首藏匿。今北方鸳鸟如雕者，亦能搏獐鹿食之。鹫则弥大，能攫牛虎矣。

鹰畏青鹞粪，沾其身则肉烂毛脱。猎时密迹其后，略捎之即远逝，青鹞辄飞粪溅之，长至数尺。如是再三，粪渐微以至尽，即为鹰击矣。物之以智相制也。

谢豹，虫也，以羞死，见人则以足覆面如羞状。是虫闻杜鹃声则死，故谓杜鹃亦曰谢豹。而鹃啼时得虾曰谢豹虾，卖笋曰谢豹笋，则又转借以为名，其义愈远矣。一云蜀有谢氏子，相思成疾，闻子规啼则怔忡若豹，因呼子规为谢豹，未知是否。

羽族之巧过于人，其为巢，只以一口两爪而结束牢固，甚于人工，大风拔木而巢终不倾也。余在吴兴，见雌雄两鹳于府堂鸱吻上谋作巢，既无傍依，又无枝叶，木衔其上辄坠，余家中共嗤笑之，越旬日而巢成矣。鹳身高六七尺，雌雄一双伏其中，计宽广当得丈余，杂木枯枝，纵横重叠，不知何以得胶固无恙，此理之不可晓者。

凡鸟将生雏，然后雌雄营巢，巢成而后遗卵伏子，及子长成飞去，则空其巢不复用矣。其平时栖宿，不在巢中也，故有鹊巢而鸠居之者。

闽大司徒马恭敏公在山东日，庭中有鹤，雌雄巢于树杪，无何生二雏，雌雄常留一守巢，其一远出觅食以为常。时方盛夏，公常命吏卒谨护之。一日，雄者出而不返，旬余无耗，公叹息以为遇害。又数日，雏鸣甚急，视之，则雄从南方飞来，将至巢，长鸣一声，有树一枝坠地，红实累累。吏人不识，持以白公，视之，则荔支也。计闽、广相距五千余里，不惮跋涉而远取之，其爱至矣。亟命梯而送之巢中，其雌雄环鸣不已，若感谢云。

鲲化为鹏，《庄子》寓言耳。鹏即古凤字也，宋玉对楚王："鸟有凤而鱼有鲲。"其言凤皇上击九千里，负青天而上，正祖述《庄子》之言也。鹄即是鹤，汉黄鹄下建章而歌，则曰黄鹤是已。故《战国策》说士或言鹄或言鹤，交互不一，物同而音亦同也。此虽小事，亦博物者所当知。

景州进士田吉赴廷试日，鹊巢其檐，直至潞河，吉自负必得大魁。

后乃以传文字罚殿一举。余按吴孙权时，封前太子和为南阳王，遣之长沙，有鹊巢其帆樯，和故官僚闻之皆忧惨，以为樯末倾危，非久安之象。后果不得死所。其占正与吉合，惜无有以和事告之者。

闽中税监高寀，常求异物于海舶以进御。有番鸡，高五尺许，白色黑文，状如斗鸡，但不闻其鸣耳。有白鹦鹉甚多，又有黄者，其顶上有冠，如芙蓉状，番使云此最难得者。

东方有鱼焉，如鲤，六足，有尾，其名曰鲐。南方有鸟焉，三首，六目，六足，三翼，其名曰鹜鸼。西方有兽焉，如鹿，白尾，马足，人手，四角，其名曰玃如。北方有民焉，九首，蛇身，其名曰相繇。中央有蛇焉，人面，豺身，鸟翼，蛇行，其名曰化蛇。此五方之异物也。

五台山有虫，状如小鸡，四足，有肉翅，夏月毛羽五色，其鸣若曰"凤凰不如我"，至冬毛落而毡，忍寒而号，若曰"得过且过"。其粪如铁，状若凝脂，恒集一处，医家谓之五灵脂是也。

古人有斗鸭之戏，今家鸭岂解斗耶？斗鸡则有之矣。江北有斗鹌鹑，其鸟小而驯，出入怀袖，视斗鸡又似近雅。吾闽莆中喜斗鱼，其色斑斓，喜斗，缠绕终日，尾尽啮断不解。此鱼吾郡亦有之，俗名钱片鱼，蓄之盆中，诸鱼无不为所啮者。故人皆恶之，而莆人乃珍重如许，良可怪也。

鹑虽小而驯，然最勇健善斗，食粟者不过再斗，食稑者尤耿介，一斗而决。故《诗》言"鹑之奔奔"，言其健也。此物至微而上应列宿，有鹑火、鹑首、鹑尾等象，与朱雀、玄武灵异之物同列，有不可解者。一云凤，鹑火之禽，天文之鹑盖指凤也，非鹌鹑之鹑，亦未知是否。

昔人以闽荔枝、蛎房、子鱼、紫菜为四美。蛎负石作房，累累若山，所谓蚝也，不惟味佳，亦有益于人。其壳堪烧作灰，殊胜石灰也。子鱼、紫菜，海滨常品，不足为奇，尚未及辽东之海参、鳆鱼耳。江珧柱惟福清、莆中有之，然余从来未识其味，亦未见其形也。大约海错中惟蛎与西施舌称最，余者不足咤也。

闽有带鱼，长丈余，无鳞而腥，诸鱼中最贱者，献客不以登俎，然中人之家用油沃煎，亦甚馨洁。尝有一监司，因公事过午归，馁甚，道旁闻香气甚烈，问何物，左右以带鱼对，立命往民家取已煎者，至宅啖之，大称善，且怒往者之不市也。自是每饭必欲得之，去闽数载，犹思之不置。人之嗜好无常如此。吴江顾道行先生亦嗜闽所作带鱼鲊，遇闽人辄索，而闽人贱视此味，常无以应之也。

唐皮日休以鲎鱼壳为樽，涩峰礧角，内玄外黄，谓之诃陵樽，此亦好奇之甚矣。闽中鲎壳山积，土人以为杓，入沸汤中甚便，不闻其可为樽也。即虎蟳、龙虾、鹦鹉螺之属，亦不甚当于用耳。

闽中蛑蝤，大者如斗，俗名曰蟳。其螯至强，能杀人，捕之者伸手石罅中，为其所钳，牢不可脱，一遇潮至，便致淹没。即至小者亦钳人出血。其肉肥，大于蟹，而味不及也。又有一种，壳两端锐而螯长不螯，俗名曰蟢，陶谷《清异录》已载之矣。在云间名曰黄甲，浙之海盐、齐之沂州皆有之。又有壳斑如虎头形者，曰虎蟳，它方之人多取为玩器，而其味弥不及矣。

北地珍鳆鱼，每枚三钱。汉王莽啖鳆鱼，凭几不复睡。后汉吴良为郡吏不阿，太守赐良鳆鱼百枚。又南齐时有遗褚彦回三十枚者，每枚直数千钱，则古人已重之矣。鳆音扑，入声，今人读作鲍，非也。《韵谱》云：“一名石决明。一壳如笠，黏石上。”闽中亦有之，但差小耳。

海参，辽东海滨有之，一名海男子。其状如男子势然，淡菜之对也。其性温补，足敌人参，故名海参。

吴越王宴陶谷，蛑蝤至蝤蛑，六十余种。时闽为吴越所并，大抵皆闽产也。虾自龙虾至线虾极小者，计亦不下三十余种。人之徇口腹，乃至穷极若此。山东滨海，水族亦繁，而人不知取。沿河浅渚，春夏间螺蚌蚬蛤甚多，至饥荒时乃取之，而亦不知烹臛之法也。使是物产闽、广间，已无噍类矣。海丰产银鱼，然须冬月上浮时为风吹成冰不能动，然后土人琢冰取之，春风至则逸矣。其取鱼，网钓之外，无一物也。

俗言鲤鱼能化龙，此未必然。鲤性通灵，能飞越江湖，如龙门之水险急千仞，凡鱼无能越者，独鲤能登之，故有成龙之说耳。陶朱公养鱼，以六亩地为池，求有子鲤鱼长二尺者十六头，牡鲤三尺者四头内之，期年之中可得鱼七万头。盖其性易育，而又不相食故也。又按许慎云：“鲔鱼三月溯河而上，能度龙门之浪则化为龙。”而不言鲤也。《唐韵》：“崟山一名龙门山，在封州，大鱼上化为龙，上不得点额流血，水为之丹。”都无鲤鱼之文，乃知俗说无稽。

鲂即鳊也，阳昼所谓“若食若不食者”也。然今之鳊鱼最易取，常空群而获之。宋张敬儿献高帝至一千八百头。岂古用钓而今用罟，故有难易耶？

韦昭《春秋外传注》曰：“石首成鼋。鼋，鸭也。”《吴地志》亦云：“石首鱼至秋化为冠凫。”今海滨石首，至今未闻有化鸭者，书之以广异闻。

鲨鱼重数百斤，其大专车，锯牙钩齿，其力如虎。渔者投饵即中，徐而牵之，怒则复纵，如此数次，俟至岸侧少困，共拽出水，即以利刃断其首，少迟，恐有掀腾之患。故市肆者未尝见其首。余在真州药肆中见之，猛狞犹怖人也。按《毛诗》“鰕鲨”注：“鲨，狭而小，常张口吹沙。”郭氏所谓吹沙小鱼者，则非今闽、广之鲨鱼也，今鲨鱼乃鳄类耳。

鲲鹏数千里，或庄生之寓言，然崔豹《古今注》云：“鲸鲵大者长千里。”则似实有之矣。《神异经》谓：“东海之大鱼，行者一日逢鱼头，七日逢鱼尾。”余家海滨，常见异鱼。一日，有巨鱼如山，长数百尺，乘潮入港，潮落不能自返，拨剌沙际。居民以巨木拄其口，割其肉，至百余石。潮至，复奋鬐浮出，不知所之。又有得巨鱼脊骨为臼者，今见在也。若非亲见，以语人，人岂信乎？宋高宗绍兴间，漳浦海场有鱼，高数丈，割其肉数百车，至殄目，乃觉转鬣，而旁舰皆覆。近时刘参戎炳文过海洋，于乱礁上见一巨鱼横沙际，数百人持斧，移时仅开一肋，肉不甚美，肉中刺骨亦长丈余，刘携数根归以示人。想皆此类耳。

张志和诗：“桃花流水鳜鱼肥。”《尔雅翼》谓：“凡鱼无肚，独鳜鱼有肚，能嚼。”《焦氏笔乘》引此释肥字义，亦似牵合。凡鱼之肥者固多也，恐志和诗意亦未便至此。至于以鳜鱼为鲴鱼，又误矣。二鱼余皆见之，大小形质复然不同，何得混为一耶？

吴陈湖旁有巨潭，中产老蚌，其大如船。一日张口滩畔，有浣衣妇以为沉船也，蹴之，蚌闭口而没，妇为惊仆。尝有龙来取其珠，蚌与斗三昼夜，风涛大作，龙爪蚌于空中，高数丈，复坠，竟无如之何。景泰七年冬，河冰尽合，蜃自湖西南而出，冰皆摧破，堆壅两岸，如积雪然。以后遂不知所之矣。

《尔雅》曰："蜃，小者珧。"是以蜃为蚌属。罗愿曰："蜃，大蛤也。"故海中车螯亦有谓之蜃者。然古人蛟、蜃同称，若蚌蛤属，岂能变化为人害？陆佃《埤雅》云："蜃形如蛇而大，腰以下鳞尽逆。一曰状似螭龙，有耳有角，嘘气成楼台。"然则蜃有二种，而海市蜃楼及许逊所诛慎郎者，必非珧、蛤明矣。又雉入大水为蜃。雉本蛇所化，晋武库中雉飞而得蛇蜕是也，则其入水为蜃，亦从其类耳，而罗氏以为蛤属，俱误也。

龟之为物，文采灵异，古人取之以配龙凤，然以知吉凶之故，不免有刳剔钻灼之惨，何不幸也！狐疑之人，每事必卜，焚骨弃板，积若丘山，此与鸡豚何异？而圣人作事谋始，乃忍于戕灵物之命以千万计？必不其然。古者大龟藏之府库为宝，国有大事，则告庙而卜焉，世世用之，臧氏所谓"三年而一兆"者是也，非一灼而遽弃之也。今龟卜南方不甚用之，而市肆所鬻败龟板者，皆已灼之余，岁不知其几也。近一友人谓甲必生取者始灵，得龟不即杀之，以巨石坠其首而生剔其肉，冤惨之状，令人不忍见闻。此岂可施于神灵之物者？龟而有知，当衔冤报仇，其不告以吉凶审矣。故卜可废也。

龙虾大者重二十余斤，须三尺余，可为杖。蚶大者如斗，可为香炉。蚌大者如箕。此皆海滨人习见，不足为异也。

嘉兴天宁寺有蜈蚣，长七尺许，时出檐际，人每见之而不为害。一日，雷震其后殿，遂不复见。南京报恩寺塔顶有蜘蛛，大如斗，垂丝数百丈，直至南城楼。后亦为雷所击。俗云物大则有珠，故龙来取之。侯官水西村民击杀一蛇，其大异常，剥其皮，挂肉于柱，雷霆殷殷，绕檐角不散，众惧而弃之野。余谓此亦当有珠，故龙以雷至，惜村人无辨之者。

宋乾道间，行都北阙有鲇鱼，色黑，腹下出人手于两旁，各具五指。

海粉乃龟鼋之属腹中肠胃也，以巨石压其背，则从口中吐粉，吐尽而毙，名曰海粉。持斋者常误食之。

河豚最毒,能杀人。闽、广所产甚小,然猫犬乌鸢之属食之,无不立死者。而三吴之人以为珍品,其脂名"西施乳",乃其肝,尤美,所忌血与子耳。其子亦有食者,少以盐渍之,用燕脂染不红者即有毒,红者无毒,可食。一云烹时用伞遮盖,尘坠其中则杀人。中毒者,橄榄汁及蔗浆解之,然千百中无一二也。

有客于吴者,吴人招食河豚。将行,其妻孥尼之曰:"万一中毒奈何?"曰:"主人厚意,不可却,且闻其味美也。假不幸中毒,便用粪汁及溺吐之,何害?"既及席,而市者以夜风,不能得河豚也。徒饮至夜,大醉归,不知人,问之,瞠目不答,妻孥怖曰:"是河豚毒矣!"急绞粪汁灌之。良久酒醒,见家人皇皇,问所以,具对,始知误矣。古人有一事无成而虚咽一瓯溺者,不类是耶?

东方朔《客难》云:"以管窥天,以蠡测海。"蠡,古螺字也。注以为瓠瓢,非是。杨用修引《方言》蠡字解之,愈僻而愈不通矣。

杀鼋,割肉悬桁间,见无人便自垂至地,闻人声即缩。鼋肉刲尽而留肠属于首,数日不死,乌攫之,反为所啮。南人无食之者,乃子公以为异味何也?广陵沙岸上有水牛偃曝,一鼋大如席,闯出水际,潜往牛所。牛觉,亟起,环行出其后,奋角抵之,鼋即翻身仰卧,不能复起,为滨江人击杀之。古有相传水牛杀蛟,当不虚也。

仪真人有网而得鼋者,系其足,置豕圈中,将烹之。入夜,有虎入圈,以为豕也,搏之,为鼋所啮,至死不放,虎创甚而伏。比明,众至,格杀虎,以鼋为有功,放之于江焉。

鼋、鼍皆能魅人,《河东记》载元长史事甚详。又唐开元中,敦煌李鹞过洞庭,衄血沙上,为鼍所舐,遂化为鹞形,与其家人赴任,而鹞反被鼍禁制水中。如是数年,遇叶法善,问其故,乃飞石往击其鼍,鹞始得生。故今舟行,相戒不敢沥血水中。杂剧载鲤鱼精事,与此相似。

南人口食,可谓不择之甚。岭南蚁卵、蚺蛇,皆为珍膳,水鸡、虾蟆,其实一类。闽有龙虱者,飞水田中,与灶虫分毫无别。又有泥笋者,全类蚯蚓,扩而充之,天下殆无不可食之物。燕、齐之人,食蝎及蝗。余行部至安丘,一门人家取草虫有子者,炸黄色入馔。余诧之,归语从吏，云："此中珍品也，名蚰子，缙绅中尤雅嗜之。"然余终不敢食也。则蛮方有食毛虫、蜜唧者，又何足怪。

陆佃《埤雅》云："蜉蝣，似天牛而小，有甲，角长三四寸，黄黑色，甲下有翅，能飞。烧而啖之，美于蝉也。"据其形质，即是龙虱之类，古人以为口食久矣。然蝉，今人不闻有食者，而古人食之，又一新事也。

万历间，京师市上有鸟，大如鹧鸪，毛色浅黄，足五指，有细鳞如龟状，名曰沙鸡，云自塞外至者，其味亦似山雉。

余弱冠至燕，市上百无所有，鸡鹅羊豕之外，得一鱼，以为稀品矣。越二十年，鱼蟹反贱于江南，蛤蜊、银鱼、蛏蚶、黄甲，累累满市。此亦风气自南而北之证也。

大内供御溷厕所用，乃川中贡野蚕所吐成茧，织以为帛，大仅如纸。每供御用之物，即便弃掷。孝庙时，一宫人取已用者浣濯缝纫，为帘帷之属。一日，上见问之，具以对。上曰："如此殊可惜。"即敕以纸代之，停所进贡。逾年，川中奏诏书到后，野蚕比年不复吐茧，村民有衣食于是者流离失所，乃令进贡如初。翌岁，蚕复生矣。固知惟正之供，不偶然也。

江南无蝗，过江即有之，此理之不可晓者。当其盛时，飞蔽天日，虽所至禾黍无复子遗，然间有留一二顷独不食者，界畔截然，若有神焉。然北人愚而惰，故不肯捕之。此虫赴火如归，若积薪燎原，且焚且瘞，百里之内可以立尽。江南人收成后多用火焚一番，不惟去秽草，亦防此等种类也。

相传蝗为鱼子所化，故当大水之岁，鱼遗子于陆地，翌岁不得水则变而为蝗矣。雌雄既交，一生九十九子，故种类日繁。案史传所载，尚有螟蜻、蚤蝛、蟊贼等名，虽云食心食苗各异，同一种耳。《酉阳杂俎》云："腹下有梵字，首有王字。"又云："部吏侵渔百姓则蝗食谷。身黑头赤，武吏也；头黑身赤，文吏也。"语虽荒唐，可以警世。

姚崇令姚若水捕蝗，至数百万石，蝗患讫息。今之有司能设法捕除，即不能尽绝，未必无少补也。况蝗不避人，易于擒捉，飞则千万为群，可以罗网，夜以火取之尤易。而坐视其纵横，莫之谁何，岂不哀哉！

京师多蝎，近来不甚复见，惟山东平阴、阳谷等处最多。遇其蛰时，发巨石下，动得数斗，小民亦有取以为膳者。相传为蝎螫者，忍痛问人曰："吾为蝎螫，奈何？"答曰："寻愈矣。"便即豁然。若叫号则愈痛，一昼夜始止。关中有天茄，可治蝎毒。余在齐，固安刘君养浩为郡丞，传一膏药方，傅之痛立止，屡试神效。

蝎双尾者杀人。余初捕得蝎辄斩其尾纵之，后以语人，一客曰："若断尾复出，即成双尾，害不浅矣。"后乃杀之。

蝎孕子在背，长则剖背出而母死，此亦枭破獍之类也。

岭南屋柱多为虫蠹，入夜则啮声刮刮，通昔搅人眠，书籍蟫蛀尤甚，故其地无百年之室，无五十年之书。而蛇虫虺蝎纵横，与人杂处，盖依稀蛮僚之习矣。

蚊盖水虫所化，故近水处皆多。自吴越至金陵、淮安一带，无不受其毒者，而吴兴、高邮、白门尤甚，盖受百方之水，汊港无数故也。李肇《唐史补》称江东有蚊母鸟，湖州尤甚。余在湖州，蚊则多矣，不闻有鸟吐蚊也。南中又有蚊子木，实如枇杷，熟则裂，而蚊出焉。塞北又有蚊母草，亦生蚊者。鸟之吐蚊，如蝇之粪虫，不足异也；草木生蚊，斯足异矣。

京师多蝇，齐、晋多蝎，三吴多蚊，闽、广多蛇。蛇蝎与蚊，害人者也。蝇最痴顽，无毒牙利嘴，而其搅人尤甚，至于无处可避，无物可辟，且变芳馨为臭腐，涴净素为缁秽，驱而复来，死而复生，比之谗人，不亦宜乎？

物之最小而可憎者，蝇与鼠耳。蝇以痴，鼠以黠，其害物则鼠过于蝇，其扰人则蝇过于鼠。世间若无此二种，昼夜差得帖席矣。譬之于人，蝇则嗜利无耻、舐痔吮痈之辈也，鼠则舞文骫佞、雄行奸命之徒也。故防鼠难于防虎，驱蝇难于驱蛇。何者？易之也。

蝇雌者循行求食，雄者常立不移足。虱交则雄负雌，其势在尾近背上。蜂及蜘蛛未有见其交者，阴类多相贼也。

江南有花地遍，状如小蛇，螫立杀人。岭南有夜虎，此其类也。

江南山谷中有黑蜂，大如蜣螂，能螫杀人，俗云七枚能杀一水牛。楚词云"赤蚁若象，玄蜂若壶"是也。

　　山蜂螫人，皆复引其芒去，惟蜜蜂螫人，芒入人肉，不可复出，蜂亦寻死。传言尹吉甫后妻取蜂去毒，系衣上以诱伯奇，即此也。余在楚长沙，见蜜蜂皆无刺，玩之掌上，不能螫人，与蝇无异，又可怪也。

　　物之小而可爱者莫如蚁，其占候似智，其兼弱似勇，其呼类似仁，其次序似义，其不爽似信，有君臣之义焉，兄弟之爱焉，长幼之伦焉，人之不如蚁者多矣。故淳于棼纵酒遗世而甘为之婿，亦有激之言也。

　　人有掘地得蚁城者，街市屋宇，楼堞门巷，井然有条。《唐·五行志》："开成元年，京城有蚁聚，长五六十步，阔五尺至一丈，厚五寸至一尺。"可谓异矣。蜂亦有之。

　　蚁有黄色者，小而健，与黑者斗，黑必败，僵尸蔽野，死者辄异归穴中。丧乱之世，战骨如麻，人不及蚁多矣。又有黑者长寸许，最强，螫人痛不可忍，亦有翼而飞者。

　　蛣蜣转丸以藏身，未尝不笑蝉之槁也；蜘蛛垂丝以求食，未尝不笑蚕之烹也。然而清浊异致，仁暴殊科，故君子宁饥而清，无饱而浊；宁成仁而杀身，无纵暴以苟活。

　　蝉之为蜣螂也，孑孑之为蚊也，不善变者也；盲鼠之为蝙蝠也，田鼠之为驾也，善变者也。雉之为蜃也，雀之为蛤也，有情而之无情也；腐草之为萤也，朽麦之为蛾也，无情而之有情也。

　　《淮南子》曰："孑孑为虸。"孑孑，今雨水中小虫也。其形短而屈，群浮水面，见人则沉，其行一曲一直，若无臂然，故名之。孑，无右臂也，孓，无左臂也。一作孑孓，音吉厥，或作蛣蟩。稍久则浮水上而为蚊矣。葛稚川曰："蟡蠓之育于醯醋，芝栭之产于枯木，蛣蟩之滋于泥淤，翠萝之秀于松枝，彼非四时所创匠也。"言皆因物成形，自无而有耳。

　　天地间气化形化，各居其半。人物六畜，胎卵而生者，形化者也。其它蚤虱、蟫蠹、科斗、蚨蝂之属，皆无种而生，既生之后，抱形而繁，即殄灭罄尽，无何复出。盖阴阳氤氲之气主于生育，故一经薰蒸酝酿，自能成形，盖即阴阳为之父母也。

　　水马逆流水而跃，水日奔流而步不移尺寸，儿童捕之辄四散奔迸。惟嗜蝇，以发系蝇饵之，则擒抱不脱，钓至案几而不知也。

"螟蛉有子,蜾蠃负之",谓负它子作己子也,故人以过房子为"螟蛉",此语相沿至今。然蜾蠃实非取它物为子也,乃放卵窠中,而杀小虫以饲之耳。陶隐居《尔雅》注云:"蠮螉衔泥于壁及器物作房,生子如粟米,乃捕取草上蜘蛛,满中塞之,以俟其子为粮。"此语凿凿有据,足破千古之误。且《诗》但言"蜾蠃负之",未言其作己子也,则扬子云"类我"之说误之也。

壁虱有越街而啮人者,《夷坚志》载之详矣。闽中有一狱中,壁虱最多,诸囚苦之,每晴明搜求,了不可得。一狱卒以昧爽出,见市上有黑道如线,视之虱也,从狱中出,越大门,过市西一卖饼家垆下匿焉。饼家久且致富,卒乃白官,发垆,得数斗,燔杀之,臭闻十数里。自此狱中得苏,而卖饼家遂败落矣。壁虱,闽中谓之木虱,多杉木中所生,治者以麦藁烧灰水淋之。

江南壁虱多生木中,惟延绥生土中,遍地皆是也,入夜则缘床入幕,嘈人遍体成疮,虽徙至广庭,悬床空中,亦自空飞至。南人至其地辄宛转叫号不可耐,无计以除之也。

治蚤者,以桃叶煎汤浇之,蚤尽死。治头虱者,以水银揉发中。其大要在扫洒沐浴而已。然人有善生虱者,虽日鲜衣名香,终不绝。俗传久病者忽无虱必死,其气冷也。

书中蠹蛀,无物可辟,惟逐日翻阅而已。置顿之处要通风日,而装潢最忌糊浆厚褙之物。宋书多不蛀者,以水褙也。日晒火焙固佳,然必须阴冷而后可入笥,若热而藏之,反滋蠹矣。

蚺蛇大能吞鹿,惟喜花草妇人。山中有藤名蚺蛇藤,捕者簪花衣红衣,手藤以往,蛇见辄凝立不动,即以妇人衣蒙其首,以藤缚之。其胆护身,随击而聚,若徒取胆者,以竹击其一处,良久,利刀剖之,胆即落矣。胆去而蛇不伤,仍可纵之,后有捕者,蛇辄逞腹间创示人,明其已被取也。其胆噙一粟于口,虽拷掠百数,终不死。但性大寒,能萎阳道,令人无子。嘉禾沈司马思孝廷杖时,有遗之者,遂得不死,而常以艰嗣为虑。越三十余年,始得一子,或云其气已尽故耳。

蛇油可合硃砂,能令印色隐起不蘸。

蜈蚣长一尺以上则能飞,龙畏之,故常为雷击。一云龙欲取其珠也。余亲见人悬食器于空中者，去地七尺许，一大蜈蚣盘旋窥伺，无如之何。良久，于地下作势，头尾相就如弯弓状，一奋掷而上，即入器中矣。

三吴有斗促织之戏，然极无谓。斗之有场，盛之有器，必大小相配，两家审视数四，然后登场决赌。左右袒者，各从其耦。其赌在高架之上，只为首二人得见胜负，其为耦者仰望而已，未得一寓目，而输直至于千百不悔，甚可笑也。

促织惟雌者有文采，能鸣健斗，雄者反是。以立秋后取之，饲以黄豆麋，至白露则夜鸣求偶，然后以雄者进，不当意辄咋杀之，次日又以二雄进，又皆咋杀之，则为将军矣。咋杀三雄则为大将军，持以决斗，所向无前。又某家有大将军，则众相戒莫敢与斗，乃以厚价潜售它邑人。其大将军斗止以股一踢之，远去尺许，无不糜烂，或当腰咬断，不须斗也。大将军死，以金棺盛之，将军以银，瘗于原得之所，则次年复有此种，不则无矣。

促织与蜈蚣共穴者，必健而善斗，吴中人多能辨之。小说载张廷芳者，以斗促织破其家，哭祷于玄坛神，梦神遣黑虎助之，遂获一黑促织，所向无前，旬日之间，所得倍其所失。此虽小事，亦可笑也。又黑蜂有化为促织者，勇健异常，但不恒值耳。

岭南多蛇，人家承尘屋雷，蛇日夜穿其间而不啮人，人亦不惧也。闻有人面蛇者，知人姓名，昼则伺行人于山谷中，呼其姓名，应之则夜至杀其人。然主家多蓄蜈蚣，蛇至近则蜈蚣笼中奋掷，纵之出，迳往咋蛇。或曰子美诗"薄俗防人面"，盖谓此也。

菖蒲能去蚤虱而来蛉穷。蛉穷者，入耳之虫也，说者以为蚰蜒。然蚰蜒，蜗牛之属，不能入耳。郭氏曰："蚰蜒，大者如钗股，色正黄，其足无数，如蜈蚣然。"则今之蠷螋也。蠷螋，《周官》作蛷螋，能以溺射人成疮，亦不闻有入耳者。吴人又以蜗牛之无角者为蚰蜒，则是水蛭、马蝗之属，非蚰蜒也。物之传讹者多。

蜻蜓飞好点水，非爱水也，遗卵也。水蛋化为蜻蛉，蜻蛉相交还于水中，附物散卵，出复为水蛋，水蛋复为蜻蛉，交相化禅，无有穷已。《淮南子》曰："水蛋为䗪，兔啮为蟹。物之所为，出于不意。"

《稽圣赋》曰："蚗蠪行以其背，螱蛄鸣非其口。"按《山海经》有兽以其尾飞，有鸟以其须飞，不独龙以角听已也。

山东草间有小虫，大仅如沙砾，嘬人痒痛，觅之即不可得，俗名"拿不住"。吾闽中亦有之，俗名"没子"，盖乌有之意也，视山东名为佳矣。

浙中郡斋尝有小虫，似蚗蠪而小，如针尾，好缘窗纸间，能以足敲纸作声，静听之如滴水然，迹之辄跃。此亦焦螟之类与？

晋惠帝元康中，洛阳南山有虻作声曰"韩尸尸"。未几而韩谧诛。

虫有应声者，在人腹中，有声辄应。有消面者，食面数斗立尽。有销鱼者，安数斗鲙中，鲙即成水，亦能销人腹块。有畏酒者，元载闻酒气即醉，医于其鼻尖挑一青虫，谓为酒魔，从此能饮。有名怪哉者，冤气所结，得酒则消。有名鞠通者，喜食枯桐，尤嗜古墨，耳聋人置耳边立效。有名脉望者，蠹鱼三食神仙字所化。有名度古者，能食蚯蚓。而温会江州所嘬渔人背者，大如黄叶，眼遍其上，一眼一钉，竟不识其何虫也。

物作人言，余于《文海披沙》中详载之矣，今又得数事，姑记于此。扬州苏隐夜卧，闻数人念《阿房宫赋》，声急而小，视之虱也，其大如豆，乃杀之。唐天宝间，当涂民刘成、李晖以巨舫载鱼，有大鱼呼"阿弥陀佛"，俄而万鱼俱呼，其声动地。明弘治间，庆阳天雨石子，大如鹅卵，小如鸡头，皆作人言。

卷之十

物　部　二

松柏后凋。松柏未尝不凋也，但于众木为后耳。凡木皆以冬落叶，至春而后发叶，松柏独以春抽新叶，既长而后旧叶黄落。今南中花木有不易叶者皆然也，乃知圣人下字不苟如此。

王荆公《字说》云："松柏为群木之长，故松从公，犹公也；柏从白，犹伯也。"此说虽近有理，然实穿凿松柏之字，直谐声耳。五等之封始于三代，而松柏之字制于仓颉，宁预知后世有公伯之爵耶？且松字古作𣛙，从公者，后世省文也。即且至微而从公，猕狙至劣而从侯，岂亦以虫之长乎？

槐者虚星之精，昼合夜开，故其字从鬼。然《周礼》外朝之法，面三槐为三公之位。王荆公解槐黄中怀其美，故三公位之。吴草庐注云："槐，怀也，可以怀远人也。"《春秋元命包》云："槐之言归也。古者树槐，听讼其下，使情归实也。"然则槐之从鬼，或为归耳。

洪武间，出内府所藏桃核示词臣，核长五寸，广四寸七分，前刻"西王母赐汉武桃"及"宣和殿"十字，涂以金，宋学士有《蟠桃核赋》。宇宙之间固何所不有，但谓西王母赐汉武者，则诞妄无疑，此必宣和间黄冠伪为之以媚道君者耳。王黼盛时，广求异物，有以桃核半枚献者，中容米三四斗，即此类耳。吾闽荔支木，有人伪作桃核刻之者，岁久乱真，殆无以辨。此亦不可不知也。

曲阜孔林有楷木，相传子贡手植者，其树十余围，今已枯死。其遗种延生甚蕃，其芽香苦，可烹以代茗，亦可干而茹之。其木可为笏枕及棋枰，云敲之声甚响而不裂，故宜棋也；枕之无恶梦，故宜枕也。此木殊方不可知，以余所经，他处未有见之者，亦圣贤之遗迹也。而守土之官日逐采伐制器，以充馈遗，今其所存寥寥，反不及商丘之木以不才终天年,不亦可恨之甚哉?

余在峄山见禹时孤桐,于曲阜见孔子手植桧及子贡手植楷木,于闽雪峰见唐时枯木庵,而枯木庵质纹形色政与峄阳孤桐相类,色如黄金而皮作断纹,不问知为数千年物也。二处寺僧守护甚严,故至今无恙。楷木已朽腐断折,独留根干丈余。桧非圣人手植者,乃其遗种也。经金兵火,庙宇树木尽为煨烬,而桧复挺一枝于东庑间,经今又五六百年矣,不生不灭,孑然独耸,数十年间辄一发生,且其纹左旋而上无旁枝,此为异耳。按孔林十里中云木参天,上无鸟巢、无鸦声,下无荆棘、蒺藜刺人之草,圣人生前不语怪,乃身后著灵异若此,岂亦以神道设教耶?抑或有地灵呵护之也。

孔庙中桧,历周、秦、汉、晋几千年,至怀帝永嘉三年而枯。枯三百有九年,子孙守之不敢动,至隋恭帝义宁元年复生。生五十一年,至唐高宗乾封二年再枯。枯三百七十四年,至宋仁宗康定元年复荣。至金宣宗贞祐二年,兵火摧折,无复孑遗。后八十二年,为元世祖三十一年,故根复发于东庑颓址之间,遂日茂盛,翠色葱然。至我太祖洪武二年己巳,凡九十六年,其高三丈有奇,围四尺许。至弘治己未,为火所焚。今虽无枝叶而直干挺然,不朽不摧,生意隐隐,未尝枯也。圣人手泽,其盛衰关于天地气运,此岂寻常可得思议乎?

五岭之间多枫木,岁久则生瘿瘤,一夕遇暴雷骤雨,其赘长三五尺,谓之枫人。越巫取之作术,有通神之验,此亦樟柳神之类也。一云取不以法则能化去,故曰"老枫化为羽人",政谓此耳。

建宁行都司有豫章木,其中空,可设数席。余在福宁,龙泉庵后有榕木,其中亦可盘坐五六人,枝梢寄生,大可数十围。方广岩有木自深坑出,直至岩顶,寺僧自巅垂组缒下度之,得三十丈云,而干不甚巨,半岩视之,殊不觉其长也。

宋时寝殿巨材谓之模枋,模枋者,人立其两旁不相见,但以手摸之而已。今之皇木径亦逾丈,其最中为栋者,每茎价近万金,而异拽之费不与焉。然川、贵箐峒中亦不易得也。

尝见采皇木者,言深山穷谷之中,人迹不到,有洪荒时树木,但荒秽险绝,毒蛇鸷兽出入山中,蜘蛛大如车轮,垂丝如缒,冒虎豹食之。

采者以天子之命谕祭山神，纵火焚林，然后敢入。其非王命而入者，不惟横罹患害，即求之终年，不得一佳木也。

榕木惟闽、广有之，而晋安城中最多，故谓之榕城，亦曰榕海云。其木最易长，折枝倒埋之，三年之外便可合抱，柯叶扶疏，上参云表，大者蔽亏百亩，老根蟠拏如石焉。木理邪而不坚，易于朽腐，十围以上其中多空。此《庄子》所谓“以不才终天年”者也。闽人方言亦谓之松。按松字古作案，则亦与榕通用矣。

闽人作室必用杉木，器用必用榆木，棺椁必用楠木，北人不尽尔也。桑、柳、槐、松之类，南人无用之者，北人皆不择而取之，故梁栋多曲而不直，什物多窳而不致，坐是故耳。梗、楠、豫章，自古称之，而楠木生楚、蜀者，深山穷谷，不知年岁，百丈之干半埋沙土，故截以为棺，谓之沙板。佳者解之，中有文理，坚如铁石。试之者，以暑月作合，盛生肉，经数宿启之，色不变也。然一棺之直，皆百金以上矣。夫葬欲其速朽也，今乃以不朽为贵，使骨肉不得复归于土，魂魄安乎？或以木之佳者，水不能腐，蚁不能穴，故为贵耳，然终俗人之见也。

木之有瘿，乃木之病也，而后人乃取其瘿瘤砢礌者截以为器，盖有瘿而后有旋文，磨而光之，亦自可观。但有南瘿北瘿之异，南瘿多枫，北瘿多榆，南瘿蟠屈秀特，北瘿则取其巨而多盛而已。余在燕市中见瘿杯有大如斗者，后在一宗室见以瘿木为浴盆，此以大为贵也。南方磊块百状，或有自然耳可执，小仅如鸡子者，此以小为贵也。政如北人卖大葫芦种，谓可以为舟，而南人乃取如栗大者为扇坠，人之好尚不同如此。按《刘子》云：“梗楠欝蹙以成缛锦之瘤。”则瘿木之见重，自古然矣。

夫子称松柏后凋，盖中原之地无不凋之木也。若江南，树木花卉凌冬不凋者多矣，如荔支、龙目、桂桧、榕栝、山茶之属，皆经霜逾翠，盖亦其性耐寒，非南方不寒也。至于兰、菊、水仙，皆草本萎茶，当陨霜杀菽、万木黄落之时而色泽益媚，非性使然耶？

俗言松三粒五粒，段成式云粒当作鬣，然亦不知“五鬣”何义。又云五鬣松皮不鳞，今山中松未见有不鳞者。段又云欲松不长，以石抵其直下，便不必千年方偃，然亦不尽然也。凡松髡其顶则不复长，旁干四出，久即偃地矣。京师报国寺有松七八株，高不过丈许，其顶甚平，而枝干旁出至十余丈者数百茎，夭矫如游龙然。寺僧恐其折，每一干以一木支之，加丹垩焉。好事者携酒上其顶，盘踞群坐。此亦生平所未尝见也。《渑水燕谈》载亳州法相寺矮桧，亦类此。

建州云谷道中有数松，盘拏蹙缩，形势殊诡。余尝过之，叹其生于荒僻，无能赏者。又十数武，石碣表于道周，大书曰"战龙松"，朱晦翁笔也。追思往岁过罗源山，路旁有石岩下覆，古树虬枝，荟蔚其上，坐而乐之。徘徊土际，得一石刻，曰"才翁所赏树石"，盖苏公为福守时所书也。乃知古人识鉴，其先得我心若此，而必镌题以表之，则今人不能，亦不暇也。

南昌翊圣观有二松，相去五尺，合为一干，名为义松。余在福宁南峰庵见二榕树亦然，作门出入，其实非干也，乃根耳。根初在土中，后入土愈深，土落而根出，怒卷如樛枝焉，土渐低则根渐高，而成干矣。今人有伪作连理树者，皆用此也。若以此松为义，它木尽负心耶？

嵩山嵩阳观有古柏一株，五人联手抱之围始合，下一石刻，曰"汉武帝封大将军"。人但知秦皇之封松，而不知汉武之封柏也。又唐武后亦封柏五品大夫。

北人于居宅前后多植槐、柳之类，南人即不尔，而闽人尤忌之。按桑道茂云："人居而木蕃者去之。木蕃则土衰，土衰则人病。"今人忌之以此，然术士之谈，何足信也。土必膏沃而后草木蕃，岂有木盛土衰之理乎？

涿州之涞水道中有大桑树，高十余丈，荫百亩，云即昭烈舍前之桑也。自汉及今千五百年矣，而扶疏如故，且其椹视常桑倍大，土人珍之，以相馈遗云。余按，萧道成所住宅亦有桑树，高三丈许，状如车盖，道成好戏其下，兄敬宗谓之曰："此树为汝生也。"今宅既灰灭，而桑之有无，亦无人能知之者。信乎在人不在物也。

古人墓树多植梧楸，南人多种松柏，北人多种白杨。白杨即青杨也，其树皮白如梧桐，叶似冬青，微风击之辄淅沥有声，故古诗云："白杨多悲风，萧萧愁杀人。"余一日宿邹县驿馆中，甫就枕即闻雨声，竟夕不绝。侍儿曰："雨矣。"余讶之，曰："岂有竟夜雨而无檐溜者？"质明视之，乃青杨树也。南方绝无此树。

白杨全不类杨，亦如水松之非松类也。李文饶有《柳柏赋》，似是柏名而柳其叶者，未审何木。今闽中有一种柳，其叶如松而垂长数尺，其干亦与柳不类，俗名为御柳。夫诗人之咏御柳，不过禁御中柳耳，此则别是一种而强名之者也。

梓也，榟也，椅也，楸也，豫章也，一木而数名者也。莲也，荷也，芙蓉也，菡萏也，芙蕖也，一花而数名者也。

枫、枣二木皆能通神灵，卜卦者多取为式盘式局，以枫木为上，枣心为下，所谓"枫天枣地"是也。《灵棋经》法，须用雷劈枣木为之则尤神验。《兵法》曰："枫天枣地，置之槽则马骇，置之辙则车覆。"其异如此。盖神之所栖，亦犹鬼之栖樟柳根也。

楚中有万年松，长二寸许，叶似侧柏，藏箧笥中或夹册于内，经岁不枯。取置沙土中，以水浇之，俄顷复活，不知其所从出。或云是老苔变成者，然苔无茎无根，而彼茎亦如松柏，有根须数条，未必是否也。

燕、齐人采椿芽食之以当蔬，亦有点茶者。其初苗时甚珍之，既老则菹而蓄之。南人有食而吐者。然椿有香、臭二种，臭者土人以汤瀹而卤之，亦可食也。考之《图经》，疏而臭者乃樗耳。盖二木甚相类，但以气味别之。今人不复识认，概呼为椿也。

木兰去皮而不死。紫薇搔其皮则树皆摇动。

桦木似山桃，其皮软而中空，若败絮焉，故取以贴弓，便于握也。又可以代烛。余在青州，持官炬者皆以铁笼盛桦皮烧之，易燃而无烟也。亦可以覆庵舍。一云取其脂焚之，能辟鬼魅。

《竹谱》曰："竹之类六十有一。"余在江南，目之所见者已不下三十种矣。毛竹最巨，支提、武夷中有大如斗者。太姥玉壶庵竹生深坑中，乃与崖上松栝齐稍，计高二十余丈。其最奇者，有人面竹，其节纹一覆一仰，如画人面然。又有黄金间碧玉竹，其节一黄一碧，正直如界然。有箖竹，见《雪峰语录》，今雪峰有之。其它不可殚纪也。

"栽竹无时，雨过便移，须留宿土，记取南枝。"此妙诀也。俗说五月十三为竹醉日。不特此也,正月一日、二月二日、三月三日直至十二月十二日皆可栽,大要掘土欲广,不伤其根,多砍枝稍,使风不摇,雨后移之,土湿易活,无不成者。而暑月尤宜,盖土膏润而雨泽多也。

宋叶梦得善种竹,一日遇王份秀才,曰:"竹在肥地虽美,不如瘠地之竹或岩谷自生者,其质坚实,断之如金石。"梦得归而验之,果信。余谓不独竹为然,凡梅、桂、兰、蕙之属,人家极力培养,终不及山间自生者,盖受日月之精,得风霜之气,不近烟火城市,自与清香逸态相宜。故富贵豢养之人,其觔骨常脆于贫贱人也。

栽花竹,根下须撒谷种升许,盖欲引其生气,谷苗出土则根行矣。

竹太盛密则宜芟之,不然则开花而逾年尽死,亦犹人之瘟疫也。此余所亲见者,后阅《避暑录》亦载此。凡遇其开花,急尽伐去,但留其根,至明春则复发矣。

广南多巨竹,剖其半,一俯一仰,可以代瓦。《桂海虞衡志》载傜人以大竹为釜,物熟而竹不灼。少室山竹堪为甑。《山海经》舜林中竹,一节可为船,盖不独为椽已也。

高潘州有疏节之竹,六尺而一节。黎母山有丈节之竹,临贺有十抱之竹。南荒有苐竹,其长百丈。云母竹一节可为船。永昌有汉竹,一节受一斛。罗浮巨竹围二十尺,有三十九节,节长二丈。此君巨丽之观一至于此。

簹竹,细竹也,长数尺许,其笋冬夏生,可食。近日黄白仲诗有"簹竹为椽"之语,误矣。

"东南之美,有会稽之竹箭焉"。竹自竹,箭自箭,乃二物也。《异物志》:"箭竹细小劲实,可为箭,故名之。"而竹之用多,又不独为箭已也。

移花木,江南多用腊月,因其归根不知摇动也。《洛阳花木记》则谓秋社后九月以前栽之,盖过此冱寒,亦地气不同耳。独竹于盛暑烈日中移,得其法无不成长。盖其坚贞之性,不独耐寒,亦足敌暑,如有德之士贫贱不移、富贵不淫也。

竹名妒母,后笋之生必高前笋。竹初出土时极难长,累旬不盈尺。逮至五六尺时,潜记其处,一夜辄尺许矣。

　　武夷城高岩寺后有竹本出土尺许,分两歧直上,此亦从来未见之种。按《宋史·五行志》,天禧间太平兴国寺亦有此,而大中祥符间,黄州、江陵、武冈、晋原诸处且以祥瑞称贺矣。按陶毅《清异录》载浙中有天亲竹,皆双歧,自是一种。

　　芝兰生于空谷,不以无人而不香,然芝实无香也。兰闽中最多,其于深山无人迹处掘得之者为山兰,其香视家兰为甚。人家所种,紫茎绿叶,花簇簇然。若谓一干一花而香有余者为兰,一干数花而香不足者为蕙,则今之所种皆蕙耳,而亦恐未必然也。即山谷中绝香之兰,未见有一干一花者。吾闽兰之种类不一,有风兰者,根不着土,丛蟠木石之上,取而悬之檐际,时为风吹则愈茂盛,其叶花与家兰全无异也。有岁兰,花同而叶稍异,其开必以岁首,故名。其它又有鹤兰、米兰、朱兰、木兰、赛兰、玉兰,则各一种,徒冒其名耳。

　　兰最难种,太密则疫,太疏则枯;太肥则少花,太瘦则渐萎;太燥则叶焦,太湿则根朽;久雨则腐,久晒则病;好风而畏霜,好动而恶洁;根多则欲劂,叶茂则欲分。根下须得灰粪乱发实之,以防虫蚓。清晨须用栉发油垢之手摩弄之,得妇人手尤佳,故俗谓兰好淫也。须置通风之所,竹下池边,稍见日影而不受霜侵,始不夭札。故北方人以重价购得之,百计不能全活,亦其性然耳。古者女子佩兰,故《内则》曰:"妇或赐之兰,则受而献诸舅姑。"燕姞梦天与己兰,文公遂与之兰而御之。《淮南子》曰:"男子植兰,美而不芳,情不相与往来也。"则兰之宜于妇人,其来久矣。

　　古人于花卉似不着意,诗人所咏者不过苤苢、卷耳、蘋蘩之属,其于桃李、棠棣、芍药、菡萏间一及之,至如梅、桂,则但取以为调和滋味之具,初不及其清香也。岂当时西北中原无此二物,而所用者皆其干与实耶?《周礼·笾人》八笾,乾藨与焉。藨即梅也,生于蜀者谓之藨。《商书》:"若和羹,汝作盐梅。"则今乌梅之类是已。可见古人即生青梅未得见也,况其花乎?然《召南》有"摽梅"之咏,今河南、关中梅甚少也。桂蓄于盆盎,有间从南方至者,但用之入药,未闻有和肉者。而古人以姜、桂和五味,《庄子》曰:"桂可食,故伐之。"岂不冤哉?然余宦西北十余年,即生姜芽亦不数见也。

　　自"暗香疏影"之句为梅传神，而后高人墨客相继吟赏不置，然玩华而忘实，政与古人意见相反。闽、浙、三吴之间，梅花相望，有十余里不绝者，然皆俗人种之以售其实耳。花时苦寒，凌风雪于山谷间，岂俗子可能哉？故种者未必赏，赏者未必种，与它花卉不同也。

　　菊于经不经见，独《离骚》有"餐秋菊之落英"，然不落而谓之落也，不赏玩而徒以供餐也，则尚未为菊之知己也。即芍药，古人亦以调食，使今人为之，亦大杀风景矣。

　　《秦诗》："山有苞栎，隰有六驳。"毛氏注以为驳马，此固无害于义，但木中原有六驳，其皮青白，远望之如兽焉，见崔豹《古今注》。且诗下章"山有苞棣，隰有树檖"，据其文意，似皆指草木也，故陆机不从毛氏之说。虽诗人未必拘拘若此，但以为木则相属，以为兽则相远；且止言驳足矣，何必六也？《郑诗》："山有乔松，隰有游龙。"龙亦草名，古人之言往往出奇，若此又岂得指为游戏之龙乎？又宋时里语曰："斫檀不谛得茮莍，茮莍尚可得驳马。"茮莍与六驳木相似，言伐檀而误得茮莍，得茮莍而误以为驳，得驳而误以为驳马，其去本来愈远矣。此见罗愿《尔雅翼》，为拈出之。

　　橘渡淮而北则化为枳，故《禹贡》"扬州厥包橘柚锡贡"，盖以其不耐寒，故包裹而致之也。然柚似橘而大，其味甚酸，与橘悬绝，乃得附橘著名，幸矣。《广志》曰："成都有柚大如斗。"今闽、广有一种如瓜者，方言谓之枇，盖其蒂最牢，任风抛掷而不坠也，其色味弥劣矣。

　　枇花白，色似玉兰，其香酷烈，诸花无与敌者。壬子上巳，余与喻正之郡守禊饮郊外，十里之中，异香逆鼻，诸君诧以为奇。余笑谓："此柚花也。形质既粗，色味复劣，故虽有奇香，无赏之者。"众采而递嗅之，果然。夫香压众花而名不出里闬，余至今尚为此君扼腕也。

　　合欢蠲忿，萱草忘忧，此寄兴之言耳。萱草岂能忘忧？而《诗》之所谓谖草，又岂今之萱草哉？罗氏曰："谖，忘也。妇人因君子行役，思之不置，故言安得有善忘之草，树之使我漠然而无所思哉？"然而必不可得也。使果为萱草，何地无之，而乃有安得之叹耶？凡《诗》之言"安得"者，皆不可得而设或拟托之词也。后人以萱与谖同音，遂以"忘忧"名之，此盖汉儒傅会之语，后人习之而不觉其非也。萱草一名鹿葱，一名宜男。然鹿葱，晏元献已辨其非矣，宜男自汉相传至今，未见其有明验也。

古人于瓜极重，《大戴礼·夏小正》："五月乃瓜，八月剥瓜。"《豳风》："七月食瓜。"《小雅》："中田有庐，疆埸有瓜。是剥是菹，献之皇祖。曾孙寿考，受天之祜。"今人腌瓜为菹，不可以享下宾，而况祭祖考乎？但古人之瓜亦多种类，非今之西瓜也。西瓜自宋洪皓始携归中国，自此而外，有木瓜、王瓜、金瓜、甜瓜，《广志》所载又有乌瓜、鱼瓜、蜜筩瓜等十余种，不知古人所云食瓜的是何种。今人西瓜之外无有荐宾客会食者。汉阴贵人梦食敦煌瓜甚美，敦煌，西羌地也，岂此时西瓜已有传入中国者，但不得其种耶？今时诸瓜，其色泽香味岂复有出西瓜之上者，始信邵平五色，浪得名耳。

《礼》："为天子削瓜者，副之，巾以绤。副，析也，既削之，又四析之而巾覆焉。为国君者，华之，巾以绤。华，中裂之，不四析也。为大夫，累之。累，裸也，谓不以巾覆也。士疐之。谓不中裂，但横断去疐而已。庶人龁之。"不横断。古人于一瓜之微，乃极其琐屑若是，既菹以祭，便欲寿考受祜，而食之之法又各有等限，使不逾越，不知何意。以此为训，宜乎曹孟德有进一瓜而斩三妾之事也。

匏亦瓜之类也，与瓠一种而有甘苦之异。甘者为瓠，《诗》所谓"幡幡瓠叶"是也。苦者为匏，不可食，但可用以渡水而已，《诗》所谓"匏有苦叶，济有深涉"是也。故夫子谓子路："吾岂匏瓜也哉，焉能系而不食？"言但可玩而不可食也。注者乃以系于一处而不能饮食解之，则凡草木之类皆然，何必匏瓜，此大可笑。然匏、瓠古亦通用，《广雅》曰："匏，瓠也。"惠子谓庄子："魏王贻我五石之瓠。"则亦匏也。河汾之宝有曲沃之悬匏焉，则亦瓠也。今人以长而曲者为瓠，短项而大腹者为葫芦，即匏也。亦谓之壶，《豳风》"八月断壶"，《鹖冠子》"中流失船，一壶千金"是也。然则壶嫩而甘者亦可食，老而苦者古人皆用以渡水，今人则用以盛水而已。与瓠形质既殊，其熟，瓠先而匏后，而古人通用之者，原一种也。陆佃《埤雅》断以为二种，固亦无害，乃释匏而又释壶与瓠为三，误矣。

余于市场戏剧中见葫芦多有方者，又有突起成字为一首诗者，盖生时板夹使然，不足异也。最后于闽中见一葫芦，甚长而拗其颈结之若绳状，此物甚脆，而蔓系于树，腹又甚大，不知何以能结之。此理之不可解者也。

《南州异物志》载："蕉有三种，最甘好者为羊角蕉，其一如鸡卵，其一如藕子。"此皆芭蕉耳。今闽、广蕉尚有数种，有美人蕉，树、叶皆似芭蕉而稍小，开花殷红鲜丽，千叶如槌，经数月不凋谢。摘置瓶中，以水渍之，亦可经一两月也。此蕉最佳，书斋中多植之。有凤尾蕉，其本粗巨，叶长四五尺，密比如鱼刺，然高者亦丈余。又有番蕉，似凤尾而小，相传从流求来者，云种之能辟火患。

美人蕉华而不实，吴越中无此种，顾道行先生移数本至家园植之，花时宾朋亲识，赏者如云，以为从来未始见也。先生喜甚，以"美蕉"名其轩。今复二十余年，不知何如耳。番蕉云是水精，故能辟火。将枯时以铁屑粪之，或以铁丁钉其根则复活，盖金能生水也，物性之奇有如此者。植盆中不甚长，一年才落一下叶，计长不能以寸也。亦不甚作花，余家畜二本，三十年中仅见两度花耳。花亦似芭蕉，而色黄不实。

历考史传所载果木，如所云都念猪肉子、猩猩果、人面树者，今皆不可得见，而今之果木又多出于纪载之外者，岂古今风气不同，或昔有而今无，或未显于昔而蕃衍于今也？今闽中有无花果，清香而味亦佳，此即《倦游录》所谓木馒头者。又有一种甚似皂荚而实若蒸栗，土人谓之肥皂果，或云即菩提果。至于佛手柑、罗汉果之类，皆不见纪载，山谷中可充口实而人不及知者益多矣。

牡丹自唐以前无有称赏，仅谢康乐集中有"竹间水际多牡丹"之语，此是花王第一知己也。杨子华有"画牡丹处极分明"之诗，子华北齐人，与灵运稍相后。段成式谓隋朝《种植法》七十卷中初不说牡丹，而《海山记》乃言炀帝辟地为西苑，易州进二十相牡丹，有赭红、赪红、飞来红等名，何其妄也。自唐高宗后苑赏双头牡丹，至开元始渐贵重矣。然牡丹原止呼木芍药，芍药之名著于风人吟咏，而牡丹以其相类，依之得名，亦犹木芙蓉之依芙蓉为名耳。但古之重芍药，亦初不赏其花，但以为调和滋味之具，而牡丹不适于口，故无称耳。今药中有牡丹皮，然惟山中单瓣赤色、五月结子者堪用，场圃所植不入药也。

牡丹自闽以北处处有之，而山东、河南尤多。《埤雅》云："丹延以西及褒斜道中，与荆棘无别，土人皆伐以为薪。"未知果否也。余过濮州曹南一路，百里之中，香风逆鼻，盖家家圃畦中俱植之，若蔬菜然。搢绅朱门高宅，空锁其中，自开自落而已。然北地种无高大者，长仅三尺而止。余在嘉兴、吴江所见，乃有丈余者，开花至三五百朵，北方未尝见也。此花唐、宋之时莫盛于洛阳，今则徒多而无奇，岂亦气运有时而盛衰耶？

牡丹各花俱有，独正黄者不可得，不知当时姚氏之种何以便绝。今天下粉白者最多，紫者次之，正红者亦难得矣。亦有墨色者，须苗芽时以墨水溉其根，比开花作蔚蓝色，尤奇也。王敬美先生在关中时，秦藩有黄牡丹盛开，宴客，敬美甚诧，以重价购二本携归，至来年开花，则仍白色耳，始知秦藩亦以黄栀水浇其根，幻为之以欺人也。

牡丹、芍药之不入闽，亦如荔支、龙眼之不过浙也，此二者政足相当。近来闽中好事者多方致之，一二年间亦开花如常，但微觉瘦小，过三年不复生，又数年则萎矣。然北方茉莉经冬即死，而茉莉不绝者，致之多也。闽人苟不惜资力，三年一致之，何患无牡丹哉？

闽中有蜀茶一种，足敌牡丹。其树似山茶而大，高者丈余，花大亦如牡丹，而色皆正红，其开以二、三月，照耀园林，至不可正视，所恨者香稍不及耳。然牡丹香亦太浓，故不免有富贵相。蜀茶色亦太艳，政似华清宫肥婢不及昭阳掌上舞人也。

世之咏牡丹者，亦自奖借太过，如云"国色天香"犹可，至谓芍药为"近侍芙蓉避芳尘"、"虚生芍药徒劳妒"、"羞杀玫瑰不敢开"，恐牡丹未敢便承当也。牡丹丰艳有余而风韵微乏，幽不及兰，骨不及梅，清不及海棠，媚不及荼蘼，而世辄以花之王者，富贵气色易以动人故也。芍药虽草本，而一种妖媚丰神，殊出牡丹之右。譬之名姬娇婢侍君夫人之侧，恐有识者消魂不在彼而在此。不知世有同余好不？

扬州琼花，种既不传，论者纷纷。杨用修以为即栀子花，何言之太易也。《齐东野语》言绝类聚八仙，但色微黄而香，此与栀子有何干涉？《七修类稿》谓不但琼花不传，即聚八仙亦不知何似，而以绣球花当之。余谓郎仁宝与杨用修皆因不识聚八仙,故遂妄模琼花耳。余在濮州苏观察园中,见有花如茉莉,而八朵为一簇,问其人,曰:"聚八仙也。"因之始识聚八仙。而琼花既云绝类,则亦必八朵相簇,若以为栀子,则仅八之一,以为绣裘,则太繁密,与聚八仙愈不相类。但当时既云天下皆无,独扬州一株,则必天生别一奇种,而后人取其孙枝移接他树,安能如其故物,而必求目前常有之花以实之?宜乎说之益混也。

瑞香原名睡香,相传庐山一比丘僧昼寝山石下,梦寐之中但闻异香酷烈,觉而寻之,因得此花,故名睡香。后好事者奇其事,以为祥瑞,乃改为瑞。余谓山谷之中,奇卉异花城市所不及知者何限,而山中人亦不知赏之。三吴最重玉兰,金陵天界寺及虎丘有之,每开时以为奇玩,而支提、太姥道中,弥山满谷,一望无际,酷烈之气冲人头眩。又延平山中古桂夹道,上参云汉,花堕狼藉地上,入土数尺。固知荆山之人以玉抵鹊,良不诬也。

子美于蜀不赋海棠,此未必有别意,亦偶不及之耳。且诗中花谱不及之者亦多,何独海棠也?自郑谷有"子美无情为发扬"之语,而宋人动以为口实,至谓子美母名海棠者,不知出于何书,亦可谓穿凿之甚矣。

《诗》:"有女同车,颜如舜华。"舜,木槿也,朝开暮落。妇人容色之易衰若此,诗之寄兴,微而婉矣。然花之朝开暮落者不独槿花,如蜀葵、茉莉、木芙蓉、枣花皆然,而银杏花一开即落,又速于木槿也,但木槿色稍艳耳。

《本草纲目》谓菊春生夏茂,秋华冬实。然菊何尝有实?此与《离骚》落英同误矣。牡丹与桂间有实者,牡丹实可种,而桂不可种也。竹有花者,而未见其实。然竹花逾年即死,谓之"竹米",此乃竹之疫,非花也。杨用修谓馀干有竹,实大如鸡子,此老语多杜撰,吾未敢信。

世传黄杨无火,入水不沉,此未之试,或不尽然也。物皆易长,而此木最难长,故有厄闰之说,言闰年则缩入土。此说亦未必然,但状其不长耳。金陵僧寺斋前多植为玩,往往游处三十余年而不能高咫尺者,柔嫩如故,不但不长,亦不老也。

"白菭可以血玉,嘉荣之草,服者不霆。"血玉者,染玉使作血色也;不霆者,令人不畏雷霆也。此二语甚奇。

《拾遗记》载:紫泥菱茎如乱丝,一花千叶,根浮水上,实沉泥中,食之不老。今赵州宁晋县有石莲子,皆埋土中,不知年代,居民掘土往往得之,有数斛者。其状如铁石而肉芳香不枯,投水中即生莲叶,食之令人轻身延年,已泻痢诸疾。今医家不察,乃以番莲子代之,苦涩腥气,嚼之令人呕逆,岂能补益乎?

古人重口实,故梅被横差调羹,芍药、杏、桂屈作酱酪。自唐而后,稍稍为花神吐气矣,然徒赏其华而不知究其用,古人所以忘秋实之叹也。传记所载,卢怀慎作竹粉汤,蔺先生作兰香粥,刘禹锡作菊苗薤。今人有以玫瑰、荼蘼、牡丹诸花片蜜渍而啖之者。芙蓉可作粥,亦可作汤。闽建阳人多取兰花,以少盐水渍三四宿,取出洗之以点茶,绝不俗。又菊蕊将绽时,以蜡涂其口,俟过时摘以入汤,则蜡化而花苞,馨香酷烈,尤奇品也。但兰根食之能杀人,不可不慎。

司马温公有《晚食菊羹》诗:"采撷授厨人,烹瀹调甘酸。毋令姜桂多,失彼真味完。"古今餐菊者多生咀之,或以点茶耳,未闻有为羹者,亦不知公之所羹者花耶叶耶? 今人有采菊叶煎面饼食之者,其味香,尤胜枸杞饼也。

《月令》曰:"菊有黄华。"黄者,天地之正色也。凡香皆不以色名,而独菊以黄花名,亦以其当摇落之候而独得造化之正也。然世人好奇,每以绯者、墨者、白者、紫者为贵,至于黄则寻常视之矣。菊种类最多,其知名者不下三十余种,其栽培之方亦甚费力。余在复州,见好事家菊花有长八尺者,花巨如碗。后为吴兴司理,偶得佳种,自课植之,芟其繁枝,去其旁蕊,只留三四头,洎秋亦高七尺许,大亦如之。过此不能常在宅中,即有其种,不复长矣。庚戌秋在京师,始习见以为常,盖贵戚之家善于培植故也。

人生看花,情景和畅,穷极耳目,百年之中,能有几时? 余忆司理东郡时,在曹南一诸生家观牡丹,园可五十余亩,花遍其中,亭榭之外,几无尺寸隙地,一望云锦,五色夺目。主人雅歌投壶,任客所适,不复以宾主俗礼相恩。夜复皓月照耀,如同白昼,欢呼谑浪,达旦始归，衣上余香，经数日犹不散也。又十余年，在长安一勋戚家看菊，高堂五楹，主客几筵之外，盆盎密砌，间色成列，凡数百本，末皆齐正如一，无复高下参差，左右顾盼，若一幅霞笺然。既而移觞中堂，以及曲房夹室、回廊耳舍，无不若是者，娈童歌舞委蛇其中，兼以名画古器、琴瑟图书纵横错陈，不行觞政，不谈俗事，虽在画栏朱拱之内，萧然有东篱南山之致。盖生平看花极乐境界，不过此二度耳。居诸如流，每一念之，恍如梦寐中也。

得胜花者未必有胜地，得胜地者未必有胜时，得胜时者未必有胜情，得胜情者未必有胜友。雕栏画栋，委巷村廛，非地也；凄风苦雨，炎昼晦夜，非时也；宦情生计，愁怀病体，非情也；高官富室，村妓俗人，非友也。具花情然后择花友，偕花友然后谋花地，定花地然后候花时，庶几岁一遇之矣，然而不必得也。《淳熙如皋志》所谓李嵩者自八十看花，至一百九岁而终，无一岁不预焉，可谓厚幸矣；而吾犹窃有恨也，彼蹉跎于壮年，而徒阑阓于末景也。

欧阳文忠在滁州，命属吏治花，所谓"我欲四时携酒去，莫教一日不花开"者，可谓得种花之妙谛矣。滁为江北，花视南方较少，若吾闽、广则四时不绝之花，人人力可办，不待教也。今姑毋论其它，只兰、桂二种已可贯四时矣。闽中桂尝以七月开花，直至四月而止，五、六二月长芽之候，芽成叶则复花矣。兰则自春徂冬无不花者，故有"四季兰"之名。其它相踵而发者，固不可一二数也。

今朝廷进御，常有不时之花，然皆藏土窖中，四周以火逼之，故隆冬时即有牡丹花。计其工力，一本至十数金，此以难得为贵耳。其实不时之物，非天地之正也。大率北方花木，过九月霜降后，即掘坑堑深四尺，置花其中，周以草秸而密墐之，春分乃发，不然即槁死矣。南方携入北者，如梅、桂、栀子之属，尤难过腊，至茉莉则百无一存矣。

凡花少六出者，独栀子花六出，其色香亦皆殊绝，故段成式谓即檐葡花，杨用修谓即扬州琼花，然皆非也。此花在闽中极多且贱，与素馨、茉莉皆不择地而生者，北至吴、楚，始渐贵重耳。茉莉在三吴一本千钱，入齐辄三倍酬直，而闽、广家家植地编篱，与木槿不殊。至于蔷薇、玫瑰、酴醾、山茶之属，皆以编篱。以语西北之人，未必信也。

蜀孟昶僭拟宫阙,于成都四十里尽种木芙蓉,每至秋时,铺以锦绣,高下相照,谓左右曰:"真锦城也。"然木芙蓉极易长,离披散漫,至不可耐。及其衰也,残花败叶,委藉狼狈,萧索之状,无与为比。此与朝菌、木槿何异,而乃夸以为丽,其败亡也不亦宜乎!

兖州张秋河边有挂剑台,云即徐君墓,季札所挂剑处也。台下有草,一竖一横,如人倚剑之状,食之能已人心疾。余谓此草不生它所而独产挂剑台,岂季子义气所感而生耶?至于疗人心疾之说,亦不过廉顽立懦之遗意耳,不知其偶然耶,抑好事者傅会之也?余在张秋觅所谓挂剑草者,台前后乃无有,而邻近民庄或有之,至水部署中亦间有数茎,此岂闻挂剑之风而兴起者耶?可为一笑也。

有睡草,亦有却睡之草;有醉草,亦有醒醉之草;有宵明之草,亦有昼暗之草;有夜合之草,亦有夜舒之草:物性相反有如此者。

丘文庄谓棉花自元始入中国,非也。棉花虽有草木二种,总谓之木棉花,其实木种者乃班枝花,非棉花也。唐李商隐诗:"木棉花发鹧鸪飞。"《通鉴》梁武帝木棉皂帐,史炤注释甚详,与今棉花无异,但云江南多有之。今则燕鲁、燕洛之间尽种之矣,岂元时始求种于江南,而令北地种之耶?若谓自房地入中国,则房地何尝有棉花?汉中行说教匈奴得汉缯絮,驰荆棘中即裂,示不如毡貉之厚也。况棉花极畏寒,齐地若霜早则花皆无收,故宜于闽、广,今反谓其自北而至,可乎?

人有召箕仙以白鸡冠请诗者,即书曰:"鸡冠本是胭脂染。"其人曰:"误矣,乃白色者也。"复续曰:"洗却胭脂似粉妆。只为五更贪报晓,至今犹带一头霜。"又有召仙以红梅为题,以"俦、头、牛"为韵。箕云:"雪骨冰肌孰与俦?"人曰:"所求乃绛梅,非白也。"良久书曰:"点些颜色在枝头。牧童睡起朦胧眼,错认桃林欲放牛。"二诗颇有致,而事绝相类,岂好事者为之耶?

闽中山谷溪涧间,有草蔓生类兔耳,而色正碧,菁翠孅妍异于他卉,植移盆中,甚有幽致,殊胜菖蒲、踯躅也。但性畏日,稍暵即槁,须置池畔岩侧浓阴倒石之下。余行天下,未有见此草者。

芝者,菌蕈同类,本非难得之物,但以产于室内梁间,非意得之,故为瑞耳。若山谷间,朽木浥雨,自然丛生,朝夕云霞薰蒸,自成五色，无足异者。宋景德间天书兴，丁谓献芝至十余万本。政和间花石纲兴，郡守李文仲采及三十万本，有一本数千叶，众色咸备。是可谓之瑞乎？

菌蕈之属多生深山穷谷中，蛇虺之气薰蒸，易中其毒。《西湖志》载：宋吴山寺产菰，大如盘，五色光润，寺僧以献张循王，王以进高宗，高宗复诏还寺。往返既久，有汁流下，犬舐之立毙，始大惊惧瘗之。又有笑菌，食者笑不止，名"笑矣乎"，柳子厚有文纪之。今闽人多取菌克油作菜油，市人食者辄大吐委顿，其毒甚者遂至杀人，不可不慎也。

凡菌为羹，照人无影者不可食。《夷坚志》载：金溪田仆食蕈，一家呕血死者六人，惟丘岑幸以痛饮而免，盖酒能解毒也。又嘉定乙亥，僧德明游山，忽得奇菌，归以供众，毒发，僧行死者十余人，德明亟尝粪获免。有日本僧定心者，宁死不污，至肤理拆裂而死。至今庵中藏有日本度牒，其僧姓平氏，日本国京东相州行香县上守乡元胜寺僧也。宁死非命，不污其口，亦庶几陈仲子之风矣。

嘉靖壬子四月，金陵有井皮行者，于其家竹林中得一大菌，烹而食之，数口皆毒死。又有张椿，种瓜为业，圃中留一瓜极大者以自奉，方食两片即死，闻其气者亦病。乃知异常之物不可轻食。《太平广记》载：李崇真在蜀，庭中有一橘，大而晚熟，有小孔如针。宾僚惊异，欲表进之，久而乃罢。及剖，则有赤斑蛇蟠其中。又韦皋镇成都，有柑大如斗，欲以进。医者昝殷在座，固持不可，请以针刺其蒂，流血沾席。骇而剖之，乃两头蛇也。可不戒哉！

学而不行谓之视肉。《山海经》："狄山有视肉。"注："聚肉形如牛肝，有两目，食之至尽，寻复生如故。"《太平广记》载：兰溪萧静之掘地得物，如人手，曨而食之甚美。后遇一道士话之，道士曰："此肉芝也，寿等龟鹤矣。"《江邻幾杂志》云：徐积廷评于庐州河次得一小儿，手无指，惧而弃之。此政所谓肉芝者也。狄山所产，想亦此类。

槐花黄，举子忙。枇杷黄，医者忙。

滇中有鸡踪，盖菌蕈类也，以形似得名。其油如酱，可以点肉，亦闽中乌蛯酱之类也。

俗云："黄金无假，阿魏无真。"阿魏生西域中，一名合昔泥。其树有汁，沾物即化，人多牵羊豕之类系树下，遥以物撼其树，汁落则羊豕皆成阿魏矣。树上之汁终不可得，故云无真也。其味辛平无毒，杀诸虫，破癥瘕，下恶除邪，解蛊毒，且其气极臭而能止臭。彼中以淹羊肉甚美，中国止入药物而已。又有马思答吉者，似椒而香酷烈，以当椒用。有回回豆，状如椿子，磨入面中极香，兼去面毒。

特迦香出弱水西，形如雀卵，色颇淡白，焚之辟邪去秽，鬼魅避之。唵叭香出唵叭国，色黑，爇之不甚香，而可和诸香，亦能辟邪魅。京师有赁宅住者，其宅素凶，既入不能便移，但日焚唵叭香一罏。至夜中，竖子闻鬼物相与语曰："彼所焚何物，令我头痛不堪，当相率避之。"越二日，宅遂清吉无患。乃知《博物志》载汉武帝焚西使香，宫中病者尽起，徐审得鹰嘴香焚之，一家独不疫疾，当不诬也。

永乐初，天妃宫有鹳卵，为寺僧所烹，将熟矣，老僧见其哀鸣，命取还之，数时雏出。僧惊异，探其巢，得香木尺许，五采如锦，持以供佛。后有倭奴见，以五百金买之，问何物，曰："此仙香也，焚之死人可生。"即返魂香也。

安息香能聚鼠，其烟白色如缕，直上不散。又狼粪烟亦直上，故烽堠用之。北虏毡帐中数百人共处，中支一锅，其烟直透顶孔而出，烧狼粪故也。

血竭一名骐驎竭，出南番中，广州亦有之。树高数丈，叶似樱桃而有三棱，脂液滴下如胶饴状，久而坚凝，色如干血，又能破积血、止金疮血，故以"血竭"名也。洪熙初，李祭酒时勉因上元夜拾坠金钗，俟其人至还之，乃千户之妇也。夫妇德公甚厚，馈遗俱不受，乃出药物一片，曰："此名血竭，出于异国，往年征交、广所得。既不费财，而可备缓急，愿公纳之。"公乃受，以语夫人。后公以言事忤旨，为金瓜槌折其胁，几殆，召医视之，曰："伤虽重，可为也，但须真血竭。"夫人即取畀之，遂得苏，时论以为还金之报也。一云是紫镠树之脂，验者以透指甲为真。

汉、唐郎署近侍皆赐鸡舌香，以防口过。鸡舌香即丁香也，有雌雄二种，雌者大而良，俗名"母丁香"，颗粒如山茱萸，击破有从理，解为两向,若鸡舌状,故名。广州有之。

沉香树类椿,细枝紧实,未烂者为青桂,黑坚沉水者为沉香,带斑点者为鹧鸪沉,半沉者为笺香,形象鸡骨者为鸡骨香,象马蹄者为马蹄香,在土中成薄片者为龙鳞香,亚于沉香为速香,不沉者为黄香,交州人谓之蜜香,佛经谓之阿迦炉香。一物而异名如此,近于果中之莲藕矣。用修所记一香七名者,误也。

宋宣和间,宫中所焚异香有笃耨、龙涎、亚悉、金颜、雪香、褐香、软香之类,今世所有者,惟龙涎耳。又有瓠香、狨眼香,皆不知何物。

龙涎于诸香中最贵,《游宦纪闻》云:"每两不下百千,次者亦五六十千。近海旁常有云气罩山间者,龙睡其下也,土人相约更守,或半载或二三载,云散则龙去矣,往迹之,必得龙涎,或五七两,或十余两。"又言:"大海洋中有旋涡,龙伏其下,涎常涌出,为风吹日晒,结成一片。"《岭外杂记》云:"龙枕石睡,涎沫浮水,积而能坚。"余问岭南诸识者,则曰:"非龙涎也,乃雌雄交合,其精液浮水上,结而成耳。"果尔,则腥秽之物,岂宜用之清净之所哉?今龙涎气亦果腥,但能收敛诸香,使气不散,虽经十年香味仍在,故可宝也。

吕惠卿对神宗言:"凡草木皆正生嫡出,惟蔗侧种,根上庶出,故字从庶。"然薯、蓣亦侧种旁出也。嵇含《草木状》作竿蔗,谓其挺直如竹竿也。今人乃作甘蔗,误矣。

《易》曰:"苋陆夬夬。"陆,商陆也。下有死人则上有商陆,故其根多如人形,俗名"樟柳根"者是也。取之之法,夜静无人,以油炙枭肉祭之,俟鬼火丛集,然后取其根,归家以符炼之七日,即能言语矣。一名"夜呼",亦取鬼神之义也。此草有赤白二种,白者入药,赤者使鬼,若误服之,必能杀人。又《荆楚岁时记》:"三月三日,杜鹃初鸣,田家候之。此鸟昼夜鸣,血流不止,至商陆子熟乃止。"盖商陆未熟之前,正杜鹃哀鸣之候,故称"夜呼"也。

卷之十一

物　部　三

古人造茶，多春令细末而蒸之，唐诗"家僮隔竹敲茶臼"是也。至宋始用碾。揉而焙之，则自本朝始也，但揉者恐不若细末之耐藏耳。

苏才翁与蔡君谟斗茶，蔡用惠山泉水，苏茶稍劣，改用竹沥水煎，遂能取胜。然竹沥水岂能胜惠泉乎？竹沥水出天台，云彼人将竹少屈而取之盈瓮，则竹露，非竹沥也。若医家火逼取沥，断不宜茶矣。

闽人苦山泉难得，多用雨水，其味甘不及山泉而清过之。然自淮而北，则雨水苦黑，不堪烹茶矣。惟雪水冬月藏之，入夏用乃绝佳。夫雪固雨所凝也，宜雪而不宜雨，何故？或曰：北地屋瓦不净，多秽泥涂塞故耳。

宋初闽茶，北苑为之最。初造研膏，继造腊面，既又制其佳者为京挺，后造龙凤团而腊面废，及蔡君谟造小龙团，而龙凤团又为次矣。当时上供者，非两府禁近不得赐，而人家亦珍重爱惜。如王东城有茶囊，惟杨大年至则取以具茶，它客莫敢望也。元丰间造密云龙，其品又在小团之上。今造团之法皆不传，而建茶之品亦远出吴会诸品之下，其武夷、清源二种，虽与上国争衡，而所产不多，十九馋鼎，故遂令声价靡不复振。

今茶品之上者，松萝也，虎丘也，罗岕也，龙井也，阳羡也，天池也，而吾闽武夷、清源、鼓山三种，可与角胜。六合、雁荡、蒙山三种，祛滞有功而色香不称，当是药笼中物，非文房佳品也。

闽方山、太姥、支提俱产佳茗，而制造不如法，故名不出里闬。余尝过松萝，遇一制茶僧，询其法，曰："茶之香原不甚相远，惟焙者火候极难调耳。"茶叶尖者太嫩而蒂多老，至火候匀时，尖者已焦而蒂尚未熟，二者杂之，茶安得佳？松萝茶制者，每叶皆剪去其尖蒂，但留中段,故茶皆一色而功力烦矣,宜其价之高也。闽人急于售利,每斤不过百钱,安得费工如许。即价稍高,亦无市者矣。故近来建茶所以不振也。

宋初团茶多用名香杂之,蒸以成饼,至大观、宣和间始制三色芽茶,漕臣郑可间制银丝冰芽,始不用香,名为"胜雪",此茶品之极也。然制法,方寸新锈,有小龙蜿蜒其上,则蒸团之法尚如故耳。又有所谓白茶者,又在胜雪之上,不知制法云何,但云崖林之间偶然生出,非人力可到,焙者不过四五家,家不过四五株,所造止于一二锈而已。进御若此,人家何由得见?恐亦菖歜之嗜,非正味也。

《文献通考》:"茗有片有散。片者即龙团旧法,散者则不蒸而干之,如今之茶也。"始知南渡之后,茶渐以不蒸为贵矣。

古时之茶曰煮,曰烹,曰煎,须汤如蟹眼,茶味方中。今之茶惟用沸汤投之,稍着火即色黄而味涩,不中饮矣。乃知古今之法,亦自不同也。

昔人喜斗茶,故称茗战。钱氏子弟取雪上瓜,各言子之的数,剖之以观胜负,谓之瓜战。然茗犹堪战,瓜则俗矣。

薛能茶诗云:"盐损添常戒,姜宜煮更黄。"则唐人煮茶多用姜、盐,味安得佳?此或竟陵翁未品题之先也。至东坡《和寄茶》诗云:"老妻稚子不知爱,一半已入姜盐煎。"则业觉其非矣,而此习犹在也。今江右及楚人尚有以姜煎茶者,虽云古风,终觉未典。

以绿豆微炒,投沸汤中,顷之,其色正绿,香味亦不减新茗。宿村中觅茗不得者,可以此代。

北方柳芽初苗者,采之入汤,云其味胜茶。曲阜孔林楷木,其芽可烹。闽中佛手柑、橄榄为汤,饮之清香,色味亦旗枪之亚也。

昔人谓:"扬子江心水,蒙山顶上茶。"蒙山在蜀雅州,其中峰顶尤极险秒,蛇虺虎狼所居,得采其茶,可蠲百疾。今山东人以蒙阴山下石衣为茶当之,非矣。然蒙阴茶性亦冷,可治胃热之病。

凡花之奇香者皆可点汤。《遵生八笺》云:"芙蓉可为汤。"然今牡丹、蔷薇、玫瑰、桂、菊之属,采以为汤,亦觉清远不俗,但不若茗之易致耳。

酒者，扶衰养疾之具，破愁佐药之物，非可以常用也。酒入则舌出，舌出则身弃，可不戒哉！

人不饮酒，便有数分地位：志虑不昏，一也；不废时失事，二也；不失言败度，三也。余尝见醇谨之士酒后变为狂妄，勤渠力作因醉失其职业者众矣，况于丑态备极，为妻孥所姗笑，亲识所畏恶者哉？《北梦琐言》载：陆相扆，有士子修谒，命酌，辞以不饮。陆曰："诚如所言，已校五分矣。"盖生平悔吝有十分，不为酒困，自然减半也。

吾见嗜酒者，晡而登席，夜则号呼，旦而病酒，其言动如常者，午、未二晷耳。以昼夜而仅二晷如人，则寿至百年，仅敌人二十也，而举世好之不已，亦独何异？

酒以淡为上，苦冽次之，甘者最下。"青州从事"向擅声称，今所传者，色味殊劣，不胜"平原督邮"也。然"从事"之名，因青州有齐郡，借以为名耳，今遂以青州酒当之，恐非作者本意。

京师有薏酒，用薏苡实酿之，淡而有风致，然不足快酒人之吸也。易州酒胜之，而淡愈甚，不知荆高辈所从游果此物耶？襄陵甚冽，而潞酒奇苦。南和之刁氏，济上之露，东郡之桑落，酸淡不同，渐于甘矣，故众口虽调，声价不振。

京师之烧刀，舆隶之纯绵也，然其性凶憯，不啻无刃之斧斤。大内之造酒，阉竖之菽粟也，而其品猥凡，仅当不膻之酥酪羊羔。以脂入酿，呷麻以口为手，几于夷矣，此又仪狄之罪人也。

江南之三白，不胫而走，半九州矣，然吴兴造者胜于金昌，苏人急于求售，水米不能精择故也。泉冽则酒香，吴兴碧浪湖、半月泉、黄龙洞诸泉皆甘冽异常，富民之家多至慧山载泉以酿，故自奇胜。

雪酒、金盘露，虚得名者也，然尚未堕恶道，至兰溪而滥恶极矣。所以然者，醇酽有余而风韵不足故也，譬之美人丰肉而寡态者耳。然太真肥婢，宠冠椒房，金华酤肆，户外之屦常满也，故知味者实难。

闽中酒无佳品，往者顺昌擅场，近则建阳为冠。顺酒卑卑无论，建之色味欲与吴兴抗衡矣，所微乏者风力耳。

北方有葡萄酒、梨酒、枣酒、马奶酒，南方有蜜酒、树汁酒、椰浆酒，《酉阳杂俎》载有青田酒，此皆不用曲蘖，自然而成者，亦能醉人，良可怪也。

荔支汁可作酒，然皆烧酒也，作时酒则甘而易败。邢子愿取佛手柑作酒，名"佛香碧"，初出亦自馨烈奇绝，而亦不耐藏。江右之麻姑、建州之白酒，如饮汤然，果腹而已。

鄱阳为《酒赋》曰："清者为酒，浊者为醴。清者圣明，浊者顽呆。"此唐人中圣之言所自出也。但醴酒醇甘，古人以享上客，楚元王尝为穆生设醴，岂得谓之顽呆？盖善饮酒者恶甘故也。

唐肃宗张皇后以鸩脑酒进帝，欲其健忘也。顺宗时，处士伊初玄入宫，饮龙膏酒，令人神爽也。此二者正相反。《酉阳杂俎》：鹨生三子，一为鸩。即鸥字。

古人量酒，多以升、斗、石为言，不知所受几何，或云米数，或云衡数，但善饮有至一石者，其非一石米及百斤明矣。按朱翌《杂记》云："淮以南酒皆计升，一升曰爵，二升曰瓢，三升曰觯。"此言较近。盖一爵为升，十爵为斗，百爵为石，以今人饮量较之，不甚相远耳。

宋杨大年于丁晋公席上举令云："有酒如线，遇斟则见。"丁公云："有饼如月，遇食则缺。"

红灰，酒品之极恶者也，而坡以"红友胜黄封"；甜酒，味之最下者也，而杜谓"不放香醪如蜜甜"。固知二公之非酒人也。

今人以秀才为"措大"，措者，醋也，盖取寒酸之味。而妇人妒者，俗亦谓之"吃醋"，不知何义。昔范质谓人能鼻吸三斗醇醋，便可作宰相。均一醋也，何男子吸之便称德量，而妇人吃之反为媚嫉之名耶？亦可笑之甚也。

刘禹锡《寒具》诗云："纤手搓来玉数寻，碧油搓出嫩黄深。夜来春睡无轻重，压匾佳人缠臂金。"则为今之馓子明矣。宋人因林和靖《寒食》诗有寒具，遂解以为寒食之具，安知和靖是日不尝馓子耶？

《礼》有醢酱、卵酱、芥酱、豆酱，用之各有所宜，故圣人不得其酱不食。今江南尚有豆酱，北地则但熟面为之而已，宁办多种耶？又桓谭《新论》有腜酱，汉武帝有鱼肠酱，南越有筲酱，晋武帝《与山涛书》致鱼酱，枚乘《七发》有芍药之酱，宋孝武诗有鲍酱，又《汉武内传》有连珠云酱、玉津金酱，《神仙食经》有十二香酱，今闽中有蛎酱、鲎酱、蛤蜊酱、虾酱，岭南有蚁酱。则凡聂而切之腌藏者，概谓之酱矣，乃古之醢非酱也。

羹之美者，则彭铿之斟雉，伊尹之烹鹄，陈思之七宝，明皇之甘露。黄颔之臛，虞悰所遗；仓庚之肉，郤氏止炉。元和之龙，东郡之枭。子公以鼋乱郑，子期以羊覆国。鲍能救伍，熊可亡纣。至于赞皇一杯，费钱三万，暴殄极矣。彼千里莼菰，碧涧香芹，杜云锦带，苏制玉糁。罗浮之骨董，洪州之乐道，箕季之瓜匏，窦俨之双晕，仰山之道场，陶家之十远。吴淑玉杵之咏，相如露葵之赋，仅果措大之腹，难入八珍之谱。临海之猴头，交阯之不录，岭南之象鼻，九真之蚕蛹，俗已近夷，不如藜藿。

今大官进御饮食之属，皆无珍错殊味，不过鱼肉牲牢，以燔炙酏厚为胜耳。不独今日为然也，《周礼》："王之膳以八珍。"八珍者，淳熬也，淳母也，炮豚也，炮牂也，捣珍也，渍也，熬也，肝膋。此皆燥肠之鸩毒，焦胃之斧斤也。其它食用六谷，膳用六牲，饮用六清，羞用百有二十品，酱用百有二十瓮。然口不尝藜藿之味，目不视盐菽之祭，徒以耗津液、滑天和耳。曾谓周公作法于俭，而肯以饕餮训后世哉？

龙肝凤髓、豹胎麟脯，世不可得，徒寓言耳。猩唇玃炙，象约驼峰，虽间有之，非常膳之品也。今之富家巨室，穷山之珍，竭水之错，南方之蛎房，北方之熊掌，东海之鳆炙，西域之马奶，真昔人所谓富有小四海者，一筵之费，竭中家之产不能办也。此以明得意、示豪举则可矣，习以为常，不惟开子孙骄溢之门，亦恐折此生有限之福。《孟子》所谓"饮食之人则人贱之"者，此之谓也。

枚乘《七发》所谓"犓牛肥狗，熊膰鲤胗，秋黄白露，楚苗安胡"者，可见当时之珍味止于是耳，其于荔支子鹅、鱼脡蟹臛，固不数数然也。五方之人，口食既殊，肠胃亦异。海峤之人久住北方，啖面食炙，辄觉唇焦胃灼，亦犹北人至南方，一尝海物辄苦暴下，其于蟹鲎蟀蛑之属，不但不敢食，亦不敢见之。始信《周礼》所载八珍皆淳熬之类，亦其所习然也。

黄鸟食之已妒，鲨鱼食之止骄，鹝鹕食之不饥，算余食之不醉，鲭鱼食之已狂，人鱼食之已痴。古有斯语，未谂其然也。

　　人之口腹，何常之有？富贵之时，穷极滋味，暴殄过当，一遇祸败，求藜藿充饥而不可得。石虎食蒸饼，必以干枣、胡桃瓤为心，使坼裂方食；及为冉闵所篡幽废，思其不裂者而无从致之。唐东洛贵家子弟，饮食必用炼炭所炊，不尔便嫌烟气；及其乱离饥饿，市脱粟饭食之，不啻八珍。此岂口腹贵于前而贱于后哉？彼其当时所为，拣择精好，动以为粗恶而不能下咽者，皆其骄奢淫佚之性使然，非天生而然也。吾见南方膏粱子弟，一离襁褓，必择甘毳温柔，调以酥酪，恐伤其胃，而疾病亦自不少。北方婴儿卧土炕，啖麦饭，十余岁不知酒肉，而强壮自如。又下一等若乞丐之子，生即受冻忍饿，日一文钱便果其腹。人生何常，幸而处富贵，有赢余，时时思及冻馁，无令过分，物无精粗美恶，随遇而安，无有选择于胸中，此亦"动心忍性"之一端也。子瞻兄弟南迁，相遇梧、藤间，市饼，粗不可食，黄门置箸而叹，子瞻已尽之矣。二苏之学力识见优劣，皆于是卜之。吾生平未尝以饮食呵责人，其有不堪，更强为进。至于宦中尤持此戒，每每以语妻孥，然未必知此旨也。

　　孙承佑一宴杀物千余，李德裕一羹费至二万，蔡京嗜鹌子，日以千计，齐王好鸡跖，日进七十，江无畏日用鲫鱼三百，王黼库积雀鲊三楹。口腹之欲残忍暴殄，至此极矣。今时王侯阉宦尚有此风，先大夫初至吉藩，遇宴一监司，主客三席耳，询庖人，用鹅一十八，鸡七十二，猪肉百五十斤，它物称是，良可笑也。

　　东南之人食水产，西北之人食六畜。食水产者，螺、蚌、蟹、蛤以为美味，不觉其腥也；食六畜者，狸、兔、鼠、雀以为珍味，不觉其膻也。若南方之南，至于烹蛇酱蚁、浮蛆刺虫，则近于鸟矣；北方之北，至于茹毛饮血、拔脾瀹肠，则比于兽矣。圣人之教民火食，所以别中国于夷狄，殊人类于禽兽也。

　　晋文公时，宰人上炙而发绕之，召而让焉，以辩获免。汉光武时，陈正为大官令，因进御膳，黄门以发置炙中，帝怒，将斩正，后乃赦之。宋时有侍御史上章弹御膳中有发，曰："是何穆若之容，忽睹鬖如之状。"当时以为笑柄。谀臣妄言，不足责也，而文公、光武，仁明之王，反不及楚庄王之吞蛭，何耶？

中山君以一杯羹亡国，以一壶浆得士二人，顾荣以分炙免难，庾悦以悭炙取祸。《诗》云："民之失德，干糇以愆。"噫，宁独民哉？吾独怪刘毅负英雄之名，乃效羊斟、司马子期之所为，修怨于口腹之末，宜其志业之不终也。

《文选》有寒鸽、寒鳖，《崔骃传》亦有鸡寒，《七启》"寒芳苓之巢龟"，李善注："寒，今脏肉也。"《广韵》："煮肉熟食曰脏。"然寒字甚佳，而煮熟之义极甚肤浅，良可笑也。但古人制造多方，《周礼》膳羞之政，凡割烹煎和之事，辨体名肉物及百品味，各有所宜，似非若后世之庖人一味煮而熟之已也。

今人之食既自苟简，而庖人为政，一切调和，醴、齐、醢、醯之属皆无分辨，宴客之时，恒以大镬合而烹之，及登俎而后分，虽易牙不能别其味也。至于火候生熟之节，又无论已。不知物性各有所宜，亦各有所忌，如鸡宜姜而豕则忌之，鱼宜蒜而羊则忌之。古人腥臊膻香，死生鲜薧，炮炙醢醯，秩然有条，不相紊乱。至于食齐宜春，羹齐宜夏，酱齐宜秋，饮齐宜冬，凡和则春多酸，夏多苦，秋多辛，冬多卤，顺四时之气以节宣之，非徒为口腹已也。今江南人尚多列釜灶，诸品不淆，然官厨已不能守其法矣，况北方乎？

脍不厌细，孔子已尚之矣。脍即今鱼肉生也，聂而切之，沃以姜椒诸剂，闽、广人最善为之。昔人所云"金齑玉脍，缕细花铺"，不足奇也。据史册所载，昔人嗜脍者最多，如吴昭德、南孝廉皆以喜斫脍名；余媚娘造五色脍，妙绝一时；唐俭、赵元楷，至于衣冠亲为太子斫脍。今自闽、广之外，不但斫者无人，即啖者亦无人矣。《说文》："脍，细切肉也。"今人以杀人者为刽子手，刽亦断切之义，与脍同也。按脍亦谓之劀。齐东昏侯时谣曰："赵鬼食鸭劀。"注：细锉肉杂以姜桂是也。

六朝时呼食为头，晋元帝谢赐功德净馔一头，又谢赍功德食一头，又刘孝威谢赐果食一头。一头即今一筵也。然古未前闻，不知何义。

饼，面糍也，《方言》谓之馄饨，又为之饦。然馄饨即今馒头耳，非饼也，京师谓之馍馍。胡饼即麻饼也，石勒讳胡，故改为麻饼。又有蒸饼、豆饼、金饼、索饼、笼饼之异。而唐时有红绫馅饼，惟进士登第日得赐焉，故唐人有"莫嫌老缺残牙齿，曾吃红绫馅饼来"之诗。今京师有酥饼、馅饼二种，皆称珍品，而内用者加以玫瑰、胡桃诸品，尤胜民间所市。又内中所制有琥珀糖，色如琥珀；有倭丝糖，其细如竹丝而扭成团，食之有焦面气。然其法皆不传于外也。

上苑之蘋婆，西凉之蒲萄，吴下之杨梅，美矣，然校之闽中荔支，犹隔数尘在也。蘋婆如佳妇，蒲萄如美女，杨梅如名伎，荔支则广寒中仙子，冰肌玉骨，可爱而不可狎也。

荔支之味无论，即浓绿枝头，锦丸累垂，颊射朝霞，固已丽矣，而奇香扑人，出入怀袖，即残红委地，遗芬不散，此岂百果所敢望哉？

荔支以枫亭为最，核小而香多也；长乐之胜画次之，肌丰而味胜也；中观又次之，色味俱醇而繁多不绝也。三者之外，人间常见尚有二十余种，如桂林金钟火山之类，品中称劣矣，然犹足为扶余天子也。

有鹊卵荔支，小仅如鹊卵，而味甚甘，核如粟大，间有无核者。又有鸡引子，一大者居中，而小者十余环向之，熟则俱熟，味无差别。

黄香色黄，白蜜色白，江家绿色绿，双髻生皆并蒂，七夕红必以七夕方熟，此皆市上所不恒有者也。

荔支核种者多不活，即活亦须二十年始合抱结子。闽人皆用劣种树，去其上稍，接以佳种之枝，间岁即成实矣。龙目亦然。

荔支、龙目皆以一年长叶，一年结子。如遇结子之年雨水过多，亦不实而长枝，过年则蕃滋加倍矣。园中树欲其高大，遇结蕊之时即摘去之，如此数年，便可寻丈。

果将熟时，专有飞盗，缘枝接树，趫捷如风，园丁防之若巨寇然，瞬息不觉则千万树皆被渔猎，名曰夜燕。五月初时，有入市色斑而味酢者，皆夜燕橐中出也。不独戕其生，亦且败其名，可恨莫甚焉。此果人未采时，虫鸟不敢侵，一经盗手，群蠹攻之矣。

荔支核性太热，补阴，人有阴症寒疾者，取七枚煎汤饮之，汗出便差。亦治疝气。

杨贵妃生于蜀，故好啖荔支。今蜀中不过重庆数树，其实色味俱劣，不堪与闽中作奴。不知骊山下"一骑红尘"者的从何处来也。滇中沐国府中亦有一树，每实时以金柈盛三五颗，饷藩臬大吏，受之者以白镪一两售其从者。邓汝高学宪在滇日，沐亦致焉，酢甚，不能下咽，归语妻孥，一笑而已。

白乐天在忠州时所言荔支之状，至于"朵如蒲桃，浆液甘酸"，可知蜀中荔支形味。闽中生者岂但如蒲桃，又何尝有些酸味耶？

《传记》载啖荔支过多内热，当以蜜浆解之。闽人日啖数百，不觉热也。但过多恐腹膨胀，少以卤物下之即消矣。

荔支、龙眼不但以味胜，食之亦皆有益于人，蠲渴补髓，通神益智。《列仙传》云有食荔支而得仙者。而龙眼干之煎汁为饮，尤养心血，治怔忡、不寐、健忘诸疾。

人之口食，固亦无恒。曹丕称蒲桃，则云"甘而不饐，脆而不酸。南方有橘，正裂人牙，时有甜耳"。徐君房之答陈昭，则云"金衣素里，见苞作贡，向齿自消，良应不及"，则又为橘左祖也。吴中王百榖苦欲以杨梅敌荔支，余与往返论难数百言，终未以为然也。然生长吴中，未尝荔支，固宜轻于持论。凡物须眼所见则泾渭自分，合以相并则妍媸自见。

《广雅》以龙眼为益智，《尔雅》以益母为茺蔚，其实非也。

北地有文官果，形如螺，味甚甘，类滇之马金囊，或云即是也。后金囊又讹为槟榔，遂以文官果为马槟榔。不知文官果树生，马金囊蔓生也。

西域白蒲桃，生者不可见，其干者味殊奇甘，想可亚十八娘红矣。有兔眼蒲桃，无核，即如荔支之焦核也。又有琐琐蒲桃，形如茱萸，小儿食之能解痘毒。于文定《笔麈》云：琐琐即驳娑之讹。未知是否。

滇中梧桐子大如豆，其形与它处殊不类，壳光薄不皱，味如松子。又有神黄豆，似五倍子，能令儿童稀痘，然亦不甚验也。

闽、楚之橘，燕、齐之梨，霜液满口，足称荔支、龙眼之亚矣。闽中梨初称建阳，今福州有一种，十月方熟，一颗重至二斤，甘酥融液，不可名状，但人家有者不常见耳。此外有夫人李、佛手柑、菩提果，皆篡圃中佳植也。

余甘与橄榄味相似，而实二物也。《临海异物志》谓余甘即橄榄，误矣。余甘形大小如弹丸，理如瓜瓣，初入口苦涩，末为甘香。闽、漳、泉亦有之。但余甘少而橄榄多,世人因东坡有"余甘回齿颊"之语,乃混而一之,可乎?

齐中多佳果,梨、枣之外,如沙果、花红、桃、李、柿、栗之属,皆称一时之秀,而青州之蘋婆,濮州之花谢甜,亦足敌吴下杨梅矣。

杨梅以吴兴太子湾者为佳,紫黑若桑椹,入口甘而不酢。又有一种白色者,名为水精杨梅。余于己酉夏避暑吴山,臧晋叔见饷数十颗,甘美胜常,家人惊异传玩,以为在吴兴五年所未尝见也。

青州虽为齐属,然其气候大类江南,山饶珍果,海富奇错。林薄之间,桃、李、櫨、梨、柿、杏、苹、枣,红白相望,四时不绝。市上鱼蟹腥风逆鼻,而土人不知贵重也。有小蟹如彭越状,人家皆以喂猫鸭,大至蚌蛸、黄甲,亦但腌藏臭腐而已。使南方人居之,使山无遗利,水无遗族,其富庶又不知何如也。

五谷者,稻、黍、稷、麦、菽也。郑司农注《周礼》,谓麻、麦、黍、稷、豆,而不及稻。岂郑未至南方耶?"王之馈,食用六谷",郑注:"稻、黍、稷、粱、麦、苽。"又"三农生九谷",郑注:"稷、秫、黍、稻、麻、二豆、二麦。"其说互异,恐亦以臆断耳。《炙毂子》云:"九谷者,黍、稷、麻、麦、稻、粱、苽、大小豆。"《酉阳杂俎》云:"九谷者,黍、稷、稻、粱、三豆二麦。"然北方之谷尚有粟,有蜀秫,有荞麦,而豆之属有黄豆、绿豆、黑豆、江豆、青豆、扁豆、豌豆、蚕豆,不啻三也。南方虽止于稻米,而稻之中已有十数种矣。后稷之时已称百谷,说者谓五谷之属各有二十,合而为百,近于穿凿。百,成数也;五谷者,举其大言之也。《甘石星经》又谓八谷,应八星。八谷者,黍、稷、稻、粱、麻、菽、麦、乌麻也。其星在河车之北,明则俱熟。

稻有水旱二种,又有秫田,其性粘软,故谓之糯米,食之令人筋缓多睡。其性懦也,作酒之外,产妇宜食之。又谓之江米。陶彭泽公田五十亩,悉令种秫,盖乱离之世,借酒以度日耳。然督邮一至,便尔解绶,所种秫田未尝得升合之入也。所谓"张公吃酒李公醉"者耶? 书此以发一笑。

百谷之外,有可以当谷者,芋也,薯蓣也。而闽中有番薯,似山药而肥白过之,种沙地中,易生而极蕃衍,饥馑之岁,民多赖以全活。此物北方亦可种也。按嵇含《草木状》有甘藷,形似薯蓣,实大如瓯,皮紫肉白,可蒸食之。想即番薯,未可知也。

燕、齐之民每至饥荒,木实树皮无不啖者,其有草根为菹,则为厚味矣。其平时如柳芽、榆荚、野蒿、马齿苋之类,皆充口食。园有余地,不能种蔬,竞拔草根腌藏,以为寒月之用。《毛诗》所谓"我有旨蓄"以御冬者,想此类耳。彼讵知南方有凌冬弥茂之蔬耶?

京师隆冬有黄芽菜、韭黄,盖富室地窖火坑中所成,贫民不能办也。今大内进御,每以非时之物为珍,元旦有牡丹花,有新瓜,古人所谓二月中旬进瓜,不足道也。其它花果无时无之,盖置炕中,温火逼之使然。然经年树即枯死,盖其气为火所伤故也。至于宰杀牲畜,多以惨酷取味。鹅鸭之属,皆以铁笼罩之,炙之以火,饮以椒浆,毛尽脱落,未死而肉已熟矣。驴羊之类,皆活割取其肉,有肉尽而未死者。冤楚之状,令人不忍见闻。夫以供至尊犹之可也,而巨珰富戚转相效尤,血海肉林,恬不为意。不知此辈何福消受,死后当即堕畜生道中,受此业报耳。

重束为枣,并束为棘,棘亦枣之类也。《埤雅》曰:"大者枣,小者棘。"棘盖今酸枣之类,而枣树之短者亦蔓延针刺,钩人衣服,其与荆棘又何别哉?惟修而长之,接以佳种,遂见珍于天下,此亦君子小人之别也。故药中诸果皆称名,于枣独加大字,明小者不足用也。

千年人参,根作人形,千年枸杞,根作狗形。中夜时出游戏,烹而食之,能成地仙。然二物固难遇,亦难识也。相传女道士师弟二人居深山中,其徒出汲,井畔常见一婴儿,语其师。师令抱至,成一树根,师大喜,构火烹之。未熟,值粮尽,下山化米。师出门而水大涨,不得还,徒饥甚,闻所烹者香美,遂食之,三日啖尽。水落师还,则其徒已飞升矣。又维扬一老叟,常扰众酒食,一日邀众治具,丐者数人捧二盘至,一蒸小儿,一蒸犬也。众呕哕不食,道士恳请,不从,乃叹息自食之。且尽,其余分诸丐者,乃谓众曰:"此千岁人参枸杞,求之甚难,食之者白日升天。吾感诸公延遇,特以相报,而乃不食。信乎仙分之难也。"言未已,群丐化为金童玉女,拥道士上升矣。夫此二者,或遇之而不能识,或识之而不得食,而弟子及丐者以无意得之,岂非命而何?

倔佺食松实,形体生毛,两目更方。山中毛女食柏叶,不饥不寒,不知年岁。彭铿常食桂芝,八百余岁。赤将子舆啖百草花,能随风雨上下。鲁定公母服五加皮,以致不死。张子声服五加皮酒,寿三百年,房室不绝。任子季服茯苓,轻身隐形。韩众服菖蒲,遍体生毛,隆冬裸袒。赵他子服桂,日行五百里。移门子服五味子,色如玉女。林子明服术,身轻敏举。楚子服地黄,夜视有光。陵阳子仲服远志,有子二十七,老更少容。杜子微服天门冬,八十年日行三百里。庾肩吾服槐实,年七十余,须鬓更黑。青城上官道人食松叶,九十如童。赵瞿饵松脂,百岁发不白,齿不落。人于草木之实饵之不辍,皆足补助血气,培养寿命,但世人轻而不信耳。夫钩吻乌喙,足以杀人,人所共信也。恶者有损,善者岂得无益与? 其服草木之实,纵无益而无害也,不犹愈于炼红铅服金石,毒发而莫之救,求长生而返速毙乎?

闽、广人食槟榔,取其驱瘴疬之气,至称其四德,曰醒能使醉,醉能使醒,饥能使饱,饱能使饥。然槟榔破癥消积,殊有神效,余食后辄饵之,至今不能一日离也。按《本草》谓其能杀三虫,下胸中至高之气。夫余之百炼刚化作绕指柔,亦已久矣,纵微服此,胸中宁复有至高之气乎?《本草原始》曰:"宾与郎皆贵客之称,交、广人凡宾客胜会必先呈此,故以槟榔名也。"

北人虽有梨而不甚珍之,且畏其性寒,多熟而啖。昔人谓得哀家梨,亦复蒸食者是已。至于菱藕之类,亦皆熟食。山楂弥满山谷,什九为童稚玩弄之具。惟闽人得之,能去其滓,煎作琥珀色,所谓"楚有才而晋用之"者也。

人食巴豆则泻,鼠食巴豆则肥,神仙食巴豆则死。盖仙家炼气皆用倒升泥丸之法,故云顺则成人,逆则成仙。巴豆下气而荡涤脏腑,开通闭塞者也,故不利于仙。然使真仙,水火可入,岂一巴豆所能破哉?

药中有孩儿茶,医者尽用之,而不知其所自出。历考《本草》诸书,亦无载之者。一云出南番中,系细茶末,入竹筒中,紧塞两头,投污泥沟中,日久取出,捣汁熬制而成。一云即是井底泥,炼之以欺人耳。番人呼为乌爹泥，又呼为乌叠泥。俗因治小儿诸疮，故名孩儿茶也。

昔临川一士人家婢有罪，逃入深山中，见野草枝叶可爱，拔其根啖之，久而不饥。夜宿大树下，闻草中动，以为虎，惧而上树避之。及晓下平地，欻然凌空若飞鸟焉。如是数岁，家人采薪见之，捕之不得，乃以酒饵置往来路上，婢果来食，食讫遂不能去，与俱归。指所食之草，视之乃黄精也。夫人岂必尽有仙骨，但能服食灵药，便可长生矣。彼山麋野鹤寿皆千岁，岂必修道炼形哉？惟不食烟火耳。

山药原名薯蓣，以避宋英宗讳，改名山药。其种亦多，今闽中以山谷中所生大如掌者为薯，而以圃中生直如槌者为山药，不知原一种而强分之也。

肉苁蓉产西方边塞上垤中及大木上，群马交合，精滴入地而生，皮如松鳞，其形柔润如肉，塞上无夫之妇，时就地淫之。此物一得阴气，弥加壮盛，采之入药，能强阳道，补阴益精。或作粥啖之，云令人有子。

《夷坚志》载：僧有病噎死者，剖其胃得虫，诸药试之皆不死。时方治蓝，戏以蓝汁浇之，即化为水。然蓝不独治噎，兼治瘟疫，及解百毒、杀诸虫。唐张延赏在蜀，有从事为斑蜘蛛所螫，头项肿如数升碗，几不救。张出数千缗，募有能疗之者，一游僧自云能，张命试之。遂取蓝汁一碗，取蜘蛛投之，困不能动。又别捣蓝汁加麝香末，更取蜘蛛投之，即死。又更取蓝汁、麝香复加雄黄末和之，取一蜘蛛，投即化为水。张与宾从皆异之。遂令傅患处，不两日，平复如常。故今治大头瘟毒者多用之。

唐河东裴同父患腹痛，不可忍，临终语其子曰："吾死，可剖腹视之。"同从命，得一物如鹿脯条，悬之干久如骨。一客窃而削之，文彩焕发，遂以为刀欛子。一日割三棱草饲马，其欛悉消为水。归以问同，具言其故。今腹病者服三棱草多愈，此与蓝汁治噎虫同也。

迎春也，半夏也，忍冬也，以时名者也。刘寄奴也，徐长卿也，使君子也，王孙也，杜仲也，丁公藤也，蒲公英也，以人名者也。鹿跑草也，淫羊藿也，麋衔草也，以物名者也。高良、常山、天竺、迦南，以地名者也。虎掌、狗脊、马鞭、乌喙、鹅尾、鸭跖、鹤虱、鼠耳，以形名者也。预知子、不留行、骨碎补、益母、狼毒，以性名者也。无名异、没石子、威灵仙、没药景、天三七，则无名而强名之者也。牝鹿衔草以饴其牡，蜘蛛啮芋以磨其腹，物之微者犹知药饵，而人反不知也，可乎？

药有五天：决明为肝天，紫苑为肺天，神曲为脾天，远志为心天，从容为肾天。

药中有紫稍花，非花也，乃鱼龙交合，精液流注，黏枯木上而成。一云龙生三子，一为吉吊，上岸与鹿交，遗精而成。状如蒲槌，能壮阳道，疗阴痿。此与肉苁蓉大略相似。夫人之精气自足供一身之用，乃以斫丧过度，而借此腥秽污浊之物以求助长之效，鲜有不速其毙者也。

神农尝百草以治病，故书亦谓之《本草》，可见古之入药者，不过草根木实而已。其后推广，乃及昆虫，然杀众物之生以救一人之病，非仁人之用心也，况医之用及昆虫，又百中之一二乎。孙思邈道行高洁，法当上升，因著《千金方》，中有水蛭、蝼蛄，为天帝所罚，故能却而不用，亦推广仁术之一端耳。

今《本草》中禽兽昆虫，巨细必载，大自虎狼鹳鹤，小至蚊蚋蜂蚓，无不毕备，遂令杀生以求售者日盈于市。余见山东蒙阴取蝎者，发巨石，下探其窟穴，计以升斗，以火逼死，累累盈筐。此物不良，死固不足惜，然藏山谷中者，何预人事，而取之不休，亦可悯也。至于虾蟆、龟蛇之属，皆灵明有知，而刳肠剔骨，惨酷异常。又其大者，针鹿取血，剥驴为胶，即可以长生不死。君子不为也，而况未必效乎！

虾蟆于端午日知人取之，必四远逃遁。麝知人欲得香，辄自抉其脐。蛤蚧为人所捕，辄自断其尾。蚺蛇胆曾经割取者，见人则坦腹呈创。物类之有知如此，不独鸡之惮为牺也。

蛤蚧，偶虫也，雄曰蛤，雌曰蚧，自呼其名，相随不舍。遇其交合捕之，虽死牢抱不开，人多采之以为媚药。又有山獭，淫毒异常，诸牝避之，无与为偶，往往抱树枯死。其势入木数寸，破而取之，能壮阳道，视海狗肾功力倍常也。今山东登、莱间海狗亦不可多得，往往伪为之，乃取狗肾而缝合于牝海狗之体以欺人耳。盖此物一牡管百牝，牡不常得故也。《齐东野语》云：山獭出南丹州，土人名之曰插翘，一枚直黄金一两。

　　蛊虫，北地所无，独西南方有之，闽、广、滇、贵、关中、延绥、临洮皆有之，但各处之方有不同耳。闽、广之法，大约以端午日取蛇、蜈蚣、蜥蜴、蜘蛛之属，聚为一器，听其自咬，其它尽死，独留其一，则毒之尤矣，以时祭之，俾其行毒。毒之初行，必试一人，若无过客，则以家中一人当之。中毒者绞痛吐逆，十指俱黑，嚼豆不腥，含矾不苦，是其验也。其毒远发十载，近发一时。初觉之时，尚可用甘草、绿豆诸药解之，及真麻油吐之，三月以后，不可为也。又有挑生蛊，食鸡鱼之类皆变为生者，又能易人手足及心肝肾肠之属，及死视之，皆木石也。又有金蚕毒，川、筑多有之，食以蜀锦，其色如金，取其粪置饮食中，毒人必死。能致它人财物，故祀之者多致富；或不祀，则多以金银什物装之道左，谓之嫁金蚕。《夷坚志》所载有得物者，夜而蛇至，其人知其蛊也，生捉而啖之至尽，饮酒数斗而卧，帖然无恙。《说海》载福清有讼金蚕毒者，取二刺猬取之，立得。然今福清不惟无金蚕，亦无刺猬也。

　　宋宣和间，有贵妃病嗽，侍医李姓者诊治百计不效，而痰喘愈甚，面目浮肿如盘。上临幸见之，深以为忧，责李三日不效，取进止。李技穷，夫妇相泣。中夜闻有卖药者呼曰："专治痰嗽，一文一贴，永不再发。"李以十钱易十贴，尚疑草药性厉，先以二贴自服之，无恙。且携以入，一服而瘥，比旰如常。上大喜，两宫赐赉逾千缗。李恐内中索方，无以对，亟令物色卖药者，以百金请其方，曰："我军人也，贫穷一身，岂用多金哉？"李固予之，曰："此不过天花粉、青黛二种耳。此药易办，故持以度日，非有它也。"李拜谢之。

　　世宗末年，一日患喉闭，甚危急，诸医束手。江右一粮长运米入京，自言能治，上亲问之，对曰："若要玉喉开，须用金锁匙。"上首肯之，命处方以进，一服而安，即日授太医院判，冠带而归。后有人以此方治徐华亭者亦效，徐予千金，令上坐，诸子列拜之，曰："生汝父者，此君也，恩德讵可忘哉！"金锁匙即山豆根也，以一草之微而能为君相造命，而二人者或以贵或以富，始信张宝藏以荜拨一方得三品官不虚也。

江左商人，左膊上有人面疮，亦无它苦，戏滴酒口中，其面亦赤，以物饲之亦能食，食多则膊内肉胀起，疑其胃也，不食之则一臂瘠焉。有医者教以历试草木金石之药，皆无苦，惟至贝母则聚眉闭口。商人喜曰："此药必可治也。"以苇筒抉其口灌之，遂结痂而愈。此与蓝之治噎虫，雷丸之治应声虫相类，然《本草》于贝母但言其治烦热邪气、疝瘕喉痹，安五脏，利骨髓而已，不言其有杀虫之功也。岂人面疮亦邪热所结耶？又一书载人面疮乃虿错所化以报衰盎者，则又生前宿冤，非贝母所能疗矣。

《孟子》谓"七年之病求三年之艾"，故艾以老者为良。人五十曰艾，然少者亦谓之艾，何也？《春秋外传》曰："国君好艾，大夫殆。"《孟子》曰："知好色，则慕少艾。"一说谓艾者，外也，妻子为内，少艾为外也。《本草》："艾以复道生者为佳。"亦重外之意也。此说甚新，姑笔之。凡炙艾，以圆珠承日得火者为上，钻槐取火，取之而熬药膏者又以桑火为上，取其刚烈能助药力，盖各有所宜也。

唐郑相国自叙云："予为南海节度，年七十有五。越地卑湿，伤于内外，众疾俱作，阳气衰绝，服乳石补益之剂，百端不应。元和七年，诃陵国舶主李摩诃知予病状，遂传此方并药，予疑而未服，摩诃稽颡固请，乃服之。经七八日，渐觉应验，自尔常服，其功如神。十年二月罢郡归京，录方传之。破故纸十两，择净皮洗过，捣筛令细，用胡桃瓤三十两，汤浸去皮，细研如泥，即入前末，好蜜和匀，盛瓷器中，旦日以暖酒二合调药一匙服之，便以饭压，如不饮酒，熟水代之。弥久则延年益气，悦心明目，补添筋骨。但禁食芸台、羊血，余无忌也。"

何首乌，五十年大如拳，服一年则须发黑；百年大如碗，服一年则颜色悦；百五十年大如盆，服一年则齿更生；二百年大如斗，服一年则貌如童子，走及奔马；三百年大如三斗栲栳，其中有鸟兽山岳形状，久服则成地仙矣。

草木之药可以延年续命者多矣，而世独贵人参，以其出自殊方，它处稀得，盖亦家鸡野鹄之喻也。人参出辽东上党者最佳，头面手足皆具，清河次之，高丽、新罗又次之。尝有赞曰："三桠五叶，背阳向阴。"故唐韩翃诗曰"应是人参五叶齐"是也。今生者不可得见，其入中国者皆绳缚蒸而夹之，故上有夹痕及麻线痕也。新罗参虽大，皆用数片合而成之，其功力反不及小者。择参惟取透明如肉，及近芦有横纹者，则不患其伪矣。

　　参在本地价甚不高，中国人转市之，度山海诸关纳税，而上之人求索无穷，近加以内监高淮每一檄取，动以数百斤计，故数年以来佳者绝不至京师，其中上者亦几与白镪同价矣。王荆公有言："平生无紫团参，亦活到今日。"今深山荒谷之民，茹草食藿，不知药物为何事，而强壮寿考，不闻疾病，惟富贵膏粱之家子弟妇人，起居无节，食息不调，而辄恃参术之功，远求贵售，若不可须臾离者，卒之病殇夭折相继不绝，亦何益之有哉？

　　医家有取红铅之法，择十三四岁童女美丽端正者，一切病患残疾声雄发粗及实女无经者俱不用，谨护起居，候其天癸将至，以罗帛盛之，或以金银为器，入磁盆内，澄如朱砂色，用乌梅水及井水、河水搅澄七度晒干，合乳粉、辰砂、乳香、秋石等药为末，或用鸡子抱，或用火炼，名"红铅丸"，专治五劳七伤、虚惫羸弱诸症。又有炼秋石法，用童男女小便熬炼如雪，当盐服之，能滋肾降火，消痰明目，然亦劳矣。人受天地之生，其本来精气自足供一身之用，少壮之时酒色丧耗，宴安鸩毒，厚味戕其内，阴阳侵其外，空余皮骨，不能自持，而乃倚赖于腥臊秽浊之物，以为夺命返魂之至宝，亦已愚矣。况服此药者，又不为延年祛病之计，而借为肆志纵欲之地，往往利未得而害随之，不可胜数也。滁阳有聂道人，专市红铅丸，庐州龚太守廷宾时多内宠，闻之甚喜，以百金购十丸，一月间尽服之，无何，九窍流血而死。可不戒哉！

　　金石之丹皆有大毒，即钟乳、朱砂，服久皆能杀人。盖其燥烈之性为火所逼，伏而不得发，一入肠胃，如石灰投火，烟焰立炽，此必然之理也。唐时诸帝，如宪、文、敬、懿之属，皆为服丹所误。宋时张圣民、林彦振等皆至发疽溃脑，不可救药。近代张江陵末年服丹，死时肤体燥裂如炙鱼然。夫炼丹以求长生也，今乃不能延龄，而反以促寿，人何苦所为愚而怙不知戒哉？盖皆富贵之人，志愿已极，惟有长生一途，欲之而不可得，故奸人邪术得以投其所好，宁死而不悔耳。

亦可哀也。

　　金石无论，即兔丝、杜仲，一切壮阳之剂，久服皆能成毒发疽，《老学庵》所载可见。至于紫河车，人皆以为至宝，亦不宜常服。此药医家谓之"混元球"，取男胎首生者为佳。丹书云："天地之先，阴阳之祖，乾坤之橐籥，铅汞之匡廓。胚胎将兆，九九数足，我则乘而载之，故谓之河车。紫，其色也。"此药虽无毒而性亦大热，虚劳者服之，恐长其火；壮盛者服之，徒增其燥。夫天地生人，清者为气，浊者为形，父精母血，凝合而成。气足而生，至宝具矣。胞衣者乃臭腐之胚胝，血肉之渣滓，故一旦瞥然脱胎下世，犹神仙之委蜕也。人生已弃之物，宁复借此而补助哉？况闻胞衣为人所烹者子多不育，故产蓐之家防之如仇，惟有无赖乳媪贪人财贿，乘间窃之，以希厚直耳。夫忍于夭殇人子以自裨益，仁者且不为也，而况未必其有功，而徒以灵明高洁之府为藏污纳秽之地也。

　　泰山有太乙余粮，视之石也，石上有甲，甲中有白，白中有黄。相传太乙者，禹之师也，尝服此而弃其余，故名。又有石中黄，即余粮之未凝者，水溶若生鸡子焉。又会稽有石，亦重叠包裹而中有粉如面者，名禹余粮。皆治咳逆，破痕症。恐是一物，因其黄白二色，所产异地而分别之耳。其益州所产空青，则中但有清水而无重叠也。语曰："医家有空青，天下无盲人。"余友陈幼孺瞽疾，有人遗之者，延医治之，竟不效也。

　　人啖豆三年则身重难行，象肉亦然；啖榆则眠不欲觉；食燕麦令人骨节解断，食燕肉入水为蛟龙所吞；食冬葵为狗所啮，疮不得差；食绿豆服药无功；藕与蜜同食可以休粮；大豆多食可以不饥；芎䓖常服令人暴亡，银杏亦然。余五六岁时食银杏过多，卒然晕眩仆地，死半日方苏，亦不知其所由活也。

　　鼋脂可以燃铁，驼粪能杀壁虫。瓜两蒂、果双仁者，皆能杀人。生人发挂树上，乌鸟不敢食其实。栗子于眉上擦三过，则烧之不爆。误吞铜铁，荸荠解之；误吞稻芒，鹅涎解之；误吞木屑，铁斧磨水解之；误吞水蛭，田泥解之；中鹧鸪毒，姜汁解之；中诸药毒，甘草解之；中砒毒，绿豆解之；中铅锡毒，陈土甘草汤解之；中蛇毒，白芷解之；中面毒,萝卜解之;中瘈狗毒,斑猫解之;中菌蕈毒,地浆解之;烟薰死者,萝卜汁解之;诸虫入耳,生油灌之。此皆人之所忽,不可不知也。

　　闽中一军将,因夜行饮水,觉有物黏鼻间,自是患脑痛,不可忍,色黄如蜡,医巫百端莫能愈,悬百金募疗之者。一村甿夜卧荒庙中,闻二鬼语曰:"我辈受某家祭赛多矣,其病本易治,但医不识耳。"一鬼曰:"奈何?"曰:"取壁间蠼螋窠泥,和饭汁,吹入鼻中,俟其嚏可见矣。"遂喑而散。翌日甿往揭榜,如法疗之。初觉鼻中搅痛晕绝,有顷,大嚏,有马蝗大小数十皆随之出,已死矣,宿疾豁然。余按宋宝祐间,龙兴富家子患壁虱事,政与此同,人不能治而鬼识之,盖天假手以治斯人也。

卷之十二

物 部 四

《太公笔铭》云："毫毛茂茂,陷水可脱,陷文不活。"则周初已有笔矣。《卫诗》称"彤管有炜",《援神契》"孔子作《孝经》,簪缥笔",又"绝笔于获麟",《庄子》"画者吮笔和墨"。则谓笔始蒙恬,非也。崔豹《古今注》谓:"恬始作秦笔,以枯木为管,鹿毛为柱,羊毛为被。所谓苍毫,非兔毫,竹管也。"果尔,则退之《毛颖传》谓中山人蒙恬赐以汤沐者,亦误矣。

古人书鸟文小篆,似不用笔亦可,自真草八分兴而笔之权逾重矣。钟繇、张芝、王右军皆用鼠须,欧阳通用狸毛为心,萧祭酒用胎发为柱,张华用鹿毛,岭南郡牧用人须,陶景行用羊须。郑虔谓:"麝毛一管可书四十张,狸毛八十张。"又有用丰狐、蚴蛉、龙筋、虎仆及猩猩毛、狼毫、鸭毛、雀雉毛者,恐皆好奇之过,要其纯正得宜,刚柔相济,终不及中山之兔。下此则羊毫耳,然羊毫柔而无锋,终非上乘。

王右军尝叹江东下湿,兔毛不及中山,然唐、宋推宣城,自元以来,造笔之工即属吴兴,北地作者不敢望也。吴兴自兔毫外,有鼠毫、羊毫二种,近乃以兔毫为柱,羊毫辅之,刚柔适宜,名曰"巨细",其价直百钱。然行书可用,楷非所宜。

草书笔须柔,然过柔无锋,近墨猪矣。皇象谓草书欲得精毫茺笔,委曲宛转不叛散者,非神手不能道此笔中事也。

巨细笔直柔耳,若要楷书,正锋须是纯毫,大约锋欲其长,管欲其小,头欲其牢,柱欲其细。吴兴作家多不办此也。

南北异宜,兔毫入北地,一经霜风即脆,故长安多用水笔,然不过宜于佣胥辈耳。今书家卖字为活者,大率羊毫,不但柔便耐书,亦贱而易置耳。古人退笔成冢,倘有百钱之直,贫士安所办此?

汉扬子云把三寸弱翰，赍白素三尺，问异语。弱翰，柔毛笔也，故今人相沿，动称柔翰。然则笔之尚柔，其来久矣。

相传宣州陈氏世能作笔，有右军与其祖《求笔帖》藏于家。至唐柳公权求笔，老工先与二管，语其子曰："柳学士如能书，当留此笔。若退还，可以常笔与之。"既进，柳果以为不堪用，遂与常笔，乃大称佳。陈退叹曰："古今人不相及，信远矣！"余谓柳书与王所以异者，刚柔之分耳。右军用鼠须笔，想当苦劲，非神手不能用也。欧、虞尚用刚笔，兰台渐失故步，至鲁公、诚悬，虽有筋肉之别，其取态一也，宜其不能用右军之笔耳。公权又有《谢笔帖》云："蒙寄笔，出锋太短，伤于劲硬。所要优柔，出锋须长，择毫须细，管不在大，副切须齐。副齐则波撇有凭，管小则运动省力，毛细则点画无失，锋长则洪阔自由。"即此数语，公权之用笔可知矣。

笔之所贵者毫中用耳，然古今谈咏多及镂饰。刘婕妤折琉璃笔管，晋武赐张茂先麟角为管，袁豹赠庾庾象牙笔管，南朝笔工铁头者能莹管如玉，湘州守赠李德裕斑竹管，段成式寄温飞卿葫芦笔管。《西京杂记》："天子笔管以错宝为跗，杂宝为匣，厕以玉璧、翠羽。"汉末一笔之匣，雕以黄金，饰以和璧，缀以隋珠，文以翡翠。湘东王笔有三等，金玉为上，银竹次之。至于王使君以鼠牙刻笔管，作《从军行》，人马毛发、屋宇山川，无不毕具。噫，精则极矣，于笔何与？譬之择姝者，不观其貌而惟衣饰之是尚也，惑亦甚矣！

欧阳通，能书者也，犹以象牙、犀角为笔管，况庸人乎？右军谓："人有以琉璃、象牙为笔管者，丽饰则有之，然笔须轻便，重则踬矣，惟有绿沉、漆竹及镂管可爱。"余谓笔苟中书，即绿沉、漆镂亦不必可也。

蔡君谟云："宣州诸葛高造鼠须及长心笔绝佳，常州许顿所造二品亦不减之。"则君谟尚用鼠须笔也。今吴兴作者间用鼠狼毫。臧晋叔以貂鼠令工制之，曾寄余数枝，圆劲殊甚，然稍觉肥笨，用之亦苦不能自由，政不知右军、端明所用法度若何耳。

鼠须苦劲，何以中书？陆佃《埤雅》云："栗鼠苍黑而小，取其毫于尾，可以制笔，世所谓鼠须栗尾者也，其锋乃健于兔。"然则实尾而名以须耳。栗鼠若今竹䶉之类，亦非家鼠也。

伪唐宜王从谦喜用宣城诸葛氏笔,名为翘轩宝帚。君谟所谓诸葛高者,想其子孙也。吴兴元时冯应科笔,至与子昂、舜举擅名三绝,可谓幸矣。今之工者急于射利而不顾败名,上之取者亏其价值而不择好丑,故湖笔虽满天下,而真足当临池之用者,千百中一二也。

砚则端石尚矣,不但质润发墨,即其体裁浑素大雅,亦与文馆相宜。无论琉璃、金玉靡俗可憎,即龙尾、红丝见之亦当爽然自失,政似邢夫人衣故衣,时能令尹夫人自痛不如也。

皇象论草书宜得精毫茏笔、委曲婉转不叛散者,纸欲滑密不沾污者,墨欲多胶绀黝者。梁竟陵云:"子邑之纸,妍妙辉光;仲将之墨,一点如漆;仲英之笔,穷神尽意。"独于砚无称焉。盖砚视三者稍可缓耳。今人知宝数十百金之砚,而不知精择纸笔,以观美则可耳,非求实用者也。 子邑,左伯字。仲英,当作伯英,张芝字。考章诞奏魏公书可见。

柳公权论砚,以青州为第一,绛州次之,殊不及端。今青州所出石即红丝砚也。唐彦猷亦谓红丝石为天下第一,蔡君谟问其故,曰:"墨,黑物也,施于紫石则暧昧不明,在红黄则色自现,一也。斫墨如漆,石有脂脉,能助墨光,二也。"其言甚辨,然余习于用端,有解有未解耳。

唐李咸用《端溪砚》诗有"着指痕犹湿,经旬水未低。鸲眼工谙谬,羊肝土乍刲。捧受同交印,矜持过秉珪"等语。刘梦得《谢人惠端州石砚》诗:"端州石砚人间重。"李贺《青花石砚歌》云:"端州匠者巧如神,露天磨剑割紫云。"则知唐人原重端砚。朱新仲《猗觉寮杂记》又载柳公权论砚云:"端溪石为砚至妙,益墨,青紫色者可直千金。"则非不知贵也,难得故耳。

蔡君谟云:"东州可谓多奇石,自红丝出后,有鹊金黑玉研最为佳物。新得黄玉砚,正如蒸栗。续又有紫金研,又得褐石黑角石,尤精。向者但知有端岩、龙尾,求之不已,遂极品类。余之所好有异于人乎。"近代莆田参知蔡一槐酷好研石,足迹半天下,凡遇片石佳者,必收行囊中,常有数十百枚。蔡氏可谓世有研癖矣。

端研虽有活眼、死眼之别,然石之有眼,犹人之有斑痣,其贵原不在此。但端石多有眼,以此别其为端耳。宋高宗谓端研如一段紫玉,莹润无瑕乃佳，不必以眼为贵。余谓石诚佳，即新者自可，亦不必以旧为贵也。

今之端研，池皆如线，无受水处，亦无蓄墨沈处，其旁必置笔池，若大书必置碗盛墨，亦颇不便。间有斗槽者，便为减价。此但论工拙耳，非择砚者也。余蓄研多择有池者，吾取其适用耳，岂以卖研为事哉？及考宋晁以道藏研必取玉斗样，每曰："砚石无池受墨，但可作枕耳。"乃知千古之上，亦有与余同好者。

宋时供御大内，无非端石。航海之难，舟覆于莆之涵头，禁中之砚尽落民间，然其始人尚未知贵重。其后吴人有知之者，微行以贱直购之，久而渐觉，价遂腾涌，高者直百金，低亦不下一二十金。而莆人耳目既熟，转市新石，妙加镌琢，视之宋砚毫发不殊，散之四方，于是吴人转为所欺矣。

铜雀瓦虽奇品，然终燥烈易干，乃其发墨倍于端矣。洮河绿石贞润坚致，其价在端上，以不易得也。江南李氏有澄泥砚，坚腻如石，其实陶也。有方者六角者，旁刻花鸟甚精，四周有罗笺纹，较之铜雀又为良矣。

马肝龙卵，色之正也；月晕星涵，姿之奇也；鱼跃云兴，石之怪也；结邻壁友，名之佳也；稠桑栗冈，地之僻也；金月云峰，制之巧也；芝生虹饮，器之瑞也；青铁浮楂，质之诡也；颇黎玉函，用之靡也；磨穴腹洼，业之笃也；卢掷陶碎，道之穷也。

杨雄、桑维翰皆用铁砚，东魏孝静帝用铜砚，景龙文馆用银砚。今天下官署皆用锡砚，俗陋甚矣。

一日呵得一担水，才直二钱，廉者之言也，然亦杀风景矣。质润生水，自是砚之上乘，譬之禾生合颖，麦秀两岐，可谓多得一石谷，才直二百钱乎？萧颖士谓石有三灾，当并此为四也。

韩退之《毛颖传》，名砚为陶泓。郑畋、卢携掷砚相诟，王铎叹曰："不意中书有瓦解之事。"则唐人砚尚多用瓦也。

袁象赠庾翼以蟀砚，蒋道支取水上浮查为砚，则砚之不用石，盖多矣。

古人书之用墨，不过欲其黑而已，故凡烟煤皆可为也。后世欲其发光，欲其香，又欲其坚，故造作百端，淫巧沓出，价侔金玉，所谓趋其末而忘其本者也。

三代之墨，其法似不可知，然《周书》有涅墨之刑，晋襄有墨缞之制，又古人灼龟，先以墨画龟，则谓古人皆以漆书者，亦不然也。又云古有黑石，可磨汁而书。然黑石仅出延安，晋陆云与兄书谓三台上有藏者，则亦稀奇之物，安得人人而用之。况墨之为字，从黑从土，其为煤土所制无疑，但世远不可考耳。至汉始有㕛䃺之名，至唐始有松烟之制。然三国时皇象论墨，已有多胶黝黑之说，则谓魏、晋以前皆用漆而不用胶者，亦误也。至于用珠则自李廷珪始，用脑麝、金箔则自宋张遇始，自此而竞为淫巧矣。按太白诗有"兰麝疑珍墨"之语，则唐墨已用麝。

李廷珪，唐僖宗时人，其墨在宋时如王平甫、石昌言、秦少游、蔡君谟辈皆有藏者。国朝马愈《日抄》言，在英国府中曾一见之。今又百五十年矣，大内不可知，人间恐不可复得，即张遇、陈朗、潘谷，皆无存者，以今之墨不下往昔故也。

廷珪自易徙歙，遂为歙人，则歙墨源流，其来久矣。廷珪弟廷宽，宽子承宴，宴子文用，皆世其业而渐不逮。又有柴珣、朱君德小墨，皆唐末三代知名者。张遇、王迪、叶茂实、潘谷、陈朗、陈惟达、李仲宣，宋墨之良者也。元有朱万初，纯用松烟。国朝方正、罗小华、邵格之，皆擅名一时。近代方于鲁始臻其妙，其三十前所作九玄三极，前无古人。最后程君房与为仇敌，制玄元灵气以压之，二家各争其价，纷拏不定。然君房大䌷亡命，不齿伦辈，故士论讫归方焉。

李廷珪墨每料用真珠三两，捣十万杵，故坚如金石。罗小华墨亦用黄金、珍珠杂捣之，水浸数宿不能坏也。罗墨今尚有存者，亦将与金同价矣。宋徽宗以苏合油搜烟为墨，杂以百宝，至金章宗购之，每两直黄金一斤。夫墨苟适用，藉金珠何为？淫巧奓靡，此为甚矣。今方、程二家墨，上者亦须白金一斤易墨三斤，闻亦有珍珠、麝香云。余同年方承郁为歙令，自造青麟髓，价又倍之。近日潘方凯造开天容墨，又倍之，盖复用黄金矣。然以为观美则外视未必佳，以为适用则亦无以甚异也，此又余之所不解也。

墨太陈则胶气尽而字不发光，太新则胶气重而笔多缠滞，惟三五十年后最宜合用。方正墨，今用之已作煤土色矣，不知仲将何以一点如漆。或曰古墨用漆，故坚而亮；今只用胶，故数经霉湿则败矣。余家藏歙墨之极佳者，携至京师，冬月皆碎裂如砾，而廷珪当时政在易水得名，恐用漆之说不诬耳。

徐常侍得李超墨一挺，长近尺余，兄弟日书五千字，凡用十年乃尽。宋元嘉墨，每丸作二十万字。乃知昔墨不独坚而耐磨，亦挺质长大。罗小华墨虽贵重，每挺皆二两余，规者五两余。近来方、程墨苦于太小，大仅如指，用之易尽。而青麟髓、开天容尤小，家居无事，每遇乞书狼籍时，不一月辄尽，且亦不便于磨也。

方于鲁有《墨谱》，其纹式精巧，细入毫发，一时传玩，纸为涌贵。程君房作《墨苑》以胜之，其末绘《中山狼传》，以诋方之负义。盖方微时曾受造墨法于程，迨其后也有出蓝之誉，而君房坐杀人拟大辟，疑方所为，故恨之入骨。二家各求海内词林缙绅为之游扬，轩轾不一，然论墨品人品，恐程终不胜方耳。

于鲁近来所造墨亦不逮前。万历戊戌秋，余亲至于鲁家，令制长大挺，每一挺四两者，然求昔年九玄三极料已不可得。又十年，于鲁死，子孙急于取售，其所制益复不逮矣。大率上人之求取无厌，而市者之赏鉴难得，自非巨富而护名，何苦而居难售之货？此亦天下之通弊也。

唐陶雅为歙州刺史，责李超云："尔近所造墨殊不及吾初至郡时，何也？"对曰："公初临郡，岁取墨不过十挺，今数百挺未已，何暇精好为？"噫，今之守令取墨，岂直数百挺而已耶！

古人养墨以豹皮囊，欲远其湿。又云宜以漆匣密藏之，欲滋其润。

今人谓纸始造于蔡伦，非也。西汉《赵飞燕传》："箧中有赫蹄书。"应劭云："薄小纸也。"孟康曰："染纸令赤而书，若今黄纸也。"则当时已有纸矣。但伦始煮榖皮、麻头及敝布、鱼网捣以成纸，故纸始多耳。

澄心堂纸今尚有存者，然余见之不多，未敢辨其真伪也，宋笺差可辨耳。陈后山云："澄心堂乃南唐烈祖节度金陵之燕居也，世以为元宗书殿，误矣。"蔡端明云："其物出江南池、歙二郡，今世不复作。蜀笺不耐久，其余皆非佳品。"宋时去南唐不远，此纸散落人间尚多，今则绝无而仅有。梅圣俞有诗谢欧公送澄心堂纸云："江南李氏有国日，百金不许市一枚。当时国破何所有，帑藏空竭生莓苔。但存图书及此纸，弃置大屋墙角堆。幅狭不堪作诏令，聊备粗使供鸾台。"可见宋时此纸之多。宋子京作《唐书》，皆以澄心堂纸起草，欧公作《五代史》亦然。而今五百年间，贵如金玉，可为短气。

今世苦无佳纸，柬帖腐烂不必言，绵料白纸颇耐，然涩而滞笔。古人笺多研光，取其不留也。华亭粉笺岁久模糊，愈不可堪。蜀薛涛笺亦涩，然着墨即干，但价太高，寻常岂能多得耶？高丽茧纸腻粉可喜，差易购于薛涛，然岁久则蛀。自此而下，灰者竹者，非胥曹之羔雏，即剞劂之刍狗耳，不意剡溪子孙不振乃尔。

宋之诸帝留心翰墨，故文房所制率皆精品，澄心堂纸之外，蜀有玉版，有贡余，有经屑，有表光，歙有墨光，有冰翼，有白滑，有凝光，又越中有竹纸，江南有楮皮纸，温州有蠲纸，广都有竹丝纸，循州有藤纸，常州有云母纸，又有香皮纸、苔纸、桑皮纸、芨皮纸。蔡君谟言："绩溪、乌田、古田、由拳、惠州纸皆知名。"今试观宋人书画，纸无一不佳者，可知其制造之工且多也。

蔡君谟尝禁所部不得用竹纸，盖有狱讼未决而案牍已零落者。至于今时，有刚连、连七、毛边之目，尤极腐烂，入手即碎，而人喜用之者，价直轻尔。毛边之用，上自奏牍，下至柬帖短札，遍于天下，稍湿即腐，稍藏即蠹，纸中第一劣品，而世用之不改者，光滑便于书也。

印书纸有太史、老连之目，薄而不蛀，然皆竹料也。若印好板书，须用绵料白纸无灰者，闽、浙皆有之，而楚、蜀、滇中绵纸莹薄，尤宜于收藏也。

作字，高丽、薛涛不可常得矣，绵纸研光，差宜于笔墨。余在山东为鲁藩作书，内中有香笺数幅，甚贵重之，然亦是毛边之极厚者，加以香料而打极紧滑，书不留手，甚觉可喜，但未知耐藏否耳。初书行草二幅，俱不当意，最后书《赤壁赋》，计格截然，上下整齐，乃大称善，尤可笑也。

欧阳率更不择纸笔，无不如意，而蔡中郎非纨素不下笔。然既能书，亦须自爱重。魏、晋人墨迹，类是第一等褚先生，即宋、元犹然。今人不择纸而书者多矣，亦由请乞太滥，粗恶竞进，却之则重拂其意，易之则责人以难，故往往以了酬应耳。

饶州有鄱阳白，长如一匹绢。元李氏藏古纸，长二丈余。今世有一种碧纸亦长丈余，不知何处所造，甚为巨丽，但烂涩不中书耳。

纸须白而厚，坚而滑，笔须健而圆，长而轻，墨须黑而有光，砚须宽而发墨。置之明窗净几，时书一二段《文选》、小说，亦人间至乐也。

昔人书字多用笺素，书于扇者盖少，故右将军书六角扇，老妪为之不怿。即宋、元人书画见便面者不一二也，今则以扇乞书者多于纸矣。然元以前多用团扇，绢素为之，未有折者。元初东南夷使者持聚头扇，人共笑之。国朝始用折扇，出入怀袖殊便。然汉张敞以便面拊马，则又似今之折扇也。

古人多用羽毛之属为扇，故扇字从羽。汉时乘舆用雉尾扇，周昭王时聚鹊翅为扇，诸葛武侯、吴猛皆执白羽扇，庾翼上晋武帝毛扇。今世辄以毛扇为贱品。上自宫禁，下至士庶，惟吴、蜀二种扇最盛行。蜀扇每岁进御、馈遗不下百余万，上及中宫所用，每柄率值黄金一两，下者数铢而已。吴中泥金，最宜书画，不胫而走四方，差与蜀箑埒矣。大内岁时每发千余，令中书官书诗以赐宫人者，皆吴扇也。

蜀扇譬之内酒，非富人笥中则妇女手中耳。吴扇初以重金妆饰其面为贵，近乃并其骨制之极精。有柳玉台者，白竹为骨，厚薄轻重，称量无毫发差爽，光滑可鉴，每柄值白金半两，斯亦淫巧无用者矣。

扇之有坠，唐前未闻。宋高宗宴大臣，见张循王扇有玉孩儿坠子，则当时有之矣。盖起于宫中，不时呼唤，便于挂衣带间。今则天下通用，而京师合香为之者，暑月以辟臭秽，尤不可须臾去身也。

唐以前皆于扬州贡镜，以五月五日取扬子江心水铸之。凡镜无它，但水清冽则佳矣。今之镜北推易水，南数吴兴，亦以其水也，然易镜不迨湖镜远甚。

秦镜背无花纹，汉有四钉、海马、蒲桃，唐制鼻纽颇大及六角菱花，宋以后不足贵矣。凡镜逾古逾佳，非独取其款识斑色之美，亦可辟邪魅、禳火灾，故君子贵之。

今山东、河南、关中掘地得古冢，常获镜无数，它器物不及也。云古人新死未敛，亲识来吊，率以镜护其体，云以妨尸气变动，及殡则内之棺中，有一冢中镜数百者。岁久为尸血肉所蚀，又为苔土所沁成红绿二色，如朱砂、鸊鹕、碧钿诸宝相，斯为贵矣。其传世者光黑如漆，不能成红绿也。然临淄人伪为之者最多。

洛阳人取古冢中镜破碎不全者，截令方，四片合成，加以柱而成炉焉，谓之镜炉。制则新也，而质实旧物，置之案头，犹胜馋鼎。

周火齐镜暗中视物如昼，秦方镜照人心胆，汉史良娣身毒镜照见妖魅，隋王度镜能却百病，唐叶法善铁镜鉴物如水，长安任仲宣镜水府至宝，为龙所夺，秦淮渔人镜洞见五腑六脏，王宗寿镜照见楼上青衣小儿。宋吕蒙正时朝士有古镜，能照二百里。安陆石岩村镜、何楚言河朔镜，皆照十数里。徐铉镜只见一眼，李士宁斩辕山镜洞见远近。嘉祐中吴僧镜照见前途吉凶，孟蜀军校张敌镜光照一室，不假灯烛。庆历中宦者镜背铸兔形，影在鉴中。卢彦绪镜背有金花承日如轮。近时金陵军人耕田，得镜半面，能照地中物，持之发冢掘藏，大有所得。又大中桥民陈某修宅，垣中得长柄小镜，照之则头痛，持与人照，无不痛者。《庚巳编》载：吴县陈氏祖传古镜，患疟者照之，见背上一物，惊去，病即瘳。余戊子岁在彭城见卖镜者，其面如常，其背照之则人影俱倒，斯亦异矣。

修养家谓梳为木齿丹，云每日清晨梳千下，则固发去风，容颜悦泽。夫人一日之功全在于晨，晏眠早起，欲及时也，头梳千下，废时失事甚矣，纵能固发悦颜何益？

笄不独女子之饰，古男子皆戴之。《三礼图》："笄，士以骨，大夫以象。"盖即今之簪耳。范武子怒文子，击之以杖，折其委笄，盖童子未冠时也。

汉惠帝时，黄门侍中皆傅脂粉。顺帝时，梁冀奏李固胡粉饰貌，搔头弄姿。曹子建以粉自傅，何晏动静自喜，粉白不去手。盖魏、晋以前习俗如此，夫妇人之美者犹不假粉黛，况男子乎？

以丹注面曰的，古天子诸侯媵妾以次进御，有月事者难以口说，故注此于面以为识,如射之有的也,其后遂以为两腮之饰。王粲《神女赋》曰:"施华的,结羽钗。"傅玄《镜赋》:"点双的以发姿。"非为程姬之疾明矣。唐王建《宫词》:"密奏君王知入月,唤人相伴洗裙裾。"则亦无注的事也。潘岳《芙蓉赋》:"丹辉拂红,飞须垂的。"王敬美《早梅》诗:"晕落朱唇微有的。"则又借以咏花矣。

汉中山王来朝,成帝赐食,及起而袜系解,成帝以为不能也,于是定陶王得立。然文王伐崇,至凤凰之墟而袜系解;武王伐纣,行至商山而袜系解;晋文公与楚战,至黄凤之陵而履系解。古之圣王霸主皆有然者,何独中山王耶?

古人以跣为敬,故非大功臣,不得剑履上殿。褚师声子袜而登席,而卫侯怒。至于见长者,必脱屦于户外。曹公令曰:"议者以祠庙当解履。"则汉末犹然矣。

汉王乔为叶县令,每朝会,双凫飞来,网之得双舄。卢耽为州治,中元会不及朝,化为白鹄回翔,威仪以帚掷之,得双履。南海太守鲍靓尝夜访葛洪,达旦乃去,人讶其往来之频而不见车骑,密伺见双燕飞来,网之得双履。此三事绝相类,而人但知双凫事也。

汉时着屐尚少,至东京末年始盛。应劭《风俗通》载:延嘉中京师好着木履,妇人始嫁,作漆画屐,五色采为系。后党事起,以为不祥。至晋而始通用,阮孚至自蜡之。谢灵运登山陟岭,未尝须臾离也。想即以此当履耳。《晋书·五行志》云:"初作屐者,妇人头圆,男子头方。至太康初,妇人屐乃头方,与男无别。"此亦古妇人不缠足之一证。今世吾闽兴化、漳、泉三郡以屐当鞁,洗足竟,即跣而着之,不论贵贱男女皆然,盖其地妇人多不缠足也。女屐加以彩画,时作龙头,终日行屋中阁阁然,想似西子响屧廊时也。可发一笑。

相手板法出于萧何,或曰四皓,后东方朔见而善之。天下事之不经,莫此为甚。宋庾道愍相山阳王休祐板,以为多忤,后密易褚彦回者。不数日,彦回对帝,误称下官,大被谴诃。夫明帝,猜忌忍虐之主,故休祐见疑。若遇平世明主,此笏能令人忤乎?唐李参军善相笏,休咎皆验。又有龙复本者,无目,凡象简、竹笏,以手捻之,必知官禄年寿。宋初聂长史者,相丘峦三笏异用,而皆如其言也。然则纪传所载不足征耶？曰：精卜筮术数者，藉物以起数，如管辂、郭璞之流耳，非专相筴也。使筴易地易人，则数又随之变矣。

董偃卧琉璃帐，张易之为母制七宝帐，王谭作翠羽帐，元载宠姬处金丝帐，唐武宗玳瑁帐，同昌公主设连珠帐，又大秦国金织成五色帐，有明月夜珠帐，斯条王国作白珠交结帐，侈靡极矣。然琉璃、玳瑁，玉石之属，岂堪作帐？当是斡字之误耳。

孟光举案齐眉，解者纷然，亦大可笑事。古人席地而坐，疾则凭几，食及观书则皆用案。几即今之桌子，案似食格之类，岂可便以几为案乎？汉王赐淮阴玉案之食，玉女赐沈羲金案玉杯，石季龙以玉案行文书，古诗"何以报之青玉案"。汉武帝为杂宝案，贵重若此，必非巨物。杨用修以为碗，亦非也。且汉时皇后五日一朝皇太后，亲奉案上食；高祖过赵，赵王敖自持案进食甚恭。则古人之举案为常事，何独孟光哉？

古人以几、杖为优老之礼。康王疾大渐，凭玉几；孙翊谓任元褒吏凭几对客为非礼；魏文帝赐杨彪延年杖及凭几。今之凭几对客者众矣。

汉文帝时，鲁少年挂金杖；武帝有玉箱杖；嘉平中，袁逢作三公，赐玉杖；晋佛图澄金杖银钵；《刘向别传》有麒麟角杖；曹操赐杨彪银角桃杖。今人但用竹杖耳。汉昌邑王至荥阳，买积竹刺杖，龚遂谏曰："积竹刺杖，少年骄蹇杖也。"今武陵有方竹，为杖甚佳。及蜀邛州杖，巨节如鸡骨然。夫杖，扶老登山，取其轻便为贵，金玉徒为观美，未必当于用也。

皮日休有天台杖，色黯而力遒，谓之华顶杖。有龟头山叠石砚，高不二寸，其仞数百，谓之太湖砚。有桐庐养和一具，怪形拳踽，坐若变去，谓之乌龙养和。养和者，隐囊之属也。按李泌以松胶枝隐背，谓之养和，后得如龙形者献帝，四方争效之。今吴中以枯木根作禅椅，盖本于此。

陶器，柴窑最古，今人得其碎片，亦与金翠同价矣。盖色既鲜碧而质复莹薄，可以妆饰玩具，而成器者杳不可复见矣。世传柴世宗时烧造，所司请其色，御批云："雨过青天云破处，这般颜色做将来。"然唐时已有秘色，陆龟蒙诗："九天风露越窑开，夺得千峰秘色来。"惜今人无见之耳。余谓洛中人有掘得汉、唐时墓者，其中多有陶器，色但净白而形质甚粗，盖至宋而后，其制始精也。

柴窑之外，有定、汝、官、哥四种，皆宋器也。流传至今者，惟哥窑稍易得，盖其质厚，颇耐藏耳。定、汝白如玉，难于完璧，而宋时宫中所用率铜钤其口，以是损价。

今龙泉窑世不复重，惟饶州景德镇所造遍行天下。每岁内府颁一式度，纪年号于下。然惟宣德款制最精，距迄百五十年，其价几与宋器埒矣。嘉靖次之，成化又次之。世宗末年所造金箓大醮坛用者，又其次也。

宣窑不独款式端正，色泽细润，即其字画亦皆精绝。余见御用一茶盏，乃画"轻罗小扇扑流萤"者，其人物毫发具备，俨然一幅李思训画也。外一皮函，亦作盏样盛之，小铜屈戍、小锁尤精，盖人间所藏宣窑又不及也。

蔡君谟云："茶色白，故宜于黑盏，以建安所造者为上。"此说余殊不解。茶色自宜带绿，岂有纯白者？即以白茶注之黑盏，亦浑然一色耳，何由辨其浓淡？今景德镇所造小坛盏，仿大醮坛为之者，白而坚厚，最宜注茶。建安黑窑间有藏者，时作红碧色，但免俗尔，未当于用也。

今俗语窑器谓之磁器者，盖河南磁州窑最多，故相沿名之，如银称朱提，墨称隃糜之类也。

景德镇所造常有窑变，云不依造式，忽为变成，或现鱼形，或浮果影。传闻初开窑时，必用童男女各一人，活取其血祭之，故精气所结，凝为怪耳。近来禁不用人祭，故无复窑变。一云恐禁中得知不时宣索，人多碎之。

茶注，君谟欲以黄金为之，此为进御言耳。人间文房中，即银者亦觉俗，且诲盗矣。岭南锡至佳，而制多不典。吴中造者，紫檀为柄，圆玉为纽，置几案间，足称大雅。宜兴时大彬所制瓦瓶，一时传尚，价遂踊贵，吾亦不知其解也。

范蜀公与温公游嵩山，以黑木合盛茶，温公见之惊曰："景仁乃有茶具耶?"夫一木合盛茶,何损清介而至惊骇,宋人腐烂乃尔。

昔人云:"凡铜物入土千年而青,入水千年而绿。在人间者紫褐而朱斑,其色有蜡茶者,有漆黑者。"然古墓中镜,朱砂、青绿皆有,不必入水也。古人棺内多灌水银,遂有"水银古"者,然亦视其款制何如耳,未必古者尽佳也。

古玉器物亦有红如血者,谓之"血古",又谓之"尸古",盖冢中为血肉所蚀也。又有"黑漆古",有"渠古",有"甄古"。然古人比德于玉,但取其温润色泽及当于用耳,今乃必以古色为佳,此俗见之不可解者也。

玉惟黄红二色难得,其余世间皆有之,即羊脂玉亦常见也。

唐太宗赐房玄龄黄银带,欲赐如晦,时如晦已死,帝泣曰:"世传黄银,鬼神畏之。"更取金带送其家。则黄银非金明矣。《汉武帝纪》:"收银锡造白金。"则白金非银亦明矣。

龙珠在颔,鲛珠在皮,蛇珠在口,鳖珠在足,鱼珠在目,蚌珠在腹。又蜘蛛、蜈蚣极大者皆有珠,故多为雷震者,龙取其珠也。凡珠龙为上,蚌次之,今海南所出者皆蚌珠也。海中诸物,蜃蛤、蚬蛎之属皆有珠,但不恒有耳。万历初,吾郡连江人剖蛤得珠,不识也,烹之,珠在釜中跳跃不定,火光烛天,邻里惊而救之。问知其故,启视,已半枯矣,径一寸许。此真夜光、明月之质也,而厄于俗子,悲夫!

魏惠王径寸之珠,前后照车各十二乘者十枚。隋炀帝殿内房中不然膏火,悬大珠一百二十以照之。江南宠姬宫中每夜缀大珠十数,照耀如同白日。张说赂九公主夜明帘。古人不贵异物,而珍宝充牣若此。今时隋珠、赵璧,毋论民间,即天府亦不可多得也。盖经一番兵火便消耗一番,而金、元之变,中国之物辇入夷狄者,又不知其数也。汉梁孝王薨,库中黄金至四十万斤,今之禁中有是乎?糜竺助先主黄金十万斤,今之富室有是乎?

今世之所宝者,有猫儿眼、祖母绿、颠不剌、蜜腊、金鸦、鹘石、蜡子等类,然皆镶嵌首饰之用,惟琥珀、玛瑙盛行于时,皆滇中产也。犀则多矣,而通天、卧鱼、辟水、骇鸡皆未之见也。祖母绿云是金翅鸟所成,出回回国,有红刺,一颗重一两以上即值钱千缗,然亦不可多得。

滇中又有缅铃，大如龙眼核，得热气则自动不休。缅甸男子嵌之于势，以佐房中之术。惟杀缅夷时活取之者良，其市之中国者皆伪也。彼中名曰太极丸，官属馈遗，公然见之笺牒矣。

昔人谓松脂堕地千年为琥珀，又云是枫木之精液多年所化，恐皆未必然。中国松、枫二木不乏，何处得有琥珀？而夷中产琥珀者，岂皆松岭枫林之下乎？此自是天地所生一种珍宝。即他物所变化，孰得而见之？又如水晶，云十年老冰所化，果尔则宜出于北方沍寒之地，而南方无冰，却有水精，可知其说之无稽矣。琥珀，血珀为上，金珀次之，蜡珀最下。人以拾芥辩其真伪，非也。伪者傅之以药，其拾更捷。

唐魏生于虔州砂碛中拾得片瓦，后以示胡人，惊异顶礼，谓为宝母，价至千万，云每月望日设坛上致祭，一夕百宝皆聚。则天时西国献青泥珠，后不知贵，以施西明寺金刚额。后胡人以十万贯求买之，曰："但投泥中，泥悉成水，可以觅众珍宝。"李林甫生日，沙门极赞功德，冀得厚衬。及毕，乃以红靶藉一物如朽钉者施之，僧大失望。后有波斯以数十万市之，曰："此宝骨也。"睿宗施安国寺宝珠，云直亿万，僧不知贵，货之，亦无酬者。月余，有西域胡人见而大喜，以四千万贯市之，云此水珠也，行军时掘地埋之，水自涌出。咸阳岳寺有周武帝缀冠珠，为一士人所取，至陈留，诸胡合五万缗市之。至东海，重汤煎燎，月余，有龙女二人投入瓶中，合而成膏，涂足，步行水上而去，不知所之。吴越孙妃以物施龙兴寺，形如朽木箸，寺僧不知宝此。有胡人曰："此日本龙蕊簪也。"以万二千缗买之。此数者，信天下之奇宝也，然不遇识者，则与瓦砾不殊。夫夜光之璧暗投，不免按剑，况耳目所未闻见者乎？

唐时扬州常有波斯胡店，《太平广记》往往称之，想不妄也。今时俗相传回回人善别宝，时游闽广、金陵间。有应主簿者，持祖母绿一颗，富商以五百金购之，不售也。有回回求见之，持玩少顷，即吞入腹中。应欲讼之，既无证佐，又惧缠累，一恸而已。又有富家老妾沈氏，所戴簪头乃猫儿眼，回回窥见，遂赁屋与邻，时以酒食奉之。岁余乃求市焉，沈感其意，只求二金。回回得之甚喜，因石稍枯，市羊脂裹之，暴烈日中。坐守稍怠，瞥有饥鹰掠之而去，大为市人揶揄，归家怨恨而死。此二事皆近代金陵人言，与《异苑》所载胡人索市王旷井石事相类，皆可笑也。

《清波杂志》载：成都市中有聚香鼎，以数炉焚香环于外，则烟皆聚其中。又巴东寺僧得青磁碗，投米其中，一夕满盆皆米，投以金银皆然，谓之聚宝碗。国朝沈万三富甲天下，人言其家有聚宝盆，戏说耳，不知此物世间未尝无也。

今天下交易所通行者，钱与银耳。用钱便于贫民，然所聚之处，人多以赌废业。京师水衡日铸十余万钱，所行不过北至卢龙，南至德州，方二千余里耳，而钱不加多，何也？山东银、钱杂用，其钱皆用宋年号者，每二可当新钱之一，而新钱废不用。然宋钱无铸者，多从土中掘出之，所得几何？终岁用之而钱亦不加少，又何也？南都虽铸钱而不甚多，其钱差薄于京师者，而民间或有私铸之盗。闽、广绝不用钱，而用银抵假。市肆作奸，尤可恨也。

滇人以贝代钱，每十贝当一钱，贫民诚便，然白金一两当得贝一万枚，携者不亦难乎？且易破碎，非如钱之可复铸也。宋、元用钞，尤极不便，雨浥鼠啮，即成乌有，怀中囊底，皆致磨灭，人惟日日作守钞奴耳。夫银钱之所以便者，水火不毁，虫鼠不侵，流转万端，复归本质。盖百货交易，低昂淆乱，必得一至无用者衡于其间，而后流通不息，此圣人操世之大术也。

今人银概谓之朱提，按《汉书·地理志》："朱提出银。"《食货志》："朱提银八两为一流，直一千五百八十。它银一流直一千。"则朱提地名，既不可名银，而朱提之银又非凡银比也。汉银八两直钱一千，可见当时银贱而钱贵。今时银一两即值千钱矣。朱音殊，提音匙。

铢鍮，本蛮夷国名，其地产宝石，中国谓之铢鍮，其色殷红，大者如栗。《太平广记》载：李章武所得，状如槲叶，绀碧而冷。今中国贾肆中者，皆如瓦砾耳。

古者妇人皆着袜穿履，与男子原无分别也。唐李郢诗："高歌一曲刘郎醉，脱取明金压绣鞋。"则当时始有绣者。至缠足之制兴而男女之履始迥别矣。今之妇女亦罕有着袜者，杨用修以屦人掌后之服屡为周公病,盖未之深思也。

侧注,儒冠也。鹖,武冠也。鵕鸃,侍中冠也。豸,惠文法冠也。远游、博山,太子冠也。翼善、平天、通天、高山,天子冠也。却敌,卫士冠也。貂蝉,功臣冠也。却非,仆射冠也。巧士,黄门从官冠也。进贤,群臣冠也。毋追收,夏冠也。章甫呣,殷冠也。委貌,周冠也。华山,宋钘冠也。鹿皮,张欣泰冠也。桑叶,原宪冠也。竹皮,汉高帝亭长冠也。獭皮,陈伯之冠也。交让,公孙述冠也。步摇,江充及慕容跋冠也。进德,唐太宗赐贵臣冠也。玉叶,太平公主冠也。方山,舞人冠也。九星、灵芝、夜光,上元夫人冠也。晨婴,西王母冠也。芙蓉,卫叔卿冠也。骨苏,高丽冠也。无头,宋康王冠也。鹬冠,郑子臧冠也。貀冠,屈到冠也。豹冠,范献子冠也。北斗,道冠也。虎皮,胡冠也。

今内监帽样,高丽王冠制也。国初高丽未服,太祖密遣人瞰其冠,命诸内竖皆冠之,及其使至,指示之曰:“此皆汝主等辈也,皆已服役,汝主尚不降耶?”使者归言之,遂奉正朔。

古妇人亦着帽。汉薄太后以冒絮提文帝,注:“帽也。”赵昭仪上飞燕金花紫纶帽。又贺德基于白马寺逢一妇人,脱白纶巾以赠之;诸葛武侯遗司马懿巾帼妇人之服。则古妇人亦有巾也。

古人帻之上加巾冠,想亦因发不齐之故,今之网巾是其遗意。但帻以布绢为之,又加屋其上,故亦可以代冠,如董偃绿帻、孙坚赤罽帻之类,即今俗名“脑包”者也。网巾以马鬃或线为之,功虽省,而巾冠不可无矣。北地苦寒,亦有以绢布为网巾者,然无屋终不可见人。

童子帻无屋者,示不成人也。近时三五十年前,总角者犹系一网巾边,是其遗制。既云童子帻无屋,明丈夫帻皆有屋矣,又云王莽以顶秃加屋何耶?董偃,武帝时人,以绿帻见天子,必非无屋者。帻本贱者之服,绿帻又其贱者,近代乐工着绿头巾,亦此意也。

纣衣宝玉自焚,汉上官太后服珠襦,霍光、耿秉薨皆赐玉衣,太始元年频斯国人来朝,以五色玉为衣。近代豪富之家,有衣珍珠半臂者,而玉衣未有闻矣。

三代之为信者,符节而已,未有玺也。《周礼》九节,玺居一焉,玺亦所以为节。郑康成谓止用之货贿，盖亦用以钤封，恐人之伪易也。秦得和氏之璧，令李斯篆之为传国玺，故天子始称玺书，诸侯而下称印而已。然考《印数》所载，汉时印大小不同，文亦殊绝，盖或制于官，或私刻之，固自不同。而公卿列侯卒于位者，皆以印绶赐葬，致仕策免者始上印绶，则一人一印，非若今之为官物也。古者百官之印皆组穿之而佩于腰，或令吏人系之于臂。至宋而后，印大而重，系之不便，杨虞卿为吏部，始置匣以锁之，而绶系于钥。今之有印则有绶是也。至今日则绶亦不以系钥而虚佩之矣。国家之制，天子玉玺，侯王、大将军皆金印，二品以银，三品之下以铜。其非掌印而给者谓之关防，印方而关防长，以此为别耳。其实出钦给者，亦概得谓之印也。

唐时文武官三品以上金玉带，四品五品并金带，六品七品并银带，八品九品并确石带，庶人铜铁带。五品以上皆赐鱼袋，饰以银，三品以上赐金装刀子、砺石一具。其衣紫为上，绯次之，绿为下；绶则紫为上，艾墨次之，黄为下。至于天子之服色尚黄，则自汉以来然矣。

唐时百官随身鱼符左一右一，左者进内，右者随身，皆盛以袋，则似今京官之牙牌耳。宋赐命带者例不佩鱼，惟两府赐佩，谓之重金。今之牙牌，自宰辅至小官，任京师者俱有之，盖以须若印绶然。其官职皆镌牌上，拜官则于尚宝司领出，出京及迁转则缴还，盖祖制也。

国朝服色以补为别，皆用鸟兽，盖取古人以鸟纪官之意。文官惟法官服豸，其余皆鸟，武官皆兽，至于带则以犀居金之上，皆有不可晓者。

国朝服色之最滥者，内臣与武臣也。内官衣蟒腰玉者，禁中殆万人，而武臣万户以上即腰金，计亦不下万人。至于边帅缇骑冒功邀赏腰玉者，又不知其几也。

《说文》曰：“带，绅也。男子鞶带，妇人丝带。”古人之带多用韦布之属，取其下垂。《诗》云：“容兮遂兮，垂带悸兮。”“匪伊垂之，带则有余。”似今衣之有大带耳。至鲁仲连谓田单曰：“将军黄金横带，骋于临淄之间。”则金带之制兴矣。

古人仕者有带有绶，又有囊，囊、绶皆缀于带者。八座尚书荷紫，以生紫为袷囊，缀之服外，加于右肩。传云周王负成王制。此服唐时亦以为朝服。或云汉世用盛奏事，负之以行，未详也。至宋有金鱼袋。国朝俱无之。

《晋书·舆服志》云：“汉世着鞶囊者侧在腰间，谓之傍囊，或谓之绶囊。”然则以囊盛绶耳。

三代圣人，治定功成，然后制礼作乐，以为翊赞太平之具，故其精蕴足以节宣阴阳，感动天地，非圣人不能作也。而后世之治，其最失圣人意者，无如礼、乐二端。盖自汉之初，叔孙之所谓礼者，已不过绵蕞拜跽之仪，而贾生之所陈、文帝之所谦让未遑者，亦不过易正朔、改车服、定律吕而已。此果三代之所谓礼乐乎？噫，何易言之也。然以此数者为足以尽礼乐，则亦何必圣人而后制作？以此数者为不足以尽礼乐，则又未见圣人于数者之外而别有所经营筹度也。抑其所谓无体之礼、无声之乐者，皆在治定功成之先，而特借此以为润色之具耶？不然，则其不可传者与其人皆已朽，而所传于后世者皆其刍狗糟粕而不足凭耶？自汉以下，一代各有一代之礼乐，非无之也，而礼止于度数已耳，乐止于节奏已耳，与三代圣人之所言者，固判乎其不相蒙也，而乐之失视礼尤甚。何者？礼之节度尚可绎思，而乐之旨趣茫无着落也。

古先圣人，一代之乐必叙一代之治，想其音律节奏，词语次序，皆叙开创守成之事，如所谓“一成而北出，再成而伐商”者，盖纪其实也。孔子谓《韶》尽美又尽善，《武》尽美未尽善。夫以周公之才之美，非不能以唐虞揖逊之音文其放伐哉？而终不以彼易此者，非是不足以昭成功、扬丕烈，祖宗弗享也。然舜之乐流传至春秋，音响节奏俱在，以齐国之霸习，急功利，喜夸诈。迨其末也，田氏专政，主德日衰，纵日奏虞庭之乐，能令四方风动、凤仪兽舞耶？故吾以为乐者，饰治之具，而非致治之本也。但不知孔子之所赞叹忘肉，季札之所谓“如天之无不覆，如地之无不载”者，将谓其声音耶？抑因声而想其政治耶？抑声中之词义深美，如所谓三《颂》者耶？若止于声音，则列国皆可放效，工瞽皆可传习，何孔子不以之语太师，而必至齐始闻之耶？抑列国各有乐，不相授受，而舜之乐竟为胡公家传之谱耶？学者徒据纸上之谈，而不能深推其故，亦何益之有也。

古乐不复作矣，即知乐者世能有几？季札观乐而知列国兴衰，师旷吹律而知南风不竞，即隋唐之间，亦有知宫声往而不返，为东幸不终之兆者。彼太常乐官，但知较度数、考分秒、辨累黍、量尺寸而已，纵使事事合古，分毫不差，然于乐之理毫无干涉也。盖自宋以来，胡瑗、范景仁之徒已不胜其聚讼，而况至于今日，上之人既不以为急务，而学士大夫亦无复有深心而精究之者。郊庙燕享之间，笙磬柷圉徒存虚器，考击拊搏仅为故事，而其它之行于世者，不过觱篥之胡声与淫哇之词曲耳，以此为乐，吾所不敢知也。

识镎于、阮咸者，知乐器而未知乐音；识断弦、卧吹者，知乐音而未知乐理。李嗣真知诸王之蹂践，王仁裕卜禁中之斗争，王令言知宫车之不返，刘羲叟卜圣躬之眩惑，庶几季札、师旷之亚矣，而理不可得而闻也。至于玄鹤二八，延颈哀鸣，三龙翔舟，水木震动，称赏之词，恐过其实。

今人间所用之乐则觱篥也，笙也，箫也，筝也，钟鼓也。觱篥多南曲而箫笙多北曲也，其它琴瑟箜篌之属徒自赏心，不谐众耳矣。又有所谓三弦者，常合箫而鼓之，然多淫哇之词，倡优之所习耳。有梅花角，声甚凄清，然军中之乐，世不恒用。余在济南葛尚宝家见二胡雏，能卷树叶作箫吹之，其音节不可晓，然亦悲酸清切。余谓主人：“昔中国吹之能令胡骑北走，今胡儿吹之反令我辈堕泪乎？”一笑而已。

今鼓琴者有闽操、浙操二音，盖亦南北曲之别也。浙操近雅，故士君子尚之，亦犹曲之有浙腔耳。莆人多善鼓琴而多操闽音，至于漳、泉，遂有乡音，词曲侏僖之甚，即吾郡人不能了了也。

夫子谓“郑声淫”。淫者，靡也，巧也，乐而过度也，艳而无实也。盖郑、卫之风俗侈靡纤巧，故其声音亦然，无复《大雅》之致也。后人以淫为淫欲，故概以二国之诗皆为男女会合之作，失之远矣。夫闾阎里巷之诗未必尽入乐章，而国君郊祀朝会之乐，自胙土之初即已有之，又安得执后代之风谣而傅会为开国之乐声乎？圣人以其淫哇，不可用之于朝廷宗庙，故欲放之。要其亡国之本原不在此也。《招》之在齐，不能救齐之亡，则郑声施之圣明之世，岂能便危亡哉？宋广平之好羯鼓，寇莱公之舞柘枝，不害其为刚正也，况悬之于庭乎？但终伤绮靡，如淫词艳曲，未免摈于圣人之世耳。

中散之琴，李謩之笛，邹衍之管，梓庆之镰，皆冥通鬼神，功参造化。吾闻其语，未见其人也。中郎之识柯亭，嗣真之辨钟铎，宋沇之知编钟，李琬之听羯鼓，赏鉴入神，匠心独诣，求之于今，岂复有其人乎？太常之所师受，不过乐章之糟粕，里巷之所传习，率皆拍板之章程，守而勿失，便为知音矣，岂复有能新翻一曲、别造一调而叶之律吕，令人传诵者哉？故吾谓今之最不古若者，此一途也。

京师有瞽者善弹琵琶，能作百般声音。尝宴冠裳，匿屏帏后作之，初作老妪唤伎者声，继作伎者称疾不出，往复数四，谇诟勃豀，遂至掷器破钵，大小纷纭，或詈或哭，或劝或助，坐客惊骇欲散。徐撤屏风，则一瞽者抱一琵琶而已，它无一物也。又有以一人而歌曲击鼓、钹、拍板、钟、铙合五六器者，不但手能击，足亦能击，此亦绝世之技。惜乎但为玩弄之具，非知音者也。

诗也，律也，词曲也，古者合而成乐，而今分为三四矣。以诗入音乐必不能悦里耳，以曲比管弦必不可荐郊庙。且其疾徐高下之节，任意为之，未必一一中古人之法度也，况于宫商之变、黄钟太簇之节哉？唐摩诘"阳关"诗尚堪叠以成声，刘梦得巴渝诸曲皆弦而吹之者也。至宋重歌词，其去音律渐觉差远，盖泛声多而音响难调，不容毫厘差谬，岂知三百篇之诗，何曾平仄一一吻合耶？至曲兴而词废，去古愈远矣。魏文侯听古乐而惟恐卧，听郑卫之音则不知倦，当时尚尔，何况今日哉？

唐明皇好羯鼓，一时臣庶从风而靡，以宋广平之正直，亦有"头如青山峰，手如白雨点"之喻，它可知已。不知羯鼓有何趣而嗜好之，至目为"八音领袖"，殊可笑也。此乐本羯胡之音，独太簇一韵，高昌、龟兹诸夷皆习用之。其声焦杀，特异众乐，而好之不已，卒召胡儿之祸，悲夫！

汉嫁乌孙公主，令琵琶马上作乐以慰其心。后石季伦《明妃词》云"其送明君亦必尔"，已自臆度可笑，而《图经》即谓昭君在路愁怨，遂于马上弹琵琶以寄恨，相沿而误，愈甚矣。今人不知琵琶为乌孙事而概用之昭君，又不知琵琶为送行之乐而概以为昭君自弹，盖自唐以来误用至今而不觉也。

卷之十三

事 部 一

昔人云:"富不如贫,贵不如贱。"此愤世之言,非至当之论也。《易》曰:"崇高莫大乎富贵。"夫子曰:"富与贵,是人之所欲也。"圣人之心岂迥与人殊哉?惟不以其道得之,故弃之若浼耳。后世名高之士,平居大言,矫枉过正,胜于圣人,迨其利交势怵,往往不遑宁处而失身濡足,为天下笑,盖其中未能自信而特大言以欺人也。

死生亦大矣,圣人教人未尝语及死生之故,但曰:"未知生,焉知死。"幽明一贯,盖难言之矣。庄生汪洋自恣,至于齐万物,小天地,彭殇一致,菌椿共年似也,然其言曰:"人而无情,安得谓之人?"其妻死,曰:"是其始也,吾安能无慨然?"即此两语,则其底里亦自不与人异矣。释氏虽谈空说无,然于生死轮回之际,不免拳拳谆复焉。才觉牵罣便成障碍,不如"生老病死,时至则行",犹为达者之言也。

圣人之贵知命,谓安于命,不趋利避害也。今人之欲知命,则求趋利避害也,是不谓之知命,谓之逆天。

孔子得之不得,曰"有命",此对子路之言也。圣人安土乐天,无往不可,进退存亡之故,知之审矣,何必以义命自安始无怨尤哉?今之人能以义命自安,不求通,不讳穷,亦可以为贤矣。噫,吾未之见也。其言能安命者,皆憧憧往来,无可奈何而委之命也。

世之人有不求富贵利达者乎?有衣食已足,不愿赢余者乎?有素位自守,不希进取者乎?有不贪生畏死、择利避害者乎?有不喜谀恶谤、党同伐异者乎?有不上人求胜、悦不若己者乎?有不媚神谄鬼、禁忌求福者乎?有不卜筮堪舆、行无顾虑者乎?有天性孝友,不私妻孥者乎?有见钱不吝、见色不迷者乎?有一于此,足以称善士矣,吾未之见也。

婚而论财，其究也夫妇之道丧；葬而求福，其究也父子之恩绝。妇之凌轹其夫者，恃于富也；子之暴露其父者，惑于地也。

以才名骄人，未有不困者也；以富贵骄人，未有不败者也；以贫贱骄人，未有不取祸者也。

富贵骄人，多出妇人女子之态；才名骄人，间亦文士墨客之常。惟近世一种山人，目不识丁，而剽窃时誉，傲岸于王公贵人之门，使酒骂坐，贪财好色，武断健讼，反噬负恩，使人望而畏之若山魈木客，不敢向迩，足以杀其身而已矣。

高而怙权足以杀身，胡惟庸、石亨是也。才士不逊足以杀身，卢柟、徐渭是也。积而不散足以杀身，沈秀、徐百万是也。恃才妄作足以杀身，林章、陆成叔是也。异端横议足以杀身，李贽、达观是也。其不然者，幸而免耳。

"一自看除目，三年损道心"。除目，今之推升朝报也。其中升沉得丧，毁誉公私，人情世态，畔援歆羡，种种毕具，若恋恋于此，有终身丧其所守者，岂止"三年损道心"已耶？

晋人戏言云："我图一万户侯尚不可得，卿乃图作佛耶？"夫万户侯诚难求也，即心是佛，何远之有？

以图果报之念而学佛，终无成佛之日矣。学佛者从慧根入较易。

"易有太极"，圣人已自一言道尽矣，不须更说无极也。天下事物莫不自无而有，此何必言，即天地亦自无中来也。但理须有寄寓，如火传于薪，薪尽则火灭矣。谓火非薪亦可，谓薪即火亦可，谓薪尽而火存亦可，谓薪火相终始亦可，不必更着一语也。

老氏道德之旨，非炼形求仙之术也，而世之学仙者托之老氏。如今之士子读经书以应科第，而曰此吾儒之教也。

今之号为好学者，取科第为第一义矣，立言以传后者百无一焉，至于修身行己则绝不为意矣，可谓倒置之甚。然三者殊不相妨。生前之富贵，偶然耳，俟之可也，不必恶而逃之。死后之文章，较之功名差为久远，不可不留意也。至于讲明义理，孜孜为善，即不必谈道讲学，独不可使衾影无愧，人称长者乎？若轻佻反覆，甘于文人无行之为，又何足道。

贫贱不如富贵,俗语也;富贵不如贫贱,矫语也。贫贱之士,奔走衣食,妻孥交谪,亲不及养,子不能教,何乐之有? 惟是田园粗足,丘壑可怡,水侣鱼虾,山友麋鹿,耕云钓雪,诵月吟花,同调之友两两相命,食牛之儿戏着膝间,或兀坐一室,习静无营,或命驾扶藜,留连忘反。此之为乐,不减真仙,何寻常富贵之足道乎!

人有恒言文章穷而后工,非穷之能工也。穷则门庭冷落,无车尘马足之鬻;事务简约,无簿书酬应之繁;亲友断绝,无征逐游宴之苦;生计羞涩,无求田问舍之劳。终日闭门兀坐,与书为仇,欲其不工,不可得已。不独此也,贫文胜富,贱文胜贵,冷曹之文胜于要津,失路之文胜于登第,不过以本领省而心计闲耳。至于圣人拘囚演《易》,穷厄作经,常变如一,乐天安土,又不当一例论也。

竹楼数间,负山临水,疏松修竹,诘屈委蛇,怪石落落,不拘位置,藏书万卷其中,长几软榻,一香一茗,同心良友,闲日过从,坐卧笑谈,随意所适,不营衣食,不问米盐,不叙寒暄,不言朝市,丘壑涯分,于斯极矣。

凄风苦雨之夜,拥寒灯读书,时闻纸窗外芭蕉淅沥作声,亦殊有致。此处理会得过,更无不堪情景。

景物悲欢,何常之有,惟人处之何如耳。《诗》曰:"风雨如晦,鸡鸣不已。"原是极凄凉物事,一经点破,便作佳境。彼郁郁牢愁,出门有碍者,即春花秋月,未尝一伸眉头也。

读未曾见之书,历未曾到之山水,如获至宝,尝异味,一段奇快,难以语人也。

四十从政,五十悬车,耳目未衰,筋力尚健,或纵情山水,或沉酣文酒,优游卒岁,以保天年,足矣。今之仕者,涉世既深,宦术弥巧,桑榆已逼,贪得滋甚,干进苟禄,不死不休,生平未尝享一日之乐,徒为仆妾图轻肥、子孙作牛马耳。白乐天所谓"官爵为他人"者,有味哉,其言之也。

宋宗室郡王允良者不喜声色,不近货利,惟以昼为夜,以夜为昼,旦则就寝,至暮始兴,盥栉衣冠而出,燃灯烛治家事,饮食宴乐,达旦始罢,人以为疾。余以为此骄癖也,非疾也。吾郡中纨袴子弟,常有日午始兴、鸡鸣始寝者，然贫贱之家无之也，贤子弟无之也，勤以治生者无之也。骄奢淫佚，反天地之性，背阴阳之宜，不祥莫大焉，然而近数十年始有之也。

什一致富者，不过市井之行；居官自润者，永负贪秽之声。故吾见大贾之起家矣，未见污吏之克世也。

余尝见取富室之女者，骄奢淫佚，颇僻自用，动笑夫家之贫，务逞华靡，穷极奉养，以图胜人，一切孝公姑、睦妯娌、敬师友、惠臧获者，概未有闻。曾不数时，食橐俱罄，怨天尤人，噪扰万状，或以破家，或以亡身。其夫虽沾余沫，丰衣美食，而举动受制，笑啼不敢。至于愚虑昏颓，意气沮丧，甘为人下而不辞者，未必不由此也。

朱子《诗传》谓《周礼》以仲春令会男女，而以桃之始华为婚姻之候，此误也。《周礼》媒氏之职，以仲春令会男女，司其无夫家者而会之，是月也，奔者不禁。盖先王制礼，"士如归妻，迨冰未泮"，则婚姻之期当在冬末春初。而贫贱之家有过期不得嫁娶者，至仲春而极矣，故圣人以是时令媒会合之，无使怨女旷夫过是月也。其有法令不及之处，私相约而奔者亦不禁。奔者非必尽淫奔也，凡六礼不备者皆谓之奔，故曰聘则为妻，奔则为妾。昏期已过，即草率成亲，亦人情也。此即《诗》所谓"求我庶士，迨其今兮"之意也。

小慈者，大慈之贼也；小忠者，大奸之托也。建白者，乱政之媒也；讲学者，乱德之薮也。

奔车之上无仲尼，覆舟之下无伯夷，性之者也；孔子家儿不识骂，曾子家儿不识斗，习之者也。丹朱不应乏教，宁越不闻被棰，语其变也。

裴晋公有言："吾辈但可令文种无绝，然其间有成功，能致身卿相则天也。"叶若林云："后人但令不断书种，为乡党善人足矣，若夫成否则天也。"此二语政同。黄山谷云："四民皆有世业，士大夫子弟能知忠信孝友斯可矣，但不可令读书种子断绝。"噫，今之人但知教子弟取富贵耳，非真能教之读书也。夫子弟之贤不肖，岂在穷达哉？有富贵而陨其家声者，有贫贱而振其世业者，未可以目论也。

夜读书不可过子时，盖人当是时，诸血归心，一不得睡则血耗而生病矣。余尝见人勤读有彻夜至呕血者，余尝笑之。古人之读书明义理也，中古之读书资学问也，今人之读书不过以取科第也，而以身殉之，不亦惑哉？庄子所谓"臧谷异业，其于亡羊均"者，此之谓也。

今人之教子读书，不过取科第耳，其于立身行己不问也，故子弟往往有登朊仕而贪虐恣睢者。彼其心以为幼之受苦楚，政为今日耳，志得意满，不快其欲不止也。噫，非独今也，韩文公有道之士也，训子之诗有"一为公与相，潭潭府中居"之句，而俗诗之劝世者，又有"书中自有黄金屋"等语，语愈俚而见愈陋矣。余友王粹夫，自祖父以来，三世教子，惟不以妄语为训，可谓有超世之识也已。

人能捐百万钱嫁女，而不肯捐十万钱教子；宁尽一生之力求利，不肯辍半生之功读书；宁竭货财以媚权贵，不肯舍些微以济贫乏。此天下之通惑也。

素位而行，圣人之道也；以进为退，老氏之术也。然圣人亦是退一步法，《易经》一书，每到盛满便思悔吝，故曰："日中则昃，月盈则食。天地盈虚，与时消息。"但圣人灼见事理，定当如此。至老氏曰"将欲取之，必故予之；将欲翕之，必固张之"，及"知白守黑，知雄守雌"等语，则是有心求进而姑为是以伺人，未免有鸷鸟将击，必匿其形之意矣。故太史公谓申、韩原于道德，亦千古卓识也。

"名利不如闲"，世人常语也。然所谓闲者，不徇利，不求名，澹然无营，俯仰自足之谓也。而闲之中可以进德，可以立言，可以了死生之故，可以通万物之理，所谓"终日乾乾欲及时"也。今人以宫室之美、妻妾之奉，口厌粱肉，身薄纨绮，通宵歌舞之场，半昼床笫之上以为闲也，而修身行己、好学齐家之事，一切付之醉梦中，此是天地间一蠹物，何名利不如之有！

讹言之兴，自古有之，但平治之世则较少尔。周末之诗曰："民之讹言，曾莫之惩。"然不知当时所讹者何事。至汉、晋时，始有为东王公行筹之说。又唐时有讹言官遣枨枨杀人取心肝以祭天狗者，又有讹言毛人食人心者，有谓猓母鬼夜入人家者。宋、元时有讹言取童男童女制药者，国朝间亦有之，然竟不知其所由起也。至于黑眚马骝精之类，似讹而实有。怪妖言童谣无意矢言，事后多验，如檿弧箕服之属,又非讹矣。

今朝野中忽有一番议论,一人倡之,千万人和之,举国之人奔走若狂,翻覆天地,变乱白黑。此之为讹言,盖不但"乌头白,马生角"已也。

宋林存为贾似道所摈,道死于漳。漳有富民,蓄油黏木甚佳,林氏子弟求之,价高不可得,因抚其木曰:"收取收取,待贾丞相用。"无何,似道谪至漳,死于郑虎臣手,郡守其门人也,与之经营,竟得此木以殓。孰谓天道无知哉?

道非明民,将以愚之,故仓颉作书而鬼夜哭。圣人曰:"民可使由之,不可使知之。"夫使民得操知之权,则安用圣人为矣。

今人动称阳春白雪为寡和,盖自唐人诗已误用之矣。宋玉本文:"《阳春》《白雪》,国中属而和之者数十人。引商刻羽,杂以流徵,属而和者不过数人而已。"则寡和者流徵之曲,非《阳春》之曲也。且云"客有歌于郢中"者,亦非郢人自歌也。

宋人有迂阔可笑者。徐仲车父名石,终身不践石,行遇桥则使人负之而过。陈烈吊蔡君谟之丧,及其门首,率诸弟子匍匐而进。或问之,曰:"'凡民有丧,匍匐救之'故耳。"夫徐幸生江北,使在江南,则终身无出门之日。陈幸生江南,使在江北,则当坠污泥沟浍中矣。腐儒不通乃至于此。

唐道人侯道华性好子史,手不释卷。或问安用此为,答曰:"天上无愚懵仙人。"明金陵唐诗慕道炼丹,有道流劝之出家入山者,唐曰:"家有老母,世间无不孝神仙。"此二语可谓的对,亦可谓求道之格言也。今人无慧业无至性,而强欲出世,难矣。

晋汲桑当盛暑,重裘累茵,使人扇之,恚不清凉而斩扇者。宋党进当大雪,拥红炉酌酒,醉饱汗出,扪腹徐行曰:"天气不正。"天下之事,何尝无对哉?

梦之无关于吉凶也审矣。今儿童俗语皆谓诞妄之言曰说梦,言其的非真也。乃《周礼》特为设占梦之官,以日月星辰占六梦之吉凶。然为王者而设,犹之可也。季冬聘王梦,群臣庶人献吉梦于王,王拜而受之,乃舍萌于四方,以赠恶梦,不亦太儿戏乎? 天下之广,亿兆之众，使尽献其吉梦，大人不胜占，而王亦不胜拜也。臣民吉梦，于王何与，而王拜之，此真痴人前说梦耳。此书盖见诗人有熊罴、虺蛇之语而傅会，见牧人之有梦，遂以为献梦于王也。不知诗之所咏，皆祝赞称愿之词，岂真熊罴虺蛇一时而同入梦哉？此又梦中说梦矣。

今人见纪载中所纪之梦多验，如良弼、九龄射日生兰之类，遂以为古人重梦也。夫人无日不梦，验者止此，则不验者不可胜数矣，况多出于附会而不足凭耶？孔子大圣也，少时欲行道则梦见周公，及老而衰，遂不复梦，则夫子少时之梦亦不验矣。盖人有六梦，惟正梦可占吉凶，其它噩梦、思梦、寤梦、喜梦、惧梦，皆意有所感而魂不宁，想像成境，非真梦也。余最不信梦，乃一生吉凶祸福并无一梦，故知其不足凭也。

程正叔度江，中流风浪忽起，怡然不动，有负薪人问之曰："公是舍后如此，达后如此？"程异而欲与之言，则已去矣。夫舍者轻性命死生，若佽非、告子是也。达者齐修短得丧，若漆园子、桑户是也。舍直是勇往不顾，达则有见解矣。舍者未必达，达者自可舍。渡江中流而风浪作，纵欲不舍，逃将安之？谢太傅与桓宣武、会稽王会于溧江，狂风忽起，波浪鼓涌，诸人有惧色，惟谢怡然自若。顷间风止，桓问之，谢徐笑曰："何有三才同尽理。"此达者之言也。天道不可知，即使一日同尽，亦岂惧所能免乎？惟圣人之言曰："生，寄也，死，归也，余何忧于龙哉？"此知命委化之言，而达与舍俱尽之矣。

孔子曰："人有三死，而非命也，人自取之尔。夫寝处不时，饮食不节，使劳过度者，疾共杀之；居下位而上忤其君，嗜欲无厌而求不止者，刑共杀之；少以犯众，弱以侮强，忿怒不量力者，兵共杀之。"此三死者，非造物之舛也，今之人贪色健斗，冒险求利，而不终其天年，往往委于命，岂知命者哉？

好利之人多于好色，好色之人多于好酒，好酒之人多于好弈，好弈之人多于好书。

好书之人有三病：其一浮慕时名，徒为架上观美，牙签锦轴，装潢炫曜，骊牝之外，一切不知，谓之无书可也；其一广收远括，毕尽心力，但图多蓄，不事讨论，徒涴灰尘，半束高阁，谓之书肆可也；其一博学多识，矻矻穷年，而慧根短浅，难以自运，记诵如流，寸觚莫展。视之肉食面墙诚有间矣，其于没世无闻均也。夫知而能好，好而能运，古人犹难之，况今日乎？

其有不事搜猎，造语精进者，此是天才，抑由夙慧。然南山之木，不揉自直，磨而砻之，其入不益深乎？高才之士多坐废学，良可惜也。

宋人多善藏书，如郑夹漈、晁公武、李易安、尤延之、王伯厚、马端临等，皆手自校雠，分类精当。又有田伟者为江陵尉，作博古堂，藏书至五万七千余卷。黄鲁直谓："吾尝校中秘书，及遍游江南，名士图书之富，未有及田氏者。"而名不甚章，惜夫！

俗语谓京师有三不称，谓光禄寺茶汤、武库司刀枪、太医院药方。余谓尚不止于三者，如钦天监之推卜、中书科之字法、国子监之人材、太仓之畜积，皆大舛讹可笑，而内秘书之藏不及万卷，寥寥散逸，卷帙淆乱，徒以饱鼠蟫之腹，入肤箧之手。此亦古今所无之事也。

余尝获观中秘之藏，其不及外人藏书家远甚，但有宋集五十余种，皆宋刻本，精工完美，而日月不及，日就湮腐，恐百年之外尽成乌有矣。胡元瑞谓欲以三年之力，尽括四海之藏，而后大出秘书，分命儒臣，编摩论次。噫，谈何容易。不惟右文之主不可得，即知重文史者，在朝之臣能有几人，而欲成万世不刊之典乎？《内阁书目》门类次第仅付之一二省郎之手，其泯淆鱼豕不下矇瞽而不问也，何望其它哉！

《夷坚》、《齐谐》，小说之祖也，虽庄生之寓言，不尽诬也。《虞初》九百，仅存其名，桓谭《新论》，世无全书，至于《鸿烈》、《论衡》，其言具在，则两汉之笔大略可睹已。晋之《世说》，唐之《酉阳》，卓然为诸家之冠，其叙事文采，足见一代典刑，非徒备遗忘而已也。自宋以后，日新月盛，至于近代，不胜充栋矣。其间文章之高下，既与世变，而笔力之醇杂，又以人分，然多识畜德之助，君子不废焉。宋钱思公坐则读经史，卧则读小说，上厕则阅小词。古人之笃嗜若此，故读书者不博览稗官诸家，如啖粱肉而弃海错，坐堂皇而废台沼也，俗亦甚矣。

求书之法，莫详于郑夹漈，莫精于胡元瑞，后有作者，无以加已。近代异书辈出，剖厥无遗，或故家之壁藏，或好事之帐中，或东观之秘，或昭陵之殉，或传记之裒集，或抄录之残剩。其间不准之诬，阮逸之赝，岂能保其必无，而毛聚为裘，环断成玦，亦足宝矣。但子集之遗，业已不乏，而经史之翼，终泯无传，一也。汉唐世远，既云无稽，而宋元名家，尚未表章，二也。好事之珍藏，靳而不宣，卒归荡子之鱼肉；天府之秘册，严而难出，卒饱鼠蠹之饕餮，三也。具识鉴者厄于财力，一失而不复得；当机遇者失于因循，坐视而不留心，四也。同心而不同调者，多享敝帚而盼夜光；同调而不同心者，或厌家鸡而重野鹜，五也。故善藏书者代不数人，人不数世，至于子孙，善鬻者亦不可得，何论读哉？

今天下藏书之家，寥寥可数矣。王孙则开封睦㭷、南昌郁仪两家而已。开封有《万卷堂书目》，庚戌夏余托友人谢于楚至其所抄一二种，皆不可得，岂秘之耶？于楚言其书多在后殿，人不得见，亦无守藏之吏，尘垢汗漫，渐且零落矣。南昌盖读书者，非徒藏也，而卷帙不甚备。士庶之家无逾徐茂吴、胡元瑞及吾闽谢伯元者。徐、胡相次不禄，箧中之藏，半作银杯羽化矣。伯元嗜书，至忘寝食，而苦贫不能致，至糊口之资尽捐以市坟素，家中四壁，堆积充栋，然常奔走四方，不得肆志翻阅，亦阙陷事也。

建安杨文敏家藏书甚富，装潢精好，经今二百年，若手未触者。余时购其一二，有郑樵《通志》及二十一史，皆国初时物也。余时居艰，亟令人操舟市得之，价亦甚廉。逾三月而建宁遭阳侯之变，巨室所藏尽荡为鱼鳖矣。此似有神物呵护之者。今二书即百金索之海内，不易得也。

胡元瑞书盖得之金华虞参政家者。虞藏书数万卷，贮之一楼，在池中央，小木为彴，夜则去之。榜其门曰："楼不延客，书不借人。"其后子孙不能守，元瑞啖以重价，给令尽室载至，凡数巨舰。及至则曰："吾贫不能偿也。"复令载归。虞氏子既失所望，又急于得金，反托亲识居间减价售之，计所得不十之一也，元瑞遂以书雄海内。王元美先生为作《西室山房记》。然书目竟未出而元瑞下世矣，恐其后又蹈虞氏之辙也。

书所以贵宋板者，不惟点画无讹，亦且笔刻精好，若法帖然。凡宋刻有肥瘦二种,肥者学颜,瘦者学欧,行款疏密任意不一,而字势皆生动,笺古色而极薄,不蛀。元刻字稍带行,而笺时用竹,视宋纸稍黑矣。国初用薄绵纸,若楚、滇所造者,其气色超元匹宋。成、弘以来,渐就苟简,至今而丑恶极矣。

宋时刻本以杭州为上,蜀本次之,福建最下。今杭刻不足称矣,金陵、新安、吴兴三地剞劂之精者不下宋板,楚、蜀之刻皆寻常耳。闽建阳有书坊,出书最多而板纸俱最滥恶,盖徒为射利计,非以传世也。大凡书刻急于射利者必不能精,盖不能捐重价故耳。近来吴兴、金陵骎骎蹈此病矣。

近时书刻,如冯氏《诗纪》、焦氏《类林》及新安所刻《庄》、《骚》等本,皆极精工,不下宋人,然亦多费校雠,故舛讹绝少。吴兴凌氏诸刻,急于成书射利,又悭于倩人编摩,其间亥豕相望,何怪其然。至于《水浒》、《西厢》、《琵琶》及《墨谱》、《墨苑》等书,反覃精聚神,穷极要眇,以天巧人工徒为传奇耳目之玩,亦可惜也。

近来闽中稍有学吴刻者,然止于吾郡而已,能书者不过三五人,能梓者亦不过十数人,而板苦薄脆,久而裂缩,字渐失真。此闽书受病之源也。

内府秘阁所藏书甚寥寥,然宋人诸集,十九皆宋板也。书皆倒折,四周外向,故虽遭虫鼠啮而中未损。但文渊阁制既庳狭,而牖复暗黑,抽阅者必秉炬以登,内阁老臣无暇留心及此,徒付筦钥于中翰涓人之手,渐以汩没,良可叹也。吾乡叶进卿先生当国时,余为曹郎,获借钞得一二种,但苦无佣书之资,又在长安之日浅,不能尽窥东观之藏,殊为恨恨耳。

王元美先生藏书最富,二典之外尚有三万余,其它即墓铭朝报,积之如山。其考核该博,固有自来。汪伯玉即不尔,岂二公之学有博约之分耶?然约须从博中来,未有闻见寡陋而藉口独创者。新安之识,固当少逊琅琊耳。近时则焦弱侯、李本宁二太史,皆留心坟素,毕世讨论,非徒为书簏者。余与二君皆一交臂而失之,未得窥其室家之好也。

昭武谢伯元一意搜罗,智力毕尽。吾郡徐兴公独耽奇僻,骊牝皆忘。合二家架上之藏，富侔敌国矣。吾友又有林志尹者，家贫为㧑，不读书而最耽书，其于四部篇目皆能成诵，每与俱入书肆中，披沙见金，触目即得，人弃我取，悉中肯綮。兴公数年之藏，十七出其目中也。

常有人家缃帙簇簇，自诧巨富者，余托志尹物色之，辄曰无有，众咸讶之。及再核视，其寻常经史之外，不过坊间俗板滥恶文集耳。鼋羹鸮炙，一纸不可得也，谓之无有，不亦宜乎？夫是之谓知书。

春秋以后，宇宙无经矣；班固以后，宇宙无史矣。经之失也，词繁而理舛；史之失也，体驳而事杂。故词以载理，理立于词之先，则经学明矣。体以著事，事明于体之中，则史笔振矣。疏注不足以翼经而反累经者也，实录不足以为史而反累史者也。

淮阴侯之用兵，司马子长之文章，王右将军之作字，皆师心独创，纵横变化，无不如意，亦其天分高绝，非学力可到也。淮阴驱市人而使之战，囊沙背水，拔帜木罂，皆人意想所不到之境，而卒以成功。司马子长大如帝纪六书，小至《货殖》、《刺客》、《龟策》、《日者》，无不各极其致，意之所欲，笔必从之，至《伯夷》、《屈原》诸传，皆无中为有，空外为色，直游戏三昧耳。今之作史，既无包罗千古之见，又无飞扬生动之笔，只据朝政、家乘少加润色，叙事惟恐有遗，立论惟恐矛盾，步步回顾，字字无余，以之谀墓且不堪，况称史哉！

班固之不及子长，直是天分殊绝，其文采学问固不让也。然史之体裁，至扶风而始备，譬之兵家，龙门则李广，扶风则程不识耳。

《史记》不可复作矣，其故何也？《史记》者，子长仿《春秋》而为之，乃私家之书，藏之名山而非悬之国门者也，故取舍任情，笔削如意，它人不能赞一词焉。即其议论有谬于圣人，而词足以自达，意有所独主，知我罪我，皆所不计也。至班固效颦泚笔，已为人告发，召诣秘书，令作本纪、列传，以汉臣纪汉事，所谓御史在前，执法在后者。即有域外之议，欲破拘挛之见，已兢兢不保首领是惧矣。司马温公作《通鉴》详慎，久而未成，人即有飞语谤公，谓利得餐钱，故尔迟迟。公遂急于卒业，致五代事多潦草繁冗。旁观小人之掣人肘如此，纵有子长之才，安所施之？太史公与张汤、公孙弘等皆同时人，而直书美恶，不少贬讳；传司马季主而抑贾谊、宋忠，至无所容；《封禅书》备言武皇迷惑之状。如此等书，今人非惟不能作，亦不敢作也。

董狐之笔，白刃临之而不变；孙盛《阳秋》，权凶怒之而不改；吴兢之书，宰相祈之而不得；陈栝之纪事，雷电震其几而不动容。如是者可以言史矣。

余尝为人作志传矣，一事不备必请益焉，一字未褒必祈改焉，不得则私改之耳。尝预修郡志矣，达官之祖、父不入名贤不已也，达官之子孙不尽传其祖、父不已也。至于广纳苞苴，田连阡陌，生负秽名，死污齿颊者，犹娓娓相翻不置，或远布置以延誉，或强姻戚以祈求，或挟以必从之势，或示以必得之术。哀丐不已，请托行之，争辩不得，怒詈继焉，强者明掣其肘，弱者暗败其事。及夫成书之日，本来面目十不得其一二矣。嗟夫，郡乘若此，何有于国史哉？此虽子长复生，亦不能善其策也。

王荆公作《字说》，一时从风而靡，献谀之辈竞为注解，至比之六经，今不复见矣。但以介甫之聪明自用，其破碎穿凿之病固所不免，而因之尽废其书，亦非也。凡古人之制字自必有说，岂苟然而成者。若以荆公为非，则许氏《说文》固已先之矣。若不穿凿附会，引援故实，必得古人之意而止，其不可解者阙之，即不敢比六经，未可谓非经之翼也。

字有六义，指事、象形、会意者，正书也，可解者也；谐声、转注、假借者，书之变也，不必解者也。如江之从工，海之从每，知其声之相近而已，必解其何以从工，何以从每，则凿也。天下之事有本浅者不宜深求之，本易者不宜难求之，本俗者不宜文饰之，盖不独一《字说》为然也。荆公若知此意，必不坏宋国家矣。

郑夹漈《六书略》凡二万四千二百三十五字，而谐声者二万一千三百四十一，则谐声居十分之九矣，而欲一一说之，可乎？

切字有三十六字母，相传司马温公作也。其中有一音而两母者，如群、溪、彻、床等字，盖因平声有清浊，故不得不为两母。余常谓加一母不如加一声。凡字以五声切之，如通、同、统、痛、突之类，则凡同母者可以尽废。又切平声者当分清浊二音，如风字宜作方空切，今俱作方冯切，则逢字也；冯字宜作符同切，今云符风，则丰字也。此类甚多，盖俗人但知拘沈约韵，漫取韵中一字切之，不知施之上、去、入则可，平声自有二种，不可混而为一也。

切字之法，余七八岁时一闻即悟，及长以语人，有学数年而竟不知者。故谓此书在悟者即为筌蹄，而不悟者何殊嚼蜡，废之可也。

道书以一卷为一弓。弓音轴，今人即谓之卷，非也。佛书以一章为一则，又谓一缚。缚，古绢字，亦卷字通用耳。

今天下读书不识字者固多，而目前寻常之字误读者尤多，其于四声之中上去二声极易混淆。所以然者，童蒙之时授书塾师皆村学究，讹以传讹，及长则一成而不可变。士君子作数篇制义取科第，其于经籍十九束之高阁矣，谁复有下帷究心者？即有一二知其非，而一传众咻，世亦不见信从也。故欲究四声之正者，当于子弟授书之时逐字为之改正。然与世俗不谐，骇人耳目，人反以为侏僬矣。如上、下、动、静等字皆当从上声，人有不笑之者乎？

韩昌黎诗云："阿买不识字，颇知书八分。诗成使之写，亦足张吾军。"夫世岂有不识字而能书者？抑昌黎之所谓识字，非世人之泛然记忆已也？汉儒之训诂极其宏博，而独称子云识字，至使四方学者载酒以问，此其学岂浅鲜者？唐王起于世间字所不识者，惟《八骏图》中数字，则识字良亦不易。而昌黎之诗动用僻字古韵，至今千世之下读之尚不尽识，何况阿买也。

吴孙休为四子作名字，皆取难犯。霅湾字曰莔迄，寰觚字曰羿碛，钜莽字曰晶举，寇褒字曰焚拥，此与《八骏图》中离泰、䯄丙二字相类，亦好奇之过矣。唐武后命宗楚客制十二字，曌照、丙天、坔地、〇日、囝月、〇星、鳯君、恖臣、〇除、鳯载、秊年、舌正，而见它书者又有圭人、埀证二字。南汉刘岩制龑俨字为名，效颦转甚。余观《馀冬序录》载宋人有夒矮、夤斋、闦稳、坒同上、仦嫋、奀勒、歪终、荇腊、妖大、呇勘、閂攔、佘游、奀没、閄吓、㞎屄、荦惯、荦惯等字，盖俚俗之谈，杜撰以成字耳，岂六书之正哉？今人俗字有夯和朗切、歪和乖切、旻少、擎钦去声、扒爪、帮榜平声、垡箭、芏苦等字，然多见之俗牒耳。余观《海篇直音》中所载，视《说文》不啻百倍，盖人以意增减之，无非字者，恐将来字学从此益淆乱矣。

《乐善录》载：赵韩王病，遣道士上章，神以巨牌示之，浓烟罩其上，但末有火字。赵闻之曰："此必秦王廷美也。"余按美字从羊从大，非火也，岂神明亦不识字耶？其为后人附会无疑。

杨用修最称博识，亦善杜撰，而《刘夫人碑》中俊、达二字及酒官牌中厺字皆不识。余谓古今传记中难字固亦有限，而释、道二藏中，恐即遍观，未能尽识。至于近代《海篇直音》，偏旁上下，类以意增蠲而长之，无复穷极，非六书之正，何以能识，即识之亦无用也。

《说文》太略而《海篇》太繁，沈约韵书疏漏益多，惟当以十三经、二十一史合释、道二藏汇而订之，奇而难识者即注见某书，一切杜撰者悉去之，其于同文之治未必无裨也。

余在山东行部，沂州有毛阳迷，检司懵然不识，问胥曹，曰音山。归检字书，皆无之，因考史中郡国志，有奇字者附于此，有慮虒音庐夷、茌平今省为茌、印音忌、珛音贡、愳题愳，古莎字、鄢若么反、朸音力、瓡音执、邞音夫、郁郚音屏骂、樸劋音蒲劚、狋氏音权精、讻邯讻音男、而困渊、鄄绢、盩周、厔至，人亦多不识也。

《东轩笔录》载：王沂公命王耿按陈绛事，至中书，立命进熟。进熟不知何物，以意度之，似是具呈之义。

博古而不通今，一病也；钩索奇僻而遗弃经史，二病也。《孟子》之文，每一议论，必引《书》或《诗》以证之。今人为文，旁采讴谚而不知引经，是为无本之学矣。

博学而不能运笔，天限之也，陆澄、刘杳是也；高才而苦无学术，人弃之也，戴良、李贺是也。然以才胜者患其跅弛，可以陶铸，若徒书厨经库，吾末如之何也已。

焦弱侯谓今之读书者不识句读，皆由少年不经师匠，因仍至此。其论甚快，因举数事。如"至大至刚以直"、"点尔何如"、"讲事以度轨"等语，文义皆胜旧，但李彦平读《礼记》一段，余未敢从。盖"男女不杂坐"自为句，至"不同巾栉"为句，"不亲授"自为句。今以"不同"属上句，虽无害，而"巾栉不亲授"则不通矣。男女授受不亲，何独巾栉哉？至四书九经中句读当改易者尚多，如"卒为善句士则之"、"履帝武敏句歆攸介攸止"，若此之类尚多，未易枚举也。

少时读书,能记忆而苦于无用;中年读书,知有用而患于遗忘。故惟有著书一事,不惟经自己手笔,可以不忘,亦且因之搜阅简编,遍及幽僻,向所忽略,今尽留心,败笥蠹简,皆为我用。始知藏书之有益,而悔向来用功之蹉跎也。

余自八九岁即好观史书,至于乱离战争之事,尤喜谈之,目经数过,无不成诵。然塾师所授,不过《编年节要》、《纲鉴要略》而已。后乃得《史记》、《汉书》及朱子《纲目》读之,凡三四过,然止于是而已。最后得二十一史,则已晚矣,然幸官曹郎冷局,得时时卒业也。

汉光武好图谶,至用三公亦以谶书决之,尹敏遂因其缺而增之,曰"君无口为汉辅",帝虽责之而竟不罪也。谶书今世所禁,不知作何状,亦不知何人所作。但堪舆家常引谶语附会吉地,以为谶地,亦竟不知其所从出,强半杜撰之词耳。今世所传有《推背图》,相传李淳风所作,以占帝王世次。其间先后错乱,云是宋太祖欲禁之不可,乃命取而乱其序并行之,人见其不验,遂弃去。然多验于事后,虽知之何益?圣人所谓"百世可知"者,岂是之谓哉?

东汉至三国罕复名者,莽禁之也。秦以前复名盖寡;然侨如、无忌、去疾之类,往往见于经史。而二名不偏讳之义,三代已有之,则亦何尝以复名为非也。王莽矫诬,遂著为禁令,至讽匈奴亦上书更名,可笑甚矣,乃其法亦行之二百余年,何耶?今时则复者十七,亦以岁久人繁,易于重犯故耳。且使子孙不偏讳,未为不可也。

周公谨《癸辛杂识》载:先圣初名兵,已乃去其下二笔。此事并无所出。按先圣因母祷于尼丘而生,故名丘,字仲尼,岂有名兵之事?诞妄甚矣。

古之命名者,不以郡国,不以山川,不以鸟兽恶疾。然亦有不尽然者,即周公子已名禽,宣尼子已名鲤矣。此盖为人君言之也。人君之名当使人难知而易避,不然者,则当申临文不讳之令。夫减损点画犹之可也,至并其音而更之,使千古传袭,恬不知改,若庄光之为严光、玄武之为真武也,可乎?

宋时避君上之讳最严,宋板诸集中,凡嫌名皆阙不书。如英宗名曙,而署、树皆云嫌名,不知树音原不同曙也。钦宗名桓,而完亦云嫌名，不知完音原不同桓也。仁宗名祯，而贞观改作正观，魏徵改作魏證，不知徵、祯不同音也。又可怪者，真宗名恒，而朱子于书中有恒独不讳，不知其解，或以亲尽而祧耶？至于胤、义二名，其不讳宜矣。

陶穀原姓唐，因避石晋讳而改。真德秀原姓慎，因避孝宗讳而改。夫以君父一时之讳而更祖宗百代之氏，不孝孰甚矣。陶不足责也，而西山大儒乃为此耶？

宋人高自夸诩，毁誉失实，如韩、范二公将略原非所长，元昊跳梁，二公心力俱惫，尚不能支，而乃有西贼破胆之谣。王安石刚愎自用，乱天下国家，其罪不在蔡京、童贯之下，而引入名臣之列。张浚志大才疏，丧师辱国，刘琨、殷浩之俦也，而盛称其恢复之功，比之诸葛武侯。及其叔季，如杨龟山、魏了翁者，空言谈道，岂真有拨乱匡时之略，而犹惜其不见任用，宁非啖名之过哉？吾谓宋之人物，若王沂公、李文正、司马温公之相业，寇莱公、赵忠定之应变，韩魏公之德量，李纲、宗泽之拨乱，狄青、曹玮、岳飞、韩世忠之将略，程明道、朱晦庵之真儒，欧阳永叔、苏子瞻之文章，洪忠宣、文信国之忠义，皆灼无可议，而且有用于时者，其它瑕瑜不掩，盖难言之矣。

《易》之“夬卦”，以众君子而去一小人，在决之而已，故谓之“夬”。宋当元丰、元祐之时，君子多而小人寡，乃议论不断，自相矛盾，使小人得乘间而进；及其败也，反谓熙宁之祸，吾党激成之。譬之贼势猖獗，主将首鼠致败，而反咎力战者，以为挑衅生事，不亦愚之甚哉！

性有善恶之言，未甚失也，而孟子力排之；反经合道之言，未甚失也，而宋儒深非之：皆矫而过正矣。古之行权者，如汤、武之放伐，伊、霍之迁易，周公之诛管、蔡，孔子之见南子，何尝不与经相反？经者，权之对也，不反则不为权矣。然反而合道，不失其经，《易》所谓“万物睽而其事类”者也。此语何足深非，又何必抵死与辩耶？

宋儒若明道、晦庵，皆用世之真才也，虽有迂阔，不失其高，下乎此者不敢知也。如朱子论周益公云：“如今却是大承气证，却下四君子汤，虽不为害，恐无益于病。”即此数语，朱之设施可知矣。伊川见人主折柳条便欲禁制之，说书时颜色庄严，俨以师道自处。此即子弟如是教之亦苦而不入，况万乘之主哉？陆秀夫于航海之日，负十岁幼主，而日书《大学衍义》以讲，不知何为近于迂而愚矣。圣人之谈道，皆欲行于世也。《大学》说“明德”便说“新民”，《中庸》说“中和”便说“位育”。孔子一行相事，便堕三都，诛少正卯，更无复逡巡道学之气。颜渊问为邦，孔子便以四代礼乐告之，何尝又以“克己复礼”使之教百姓耶？宋儒有体而无用，议论繁而实效少，纵使诸君子布满朝端，亦不过议复井田、封建而已，其于西夏、北辽，未必便有制驭之策也。

唐、虞三代君臣之相告语，莫非危微精一之训。彼其人皆神圣也，故投之而即入，受之而不疑。下乎此者，便当纳约自牖，就其聪明之所及而启迪之，如教子弟然。夫子于颜、曾，不绝“克复”、“一贯”之训，而于伯鱼，不过学《诗》学礼而已，因其材也。故主有所长，则就其长而扩之；主有所短，则就其短而翼之。时当治平，则当陈润色之略；时值丧乱，则当先救正之方。使之明白而易晓，简易而可行，求有益于世而已。宋人硁硁守其所学，必欲强人主以从己，若哲、徽、宁、理，皆昏庸下愚之资，而哓哓以正心诚意强聒之，彼且不知心意为何物，诚正为何事。若数岁童蒙，即以《左》、《国》、班、马读之，安得不厌弃也。

事功之离学术，自秦始也，急功利而焚《诗》《书》；学术之离事功，自宋始也，务虚言而废实用。故秦虽霸而速亡，功利之害也；宋虽治而不振，虚言之害也。

甚矣，宋儒之泥也。贬经太过者，至目《春秋》为烂朝报；信经太过者，至以《周礼》为周公天理烂熟之书。不知《春秋》非孔子不能作，而《周礼》实非周公之书也。至欧阳永叔以系词非孔子之言，抑又甚矣。

古人五十服官，六十悬车，其间用世者才十年耳。夫以十年之久而欲任天下事，敭历诸艰，无乃太骤乎？噫，古之人论定而后官之，非官而后择也。随才授官，终于其职，无序迁例转也。夫人各举其职，官各得其人，十年之间，治定而功成矣。今之仕者，议论繁多，毁誉互起。循资升降，既不胜其患得患失之心；任意雌黄，又难当夫吠形吠声之口。历官半世而尺寸未闻，立身累朝而夷跖不定。是用世之具与官人之术两失之也。

今之仕者，宁得罪于朝廷，无得罪于官长，宁得罪于小民，无得罪于巨室。得罪朝廷者，竟盗批鳞之名；得罪小民者，可施弥缝之术；惟官长巨室，朝忤旨而夕报罢矣。欲吏治之善，安可得哉！

古之相者病于怙权，今之相者病于无权，其病均也，然宁以怙权而易相，无以抑相而废权。相者，下天子一等耳，以天下之重、兆民之众而责之一相，不假以权，权将安施哉？尧拔舜于畎亩之中，诛四凶，进元恺，惟其所为耳。下此即桓公之于仲父，昭烈之于武侯，苻坚之于王猛犹然也，而国治民安，天下万世不以为非。自末代君臣，上疑其下，下亦自疑，既不能择其贤否，又不能毕其才用，天子既从中沮之，群臣又从旁挠之，求安其身不可得也，何暇治天下哉？

上世之人善善长而恶恶短，中古之人善恶相半。至于今日，则众人之所誉，不能当一人之所毁也；百行之尽善，不能当一节之少瑕也。誉者不以为贤，而毁者必以为不肖也；善者不过一时之揄扬，而瑕者遂为终身之口实也。有始誉而终毁之者，未闻既毁而肯誉之者也；有始贤而后言其改节者，未闻始不肖而后许其自新者也；有闻人过而终身訾之者，未有闻人善而终身服之者也。噫，其亦末世之民也已！

进贤退不肖均也，论其等分，则进贤宜多于退不肖，如人之养生，进粱肉之时多而下药石之时少也。今之荐贤者则谓之市恩，谓之植党，即不然，亦以为循故事、塞人望而已。至于攻击丑诋，不遗余力，秽行俚言，累累满纸。初若令人怒发冲冠，不可忍耐，久亦习以为常矣，不但言人者嗔笑都不由中，而被其言者亦恬不以介意矣。噫，礼义廉耻，国之四维，臣子比肩立朝，而令寻常得恣口污蔑之，其究也，使人顽不知耻而砥砺之道丧矣。且也人不复以指摘为羞则言者愈轻，言者愈轻则听者愈无所适从，而大贪巨蠹潜入其中，不复之能辨矣。为国家虑者，不能不为之三叹也。

汉阴丈人闻桔槔之说则忿然作色，谓有机事者必有机心。师金语子夏以桔槔，则谓人之所引，非引人者也，故俯仰而不得罪于人。均一桔槔也，在人引之则为机心，在从人所引则可免罪。今之人引人者乎？抑为人所引者乎？不可不辨也。

卷之十四

事　部　二

人之难知也，圣人犹然叹之。今之取士也以文章，而纸上之谈不足凭也；程官也以功状，而矫诬之绩不足信也。采之于月旦而沽名者进矣，核之于行事而饰诈者售矣。居家而道学者，大盗之薮也；居官而建言者，大奸之托也。呜乎，世安得真才而用之？

乱世之奸雄，其才必足以自文；贪得之鄙夫，其术必足以自固。故干纪济恶者，皆世所谓才士也；吮痈舐痔者，皆世所称善人也。

任大臣则当略其小过，用大才则当宽其小疵。以吏事责三公，非礼貌之体也；以二卵弃干城，非驾驭之术也。

告令烦者，官必阘茸；礼数多者，人必险陂；议论繁者，事必无成；言语躁者，学必不固。

郡县之间功令琐屑，故外宦不若内宦之逸也；朝廷之上事体掣肘，故内事不如外事之办也。故旅进旅退，与世浮沉，则金马门尽可避世全身；如欲建尺寸之竖，上有实政而下蒙实惠，则非外吏不可。

台谏虽以风闻言事，然轻以赃私污人名节则过矣。纵使有而发其阴私已非厚道，况以传闻暧昧之事或爱憎毁誉之口而妄加诬蔑乎？宋人小说载台谏当上殿，未有题目，五更不寐，平生新旧一一上心。有乡人来访，延款殷勤，而翌日即上弹章者。乃知此风其来已久。

从来仕宦法网之密，无如本朝者，上自宰辅，下至驿递、巡宰，莫不以虚文相酬应。而京官犹可，外吏则愈甚矣。大抵官不留意政事，一切付之胥曹，而胥曹之所奉行者，不过已往之旧牍，历年之成规，不敢分毫逾越。而上之人既以是责下，则下之人亦不得不以故事虚文应之，一有不应，则上之胥曹又乘其隙而绳以法矣。故郡县之吏宵旰竭蹶，惟日不足，而吏治卒以不振者，职此之故也。

　　上官莅任之初，必有一番禁谕，谓之通行，大率胥曹剿袭旧套以欺官，而官假意振刷以欺百姓耳。至于参谒有禁，馈送有禁，关节有禁，私讦有禁，常例有禁，迎送有禁，华靡有禁，左右人役需索有禁，然皆自禁之而自犯之，朝令之而夕更之，上焉者何以表率庶职，而下焉者何以令庶民也。至于文移之往来，岁时之申报，词讼之招详，官评之册揭，纷沓重积，徒为鼠蠹薪炬之资，而劳民伤财不知纪极。噫，弊也久矣。

　　唐宋以前，不禁本地人为官，如朱买臣即为会稽太守，宋时蔡君谟莆人，而三仕于闽。我国家惟武弁及广文不禁，其外则土官与曲阜令耳，然亦不闻以乡曲故法令不行也，不知文职何故禁之。永乐中，邵玘以浙人巡按两浙，则知国初尚无此禁也。南赣开府，兼制闽广，然蒙慎以广人，余从祖杰以闽人，皆尝为之。蒙不知云何，从祖当时已有称不便者。一二骄恣家奴且挟势不避监司矣，不如引嫌之为愈也。又河道总督制及浙西，而潘季驯以浙西人为之，每行文移于监司守令，常有格不行者。古法之不可行于今，此其一端也。

　　地方若省冗官，十可去其二三；居官若省冗事，十可去其六七。京师之民最繁杂，事最猥琐，而官常有余闲者，虚文省也。只以人命一事言之，京师有杀人者，地方报之，巡城御史行兵马司相视其情真者即了矣。有疑不决，然后行正官检视，狱成上疏，下之法司，一讞而毕矣。外藩则不然，地方报县，先委尉簿相视，情真而后申府，府有驳，再驳而后申道，道有驳，再驳而后详直指。其间一检不已，再检不已，比至三检，所报分寸稍异，又行覆检，遂至有数县官会问者，数司理会问者，数太守会问者。而两造未服，争讼求胜，自巡抚中丞、直指使者、藩臬之长、守巡二道、隔邻监司，纷然批行解审。及至狱成，必历十数问官，赴十数监司。而上人意见不一，好作聪明，必吹毛求疵，驳问以炫己长，迨夫招成不变，而死者已过半矣。况转详又有京驳，审录又有矜疑恤刑，至部又纷纷告辩，卒有元凶未正典刑，而中正亲属相望告毙者。至于官徇私而曲断，吏受赇而寝阁，优柔不断者动必经年，迁转不常者概行停止，其害又难以枚举也。嗟夫，一事如此，他事可知，故不省虚文而望事集民安，此必无之事也。

　　国家于刑狱一途,惓惓留意,不啬三谳五覆,而往往有负屈以死者。如往岁荷花之冤,甚与宋《墨庄》所载沉香事相类,此皆初问之官不能用心细察而草草下笔,其后遂一成而不可变耳。又有人作聪明,专以平反为能者。如山西赵思诚,初任莱州司理,雪一冤狱得名,拜谏议。后出为监司,一应强盗杀人之狱,皆以为诬,悉纵之,此则以意为轻重者也。

　　元世祖定天下之刑,笞、杖、徒、流、绞五等。笞、杖罪既定,曰:"天饶他一下,地饶他一下,我饶他一下。"应笞一百者止九十七,杖亦如之。此虽仁心,亦近于戏矣。我国家绞之上有斩、有凌迟,而自流罪以下,有《大诰》者减一等,盖当时颁《大诰》于天下,欲人人习之故也。后世相仍,一概减等,而遇热审及恤刑之期又减一等。每岁决狱多时,降旨停免,故以讹误陷大辟者,多老死圜土中,此亦法中之仁也。

　　为守令者,贪污无论已,上者高谈坐啸而厌薄簿书,此一病也;次者避嫌远疑,一切出内概不敢亲,此亦一病也。而上之人其疑守令甚于疑胥役,其信奸民甚于信守令,一切钱谷出入俱令里役自收,而官不得经手,此何异里役皆伯夷而守令尽盗跖也。事有违道以干誉者,莫此为甚焉。

　　为令者有八难:勤瘁尽职,上不及知,而礼节一疏,动取罪戾,一也。百姓见德,上未必闻,而当道一怒,势难挽回,二也。醇醇闷闷,见为无奇,而奸驵蜇语,据以为实,三也。凋剧之地,以政拙招尤;荒僻之乡,以疏逖见弃,四也。上多所喜,多见忌于朋侪;小民所天,每见仇于蠹役,五也。茧丝不前则责成捆至,苞苴不入则菶菲傍来,六也。宦成易急,百里半于九十;课最易盈,衔橛伏于康庄,七也。剔奸厘弊,难调驵侩之口;杜门绝谒,不厌巨室之心,八也。至于郡守礼貌稍殊,白黑难溷,虽百责攸萃,较令稍易,然时有漏网于吞舟而负冤于覆瓿者,此仲翔、敬通所为仰天长叹也。

　　监司之臧否属吏,盖亦难矣。粉饰者见赏则暗修者弗庸,迎合者受知则骨梗者蒙弃,搏击者上考则长厚者无称,要结者得欢则孤立者无誉,畔援者承旨则寒微者自疏,至于资格一定则舍豺狼而问狐狸,意见稍偏则盼夜光而宝燕石。故下吏之受知长官,有难于扣九阍者。昔王荆公为幕职,读书达旦,犹不为韩魏公所知,况其他乎?

　　宋刘偁为陕州参军,居官贫甚,及归,卖所乘马为粮,跨驴而归。魏野赠以诗云:"谁似甘棠刘法掾,来时骑马去骑驴。"及真宗封禅,求野著作,得此诗,即拜偁为京官。噫,今之小官如偁者难矣,然不可谓无其人也,但送行之诗多浮其实,有如野之不阿所好乎?而贝锦一成,泣血剖心,上人终不见信,如宋真宗者,今监司千万中无一人也。

　　古人长官之待僚幕,真如父子兄弟,绝无崖岸之隔。如晋时庾亮登楼,共诸从事踞床啸傲;桓宣武直入谢太傅室中,至为狂司马所逼,入内避之。然此犹远事也。宋欧阳公在西京幕职,与诸名士终日游山,时钱思公为守,至携酒榼遣歌伎迎劳,何尝稍以势分自居,而亦何尝失时废事也。今太守二千石下视丞判司理已如雕之挟兔,而琐屑脂韦之辈趋承唯诺惟恐不及,虽云同寮,已隔若殿陛矣,况上而藩臬,又上而部使者乎?上下相临,俨若木偶,鱼贯而进,蒲伏而退,其有赐清坐假颜色者,即诧以为国士之遇矣,敢与之抗是非、争可否哉?礼文进退之节,平反出入之间,一失其意,朝白简而夕报罢矣。故仕路相戒:天子之逆鳞易犯,而上官之意指难违。古人所谓"善事上官,无失名誉"者,亦有激其言之也。

　　藩司之职,即行中书省之别名也,臬司则汉之刺史、宋之提刑也,但昔之权重,可以巡历黜陟,二千石以下皆得易置。国朝自有巡按御史之设,而提刑之权轻矣,其分司于外者,虽时一举行,不过循袭故事耳。其后以藩司分辖各郡为分守,臬司辖者为分巡。盖藩臬之长,以地遥不能周知,而岁时复有祝厘入觐之役,迁徙事变之故,非分司不足用也。自万历壬辰以后,天听稍高,铨补之牍不时得请,藩臬十七空署,事多兼摄而民愈不便矣。

　　宋枢密使最尊,其事权、礼遇与宰相等。当时文事出中书,武事出枢密,谓之两府。国朝兵部仅在六卿之列,而永、宣之朝,大司马如马公文升、刘公大夏,时与辅臣同参密议,盖虽与相臣有间,而其权亦与冢宰埒矣。但既为宰相,自当兼管文武,乃与枢密分权,此宋制之失也。

六卿之序，唐则吏、礼、兵、民、刑、工，贞观改吏、礼、民、兵、刑、工。宋初以吏、兵、户、刑、工、礼为次，至神宗始定吏、户、礼、兵、刑、工，盖用《周礼》之序也。今虽沿宋制，而清贵之秩，吏之下则礼，礼下则兵，兵下则工，工下则户，户下则刑。至于都察院，虽居六卿之下，而权势与吏部埒。百年以前尚无定序，今则一成而不可变矣。

太祖诛胡惟庸后，罢丞相，不复设，而以九卿分治，凡事可否，听自上裁。当时岂有内阁及票本之事哉？永乐初，以万机多故，于词臣中选数人入阁办事，军国重事面与商榷，而当时九卿亦召预议，不独阁臣也。其后稍倦勤，遂令票拟以进，习以为常。三杨当英庙之初，主少国疑，权由己出，天下遂以相名归之，而实非也。夫以大学士为相，则学士不过词林殿阁之职，秩止五品，非相也。如以处百僚之上，则其尊多由兼官，或六卿或宫保，非本等职业也。票拟不过幕宾记室之任，可否取自朝廷，何权之有？而其后如分宜、江陵之为者，如猾吏之市权，窃之也，非真权也。唐宋宰相，礼绝百寮，坐中书堂行事，自九卿而下进见，皆省吏高唱，鞠躬而入揖，及进茶，皆抗声赞喝。待制以上见则直言某官。皆于席南横设百官之位，不迎不送，其尊如此。黜陟予夺，无一不自己出。如申屠嘉廷辱邓通，苏良嗣笞薛怀义，赵普按诛陈利用，韩琦立召任守忠，此宰相之权也。今之权皆已散而归之大小九卿，而阁臣之门欲笞一人而无棰箠，每日坐容膝之地，晨入酉出，喙息不休，退居邸第，丞郎皆与抗礼，迎送仆仆，安在其为宰相也。但去天尺五，呼吸可通，大小万几，悉经心目，上之礼眷殊于百辟，于是人始以为天下事无一不由阁臣定者，而不知阁臣票拟，悉据九卿之成案，不敢增一毫意见，不敢逾尺寸成规者也。夫无宰相之实而冒宰相之名，不能行宰相之事而天下必责以宰相之业，故今之为阁臣者，亦难矣。愚尝谓永、熙、宣、弘之朝，若三杨、刘、谢等得君行道，言听谏从，是以阁臣而做宰相之功业者也。嘉、隆以来，若分宜、新郑、江陵等广布爪牙，要结近侍，是以阁臣而假天子之威福者也。至于今日，主上神圣威福既不可窃，而上下否隔，功业又不可就，且议论繁多，动辄掣肘，其不以身为射的则幸矣，救死之不赡，而何暇治天下哉？

史称姚崇为救时之相,夫救时之相岂易得哉?世衰道微,主德不聪,奸宄潜伺,几务丛脞,百姓流亡,即以伊、周处此,亦不过成得"救时"二字耳。相之治国,如医之治病也,其人强壮无疾,则教以珍摄保养,无所事事之方;若病势已深,急当治标,虽有卢、扁,亦必针石汤炙之剂,可谓其非神医而仅为救病之医哉?宋儒敢为高论而轻薄世务,乃于干戈云扰之际,犹以正心诚意之说进譬之。垂绝之人,教以吐纳导引之方,足以速其死而已矣。

三代而下,只得救时之相为上策,何者?主非神圣,人非结绳,与其高谈性命而无益于用,不如救偏补弊、随事干蛊为有实效也。如张良当楚汉之际,孔明辅偏安之国,李泌立革命之朝,司马光处变革之日,其所经画设施,亦不过视其所急而先之,故卒能反乱为治,功成事举。使四君子者处三代之盛时,岂不能陈王道、兴礼乐哉?而不尽用其所长者,其时势非也。故曰"识时务者在乎俊杰"。夫尧舜之知,不过知所先务耳。知先务者,救时之相也。

才足以拨乱者,多鸷而自用;量足以镇俗者,多懦而无为。抱苦节之贞者,必褊于容众;具通达之识者,或昧于提躬。诸葛武侯外综军旅,内和人民,淡泊明志,宁静致远,开诚布公,集思广益,举世之所难者而皆兼之,三代以下,一人而已矣。

寇莱公为相,用人多不以例,曰:"若用例则胥吏足矣,何名宰相?"此格言也。天子既以进贤退不肖之权寄之宰相与冢宰矣,若复事事拘例,人人循资,又恶用进退之权为也。近来文网既密,奸弊亦多,藩臬外吏以下一切论俸,而铨选之时置签抽掣,防弊之典可谓至公至慎矣,而于用人之道则未也。

古之为相及冢宰者,其于天下贤才尽在胸中,故可以不用例。今之冗员既多,事几亦繁,大小九列之外,不复知其人矣。至于铨选,猥杂尤极,不得不循资例。但掣签之法,终不可传后世,况其中弊窦亦自不少也。

管仲之生,诚不如召忽之死,然一匡九合、尊主庇民之绩,虽百召忽无为也。平、勃之谲,诚不及王陵之戆,然乘机定乱、反吕为刘之功,虽百王陵无为也。圣人于管仲,不责其死而惟取其功,其心之恕、论之平如此。而宋儒乃责平、勃以不争,责王、魏以事仇。使平、勃废,王、魏死,汉唐无文景、贞观之治,此政孔子所谓"匹夫匹妇之为谅"者也。又云济大事者,当以狄仁杰为法。夫仁杰之法,政得之平、勃者也。既以王陵为正,又以仁杰为法,俗语所谓"要吃杨梅,又怕齿酸;不吃杨梅,又怕口干"者也,其无定见甚矣。

才禀于天,不可学而至也;量成于人,可学而至也。故大臣当以德量为先,德量不足,即有周公之才之美,亦不足观。如宋王临川、近代张江陵,其才非不绝世,然愎而自用,褊而寡容,其行事必自以为是,而人莫敢矫其非,故王终误国而张竟覆宗,所系非细故也。国朝夏忠靖原吉,识量不减韩魏公,人尝问公:"量可学乎?"公曰:"何为不可。吾少时遇犯者必怒,始忍于色,中忍于心,久之自熟,殊无相校意,即大事亦不动矣。"故圣人谓"小不忍则乱大谋",忍于小者,所以成其大也。

处世须是耐烦,而居官尤甚。上自公卿,下至守令,但能耐烦,便有识量,着一急性者不得,盖事多在忙中错也。至于读书交友,当户涉世,无不皆然。不惟涵养德性,亦足占后来之造就。使憧憧往来、卤莽裂灭之人,即读书亦不能咀嚼意味,作事交友必且有始无终,孔子所谓"无恒之人"也。况于居官举动食息不得自由,不如意事举目皆是,若以忿懥躁竞之心处之,惟有投河赴海而已。噫,此虽人世之不古,亦宇宙缺陷世界宜尔也,故士必知命而后能乐天。

《易》曰:"吉人之词寡。"张释之谓周勃、张相如两人,言呐呐不出诸口。然言语者,心之华也,未有无学术无识见而能言者。以孔门而独宰予、子贡居言语之科,言亦何容易哉?子产有词,诸侯赖之,词之不可以已也,盖春秋战国时,其习尚已然矣。其后仪、秦、首、轸之流,皆以一言取卿相,然观其立谈之顷,析军国之大计,察海内之情形,如指诸掌,此虽非圣门之言语,而其苦心考究,捭阖推测,有后世宿儒所不能及者,其难尤倍蓗之矣。自晋一变为清谈,言始不适于用,宋一变为道学,其言又皆糟魄刍狗而不可听,则又何贵于言哉?

三代之人必习为词命,童子入小学,则教以应对,盖赫蹄未兴,赤牍未削,一切利害事宜,皆面陈而口宣之,故必其平日学问该博,事机熟透,猝至而应,莫不合宜。如今人上一疏投一书,不知经几筹画,费几改窜,或假手他人,或剿袭旧语,犹自诧以为奇,而况于立谈之顷乎?吾读史至子产之对晋人,张禄之说秦王,毛遂之定楚从,蔡泽之感应侯,樊将军数羽之言,淮阴侯筑坛数语,匆匆旁午之时,答辩如响,皆成文章,而见事定计,发必破的,若庖丁解牛,以无厚入有间,恢恢乎有余地者,其亦可谓命世之才也已。自汉以后,惟孔明见先主,立定三分之计,姚元之马首倥偬,以十事要明皇,此皆修词决策预定于平日者也。范文正公自做秀才时,便以天下为己任,及天章阁召问,皇恐不能对,退而上书。词之难也甚矣。

　　古人不作寒暄书,其有关系时政及彼己情事,然后为书以通之,盖自是一篇文字,非信手苟作者。如乐毅复燕昭王,杨恽报孙会宗,太史公复任少卿,李陵与苏中郎,千载之下读其言,反覆其意,未尝不为之潸然出涕者,传之不朽,良有以也。下此鲁连之射聊城,已坠纵横之咳唾,邹阳之上狱书,不过幽愤之哀词,君子犹无取焉,况其他乎?自晋以还,始尚小牍,然不过代将命之词,叙往复之事耳。言既不文,事无可纪,而或以高贤见赏,或以书翰为珍,非故传之也。今人连篇累牍,半是颂德之谀言,尺纸八行,无非温清之俚语,而灾之梨枣,欲以传后,其不知耻也亦甚矣。

　　近时文人墨客有以浅近之情事而敷以深远之华,以寒暄之套习而饰以绮绘之语,甚者词藻胜而谆切之谊反微,刻画多而往复之意弥远。此在笔端游戏,偶一为之可也,而动成卷帙,其丽不亿,始读之若可喜,而十篇以上稍不耐观,百篇以上无不呕哕矣。而啖名俗子裒然千金享之,吾不知其解也。

　　王安石立新法,引用小人,卒致宋室南渡,其祸烈矣,而其初不过起于执拗之一念,盖孟子所谓“訑訑之声音颜色,距人于千里之外”者。当时亦但以快一时之意,而不虞其害之至此极也。近来名公清贞苦节,天下想望其风采,及其得位行事,动与世龃龉而不相入,乃其自信愈笃,而人之攻之也日益甚,终不能安其位而去,虽诋诃者太过,而亦有以自取之也。

　　顾佐为都御史,疾恶如仇,百僚莫敢闯其居者,待漏朝房,至比邻十余室无人声,其风采可想见,然似亦过矣。近代如海瑞在留都总宪,诸御史不敢私市一物。卒之日,布被萧然而已。其清而狷,其天性也。然抚金陵时,所行过当者甚多,下弗堪也,亦有必不可行者。每官舫行,限以拽夫十五名而止。一日行部,入浅河,舟胶中流,数日不能前却。迎送之禁既严,廪既俱绝,不得已自发白锾雇异者,乃得行。其在南吏部日,中道有诉冤者辄受其词,归,行之司属,司属以非职掌,不受也;行之法司,法司以非通政司所准,不受也;乃取而焚之。其苛碎类若此。然海公精力干办,尚能必行其意,后人效之,一步不可行而物议沸矣。

唐宋百官入朝皆乘马,宰相亦然,政和间以雨雪泥滑,特许暂乘轿。自渡江后俱乘轿矣,盖江南轿多马少故也。国朝京官三品以上方许乘轿。三五十年前郎曹皆骑也,其后因马不便,以小肩舆代之,至近日遂无复乘马者矣。晋江李公为宗伯时严禁之,然终以不便,未久即复故。盖乘马不惟雇马,且雇控马持机者,反费于肩舆,不但劳逸之殊已也。

国初进士皆步行,后稍骑驴,至弘正间有二三人共雇一马者,其后遂皆乘马。余以万历壬辰登第,其时郎署及诸进士皆骑也,遇大风雨时,间有乘舆者。迄今仅二十年,而乘马者遂绝迹矣,亦人情之所趋。且京师衣食于此者殆万余人,非惟不能禁,亦不必禁也。

宋赵清献公有《御试日记》一卷,盖嘉祐六年御试进士,公时为右司谏,与贾直孺、范贯之皆充编排官,所记自二月二十六日起,至三月初九日止,驾幸考校所者二,幸覆考所者四,幸详定所者二,幸编排所者一,虽上巳、寒食休暇之辰,孜孜不废训敕,劳赐茶果酒殽,无日无之。当时仁宗在御已四十年,而犹慎重勤勚若此,亦足见作人之盛心,有终之懿轨矣。国朝御试进士,惟以三月十五日,而十八日传胪,二十二日谢恩。故事,上皆视殿,自永陵之末高拱不出,近日遂习以为常矣。至于撤御膳赐考试官,则间一行之,如嘉靖之壬戌、隆庆之辛未、万历之癸丑,是时慈溪、江陵、福清三公皆受主眷最隆,故有殊典,非例也。

唐时进士及第,醵金为曲江之会,即于同年中选最年少者二人为探花使,世谓之探花郎。今以一甲第三为探花,不知起于何时,而以第二为榜眼,其名尤俗。宋时及第,不拘人数,遇非常恩泽,有一榜尽赐及第者,亦有随意唱一甲至三百二名方止者,放进士至五甲而止。本朝止于三甲,而一甲入史馆,二甲授六曹,三甲出为郡县,其迥别不啻云泥然,故同籍之谊,浸以衰薄矣。

唐时进士,榜出后便往期集院,醵金宴赏,于中请一人为录事,二人为探花,其他主宴、主乐、主酒、主茶之类,皆同年分掌之。广征名伎,穷搜胜境,无日不宴。至曲江大会,先牒教坊,奏请天子御紫云楼以观,长安士女倾都纵观,车马填咽,公卿之家率以是日择婿焉。盖不惟见声名文物之盛,丰亨熙豫之景,亦以人臣起韦布,登青云,故慎重其事以诱掖奖劝之也。今里中儿入泮宫补弟子员,犹箫鼓旌旗,烜赫闾里,而登第之日,俨列而进,分队而退,客邸萧然,亲朋嘿坐,桂玉莫惜,征责捆集,而当事者动欲禁谕之、约束之,稍涉轻肥便滋物议,此于士子之动心忍性不为无裨,而国家右文宾兴之大典亦稍轻矣。譬之贫家娶妇,合卺未毕,遽令造饭缉麻,一不当意,声色相加,此虽教妇之道,而非摄盛之礼也。

唐时举进士,自状头以下皆以势力游扬得之。以摩诘之才,不难作梨园子弟以干公主;及其末也,裴思谦紫衣怀阉竖之刺,求状元及第,而试官不敢违,奔竞之风,于斯极矣。武陵之荐杜牧,黄裳之访尹枢,虽怜才之盛心,而终非公慎之懿矩也。至于宋而渐密矣,然犹有玉山之援故人,子瞻之私方叔也。至国朝而禁令益严,二百年来法度之至公至慎者,独此一途耳。

唐时士子入试,皆遍谒公卿,投贽行卷,主司典试,亦必广访名流,旁搜寒畯。如王起放榜,先问宰相所欲;沈绚主春闱,承其母命,与宗人及第;牛庶锡贽卷,萧昕要令首拔;至于郑薰错认颜标,虽被冬烘之诮,亦不失为激劝之盛心也。宋初举人被黜者,犹得击登闻鼓声冤,上命重试,必多见收,当时谓之“还魂秀才”。盖其法网犹宽,疑议亦少,至国朝而禁令之严极矣。迨夫近日,则投刺及门皆为请谒,知名识面尽成罪案,上之防士如防夷虏,而旁观之伺主司如伺寇盗,举荡平正直之朝化为羊肠荆棘之路,以登贤籲俊之典变为防奸明刑之狱,虽士习之渐靡有以致然,而刻核太过,于拔茅连茹之初心亦稍悖矣。

洪武丁丑会试天下,进士已定,因所取多南人,士论不服,始命重试,取韩克忠等,而先中者及考官刘三吾等皆得罪。弘治己未会试,程敏政典试,给事中华昶劾其鬻题与徐经、唐寅等,及揭晓,林廷玉又论之,于是命李东阳重阅,而黜经、寅等十余人,敏政亦坐罢归。今万历庚戌,汤宾尹为房考,越房取韩敬为第一,言官论之不已,但终无佐证,韩与汤皆坐褫职。而场中越房取者尚有十七人,言者并及之,于是行原籍取所中朱卷,会九卿台省覆阅之,然俱无他故,不能深入也。此事盖三见矣,而庚戌为甚,盖议论纷纭不一,越三四年始定。余友王永启亦在十七人中,时在南职方杜门待命者数月云。

宋初进士科法制稍密,执政子弟多以嫌不足举进士,有过省而不敢就殿试者。庆历中,王伯庸为编排官,其内弟刘原父廷试第一,以嫌自列降为第二。今制惟知贡举典试者,宗族不得入,其它诸亲不禁也,执政子弟擢上第者相望不绝,然顾其公私何如耳。杨用修作状头,天下不以为私也,至江陵诸子文皆假手他人,而相联登高第可乎?万历癸未,苏工部濬入闱,取李相公廷机为首卷,二君盖同笔研桑梓,至相善也,然苏取之而不以为嫌,李魁天下而人无间言,公也。庚戌之役,汤庶子宾尹素知韩太史敬,拔之高等,而其后议论蜂起,座主门生皆坐褫职。夫以韩之才何门不可致及第,而乃假手于故人,卒致两败俱伤,亦可惜也。然科场之法,自是日益多端矣。

国家取士,从郡县至乡试俱有冒籍之禁,此甚无谓。当今大一统之朝,有分土无分民,何冒之有?即夷房戎狄犹当收之,况比邻州县乎?且州县有土著人少而客居多者,一概禁之,将空其国矣。山东临清,十九皆徽商占籍,商亦籍也,往年一学使苦欲逐之,且有祖、父皆预山东乡荐而子孙不许入试者,尤可笑也。余时为司理,力争之始解。世庙时,会稽章礼发解北畿,众哄然攻之,上问何谓冒籍,具对所以。上曰:"普天下皆是我的秀才,何得言冒?"大哉王言,足以见天地无私之心也。

拜主司为门生,自唐以来然矣。策名朝廷而谢恩私室,诚非所宜,然进身之始,不可忘也。士为知己者死,执弟子礼,非过也。至于郡县之吏拜举主为门生,则无谓矣。范文正以晏元献荐入馆,终身以门生事之,盖感特达之知,非寻常比也。今江南如闽、浙得荐尚难,至江北部使者诸差旁午于道,每循故事列姓名以报,亦称举主门生,其恩谊衰薄,视朝夕相临、游扬造就者又迳庭矣。近代惟霍海南韬、张永嘉孚敬不拜主司,然霍亦不受人作门生,永嘉不能也。永嘉登第时年逾五十,主司见而悯其老也,永嘉憾之,其后大拜,竟不及门云。

训蒙受业之师,真师也,其恩深,其义重,在三之制与君父等。至于主司之考校,一日之遭遇耳,无造就之素也;当道之荐扬,甄别之故事耳,无陶铸之功也。今人之所最急者举主,次殷勤者主司,而少时受业之师,富贵之日非但忘其恩,并且忘其人矣。夫所贵师弟者,心相信也,行相仿也,势可灼手则竿牍恐后,门可罗雀则踪迹枉绝,甚至利害切身之日,戈可操也,石可下也,何门生之有哉?

朋友者,五伦之一也。古人之于师友,皆恩深义重,生死久要。以巨卿、伯元,一言相许,千里命驾;伯桃、角哀,信誓为期,九原不爽。盖亦自重其信义,非徒为人已也。降及后世,渐以衰薄,然王阳结绶而贡禹弹冠,禹锡贬官而子厚易播,尚有休戚与共之意焉。至今日而死友无论,即生友可托肝鬲者,亦寥寥绝响矣。

今友谊之所以薄者,由友之不择也。今之人少则同塾之友,长则同课之友,又长则有同调同游之友,达则有同年同僚之友。然此数者,皆卒然而遇,苟然而合,非古人之所谓友也。故其中亦有心相孚、行相契者,不过十中之一二,而败群背义、恌薄无行之人,亦已滥竽其中矣。况少之群居,长则必离,穷之追随,达则必隔,是非毁誉蓥其中,世情文罔牵其外,欲其欢然无间,安可得哉?夫士君子处世,而无一二知己之人可托死生急难者,则又安用此生为矣。故欲全友道,须先择交。其于同塾同游等辈之中,观其行事心术灼然无疑者,而后以心许之,勿为形迹所拘,勿为谗毁所敓,勿为富贵贫贱所移,则庶乎古人之所谓友矣。噫,谈何容易。虞仲翔谓“海内得一知己死不恨”,韩昌黎谓“感恩则有之矣,知己则未也”。故士必有一二知己而后谓之士,亦必仅有一二知己而后谓之知己。其它市道之交,去来听之可也。

今人处贫贱则泛滥广交，一切佻闼龃偲，皆与游处。及富贵之日，则疾之如仇，逐之如虎，惟恐其影响之不幽。此虽友之无良，而对面云泥，亦已甚矣，况其意不过为保富贵计耶？余筮仕佐郡，相知者惓惓以绝交为急务，余戏谓："朋友，五伦之一也。使穷时之友可绝，则穷时之父子、夫妇、兄弟皆可绝矣。"然余卒坐左迁，而后闻善宦者，其母诣之而不得见，兄弟往而被逐，始知前言亦有行之者矣，非戏也。

自唐以前，最重门族，王、谢、崔、卢，擅名奕世，其他若荥阳之郑，陇西之李，虽皇族国戚，不敢与之争先。以侯景之篡逆，欲求婚王、谢而不可得，薛宗起以不入郡姓，碎戟请死，盖流品若是之严也。其后贞观、开元屡加摧抑，而族望时尚终不能禁，婚姻嫁娶必取多赀。故李祯谓爵位不如族望，官至方岳，惟称陇西。然士贵自立何如耳，如其人，则鳏夫岩筑，可以登庸。彼王之莽也，李之陵也，独非望族耶？而名辱行败，玷宗多矣。宋以后渐所不论，至今日缙绅君子有不能举其望者，亦可怪也。

三代以前，因生赐姓，胙土命氏，故姓氏分而为二，男子称氏，妇人称姓，氏所以别贵贱，姓所以别婚姻也。然亦有一氏而分为数姓者。三代而下，姓氏合矣，其同出而分支渐繁，愈不可考矣。春秋之时善论姓氏者，鲁有众仲，晋有胥臣，郑有子羽，而其他诸子无称焉。溯流穷源，若斯之难也。世远人亡，文献无征，兵革变迁，家国更易，故名世君子，至有不能举其宗者，势使然也。然与其远攀华胄，牵合附会，孰若阙所不知，以俟后之人。故家谱之法，宜载其知者而阙其疑者。汉高祖为天子，而其祖弟呼丰公、母为昭灵后而已，名字不传也，盖尚有古之遗意焉。

今世所传《百家姓》，宋时作也，故以赵、钱为始，岂吴越之臣所成耶？我朝吴沉等进《千家姓》，以"朱承天运"为始，其中有怪僻不经见者，而海内之人又有出《千家》之外者，惜当时儒臣未能遍行天下广搜之也。汉颍川太守聊氏有《万姓谱》，今不复见。近时吴兴凌氏有《万姓统谱》，第恐其学识尚有限耳。

夷狄之中极重氏族，如契丹唯耶律氏与萧氏世世为婚姻，天竺则以刹利、婆罗门二姓为贵种，其余皆为庶，庶姓虽有功，亦甘居大姓之下。其它诸国，莫不如是。故唐以后之重门地，亦跂拔氏倡之也，礼失而求之四夷，殆谓是耶？

弇州先生以王、谢为望族，而谓谢安能比王。王，大也，谢有衰谢之义。此语太近儿戏，可笑。然余亦有语复之曰：王者大也，满则招损；谢者退也，谦则受益。天道恶盈而流谦，于王、谢宜何居焉？不知先生九京亦有以难余否也。

今世流品，可谓混淆之极，婚娶之家，惟论财势耳。有起自奴隶，骤得富贵，无不结姻高门，缔眷华胄者。余尝谓彼固侯景、李建勋之见，而为名族者，甘与秦、晋而不耻，何无别之甚也。余邑长乐，长乐此禁甚厉，为人奴者，子孙不许读书应试，违者必群击之。余谓此亦太过。国家立贤无方，即奴隶而才且贤，能自致青云何伤，但不当与为婚姻耳。及之新安，见其俗不禁出仕而禁婚姻，此制最为得之。乃吾郡有大谬不然者，主家凌替落薄，反俯首于奴之子孙者多矣。世事悠悠，可为太息者此也。

婚姻不但当论门地，亦当考姓之所自。如姚、陈、胡、田，皆舜之后，姬、周、鲁、卫、曹、郑，皆武王之后，俱不宜为婚，其余可以类推。又历代有赐姓者，如项伯、娄敬皆从刘，徐勣、安抱玉皆从李之类也。有改姓者，如疏广之后改为束，唐毅之后改为陶之类也。有杜撰者，京房推律而定为京氏，鸿渐筮《易》而定为陆氏之类也。有支分者，如赵括之后因马服而为马，李陵之后因丙殿而为丙之类也。充义至类，别嫌明微，宁过于严，毋伤于苟。婚姻，人道之始也，加慎焉可也。

古人丧礼，为父斩衰三年，而父在，为母不过齐衰期而已。此虽定天地之分，正阴阳之位，而揆之人子之情，无乃太失其平乎？子之生也，三年然后免于父母之怀，要之母之劬劳十倍于父也。夫妇敌体，无相压之义，以父之故而不得伸情于母，岂圣王以孝治天下之心乎？且父母为长子齐衰三年，而子于母反齐衰期，亦倒置之甚矣。此礼三代无明文可考，或出汉儒杜撰，未可知也，而举世历代无有非之者。至我国家始定制，父母皆斩衰三年，即姜之子亦为所生持服，不以嫡故而杀。此圣祖所以顺天理，达人情，自我作古，万世行之可也。

古者嫂叔不相为服，所以别嫌也。然兄弟同室，一居杖期之丧，而一缌衣玄冠，不惟礼有不可，亦心有不安矣。我国家定为五月之服，其于情、礼可为两尽。又古者有服内生子之禁，今亦无之。夫丧不处内，此自孝子之心有所不忍耳，禁之无为也。律设大法，礼顺人情，如我国家之制，可谓兼之矣。

师友无服，非不为服也，义恩厚薄不等故也。如七十子于孔子，以父丧之可也；如管、鲍、雷、陈，以兄弟丧之可也；然而不可为常也。先王制礼，顺乎人情，求为可继也。昔虢叔死，闳夭、太颠诸人为之服，礼可以义起也。盖师友至于今日，恩义之衰薄极矣。生时贵贱且隔云泥，况生死之际乎？

今执亲之丧不饮酒食肉者罕矣，百日之内禁之可也，过此恐生疾病，少加滋味，亦复何妨。至于预吉事赴筵席，则名教之罪人也。江南之人能守此戒者亦寥寥矣，尚有生辰、元旦变易吉服者，亦何心哉！

人有乘初丧而婚娶者，谓之"乘凶"。此在它处不知云何，吾郡则恒有之矣。此夷俗也，当事者为之厉禁可也。

闽俗于初属纩之时有女适人者，则婿家延巫，置灯轮转之，男女环绕号哭，谓之"药师树"，甚无谓也。死每七日则备一祭，谓之"过七"，至四十九日而止。或有延僧道作道场功德者，搢绅礼法之家不尔也。死后朝夕上食，至百日而止。至六十日则不用本家食，而须外家或女家送之，相沿以久，不知其故。但吴越之俗，亲友来致祭，主家皆用鼓乐筵宴款客。闽中独无之，客来祭者，一尝茶果而出，子姓族戚乃馂其祭余，较为彼善于此耳。

丧不哀而务为观美，一惑也；礼不循而徒作佛事，二惑也；葬不速而待择吉地，三惑也。一惑病在俗子，二惑病在妇人，三惑则举世蹈之矣，可叹也已。

古礼之尚行于今者，丧得十七，昏得十五，至于祭则苟然而已，冠则绝不复举矣。吾长乐人最习家礼，亦间有行之者，然世多笑其迂也。

婚礼之不举乐，思嗣亲也，此或为长子之当户者言耳。若父母在堂而为子娶妇，即举乐何伤？且摄盛之礼既已极其隆矣，而独禁音乐,无乃不情乎?

　　嫁女三日,父母家来饷食,俗谓之"馒女"。女于五月五日回省父母,谓之"归宁"。此汉以来礼也。今人三日后女偕婿省父母,谓之"回鸾",闽人谓之"转马",盖春秋时有回马之义也。五月归宁谓之"取夏衣"。按《周礼》后妃归宁亦用絺绤,则夏之归宁,其来久矣。

　　张公艺九世同居,古今以为口实,近代则浦江郑氏耳。盖由祖宗立法谨严,子孙世世相承,不敢逾越,纵有长舌之妇,败群之子,无所容其恶也。然吾以为人心不同,一室之内,岂无胡越?况于孱婿悍妇、骄儿稗子,代不乏人,间隙一开,仇衅渐起。与其隐忍包涵,中离外合,不如分析,各得其愿,使兄弟好合,姒娌肃雍,无害于义,政不必慕古人之虚名,而酿阋墙之实祸也。余尝见巨室兄弟众多,先后宛若,日逐勃谿,至于婢使奴隶各为其主,怨尤谗嫉,无所不至,殆不能一日安其生者。此虽女子小人之性,亦宜分而强合有以致然也。故必世世人人不畏妇而后可以同居,如浦江者,绝无而仅有者也。

　　张公艺书忍字以进,其意美矣,而未尽善也。居家驭众,当令纪纲法度截然有章,乃可行之永久。若使姑妇勃谿,奴仆放纵,而为家长者仅含默隐忍而已,此不可一朝居,而况九世乎?善乎浦江郑氏对太祖之言曰:"臣同居无它,惟不听妇人言耳。"此格论也,虽百世可也。

　　古今同居者,又有汉樊重、晋郎方贵俱三世,博陵李幾七世,河中姚氏十三世,宋会稽裴承询十九世,而魏杨播百口共爨,陆象山累世义居,又不知凡几代也。录之以愧恶妇劣子之欲析产者。

　　汉称万石君家法,唐则穆质、柳公权二家为世所崇尚,至宋则不胜书矣。我朝文物威仪之盛,则在江南,而纯厚谨严,西北士夫家居多,风气使然也。吾邑长乐,虽海滨椎鲁,而士夫礼法甲于它郡。余初登第时,至邑中,不敢乘舆,搢绅往来者,大率步行也。出郭登车,遇村落辄为下。市者不饰价,男女别于途,不淫不盗,不嚣讼,不逋赋。先辈如郑司寇世威家居,犹布衣徒步,盖海内所绝无而仅有者也。近来一二巨室,侈土木,娱声色,骎骎凿浑沌之窍矣,然校之列邑,犹为彼善于此也。

礼有出于圣人而实似无谓者，如祀郊以配天，祀明堂以配上帝是也。天与上帝，果有二耶？无二而分之，是矫诬也，圣人不为也。又有世之所非而实是者，欧阳濮议是也。礼，为人后者不得顾其本生父母，特不为之服耳，未尝并父母之名没之也。礼有三父八母，养者、继者皆父母也。嗣大位而改其所生父为叔伯，于心安乎？于理顺乎？此拘儒之见，必不可行者也。肃皇帝之初，廷臣亦有主吕诲之议者，则愈非矣。肃皇于谅闇之后，从邸入继，与英宗之久养宫中者又不同也。弟承兄统，而以兄为父，以父为伯，岂理也哉？出公不父其父而祢其祖，夫子所以有正名之叹也。今不父其父而祢其兄，于正名何居焉？甚矣，腐儒之误国家事也。且亡者犹可耳，太后在也，以嫂为母而伯母其母，置太后于何地？古人行一不义而得天下，不为也，况不孝乎？幸而圣心独断，天伦无亏，其神武明决，过宋英宗万万矣。诸臣之杖谴，虽永嘉不善处，而亦有以自取之也。

《周礼》："大祝辨九拜，一稽首，二顿首，三空首，四振动，五吉拜，六凶拜，七奇拜，八褒拜，九肃拜。"郑玄注："稽首，头至地也。顿首，头叩地也。空首，头至手，所谓拜手也。振动，战栗变动之拜，一云两手相击也。吉拜，拜而后稽颡也。凶拜，稽颡而后拜也。奇拜，屈一膝，今雅拜是也，或云一拜也。褒读为报，报拜，再拜也。郑司农云持节拜也。肃拜，但俯下手，今时揖是也。揖即揖也。"今人以顿首为常礼，而稽颡、稽首概施之丧服矣，不知稽首非凶礼也。尊长之施卑幼则云再拜，而肃拜则惟藩王用之，其它空首、振动等拜，皆无知者矣。又书札中动称"九顿首"，此申包胥乞师于秦故事，亦非佳事也。

卷之十五

事　部　三

　　古人君即位，称元年而已，未有年号也，故诸侯之国各称其君之年，而天子正朔反置之若罔闻知。不知当时律历之颁，往来文告之词以何为准。盖夫子作《春秋》，亦已仍其国史之旧矣。自秦始皇立郡县而民知有王，汉武帝建年号而民知有朔，万世之后，一统之治，威令行于山陬海隅者，二君之功也。至于废井田，筑长城，行夏时，表六经，皆为后人遵守而不能易，非有绝世之识，独创之识，何以与此。而经生谈无道主，动以为口实，不亦冤乎？

　　年号之改，莫数于武氏，其次则唐高宗、汉武帝，又其次则宋仁宗也。武氏在位二十二年，至十六改元，朝令夕更，直以为戏耳。高宗三十年中，而十五改元，盖自总章、仪凤以后，政自牝鸡出矣。汉武、宋仁俱四十余年，而武改元者十一，仁改元者九，其中或以人事，或以符应，多不过七八年，少至一二年，而遽改何不经之甚也。古今不易年号者，惟汉明帝、隋炀帝、唐高祖、太宗、宪宗、宣宗、懿宗，而享祚不永者不与焉。夫元者，始也。人无二始，帝无二元，而况十数乎？我国家列圣相承，惟于即位之逾年改元，终身不易，亦可谓卓越千古矣。

　　宋太祖改元乾德，后因与蜀王衍年号相同，有"宰相须用读书人"之语。然国朝永乐则张遇贤、方腊已再命之，二人又皆篡贼之靡，何当时诸公失于详考耶？至于正德，亦同夏乾顺之号，而自古以正为号者多不利，如梁正平、天正、元至正之类，为其文一而止也。武皇帝虽终享天位，而海内多故，青宫无出，统卒移之兴邸。命名之始，可不慎哉？隆庆亦州郡名，改元之后，复令改州，此亦华亭不学之故也。

　　凡帝王之命名，不以山川郡邑，为其易犯也。梁萧正德改元正平，识者笑之。我朝建文之号亦同御名，不知方、黄诸君何卤莽乃尔。

今上即位,改河南之禹州,同御讳也,而皇太子讳又同县名,与其更易于后,孰若慎重于初乎? 此亦礼臣之过也。

古者嫌名不讳,宋则并讳之矣。国朝虽无讳例,而亦有二字俱犯嫌名者,如吾邑之长乐,政与皇太子讳音相同。不知将来当事者何以处之,姑记以俟它日。

三代之法,有必不可行者,井田、封建是也。井田无论已。封建以厚骨肉,甚善也,然各守其疆,政令不一,一不便;本支既繁,贤愚异类,二不便;国有大小,遂启争端,三不便;盛时制驭,犹怀不逞,委裘之际,将若之何,四不便。且周之制,但创业时一分封耳,子孙之兄弟无尺寸之地也,同聚王畿,其丽不亿,千里之内,何以容之? 朝带之乱,势使然也。自秦之后,一复于汉,而有吴楚之乱,再复于国初,而有靖难之师。国之利器不可以假人,审矣。

处宗藩之法莫厚于本朝,而亦莫不便于本朝。唐宋宗室不胙茅土,其贤能者皆策名仕籍,自致功业,而国家亦利赖之。但贤者少而不肖者多,天衍懿亲至与齐民为伍,亦稍过矣。宋时宗室散处各郡县入籍应试,在京师者别为玉牒所籍。至绍兴十一年,从程克俊言,以所考合格宗室附正奏名殿试,其后杂进诸科与寒素等,而宦绩相业亦相望不绝书。国朝亲王而下递降为郡王、将军、中尉、庶人,虽十世之外犹赡以禄,恩至渥也,而禁不得与有司之事,不得为四民之业。二百年来,椒聊蕃息几二十万,食租衣税,无所事事,而薄禄斗粟不足糊口,遂至有怀不肖之心,亲不睦之行者矣。今天下宗室之多莫如秦中、洛中、楚中,贤者赋诗能文,礼贤下士,而常郁郁有青云无路之叹。至于不肖者、贫困者鹑衣行乞,椎埋亡命,无所不至,有司不敢诘,行旅不敢抗也。日复一日,人愈众而敝愈极,当事者犹泄泄然不立法以通之,可乎?

祖宗九庙,亲尽亦祧,子孙五世之后无复降杀,非法也。世禄之子犹望象贤,天衍玉牒不许入仕,非情也。故宗藩之庶,递杀至于庶人极矣。庶人之外,禄可裁也,法可行也,禁可宽也,读书者许在各郡县入籍应试,其它力农商贾,任其所之,奸盗诈伪,有司以三尺绳之,大辟以上奏闻可也。此处宗藩之第一义也。

　　国朝立法太严,无论宗室,即驸马仪宾,不许入仕,其子不许任京秩,此虽别嫌明微之道,亦近于矫枉过正者矣。即如户部一曹,不许苏、松及浙江、江右人为官吏,以其地赋税多,恐飞诡为奸也。然弊孔蠹窦皆由胥役,官吏迁转不常,何知之有?今户部十三司胥算皆吴越人也,察秋毫而不见其睫可乎?祖制既难遽违,而积弊又难顿更,故当其事者默默耳。

　　国朝驸马尚主,皆不用衣冠子弟,但于畿辅良家或武弁家择其俊秀者,尚主之后,即居甲第长安邸中,锦衣玉带,与公侯等,其父封兵马指挥、文林郎,母封孺人而已。驸马虽贵为禁脔,然出入有时,起居有节,动作食息,不得自由。而奶姆、阉竖之老者威震六宫,掌握由己,都尉反俯首听节制,凡事务结其欢心,稍不如意,动生谗间。近日如冉都尉兴让,可鉴也。

　　冉都尉所尚主乃皇贵妃之女,上素所钟爱者,伉俪甚笃,无间言。奶媪梁盈女恃其威福,每事动行节制,冉不善也,又恃宫中爱婿,时与龃龉。一日漏下二鼓,都尉自外入,传呼开邸中门。故事,中门非奶媪不开,盈女不时至,都尉排闼而入。有顷,盈女至,出诟语,都尉乘醉击之。翌日入朝奏闻,盈女率其党数十人伏阙下,要而殴之几死。上不知也,且怒都尉狂率,冉遂弃衣冠,从间道归里。上益震怒,遣缇骑迹之,夺其父母爵禄。廷中大小臣工力谏,俱不报。冉既自归,上怒不解,谪羁太学习礼。自壬子冬至今半载,尚未得与公主相见也。时论以冉固未得善处之方,而奶媪一老宫婢,遂能炀灶蔽明,荧惑主聪,一至于此,盖床第之言易入,浸润之谮难防,故使椒房失其宠,结褵隳其爱,举朝之臣工不足敌一妇人,亦异事矣。考之史乘所载,若王敦慑气,桓温敛威,真长佯愚以求免,子敬炙足以违诏,王偃保露于北阶,何瑀投躯于深井,盖自汉、晋以来,相沿至于今日,未之有改也,冉盖不幸而遇其变耳。

　　牝鸡之晨,家之索也。以三代神圣之开基,国祚之悠久,而不足供妹喜、褒姒之一败,况其它乎?故《诗》《书》垂戒,于妇人每惓惓焉,知后世必有以是亡其国者也。吕氏几移汉祚,武曌遂斩唐宗,其始不过以色举耳,而祸之赫烈,岂虞其至此。汉之马、邓,宋之高、曹贤矣,

而犹垂帘专政,恋恋不忍释手,是亦牝之晨也。此端一开,能保其无
妒悍淫虐者出其中乎?我国家之制,少主委裘,权一听于辅臣,而母
后不得预也,可谓上追三代而远过唐宋矣。

三代以下之主,汉文帝为最,光武、唐太宗次之,宋仁宗虽恭俭而
治乱相半,不足道也。文帝不独恭俭,其天资学问、德性才略近于王
者,使得伊、周之佐,兴礼作乐不难也。光武、太宗以创业而兼守成,
纬武经文,力行致治,皆间世之贤主也。然建武之政近于操切,贞观
之治末稍不终,盖不惟分量之有限,亦且辅相之非人。宋仁宗四十年
中,君子小人相杂并进,河北西夏日寻兵革,苟安之不暇,何暇致刑措
哉?四君之外,汉则昭、宣、明、章,唐则玄、宪、宣、武,宋则艺祖、太
宗、孝宗,其拨乱守成皆有足多者,而隋之文帝、唐之明宗、周之世宗
又其次也。大约贤圣之君,百不得一,中上之资,十不得一,庸者什
九,纵者十五,世安得而不乱乎?

我朝若二祖之神圣,创守兼资,而纪纲法度,已远过前代矣。仁
宗之宽厚,宣宗之精勤,孝宗之纯一,世宗之英锐,穆宗之恭俭,皆三
代以下之主所不敢望者,而宣、孝二主尤极仁圣,真所谓“贤圣之君六
七作”者,固宜国祚之悠久无疆也。

英宗初年,委政三杨,四海宁谧。其后为王振所误,致北狩之变;
后又为石亨、徐有贞所误,致夺门之惨。迨武功窜,曹、石诛,躬亲万
机,民安吏治,天下讴歌太平者又十余年。然则辅相之功,所关系岂
少哉?

本朝有二奇事,己巳之变,翠华陷虏而却回;壬寅之变,圣躬被弑
而无恙。此皆天之所佑,非偶然者。其它如宸濠之叛,流贼之炽,北
虏南倭之警,关、白、杨应龙之桀骜,而折棰挞之不烦再举,至今二百
四十余年,而金瓯无恙,纤尘不警。固知太祖功德与天同大,宜乎历
数之未艾也。

世庙末年虽深居不出,然威福无一不自己出者。分宜父子怙权
行私,而密勿之地所以交结近侍、窥伺圣意者无所不至,惴惴不保首
领是惧。盖自夏言、王忬、杨继盛、张经之死,天下之怒分宜始不可
解,而恩替势败,亦自此发端矣。江陵之才智十倍分宜,值今上初年,

生杀予夺，惟意所向。而江陵生平多用申韩之学，政事过于操切，十年之间，虽海内乂安，比隆成、昭，而国家元气不无斲丧矣。逮夫末年，固位挟势，夺情起复，瘐窜言官，子弟相继袭取大魁，而人心始大失所望矣。分宜性鸷而难犯，江陵器小而易盈，故严之老死牖下，识者犹以为幸，而张之功罪，自当不相掩也。

江陵行事虽过操切，然其实有快人意者。如沙汰生员、废书院、裁减郡县、去诸冗员是也。至于久任稍苦诸守令，禁勘合则苦诸行旅，是以人多怨之。至其结冯保以收诸内竖之柄，北任戚继光而虏不敢窥塞垣，南任谭纶而倭寇慑服，其才智明决有过人者。昔张乖崖谓"众人千言不尽，寇准一言而尽"，江陵有焉。而末节骄奢纵恣，以覆其宗，则亦不学无术之过矣。

江陵给假治丧，自京师除道，达其室四千余里，填堑刊木，广狭如一，所至厨传列灶千计，外藩大吏望尘迎拜，相属于道。独吾郡郑云鋈为河南方伯，礼无少加焉。及至楚，楚方伯至，披衰绖，代孝子，守苦次，江陵大悦。不逾年，方伯遂抚楚而郑挂弹章归矣。时先大夫相吉藩，闻诸藩有致千金赆者，先大夫持不可，力止之。江陵恚，嗾观察赵思诚龂龁之，先大夫闻，即挂冠归里。而后抚楚者为枌榆至戚，犹以离擅职守参奏致仕。盖当时之风旨，可畏甚矣。

唐玄宗会昌投龙文，自称"承道继玄昭明三光弟子南岳上真人"，宋徽宗群臣上尊号为"玉京金阙七宝元台紫微上宫灵宝至真玉宸明皇天道君"，其上章青词自称"奉行玉清神霄保仙元一六阳三五璇玑七九飞元大法师都天教主"。噫，莫尊于天子，百神皆受号令者也，而反屈万乘之称从黄冠之号，不亦儿戏狂惑之甚哉！其后会昌既变起帷帏，而宣和亦身膏沙漠，九天道教，何无感应至是哉？

古今奉佛之主莫甚于梁武帝、唐懿宗，奉道之主莫甚于唐武宗、宋徽宗，求仙之主莫甚于秦始皇、汉武帝。然大则破国丧身，小亦虚耗海内，惟崇儒重道之主安富尊荣，四海乂安。而世之人君，往往不以彼易此，何也？噫，无论人君，即士君子读六经传注以取科第，而其后也，不有非毁先儒、栖心释老者乎？背本不祥，反古不智，是名教之罪人也。

今之仕者，为郡县则假条议以济其贪，任京职则假建言以文其短，居里闬则假道学以行其私，举世之无学术事功，三者坏之也。故爱民实政，循良之上乘；随分尽职，省曹之懿矩；㓊身齐家，不言而化山林之高标。总之，圣人一言以蔽之矣，曰："素位而行，不愿乎外。"

余每见郡县吏禁约文告之词布满郊野，条陈利病之议连篇累牍，似自以为伯夷之清，龚、黄之才，而不知大贪大拙者伏于其中也。友人王百穀有言："庖之拙者则椒料多，匠之拙者则箍钉多，官之拙者则文告多。"有味其言之矣。

台谏言事，自有职掌，然近来纷嚣往复，求胜不已，可惜此白简不用之触邪，而用之聚讼也。其它省寺出位而言，似于侵官矣，然言之而当，出位何伤？若杨忠愍、海忠介及近时邹尔瞻吏部与赵、吴诸太史，人孰有议之者？一二名誉不章，识见谫劣，或素行多疵，居官滋秽，而效颦建白，掇拾唾余，或窃批鳞之名以雄行其乡，或攻必救之势以自固其位，人之视己，如见肺肝，亦何益之有哉？

新建"良知"之说，自谓千古不传之秘，然孟子谆谆教人孝弟，已拈破此局矣，况又鹅湖之唾余乎？至于李材"止修"之说，益迂且腐矣。夫道学空言，不足凭也，要看真儒，须观作用。新建抗疏定乱，信文武之兼材，然当献俘金陵之际，为江彬所排陷，进退去就，一刀可以割断，而濡滞忍耻，夜对池水，欲吊汨罗，何无决也。名与身孰轻？当时抗雷霆，窜岭海，间关万里不死，而死于功成之后，岂所谓"重若鸿毛，轻若泰山"者？公固未之熟思耶？此其地位尚未及告子、孟施舍，而何孔孟之有也？至于李材邀功缅甸，杀无辜以要爵赏，身窜闽海，扬扬自得，此华士、少正卯之流，视新建又不知隔几尘矣。

古者天子五载一巡守，周于四岳，今一巡幸而所过郡邑嚣然骚动矣。古者诸侯王三载一朝觐，络绎不绝，今一封藩而舟航传置，疲于供命矣。盖古者不独上之节省，其仪从有限，亦且下之富饶，其物力可供。今则千乘万骑，征求无艺，而尺布斗粟，无非派之丁田者，至于供亿之侈靡，中涓之需索，日异而岁不同，十年之间，已不啻倍蓰矣。自此以往，安所穷极？故天子之不巡守也，侯王之不朝见也，亦时势使然也。

今上大婚，所费十万有奇，而皇太子婚礼，遂至二十万有奇，福邸之婚，遂至三十万有奇。潞藩之建费四十万有奇，而近日福藩遂至六十万有奇。潞藩之出，用舟五百余，而福藩舟遂至千二百余。此皆目前至近之事，而不同若此。潞藩庄田四万顷，征租亦四万，一亩一分，皆荒田也。福藩比例四万顷，而每亩征租三分，则十二万矣。夫民之穷日甚一日，而用之费亦日甚一日，公私安得不困乎？

今人以拜官为除官。沈存中《笔谈》云："以新易旧曰除，如新旧岁之交谓之岁除。《易》：'除戎器，戒不虞。'亦谓以新易旧之义。而阶亦谓之除者，自下而上，亦更易之意也。"

今天下神祠香火之盛莫过于关壮缪，而其威灵感应载诸传记及耳目所见闻者，皆灼有的据，非幻也。如福宁州倭乱之先，神像自动，三日乃止，友人张叔弢亲见之。万历间吾郡演武场新神像，一匠者足踏其顶，出嫚亵语，无何僵仆而死，则余少时亲见之。江右张观察尧文上计，至桃源病革，移入王祠中。其兄日夜哀祷，经七日复苏，亲见神摄其魂以还。张君言之历历，如在目前者，亦异矣。王生时辅偏安之蜀，功业不遂，身死人手，而没后英气乃亘千载而不磨若此，此其故有不可知者。若以为忠义正气致然，则古今如王比者未尝无人也。或谓神能御灾捍患，则帝纪其功而迁其秩，神功愈著则威望愈崇，亦犹人世之迁转耳。然王自唐以前未之有闻，迨宋以盐池一事遂著灵异。且张道陵于汉季为黄巾妖贼，王以破黄巾起家，而冥冥之中又听天师号令，使其伪耶，则当显儆之；使其真耶，吾未见道陵之贤于王也。此益不可解者也。

余尝谓云长虽忠勇有余而功业不卒，视之吕蒙智谋，其不敌也明矣，而万世之下，英灵显赫，日月争光，彼曹操、孙权皆不知作何状，而王独庙食千载，代崇褒祀，是天固不以成败论人也。而人顾有以一败没全功，以一眚掩大节者，独何心哉？使今人生子，必愿其为阿蒙，不为云长，而幕府上功，必以失陷荆州为千古之罪案矣，故今之人皆逆天者也。

唐以前崇奉朱虚侯刘章，家祠户祷，若今之关王云然。自壮缪兴而朱虚之神又安之也。今世所崇奉正神，尚有观音大士、真武上帝、碧霞元君三者，与关壮缪香火相埒，遐陬荒谷，无不尸而祝之者。凡妇人女子，语以周公、孔夫子，或未必知，而敬信四神，无敢有心非巷议者，行且与天地俱悠久矣。岂神佛之中，亦有遭遇而行世者耶？抑神道设教，或相禅而兴也？

佛氏之教，一味空寂而已，惟观音大士慈悲众生，百方度世，亦犹孟子之与孔子也。大士变相无常，而妆塑图绘多作女人相，非矣。既谓大士，岂得为女，既谓成佛，则男女之相俱无矣。盖有相则有情识淫想故也。

大士变相不一，而世所崇奉者白衣为多，亦有《白衣观音经》，云专主祈嗣生育之事。此经大藏所不载，不知其起何时也。余按《辽志》有长白山，在冷山东南千余里，盖白衣观音所居，其山鸟兽皆白，人不敢犯。则其奉祀从来久矣。

真武即玄武也，与朱雀、青龙、白虎为四方之神。宋避讳，改为真武。后因掘地得龟蛇，遂建庙以镇北方。至今香火殆遍天下，而朱雀等神绝无崇奉者，此理之不可晓。

刘昌诗《芦浦笔记》载草鞋大王事甚可笑。初因一人挂草屦于树枝，后来者效之，累累千百，好事者戏题曰"草鞋大王"，以后遂为立祠，大著灵异。其人复过，怪而叩之，则老铺兵死而为鬼，凭于是也。大凡妖由人兴，人崇信之，即本神未必降，而它鬼亦得凭藉之矣。故村谷荒祠，不可谓无鬼神也。

今佛寺中尚有清净谨严者，其供佛像，一饭一水而已，无酒果之献，无楮陌之焚，无祈祷报赛之事。此正礼也。至观音祠，则近秽杂矣，盖愚民徼福者多，求则必祷，得则必谢，冥楮酒果，相望不绝。不知空门中安所事此，良可笑也。然犹斋素也，其他神祠则牲醪脯糗，烂然充庭，计所宰杀物命不计其数，不知神之聪明正直，亦恻然动念而呕哕之否耶？

江河之神多祀萧公、晏公，此皆著有灵应，受朝廷敕封者。萧抚州人也，生有道术，没而为神。闽中有挐公庙，不知所出。金陵有宗舍人，相传太祖战鄱阳时一棕缆也，鬼凭之耳。北方河道多祀真武及金龙四大王，南方海上则祀天妃云。其它淫祠，固不可胜数也。

天妃,海神也,其谓之妃者,言其功德可以配天云耳。今祀之者多作女人像貌,此与祠观音大士者相同,习而不觉其非也。至于杜子美、陈子昂,皆以"拾遗"讹为"十姨",俨然妇人冠帔,不尤堪捧腹耶?一云天妃是莆田林氏女,生而灵异,知人祸福,故没而为神。余考林氏生宋哲宗时,而海之有神则自古已然,岂至元祐后而始有耶?姑笔之以存疑。

罗源、长乐皆有临水夫人庙,云夫人,天妃之妹也。海上诸舶,祠之甚虔,然亦近于淫矣。大凡吾郡人尚鬼而好巫,章醮无虚日,至于妇女祈嗣保胎,及子长成,祈赛以百数,其所祷诸神亦皆里妪村媒之属,而强附以姓名,尤大可笑也。

男子之钱财,不用之济贫乏而用之奉权贵者多矣,妇女之钱财,不用之结亲友而用之媚鬼神者多矣,然患难困厄,权贵不能扶也,疾病死亡,鬼神不能救也,则亦何益之有哉?

箕仙之卜,不知起于何时,自唐宋以来,即有紫姑之说矣。今以箕召仙者,里巫俗师,即士人亦或能之。大率其初皆本于游戏幻惑,以欺俗人,而行之既久,似亦有物凭焉。盖游鬼因而附之,吉凶祸福间有奇中,即作者亦不知其所以然也。余友人郑翰卿最工此戏。万历庚寅、辛卯间,吾郡瘟疫大作,家家奉祀五圣甚严。郑知其妄也,乃诈箕降言陈真君奉上帝敕命,专管瘟部诸神,令即立庙于五圣之侧,不时有文书下城隍及五圣。愚民翕然崇奉,请卜无虚日。适闽狱失囚,召箕书曰:"天网固难漏,人寰安可逃。石牛逢铁马,此地可寻牢。"无何,果于石牛驿铁马铺中得之,名遂大噪,远近祈禳云集。时有同事数人,皆余友也,余笑问之,诸君亦自诧,不知其何以中也。洎数年,诸君倦于应酬,术渐不灵矣。然里中儿至今不知其伪也。

新安诸生,同塾中有学召箕者,于塾中作之。有顷鬼至,问休咎毕而不得发遣之符,鬼不肯去,问之,曰:"我游鬼也,为某处城隍送书,适君中途见召,今不得符验,何以得归?"诸生无如之何。鬼日夜哀啸溷嬲,同学者皆惊散。逾月余,一道人善符篆,为书一道,焚之始去。世间鬼神之事未尝无也。

世传箕诗亦极有佳者,想是才鬼附之,不然,作者伪也。余在东郡功曹,有能召吕仙者,名籍甚,余托令代卜数事。既至,读其诗不成章,笑曰:"岂有吕纯阳而不能诗者乎?"它日又以事卜,则笔久不下,扣之,徐书曰:"渠笑我诗不佳。"然此鬼能知余之笑彼,而终不能作一佳诗相赠,且后来之事亦不甚验,始知俗鬼所为而乃托之吕先生,吕何不幸哉!

人平日能不杀生亦是佳事,一切果报姑置勿论,但生动游戏,一旦毙之刀俎,自所不忍。今人爱惜花卉者,偶被摧折犹懊恼竟日,况血气之伦乎?但处世有许多交际,力未能断,且肉食已久,性有不堪耳。平时居家,当禁其大者,如牛所不必言,羊豕之属,市之可也,鸡鸭之类,祭祀燕享,付之庖厨可也。自奉疾病之外不复特杀,亦惜福之一端也。

己既戒杀,则于子孙家人,当以义理晓谕之,使之帖然信从,不必专言报应,反启人不信之端矣。余尝见新安一富室戒特杀,而三牲之奉,朝夕不绝,责家人市已杀者,家人私豢养之,临期杀以应命,而利其腹中所有。又见吾郡一友人侫佛最笃,杀禁甚严,而子侄鹅鸭成群,肉食自若,宰杀皆绞其颈,使不闻声,其为冤苦甚于刀俎。旁观者莫不窃笑,而二人终不悟也。又有巨室子弟,居亲之丧,饮酒食肉自如,而祭祀之日吝于用财,灵几之前,果菜而已,此又名教之罪人也。

祀先燕客,无不杀牲之理,即受地狱之报,吾亦甘之。且世之藉口不杀者,直是悭耳,何曾知惜物命耶?

佛教,吾儒之所辟,然有不必辟者,戒杀是也。但佛家戒杀为轮回计,吾之戒杀则不忍其死于非命而已。至于牛则有功于人甚大,杀之与杀良将何异?三代之际,天子无故不杀牛,诸侯无故不杀羊,士无故不杀犬豕,此戒杀之说非始释氏也。今之羊豕无故而杀者多矣,至于牛,以天子之所禁而庶人日杀之,可乎?力未能尽去,去其甚者可矣。

古人之戒杀,仁也;释氏之戒杀,惧也;今人之戒杀,悭也。己不杀而食人之杀者,又可笑也。

地狱之说,所以警愚民也,今搢绅士君子亦谈之矣,然谈之者多而知避之者何少也。国家设律,原以防民,今匹夫盗一镮以上,吏执而问之，贪官苞苴千万梱载以归，而人不问也，故惧法者皆愚民，而犯法者皆君子也。但不知阴中之法，亦如阳间网漏吞舟否耳。

人之才气须及时用之，过时而不用则衰矣。如苏长公少时多少聪明，文章议论，纵横飞动，意不可一世。屡经摧折，贬窜下狱，流离困苦，至不能自保其身，故其暮年议论，慈悲可怜，如竹虱鸡卵，亦称佛子，食数蛤蟹，即便忏悔，向来勃勃英气消磨安在？须知人要脚跟牢践实地，则生死之念不入其胸中，此公学力地位视韩、欧二公，尚不无少逊耶？盖韩、欧入门从吾儒来，而苏公入门从诸子百家来也。

"阴德必有报"，此自世人俗语，然为报而后行阴德，其为德浅矣。昔人谓阴德如耳鸣，人不知而己独知之，谓阴德。余谓亦非必全活物命而后谓之阴德，即行一善事，出一善言，皆是也，亦皆有报。《书》曰："惠迪吉，从逆凶。"如李广杀降不侯，自是道理上不该杀；于定国全活人多，大其门闾，自是应得全活。不然，纵贼为民害，亦可谓阴德乎？大凡有利于人及理所当为者，孳孳为之，皆德也，不必计较人之知否，亦不必望后之有报否也。

古人云："死生亦大矣。"然有生必有死，生何足喜，死何足惧。即死而有报应，不过善恶两途，善自可为，恶自不可为，何必计较报应。譬如奸盗诈伪，即律所不禁，良民不为也。惧死而修生，惑矣，惧来生而修今生，益惑矣。

使今世之富贵贫贱皆由前生之修否乎，则富贵而骄侈淫虐、怙权乱政者，比比而是，前生之修何遽堕落至是也。贫贱之士修身立名，不朽于后世者多矣，其所得与一时富贵孰多？前生不修能致是乎？夫士贵自立，即今生之富贵贫贱不必论也，而况又追求之前生，又希望来生之富贵，其志识卑陋，亦可哀矣。

屠仪部隆苦谈前生之说，一日集余吴山署中，与黄白仲辩论往复，遂至夜分。然二君皆非真有见解者，不过死生念重，惧来生之堕落，姑妄言以欺人耳。然惑之既久，遂至自欺矣。夫前生既不能记忆，后生又不可预期，姑就今生百年之中，能修得到无人非无鬼责地位，亦足矣。二君定识既浅，爱根甚重，一切贪嗔、邪淫、妄语等禁彼皆犯之，今生已不胜罪过矣，何论前后世哉？

尝爱赵子昂有题圆泽三生公案诗云："川上清风非有着，松间明月本无尘。不知二子缘何事，苦恋前身与后身。"此千古以来第一议论也，惜不为屠、黄二君诵之。

老氏三宝，不过退一步法。《易经》曰："日中则昃，月中则亏。"圣人处世，亦是退一步法。至释氏则色想爱识一切不留，此虽不言来生而已隐然为后来地矣。譬之树果，今岁结实太盛，明岁必无生；譬之日用，今日太饱，明日必伤食。此理之常，无足怪者。盈虚消息之理，即天地不能违也，而况于人乎？

人有死而为阎罗王者，如韩擒虎、蔡襄、范仲淹、韩琦等，皆屡见传记。而近日如海瑞、赵用贤、林俊，皆有人于冥间见之。人鬼一理，或不诬也。刘聪为遮须国王，寇准为浮提王，亦此类耳。

《太平广记》载：贞元中，江陵少尹裴君有子为狐所魅，延术士治之。有高氏子为之医治，居数日，又有王生至，见高曰："此亦狐也。"少选，又有道士来，见二人曰："此皆狐也。"闭户相殴击垂死。则道士亦狐也，裴皆杀之，而子差。此寓言耳，今人有一事而言者指之为私，俄有救者又指言者为私，而旁观者又谓言者、救者之皆私，及事定局结，则旁观者亦私也。近来三五年间，此弊为最多也。

唐文宗有言："去河北贼易，去朝中朋党难。"夫朋党之分，若果一正一邪，易辨也，亦易去也，如宋元祐、绍圣之党是也。正之中有邪，邪之中有正，其初起于意见之不同，而其势成于羽翼之相激，各有是非，各有君子小人，难辨也，亦难去也，如唐牛、李之党是也。李诚胜牛，然李不纯君子，而李之党不尽君子；牛不纯小人，而牛之党不尽小人。此其辨别去取，上圣犹或难之，而况唐之庸主乎？然则调停之说是与？曰：真知其中之各是各非而去取之可也，漫无可否而两存之，适足以滋乱耳。是"子莫之执中也"。

"执中无权"，此语切中今人调停之病。夫使党而果一正一邪，则明别黑白，若爱牛羊而逐豺狼，不害其为中也。使党各有邪正，不能尽用一偏，亦当酌而察之，如乌喙、参术，择其轻重而适其所宜。若徒调停执中，一半参术一半乌喙，有不杀人者乎？噫，谋国者不宜爱中立不倚之虚名，而受首鼠两端之实祸也。

元冯梦弼乘驿向八蕃，驿吏告以天晚，马绊在江上，不可行。冯不听，果遇怪物如屋，拜之而灭，腥浪袭人。马绊者，马黄精也，遇之辄为所啖。今南方常讹传有马骝精能食人，及史书所载猳母鬼者，想皆此类，但多讹言耳，未有亲见之者也。宋宣和间，黑眚见于宫禁中，此自是亡国之征，人家屋宅亦时有狐魅出入者。大约妖由人兴，门衰祚薄则邪乘之矣。

江北多狐魅，江南多山魈鬼魅之事，不可谓无也。余同年之父安丘马大中丞巡按浙直时，为狐所惑，万方禁之不可得，日就尪瘵，竟谢病归，魅亦相随，渡淮而北则不复至矣。山魈闽、广多有之，据人屋宅，淫人妇女，盖《夷坚志》所载木客之妖者，当其作祟之时，百计不能驱禳，及其久也，忽然而去，不待驱之。盖妖气亦有时而尽故耳。

国之祸常起于开边，家之祸常起于厚积，身之祸常起于服饵，三者皆贪心所使也。滁州道人教人食息起居，常至九分而止。余谓九分亦已过矣，若留有余以还造化，享不尽以遗子孙，即半取之何害。《保婴论》云："若要小儿安，须带三分饥与寒。"此格言也，终身守之可也。

临沮邓差家累巨万，而鄙吝不堪。道逢估人，初不相识，邀差共食，布列殊品。差讶而问之，客曰："人生在世，止为身口耳。一朝病死，能复进甘味乎？终不如临沮邓生，平生不用，为守钱奴耳。"差默然。归家，宰鹅而食，方一动箸，骨哽其喉而死。人之享福，信有厚薄，然贫贱自甘，犹可言也，积而不散，愚惑甚矣。盖苞苴科敛，得之不以其道，使复知享用，是天助其为虐也。故多藏者必厚亡，不于其身必于其子孙，非不幸也。

节俭与悭吝原是二种，今世之悭者，动托于俭矣。汉文帝衣不曳地，露台惜百金之产，至于百姓租税，动辄蠲免，此真俭也。今之俭者，急于聚敛，入而不出，广市田宅以遗子孙，至于应酬交际，草恶酸啬，此直贪而鄙耳，何名为俭？孟子曰："俭者不夺人。"今以夺人为俭者多矣。

官至九卿，俸禄自厚，即安居肉食，有千金之产，原不为过，盖不必强取之民，而国家养廉之资已不薄矣。今外官七品以上，月俸岁得百金，四品以上倍之，糊口之外自有赢余，何至敝车羸马、悬鹑蔬粝而后为廉吏也。至于大臣则愈厚矣。《论语》称季氏富于周公，可见周公当时亦富。诸葛武侯身殁之后，亦有桑八百株，田数十顷。古之人不贪财、不近名如此，盖其心大公至正之心也。今人聚敛厚积者无论已，一二位列三事，绳床布被，弊衣垢冠，妻子不免饥寒，不知俸入作何措置。既不闻其辞免，又不见其予人，此亦大可笑事也。而世竞尚之以为高，吾以为与贪者一间耳。贪者嗜利，矫者嗜名，一也；贪者害物而矫者不能容物，亦一也。

清如伯夷而不念旧恶，任如伊尹而不以宠利居成功，和如柳下惠而不以三公易其介，此其所以为圣也。后世若元礼清矣，而龙门太峻；博陆任矣，而晚节不终；夷甫和矣，而比之匪人。其及不亦宜乎。

近代若海忠介之清，似出天性，然亦有近诈者。疾病之日，人往伺之，卧草荐上，无席无帐，以妇人裙蔽之。二品之禄，岂不能捐数镮置一布帐乎？不然，直福薄耳。唐卢怀慎妻子冻饿，门不施箔，引席自障，昔人已辨其非矣。李峤为相，卧布被青绌则安，明皇赐以茵褥锦绮则通夕不寐，或亦海忠介之类乎？然忠介身后诚无余财，近来效颦者，家藏余锱，而外为纤啬之态，欲并名与利而皆袭取之，视海公又不啻天壤矣。

为伯夷之清较易，为柳下惠之和较难。清不过一味自守绝俗而已，和而不失其正，非有大识见、有大力量不能也。后汉黄叔度，汪汪若千顷陂，澄之不清，淆之不浊。夫淆之不浊易耳，澄之不清，此地位难到也。

人之相去诚隔数尘，廉者能让天下，而贪者至争分文之末；宽者汪汪千顷，而惼者至不能容一粟；智者经纬天地，而愚者至不能辨六畜；忠者不避鼎镬，而佞者至尝粪扫门；贤者希圣入神，而不肖者至穷奇梼杌。此非有生以来一定而不可变者哉？夫子曰"上智与下愚不移"是也。孟氏谓"人皆可为尧舜"，吾终未敢以为然。

夫子谓"性相近，习相远"，又谓"上知下愚不移"，明言人性有上中下三般，此圣人之言，万世无弊者也。孟子谓"人皆可为尧舜"，不过救世之语，引诱训迪之言耳，非至当之论也。夫以孟子之辩，终日辟杨、墨，道性善，而高第仅仅一乐正子，犹不免从子敖之齐。以及门诸弟子，求一人到善信地位尚不可得，何论尧舜乎？至宋儒不敢违孔子之言，又不能原孟子立论之意，遂创为义理气质之性以附会之，此尤可笑。义理者，死物也，定位也，天地之内，六合之外，无物非义理之所寓，安得谓之性也。性从心而生，非附血气则无性之名矣。喜怒哀乐之未发谓之性，是有而未发也，非全无也。人死而形骸臭腐，神魂灰灭，可谓之无性矣，不可谓之无理也。性有有、有无，而理则无有、无无也。《易》曰："继之者善也，成之者性也。"不信圣人之言而泥宋儒之语，将愈解而愈窒碍矣。

周处少时无赖，乡里称其与白额虎、巨蛟为三害。武后时酷吏郭霸死，洛阳桥成，大旱而雨，中外传为三庆。乡有恶人，其害固不啻山上之虎、水中之蛟，而酷吏之死，其为庆又岂桥成雨降而已哉？余每见贪官酷吏剥民膏脂以自封殖，而复峻刑法以箝其口，使百里之内重足一息，重者亡身破家，轻者残形毁体，即洪水猛兽，未足喻其惨也。

酷吏以击剥为声，上多以为能；贪吏以要结为事，上多为所中。然以贪败者十尚五六，以酷去者十无一二，盖近来之吏治尚操切而人情喜近名故也。

杀人者死，法也，而有不尽然者。妒妇杀人不死也，庸医杀人不死也，酷吏杀人不死也，猛将杀人不死也。不惟不死，且敬信之，褒奖之，死者枕籍乎前而不知也，则法有时而穷也。

释氏地狱之说，有抽肠、拔舌、油锅、火山、刀梯、碓锉之刑，如此则阎王之酷虐甚矣。即使愚民有罪，无知犯法，圣人犹怜悯之，岂能便加以人世所无之刑，使之冤楚叫号，求自新而不可得哉？盖设教之意，不过以人世之刑，止于黥、杖、绞、斩、凌迟而极，而犯者往往不顾，故特峻为之说，使之惊惧而不敢为恶，此亦子产"为政莫如猛"之意也。然张汤、杜周、周兴、来俊臣之徒，其狱具惨酷不减地府，而不闻民之迁善改过也。使冥冥之中，万一任使不得其人，而夜叉、罗刹得以为政，其滥及无辜，贻害无类，岂浅鲜哉？老氏曰："民不畏死，奈何以死惧之？"世有一种穷奇梼杌，凶淫暴戾者，即入之地狱而出，其恶犹不改也。小说载：华光天王之母以喜食人入饿鬼狱，经数百年，其子得道，乃拔而出之。甫出狱门，即求人肉，其子泣谏，母怒曰："不孝之子如此，若无人食，何用救吾出来！"世之为恶者，往往如此矣。

小说野俚诸书，稗官所不载者，虽极幻妄无当，然亦有至理存焉。如《水浒传》无论已，《西游记》曼衍虚诞，而其纵横变化，以猿为心之神，以猪为意之驰，其始之放纵，上天下地，莫能禁制，而归于紧箍一咒，能使心猿驯伏，至死靡他，盖亦求放心之喻，非浪作也。华光小说则皆五行生克之理，火之炽也亦上天下地，莫之扑灭，而真武以水制之，始归正道。其他诸传记之寓言者，亦皆有可采，惟《三国演义》与《钱唐记》、《宣和遗事》、《杨六郎》等书，俚而无味矣。何者？事太实则近腐，可以悦里巷小儿，而不足为士君子道也。

凡为小说及杂剧戏文，须是虚实相半，方为游戏三昧之笔，亦要情景造极而止，不必问其有无也。古今小说家如《西京杂记》、《飞燕外传》、《天宝遗事》诸书，《虬髯》、《红线》、《隐娘》、《白猿》诸传，杂剧家如《琵琶》、《西厢》、《荆钗》、《蒙正》等词，岂必真有是事哉？近来作小说，稍涉怪诞，人便笑其不经，而新出杂剧，若《浣纱》、《青衫》、《义乳》、《孤儿》等作，必事事考之正史，年月不合、姓字不同不敢作也，如此则看史传足矣，何名为戏？

戏与梦同，离合悲欢，非真情也，富贵贫贱，非真境也，人世转眼，亦犹是也。而愚人得吉梦则喜，得凶梦则忧，遇苦楚之戏则愀然变容，遇荣盛之戏则欢然嬉笑，总之不脱处世见解耳。近来文人好以史传合之杂剧而辨其谬讹，此正是痴人前说梦也。

戏文如《西厢》、《蒙正》、《苏秦》之属，犹有所本，至于《琵琶》则绝无影响，只有蔡中郎一人，而其余事情人物，无非假借者，此其所以为独创之笔也。

胡元瑞曰："凡传奇以戏文为称也，无往而非戏也，故其事欲谬悠而无根也，其名欲颠倒而亡实也。故曲欲熟而命以生也，妇宜夜而命以旦也，开场始事而命以末也，涂污不洁而名以净也，凡以颠倒其名也。"此语可谓先得我心矣。然元瑞既知为戏，一语道尽，而于《琵琶》、《西厢》、董永、关云长等事，又娓娓引证，辩论不休，岂胸中技痒耶？

宦官妇女看演杂戏，至投水遭难，无不恸哭失声，人多笑之。余谓此不足异也。人世仕宦，政如戏场上耳，倏而贫贱，倏而富贵，俄而为主，俄而为臣，荣辱万状，悲欢千状，曲终场散，终成乌有。今仕宦于得丧有不动心者乎？罢官削职有不恸哭失声者乎？彼之恸哭忧愁，不过一时而止，而此之牵缠系累，有终其身不能忘者，其见尚不及宦官妇人矣。然则古之名贤亦有悲愁拂郁者，何也？曰上等圣贤如孔孟之忧不遇为道也，其次名贤如屈原、梁鸿之忧不遇为国也，又其次如退之、子瞻之贬窜，孟郊、贾岛之流落，其忧为身命也。若今之世，法网既宽，山林皆乐，流窜贬谪皆俨然安居高卧，丰衣美食，老死牖下矣。昔人所谓富不如贫、贵不如贱，正谓今日之仕宦言也，而犹恋恋不已，不亦惑之甚乎？

白乐天抗志辞荣，似知道者，而其诗有曰"眼前何日赤，腰下几时黄"，识趣之卑陋甚矣。宋夏侯嘉正常语人曰："吾得见水银银一钱，知制诰一日，死无恨矣。"此正所谓"腰缠十万贯，骑鹤上扬州"者，世间乃有此痴心汉，真堪一棒打杀也。

人若存一止足之心，则贫贱而衣食粗足，可以止矣，富贵而博一官一第，异于凡民，亦可以止矣，流行坎止，听之可也。若不知足，必满其愿而止，则将相不足必为帝王，帝王不足必为神仙，神仙不足必为玉皇大帝，又要超元会大劫之外方为称心也，少不如意，忧戚生矣。死生亦然。人之死也，卒然而去，即有天大未了之事，只得舍之而行。若语人以料理诸事俱毕而后就死，则虽万有千岁，事无了期也。人能于进退死生处之泰然，保其必不堕落矣。

韩侂胄用事时，其诞日，高似孙献诗九章，每章用一"锡"字，谓宜加九锡也。辛弃疾以词赞其用兵，则用司马昭假黄钺异姓真王故事。二人皆名士也，乃作此举动，当时笔端信手草草，惟恐趋承之恐后，岂知其遗臭万世乎？赵师㠻之犬吠，程松之献妾，不足异也。当江陵柄国时，其诞日，有以"天与人归"四字题册子送之者，有以禅授废立命题者，其留夺情之旨，有"朕不日举畴庸之典"者。当时已作首相矣，又将登庸，非禅位乎？一时臣工以逢迎为戏，谀之惟恐不足，而为人臣子者受之而不疑，当之而无惊畏之色，是尚可立于天地间乎？

为大臣者,处盛满之极则意念难持;为小臣者,见势焰之张则立脚难定。人能不以宠利居成功,如诸葛、汾阳,终无倾覆之理;能不以炎凉为向背,如汲黯、宋璟,岂有冰山之虑哉? 勋如博陆而竟以凶终,才若元柳而未免濡足。信哉,自立之难也!

国初各省试官,临期所命,不拘资次。洪武初,吾闽中一老广文家居,忽命主某省试,事毕归家,犹一广文也,亦不知主试之为荣,所取士子之为门生也。弘正中渐用京官,然王文成以主政丁艰家居,方阕即起,主山东试。其两京主试,向亦有用本省人者,如嘉靖癸卯则无锡华察,戊午则常熟瞿景淳,辛酉则无锡吴情,皆主南畿试,而情于是科同邑登榜者颇众,物论哗然,自此著为令,不用本省人矣。然乡、会一体也,主会试者又安得于四海九州之外别择一人,使知贡举耶?

宋试士以四场:初本经,次兼经大义十道,次论一首,次策三道。其十道义,知者直书本文,不知者止云:"某知未审,不敢对,谨对。"十对其六以上即合格矣。国朝洪武初,初场本经义一道,四书义一道;二场论一首,诏、诰、表、笺、内科一道;三场策一道而已。后十日面试,骑、射、书、律四事。至十七年始定今式,初场七义,次场去笺而加五判,三场增策四道,而面试废矣。然七义五策,皆似太多,风檐寸晷,力不能办,求其完璧,事事精好,安可得也。然弘、正以前,书义三经义二亦有中式者,诏、诰与表惟人所择,今则俱榜出不收矣。然论、策、判皆无用之物,士子亦不甚究心,即阅卷者亦以初场为主也。

省试南宫,皆以文字为主,至廷试则必取字画端楷无讹者居首,以便进御宣读也。相传惟罗修撰伦,因策长书不能竟,遂书于彤墀上,上命人录之,另誊以进。隆庆戊辰,上初即位,闻人言状头有可私得者,乃于二甲卷中随意取之,得罗宗伯万化,擢为第一。罗素不善书,卷中涂抹甚多,信乎其有命也。

天下之物,妍媸皆一定而不易,独制义不然,甲之所赏,乙之所摈,好丑纷然,终无定价。不独此也,一人之身,昨所取士,而今日糊名复试,去取必不尽同矣,甚可怪也。唐韩昌黎应试"不迁怒,不二过"题,见黜于陆宣公。翌岁宣公复为试官,仍命此题,昌黎复书旧作,一字不易,而宣公大加称赏,擢为第一。以昌黎之文,宣公之鉴犹无定若此,况今日乎?

唐及宋初,皆以诗赋取士,虽无益于实用,而人之学问才气,一览可见,且其优劣自有定评,传之后代,足以不朽。自荆公制义兴而聪明才辩之士妥首帖耳,勤呫哔之不暇矣,所谓变秀才为学究者,公亦自知其弊也。至我国家,始为不刊之典,且唐宋尚有杂科,而国家则惟有此一途耳。士童而习之,白而纷如,文字之变,日异月更,不可穷诘,即登上第、取华肐者,其间醇疵相半,瑕瑜不掩,十年之外,便成刍狗,不足以训今,不可以传后,不足以裨身心,不足以经世务,不知国家何故而以是为进贤之具也。宣、正以前尚参用诸途,吏员荐辟皆得取位卿相,近来即乡荐登九列者,亦绝无而仅有矣。上以是求,即下不得不以是应,虽名公巨卿,往往出于其间,而欲野无遗贤,终不可得已。后有作者,人材荐辟之途,断所当开,而用人资格,亦当少破拘挛可也。

国朝进士一入史馆,即与六卿抗礼,鼎甲无论,即庶常吉士亦尔,二十年间,便可跻卿相清华之选,百职莫敢望焉。弘、成以前,内阁尚参用外秩,如陈山以举人、杨士奇以荐辟,杨一清以大司马,张璁以南刑曹,皆入纶扉,五十年以来,遂颛用词臣矣。说者曰内阁大学士原词臣之官也,而非相也,然内阁既可兼吏、户,则外秩岂不可兼学士乎? 唐宋以前,出为郡守,入为两制,即词林亦未尝择人也。今必以鼎甲及庶常吉士为之,已拘矣,又以内阁必词臣可入,不见祖宗故事耶? 近来枚卜之典,言官娓娓论列,欲循内外兼用之制,而卒格不行,盖相沿已定,遽难议更耳。

汉卜式、司马相如皆入赀为郎,则知古者鬻爵之制,其来已久,盖亦当时开边治河,军国之需不足而取给于是也。然止于为郎而已,至桓、灵时始卖至三公。唐至德宗,告身才易一醉,财之窘而爵之滥可知也。国朝设太学以待天下之英才,最重其选,铨选京职方面与进士等。乃后来贡举之外,一切入赀为之,谓之“援例”。其有子弟员屡试不利于乡而援入成均者,犹可言也,民家白丁目不识字,但有余资,即厕衣冠之列,谓之“俊秀”。大都太学之中,举贡十一,弟子员十二,而此辈十之七也,鲜衣怒马,酒肆倡家,惟其所之,有司不敢谁何,司成不能遍察，遂使首善贤士之关，翻为纳污藏秽之府。制度之最失古意者，莫此为甚矣。

自边饷之乏也，河工之兴也，土木之系也，司农、司空惟以鬻爵为良策矣。盖损富室有余之财，以佐官家不时之需，事亦甚便，而纨袴子弟捐囊橐之腐镪，博进贤之荣秩，又何苦而不为。至于用度窘急之日，当事者惟恐其招之不至，令之弗从，每加贬损以示招徕，故一时赴募，云集响应，虽足以供目前之缓急，而于国家设官命爵之典，亦稍亵矣。今文华、武英二殿中舍动逾数百，而鸿胪、光禄二寺之属，亦皆以百计，绣衣银艾，拥传遨游，呵殿里闾，雄行乡曲，所入几何，而其取价已不赀矣。近来言事者屡行白简，欲行裁抑沙汰，而卒不见施行，亦势有所不可行也。

五行禄命，财能生官，故多赀之家可以致贵。然余里中尝有入粟得官而卒罄其产者，人皆嗤笑之。余谓："古人亦有之，诸君不察耳。昔司马长卿以赀为郎，至武骑常侍，其后病免，客游梁，家徒四壁立，非买官而贫之故事乎？"众为绝倒。

汉文帝承诸吕之乱，即位数年间，匈奴寇边，济北叛逆，乘舆行幸，军国之费不知纪极，而民不告困，国有余积。二年、十二年俱免天下田租之半，而十三年遂并其半之租税尽除之，末年又令诸侯无入贡，弛山泽，不知当时国用于何取给。盖文帝之恭俭节爱，固自性成，而当时差役之法，尚行用民之力，不必催募也，然亦异矣。转眼至于武皇，遂至榷酤算缗，海内虚耗。今天下漕粟之费数百万有奇，而上供御用者名为金花，亦四百万有奇，其它司农、司空之属，各项征输计不下三百万，而不足者又取诸盐课百余万，取诸太仆马价四十余万，而度支犹告匮不已，边军之饷常迟半载，水衡之钱入不继出，至于矿税之使四出张弥天之网，设竟地之罘，其取利无所不届而用度常苦不足，此真不可解之事也。

国用之不足，虽由上之不节，而下焉者综核之未精，虚文之糜费，蠹克之多端，因循之亏耗，亦常居其半焉。三殿之工木，取诸川、贵、吴、楚，每条最巨者计费九千金，而沿途传置之费不与焉。若遇节省之朝，一木可作一殿矣。余在缮部，适皇极门兴工，有铁钉炉头者，一切铁及柴炭皆取诸官之外，但铸冶手工至一千五百金，其他大率往往如是，真可笑也。

朝庭御用之物，其工直视民间常千百倍，而其坚固适用，反不及民间，计侵渔冒破之外，得实用者千分中之一分耳。每一缮造，必内使与台省部寺诸臣公估其直，直不浮，内使不从也。一物之进，自外达内，处处必索铺垫，一处不饱其欲，物不得前也。领官锣置办者，皆京师大驵积猾，内结近侍，外通胥曹，预支白镪以营身肥家，广置田宅妻妾，鲜车怒马，出入呵殿。及期限时迫，则捐十之三以啖内使，而以十之一供应，夤缘为奸，苟图塞责而已。其中千孔百穴，盘据涸乱，牢不可破，稷蜂社鼠，难以穷诘，故财用坐困，而竟未尝享其利也。

宦官之尊贵者，赵高为中丞相，龚澄枢为内太师。然曰中曰内，犹所以别于廷臣也。至唐鱼朝恩始为国子祭酒，宋童贯为枢密院使，官至太师，甚矣。我国家之制，内臣秩止四品，而其后如王振、刘瑾，颐指公卿，不啻奴仆，则亦无其名而有其实矣。

汉时宦官骄横，目中至无天子，然王甫一休沐归舍，司隶校尉捕治，死于杖下，犹孤雏腐鼠耳。唐宦官典兵柄，废立自由，然郑朗自中书归，李敬实冲路不避，一疏奏闻，立剥紫绶，配南衙，神策小将冲京兆尹前导，得以立马杖杀之。至宋韩魏公之去任守忠，又不足言也。盖当时内竖之势虽盛，而国家所以尊礼大臣，而假借之者体貌常优，即人主意向亦未尝不欲除去此辈也，但力不能耳。我国家宦官虽不与朝政，不典兵权，而体统尊崇，常据百僚之右，辅臣出入，九卿避道，而内监小竖扬扬驰马，交臂击毂而过，前驱不敢问，辅臣不敢嗔也。如往年敖宗伯为一内使奔马触其舆仆地，且鞭及其衣，幸上圣明，为笞内使而窜之。然地既禁近，人复众多，声势烜赫，动移主心。近日宛平令李嗣善以擅棰内竖，几罹不测，赖廷臣力争，上怒始解，李止外谪，然亦百年来创见之事也。至于外藩，采金榷税者皆蟒衣玉带，侍卫数百人，建牙吹角，一与制府等，郡县大夫莫敢与横行也。虽其中不无彼善于此，但习与性成，善者十分中之一二耳。

宋吴味道对苏公言："贩建阳小纱二百端，计道路所经，场务尽行抽税，则至都下不存其半。"宋当庆历、元丰盛时，乃榷税之繁重若此。

国家于临安、浒墅、淮安、临清、芦沟、崇文门各设有榷关曹郎，而各省之税课司经过者，必抽取焉。至于近来内使四出，税益加重，爪牙广布，商旅疾首蹙额，几于断绝矣。此辈不足责也，吾辈受讥关之任者，宽一分则受一分之赐，奈何必以茧丝为能，而务腹民之膏血也。

国朝各省有镇守内臣，其权埒开府，藩、臬而下，不敢抗也。近来矿税之使，其体稍杀，然如陈增之在山东，陈奉之在湖广，高淮之在辽东，皆妄自尊大，抑县令使行属礼，然皆不久而败，其它依违而已。盖我朝内臣，目不识字者多，尽凭左右拨置一二驵棍，挟之于股掌上以鱼肉小民。如徽之程守训、扬之王朝寅、闽之林世卿，皆以衣冠子弟投为鹰犬，逢迎其欲而播其恶于众，所欲不遂，立破其家，中户以上，无一得免。故天下不怨内使之掊克，而恨此辈深入骨髓也，卒之内臣未去而此辈已先败矣。

马堂初以榷税至临清，鸱张尤甚，出入数百人，皆郡国无赖少年，白昼攫人，井邑骚然，商贾罢市。州民王朝佐不胜忿，率众噪而攻之，火其居，堂仅以身免，其党三十七人，尽毙煨烬中，堂自此戢矣。高寀至闽数时，屡破盐商之家，后因怒一诸生之父，廷扑之，合学诸生大噪击之，几不免火其所建望京亭，寀伏署中不敢喘，林世卿极力救之，且以软语唻诸生乃散，而寀虐焰遂大减。曩时所谓小惩而大戒，小人之福也。攻马堂者，王朝佐为首，时议欲宽之，而按臣张大谟、抚臣刘易从、道臣马怡皆与堂善，遂列朝佐罪状，坐弃市。攻高寀者，余友人王武部宇为首，寀廉知之，必欲得而甘心焉，当事者莫之应，王乃入北太学避之，遂登甲第。二人者，其激于义、奋不顾身一也，而幸不幸乃尔，岂非天哉？

高寀在闽，闽搢绅不与往还者，不过二三人耳。其他不惟与往还，且称公祖行旁门，腼然自附于子民之末，且立石诵功德，称为贤名，亦可羞也。盖吾郡搢绅多以盐筴起家，虽致政家居，犹亲估客之事，不得不受其约束耳。噫，天子不得臣，诸侯不得友者，果何人哉？

文徵仲作诗画有三戒：一不为阉宦作，二不为诸侯王作，三不为外夷作。故当时处刘瑾、宸濠之际而超然远引，二氏籍没，求其片纸只字不可得，亦可谓旷世之高士矣。当徵仲在史局，同事太史诸君皆笑其不由科目，滥竽木天，然分宜、江陵之败，家奴箧中无非翰林诸君题赠诗扇者，以此笑彼，不亦更可羞哉？

太祖时置一铁牌，高三尺许，树宫门外上，铸"内臣不许干预政事"八字。至英庙时，王振专恣，遂毁其牌。永乐年间，遣内官至五府六部禀事者，内官俱离府部一丈作揖，路遇公侯驸马伯，则下马旁立。至王振、汪直、刘瑾时，呼唤府部如呼所属，公侯伯遇诸涂，反回马避之，倒置甚矣。自世宗革诸镇守，内使之权势大减，余官两都曹郎，即司礼监守备极尊贵者，皆彼此抗礼。至闽，闽税使高案欲揖绅执治民礼，余谢绝之，不与往还。在山东为司理，时马堂、陈增之横皆与钧敌，不敢有加也。但南都守备内臣遇大阅之时必据中席，而大司马侯伯皆让之。京师内臣虽至贱者，路遇相君亦扬鞭交臂，不肯避道，此稍失国初意耳。

宦官之祸，虽天性之无良，而亦我辈酿成之，辅相大臣不得辞其责也。当三杨辅政时，王振鼠伏不敢动，及徐禧、王祐辈逢迎谄媚以保富贵，于是振之威权渐炽。商文毅击汪直，疏其十罪，西厂即日报罢，可谓易若发蒙矣。而刘、尹等继之，使直之灰复然。李献吉之击刘瑾，阁臣从中主之，阉竖环跪啼泣，彷徨无计，上心几移矣，而李东阳持议不坚，遂倒太阿以授之，卒毒天下。岂天之未厌乱耶？亦小人阶之厉也。

卷之十六

事　部　四

《诗》云："善戏谑兮，不为虐兮。"古今载籍有可以资解颐者多矣，苟悟其趣皆禅机也，略录数端于左。

尉有夜半击令之门者，求见甚急，令曰："半夜有何事，请俟旦。"尉曰："不可。"披衣遽起，取火延尉入，坐未定，问曰："事何急，岂有盗贼窃发，君欲往捕耶？"曰："非也。""然则家有仓卒疾病耶？"曰："非也。""然则何以不待旦？"曰："某见春夏之交，农事方兴，百姓皆下田，又使养蚕，恐民力不给。"令曰："然则君有何策？"曰："某见冬间农隙无事，不若移令此时养蚕，实为两便。"令笑曰："君策甚善，古人不及，但冬月何处得桑？"尉瞠目久之，拱手长揖曰："夜已深，伏惟安置。"然《周礼》禁原蚕，而闽、广之地桑经冬不凋，有一岁四蚕者，则尉之言未足深笑也。

程覃为京兆尹，不甚识字，有道人投牒，乞执照造桥，覃大书"昭执"二字。其人白云："合是执照，今作昭执，仍漏四点。"覃取笔于"执"字下加四点与之，乃为"昭热"，庠舍诸生作传以讥之。

宋陈东通判苏州，权州事，因断流罪，命黥其面曰："特刺配某州牢城。"黥毕，幕中相与白曰："凡称特者，罪不至是而出于朝廷一时之旨，非有司所得行。"东大恐，即改"特刺"字为"准条"再黥之，颇为人所传笑。后有荐其才于两府者，石参政曰："吾知其人矣，得非权苏州日于人面上起草者乎？"

唐萧炅不识字，尝以伏腊为伏猎。又一日，张九龄送芋，刺称蹲鸱，萧以为鸥鹈，答云："损芋拜嘉，惟蹲鸱未至耳。然仆家多怪，亦不愿见此恶鸟也。"九龄得书大笑。

党进过市，见缚勾栏者，问："汝说何人？"优者言："说韩信。"进怒曰:"汝对我说韩信,见韩信即当说我,此三头两面之人。"命杖之。

周定州刺史孙彦高被突厥围城,不敢出厅,文符须征发者,于小窗接入,锁州宅门。及贼登垒,乃入柜中藏,令奴曰:"牢掌钥匙,贼来索慎勿与也。"昔有人入京选,皮袋被贼盗去,其人曰:"贼偷我袋,将终不得我物用。"或问其故,曰:"钥匙在我衣带上。"此亦孙彦高之流也。

钱良臣自讳其名,幼子颇慧,凡经史中有"良臣"字,辄改之。一日读《孟子》"今之所谓良臣",遂改云"今之所谓爹爹,古之所谓民贼也"。一时哄传为笑。

冯道门客讲《道德经》,首章"道可道,非常道",门客见犯其讳多,乃曰:"不敢说可不敢说,非常不敢说。"

洞庭湖阔数百里,秋水归壑,惟一条湘川而已。僧齐己欲吟一诗,徘徊未就,有蔡押衙者辄吟曰:"可怜洞庭湖,恰到三冬无髭须。"人怪问之,曰:"以其不成湖也。"

南燕慕容德时,妖贼王始聚众于太山莱芜谷,自称"太平皇帝",父同为太上皇,兄休等为征东、征西将军。慕容镇讨擒之,将斩于马市。有人问之曰:"何为妖妄,自取族灭,父及兄弟何在?"答曰:"太上皇蒙尘在外,征东、征西为乱兵所害,如朕今日,复何聊赖。"其妻赵氏怒曰:"君正坐此口死,如何临刑犹不改!"始曰:"皇后不达天命,自古及今,岂有不亡之国,不破之家哉?"行刑者以刀镮筑其口,始曰:"朕今为卿所苦,崩即崩矣,终当不易尊号。"德闻而笑之。

虞集未遇时,为许衡门客。虞有所私,午后辄出,许每往不遇,病之,因书于简云:"夜夜出游,知虞公之不可谏。"虞归见之,即对云:"时时来扰,何许子之不惮烦。"许大叹赏,因荐于朝。

唐玄宗登楼望渭水,见一醉人临水卧,问左右是何人,左右不知,黄幡绰奏曰:"此是年满令史。"上问何以知之,对曰:"更一转便入流。"上大笑。

苏子瞻戏谓佛印曰:"向尝读古人诗云:'时闻啄木鸟,疑是打门僧。'又云:'鸟宿池边树,僧敲月下门。'未尝不叹息,古人必以鸟对僧,自有深意。"佛印曰:"所以老僧今日常得对学士。"坡无以应。

　　魏人夜暴疾，命门人钻火，是夕阴暝，督迫颇急。门人忿然曰：
"君责人亦太无理，今暗如漆，何不把火照我，使觅钻具？"

　　刘述字彦思，甚庸劣。从子俣，疾甚危笃，述往候之，其父母相对
涕泣。述立命酒肉，令俣进之，皆莫知其意。或问之，答曰："岂不闻
《礼》云：'有疾，饮酒食肉可也。'"又尝具丧服，值其子亦居忧，客问其
子安否，答曰："所谓'父子聚麀'，何劳齿及。"

　　张丞相天觉好草书而不工，识者讥笑之，丞相自若也。一日得
句，索笔疾书，龙蛇飞动，使侄书之，当险怪处罔然而止，问丞相曰：
"此何字也？"丞相视之亦自不识，诟其侄曰："胡不早问，致吾忘之。"

　　张由古有吏才而无学术，累历台省，常于众中叹班固有大才而文
章不入《选》。或谓之曰："《两都赋》、《燕山铭》等并入《选》，何因言
无？"由古曰："此是班孟坚文章，何关班固事？"

　　齐王好相，有称神相者求见曰："臣鬼谷子之高第，而唐举之受业
师也。"王大悦，曰："试视寡人何如？"对曰："王勿亟也，臣相人必熟
视，竟日而后得。"于是拱立殿上以视。俄有使者持檄入白，王色变，
相者问其故，王曰："秦围即墨三日矣，当发援兵。"相者仰而言曰："臣
见大王天庭黑气，必主刀兵。"王不应。须臾有人着械入见，王色怒，
相者问故，王曰："此库吏也，盗金帛三万矣。"相者又仰而言曰："臣见
大王地角青色，必主失财。"王不说，曰："此已往者，请勿言，但言寡人
终身休咎何如耳。"相者曰："臣仔细看来，大王面部方正，不是个布衣
之士。"

　　刘贡父晚年得恶疾，须眉坠落，鼻梁崩坏，苦不可言。一日与东
坡会饮，各引古人一联相戏，坡遽朗吟曰："大风起兮眉飞扬，安得壮
士兮守鼻梁。"坐客皆笑，贡父感怆而已。

　　彭渊材游京师，十年不归。一日跨驴南还，以一卒挟布橐，皆斜
绊其腋，一邑聚观，以为必金珠也。或问之，渊材喜见须眉曰："吾富
可敌国矣。"遂命开橐，则李廷珪墨一丸，文与可竹一枝，欧公《五代
史》草稿一部，它无所有。

　　阳伯博任山南一县丞，其妻陆氏，名家女也。县令妇姓伍，它日
会诸官之妇，既相见，县令妇问赞府夫人何姓，答曰姓陆，次问主簿夫

人，答曰姓戚。县令妇勃然入内，诸夫人不知所以，欲却回。县令闻之，遽入问其妇，妇曰："以吾姓伍，赞府妇遂云姓六，主簿妇云姓七，相弄若此，余官妇若问必曰姓八姓九矣。"令大笑曰："人姓偶尔，何足怪。"乃令其妇出。

刘义綦封营道侯，始兴王濬戏谓之曰："陆士衡诗云'营道无烈心'，此言似为叔父发耶？"义綦曰："下官初不识士衡，何忽见苦？"

张敬儿开府襄阳，欲移羊叔子堕泪碑，纲纪白云："此羊太傅遗德，不宜迁动。"敬儿怒曰："太傅是谁，我不识！"

有穷书生欲食馒头，计无从得。一日见市肆有列而鬻者，辄大叫仆地，主人惊问，曰："吾畏馒头。"主人曰："安有是？"乃设馒头百枚，置空室中闭之，伺于外，寂不闻声，穴壁窥之，则食过半矣。亟开门诘其故，曰："吾今日见此，忽自不畏。"主人知其诈，怒叱曰："若尚有畏乎？"曰："更畏腊茶两碗尔。"

御史台仪，凡御史上事，一百日不言，罢为外官。有侍御史王平，拜命垂满百日而未言事，同僚讶之，或曰："王端公有待而发，必大事也。"一日闻进札子，众共侦之，乃弹御膳中有发，其弹词曰："是何穆若之容，忽睹鬖如之状。"

唐明皇坐勤政楼上，见钉铰者，呼之曰："朕有一破损天平冠，汝能钉铰否？"对曰："能。"遂整之。既完，上曰："朕无用此冠，便以赐卿。"其人皇恐不敢受，上曰："俟夜深闭门独自戴，甚无害也。"

绍兴末，谢景思守括苍，司马季思佐之，皆名仅。刘季高以书与景思曰："公作守，司马九作倅，想郡事皆如律令也。"闻者绝倒。

唐王铎镇渚宫以御黄巢，寇兵渐近，铎赴镇，以姬妾自随，留夫人于家中。忽报夫人离京径来，已在道中，铎谓从事曰："黄巢渐以南来，夫人又将北至，旦夕情味，何以安处？"幕僚戏曰："不如降黄巢。"公亦大笑。

唐时有士子奔马入都者，人问何急如此，答曰："将赴不求闻达科。"宋天圣中，置高蹈丘园科，许本人于所在自投状求试，时人笑之。

宋时，省试"天子之堂九尺"赋，有一士曰："成汤当陛而立，不欠一分；孔子历阶而升，只余六寸。"盖汤九尺，孔子九尺六寸也。余忆新罗使人有入贡者，见葵花不识，问主人，人给之云："名一丈红也。"使作诗咏之，末句云："五尺阑干遮不尽，更留一半与人看。"噫，何中国夷狄工拙相去之远乎！又有贵老为"其近于亲"赋，其破题云："见龙钟之黄耇，思仿佛乎家尊。"传以为笑。

宋王琪、张亢俱在晏元献幕客，亢体肥大，琪目之为牛；琪枯瘦，亢目为猴。琪尝嘲亢曰："张亢触墙成八字。"亢应声曰："王琪望月叫三声。"一坐为之绝倒。

田元钧狭而长，其夫人富彦国女弟也，阔而短，石曼卿戏目之为"龟鹤夫妻"。

宋王文康公苦淋，百计弗瘳。泊为枢密使，疾顿除，及罢而疾复作。或戏之曰："要治淋疾，惟用一味枢密副使，常服始不发。"又梅询久为侍从，急于进用，晚年多病，石中立曰："公欲安乎，惟一服清凉散耳。"盖两府在京许张青盖也。

绍兴末，朝士多饶州人，或谓之曰："诸公皆不是痴汉。"又有监司荐人，以关节欲与饶州人，或规其当先孤寒，监司愤然曰："得饶人处且饶人。"

苏子由在政府，子瞻在翰林，有一故人干子由而未遂，求子瞻助一言。子瞻徐曰："旧闻有人贫甚，发冢为生。发一冢，见一人裸坐曰：'吾杨王孙也，裸葬，何以济汝？'又发一冢，见王者曰：'朕汉文帝也，遗令薄葬，何以济汝？'遂之首阳山，见二冢相连，先发其左，见一人枯瘠如柴，曰：'我伯夷也，饥死山中，尚有物乎？'其人叹曰：'用力之勤，久无所获，不如且发右冢看何如。'伯夷曰：'劝汝别谋于它所，汝看我嘴脸若此，舍弟叔齐岂能为人乎？'"故人一笑而止。

晋庾翌与其兄冰书曰："天公愦愦，无复皂白。"近时唐伯虎亦有诗云："骏马每驮痴汉走，巧妻常伴拙夫眠。世间多少不平事，不会作天莫作天。"虽谑词，亦有激之言也。

相传海上有驾舟入鱼腹者，舟中人曰："天色何陡暗也？"取炬然之，火热而鱼惊，遂吞而入水。是则然矣，然舟人之言与其取炬也，孰闻而孰见之？《本草》曰："独活有风不动，无风自摇。石髓入水即干，出水则湿。"出水则湿，诚有之矣，入水即干，何从得知也。言固有习闻而不觉其害于理者,可为一笑。

江西有驿官,以干事自任,白刺史:"驿已理,请阅视。"乃往。初一室为酒库,诸酝毕具,其外画神,问何神,曰杜康,刺史喜。又一室曰茶库,诸茗毕贮,复有神,问何神,曰陆鸿渐,刺史益喜。又一菹库,诸蔬毕备,复有神,问何神,曰蔡伯喈,刺史大笑曰:"君误矣。"

沧州南皮丞郭务静性糊涂,与主簿刘思庄宿于逆旅,谓庄曰:"从驾大难。静尝从驾,失家口三日,于侍官幕下讨得之。"庄曰:"公夫人在其中否?"静曰:"若不在中,更论何事。"

子思荐苟变于卫侯。一日子思适卫,变拥彗郊迎,执弟子礼甚恭。变有少子,亦从子思,讶问何人,左右曰:"此苟弟子孩儿。"

宋王状元十朋未第时,醉堕沛河,为水神扶出,曰:"公有三百千料钱,若死于此,何处消破?"明年遂登第,归以语人。士有久不第者,闻而效之,阳醉落河,亦为水神扶出。士大喜曰:"我料钱几何?"曰:"吾不知也,但有三百瓮黄齑,无处消破耳。"

有吝于财者,遇一亲故求济,以酒一瓯、钱索一条送之,云:"筋一条,血一碗,右捶胸奉上,伏望铁心肝人留纳。"

有二措大言志,一云:"我平生不足,惟餔与睡耳。它日得志,当吃饱饭了便睡,睡了又吃饭。"一云:"我则异于是,当吃了又吃,何暇复睡耶?"

唐魏博节度使韩简性粗率,每对文士,不晓其说,心常耻之,乃召一孝廉,令讲《论语》。及讲至《为政篇》,明日谓诸从事曰:"仆近知古人淳朴,年至三十,方能站立。"闻者莫不绝倒。

晋桓温少与殷浩友善,殷常作诗示温。温后见之谓曰:"汝慎勿犯我,我当出汝诗示人。"

程师孟知洪州,作静堂,自爱之,无日不到,作诗题于石曰:"每日更忙须一到,夜深长是点灯来。"李元规见而笑曰:"此是登溷诗也。"

何承裕知商州,有举人投卷,览其诗有"日暮猿啼旅思凄"之句,遽曰:"足下此句甚佳,但上句属对未切,奉为改之。何不云'月明犬吠张三妇,日暮猿啼吕四妻?'"举人大惭而去。

安禄山好作诗,以樱桃寄其子,作诗云:"樱桃一篮子,半青一半黄。一半与怀王，一半与周贽。"群臣请曰："圣作诚高妙，但以'一半与周贽'之句移在上，于韵更为稳叶。"禄山怒曰："我儿岂可使居周贽之下乎？"

宋郑广以海寇来降，授以职官，旦望趋府，群僚无与立谈者，广郁郁不言。一日晨衙，群僚谈诗，广起于坐曰："郑广粗人，有拙诗白之诸公。"乃朗吟曰："郑广有诗上众官，文武看来总一般。众官做官却做贼，郑广做贼却做官。"满坐惭噱。

商则为廪丘尉，值县令、丞多贪。一日宴会起舞，令、丞舞皆动手，则但回身而已。令问其故，则曰："长官动手，赞府亦动手，惟有一个尉，又动手，百姓何容活耶？"

大历中，荆州冯希乐者善佞，尝谒长林令，留宴，语令云："仁风所感，猛兽出境。昨入县界，见虎狼相尾而去。"有顷村吏来报，昨夜有虎食人。令戏语之，冯遽曰："此必掠食便过。"

蔡君谟美须髯，一日内燕，上顾问曰："卿髯甚美，夜间将覆之衾下乎？将置之于外乎？"君谟谢不知。及归就寝，思上语，以髯置之内外，悉不安，遂一夕不能寐。盖无心与有心异也。

宋子京留守西都，有同年为河南令，好述利便，以农家艺麦费耕耨，改用长锥刺地下种，自旦至暮，不能一亩。又值蝗灾，科民畜鸡，云不惟去蝗之害，兼得畜鸡之利。克期令民悉呈所畜，群鸡既集，纷然格斗，势不能止，逐之飞走，尘埃涨天，百姓喧阗不已。相传为笑。

李载仁，唐之后也，避乱江陵，高季兴署观察推官。为性迂缓，一日将赴召，方上马，部曲相殴，载仁怒，命急于厨中取饼及猪肉，令相殴者对餐之，复戒曰："如敢再犯，必以猪肉中加之以酥。"闻者笑之。

曾纯甫当国日，有归正官萧鹧巴来谒，既退，有一客至，因问曰："萧鹧巴可对何人？"客曰："正可对曾鹣脯。"曾怒其嫚己，遂与之绝。

宋叶衡罢相日，与布衣饮甚欢。一日不怡，问诸客曰："某且死，但未知死佳否耳。"一姓金士人曰："甚佳。"叶惊曰："何以知之？"曰："使死而不佳，死者皆逃归耳。一去不返，是以知其佳也。"满坐皆笑。无何而丞相下世。

嘉靖末，金陵吴扩有诗名，曾有《元日怀严分宜相国》诗，一友见之,戏曰:"开岁第一日怀朝中第一官,如此便做到腊月晦,亦未怀及我辈也。"吴虽笑而甚惭。

汉武帝对群臣云:"相书云:鼻下人中长一寸,年百岁。"东方朔在侧,因大笑,有司奏不敬,方朔免冠云:"臣诚不敢笑陛下,实笑彭祖面长耳。"帝问之,朔曰:"彭祖正八百岁,果如陛下之言,则彭祖人中可长八寸,以此推之,彭祖面长一丈余矣。"帝大笑。

汉有牛通为陇西主簿,马文渊为太守,羊喜为功曹,凉部云:"三牲备身。"

简雍字宪和,时天旱禁酒酿者,有刑吏于人家索得酿,具论者欲令与作酒者同罚。雍与先主游观,见一男女行道,谓先主曰:"彼人欲行淫,何以不缚?"先主曰:"卿何以知之?"雍对曰:"彼有淫具,与欲酿者同。"先主大笑而原欲酿者。

侯白在散官隶属,杨素爱其能剧谈,每上番日即令谈戏弄,或从旦至晚,始得归。才出省门,即逢素子玄感,乃云:"侯秀才可与玄感说一个好话。"白被留连不获已,乃云:有一大虫,欲向野中觅肉,见一刺猬仰卧,谓是肉脔,便欲衔之。忽被猬卷着鼻,惊走,不知休息,直至山中,困乏不觉昏睡,刺猬乃放鼻而去。大虫忽起欢喜,走至橡树下,低头见橡斗,乃侧身语云:"旦来遭见贤尊,愿郎君且避道。"

裴玄本好谐谈,为户部郎中,时左仆射房玄龄疾甚,省郎将问疾,玄本戏曰:"仆射病可,须问之,既甚矣,何须问也。"有泄其言者。既而随例看玄龄,玄龄笑曰:"裴郎中来,玄龄不死也。"

韦庆本女选为妃,诣明堂谢,而庆本两耳先卷,朝士多呼为"卷耳公"。时长安令杜松寿见而贺之曰:"仆固知足下女得妃。"庆本曰:"何以知之?"松寿乃自摸其耳而卷之曰:"《卷耳》,后妃之德也。"

陆长源以旧德为宣武军行司马,韩愈为巡官,同在使幕,或讥年辈相悬,周愿曰:"大虫老鼠俱为十二相属,何怪之有?"

于頔闻韦皋进《奉圣乐》,亦撰《顺圣乐》以进,每宴必使奏之。其曲将半,行缀皆伏而一人舞于中央,幕客韦绶笑曰:"何用穷兵独舞?"以调頔为襄帅暴虐,人呼为"襄样节度"。

僧贯休有机辨,杜光庭欲屈其锋,每相见必伺其举措以戏调。一旦因舞羚于通衢,而贯休马忽坠粪,光庭连呼:"大师,大师,数珠落地。"贯休曰:"非数珠,盖大还丹耳。"

左街僧录惠江、威仪程紫霄俱辨捷,每相嘲诮。江素充肥,会暑袒露,霄忽见之曰:"僧录琵琶腿。"江曰:"先生鬐栗头。"又见骆驼数头,霄指一大者曰:"此必头陀也。"江曰:"此辈滋息亦有先后,此则先生者,非头陀也。"

卢质字子徵,性好玩谑,为庄宗管记。会医官陈玄补太原府医学博士,所司请稿,质立草之,末句云:"既得厚朴之才,宜典从容之职。"庄宗览之,久为启齿。

李茂真子从晖为凤翔节度使,因生辰,秦凤持礼使陋而多髯,魏博使少年如美妇人,魏博戏云:"今日不幸与水草大王接坐。"秦凤曰:"夫人无多言。"四座皆笑。

康定中,西戎寇边,王师失律。当国一相以老得谢,同列就第为贺。饮酣,自矜曰:"某一山民耳,遭时得君,告老于家,当天下无一事之辰,可谓太平幸民也。"石中立曰:"只有陕西一伙窃盗未获。"满座大笑。

王荆公为相,大讲天下水利,时有献策决干太湖,云可得良田数万顷,人皆笑之。荆公因与客话及之,时刘贡父在坐,遽对曰:"此易为也。"荆公曰:"何也?"贡父曰:"但旁别开一太湖纳水则成矣。"公大笑。

东坡谒吕微仲,值昼寝,久之方出见,便坐。有昌蒲盆蓄绿毛龟,坡指曰:"此易得耳,若六眼则难得。"微仲问:"六眼龟出何处?"坡曰:"昔唐庄宗同光中,林邑国尝进六眼龟,时敬新磨在殿下,献口号云:'不要闹,听取这龟儿口号。六只眼儿睡一觉,抵别人三觉。'"

嘉禾方千里,一日会相识张更生,千里乃作一令戏曰:"古人是刘更生,今人是张更生,手内执一卷《金刚经》,问你是胎生卵生,湿生化生?"更生谓方曰:"古人是马千里,今人是方千里,手执一卷《刑法志》,问你要一千里,二千里,三千里?"

吴给事女敏慧,工诗词,后归华阳陈子朝,名儒也,晚年惑一妾,缘此遂染风疾。一日亲戚来问,吴同妾在侧,因指妾曰:"此风之始也。"

晋康福镇天水日,尝有疾,幕客谒问,福拥锦衾而坐。客退,谓同列曰:"锦衾烂兮。"福闻之,遽召言者,怒之曰:"吾虽生于塞下,实唐人也,何得为奚? 脚有小疮,何至于烂?"一云是党进。

有老妪相让道,其一曰:"妪年几何?"曰:"七十。"曰:"吾六十九,然则明年吾与尔同岁矣。"

艾子在齐,居孟尝君门下者三年,孟尝君礼为上客。既而自齐反乎鲁,与季孙氏遇,季孙曰:"先生久于齐,齐之贤者为谁?"艾子曰:"无如孟尝君。"季孙曰:"何也?"艾子曰:"食客三千,衣廪无倦色,不贤而能之乎?"季孙曰:"嘻,先生欺余哉。三千客,余家亦有之,岂独田文?"艾子不觉敛容而起谢曰:"公亦鲁之贤者也。翌日敢造门下,求观三千客。"季孙曰:"诺。"明旦,艾子衣冠斋洁而往,入其门,寂然也,升其堂,则无人焉。艾子疑之,意其必在别馆也。良久,季孙出见,诘之曰:"客安在?"季孙怅然曰:"先生来何暮,三千客各自归家吃饭去矣。"艾子胡卢而退。

艾子讲道于嬴、博之间,齐鲁之士从之者数十百人。一日讲文王羑里之囚,偶赴宣王召,不及竟其说,一士怏怏返舍。其妻问之曰:"子日闻夫子之教,归必欣然,今何不乐之甚也?"士曰:"朝来闻夫子说周文王圣人也,今被其主殷纣无道囚于羑里,吾怜其无辜,是以深生愁恼。"妻欲宽其忧,姑慰之曰:"今虽见囚,久当放赦,岂必禁锢终身?"士叹息曰:"不愁不放,只愁今夜在牢内难过活耳。"

燕里季之妻美而荡,私其怜少年,季闻而思袭之。一旦伏而觇焉,见少年入室而门扃矣,因起叩门,妻惊曰:"吾夫也,奈何?"少年顾问:"有牖乎?"妻曰:"此无牖。""有窦乎?"妻曰:"此无窦。""然则安出?"妻目壁间布囊曰:"是足矣。"少年乃入囊,悬之床侧,曰:"问及则绐以米也。"启门内季,遍室中求之不得,徐至床侧,其囊累然而见,触之甚重,诘其妻:"是何物?"妻惧甚,嗫嚅久之不能答,而季厉声呵问不已,少年恐事露,不觉于囊中应曰:"吾乃米也。"季因扑杀之,及其妻。艾子闻而笑曰:"昔石言于晋,今米乃言于燕乎?"

齐有病忘者,行则忘止,卧则忘起,其妻患之,谓曰:"闻艾子滑稽多知,能愈膏肓之疾,盍往师之?"其人曰:"善。"于是乘马挟弓矢而行。未一舍内逼,下马而便焉,矢植于土,马系于树。便讫,左顾而睹其矢,曰:"危乎,流矢奚自,几乎中予。"右顾而睹其马,喜曰:"虽受虚惊,乃得一马。"引辔将旋,忽自践其所遗粪,顿足曰:"踏却大粪,污吾履矣。惜哉!"鞭马反向归路而行,须臾抵家,徘徊门外,曰:"此何人居,岂艾夫子所寓邪?"其妻适见之,知其又忘也,骂之,其人怅然曰:"娘子素非相识,何故出语伤人?"

虞任者,艾子之故人也,有女生二周,艾子为其子求聘。任曰:"贤嗣年几何?"答曰:"四岁。"任艴然曰:"公欲配吾女与老翁邪?"艾子不谕其旨,曰:"何哉?"任曰:"贤嗣四岁,吾女二岁,是长一半年纪也。若吾女二十而嫁,贤嗣年四十,又不幸二十五而嫁,则贤嗣五十矣,非嫁一老翁邪?"艾子知其愚而止。

齐宣王谓淳于髡曰:"天地几万岁而翻覆?"髡对曰:"闻之先师,天地以万岁为元,十二万岁为会,至会而翻覆矣。"艾子闻其言大哭,宣王讶曰:"夫子何哭?"艾子收泪而对曰:"臣为十一万九千九百九十九年上百姓而哭。"王曰:"何也?"艾子曰:"愁他那年上何处去躲这场灾难。"

艾子畜羊两头于囿,羊牡者好斗,每遇生人则逐而触之,门人辈往来,甚以为患,请于艾子曰:"夫子之羊牡而猛,请得阉之,则降其性而驯矣。"艾子笑曰:"尔不知今日无阳道的更猛里。"

杨素与侯白行道畔,有槐树枯死,素曰:"侯秀才多能,何计令此树活?"白曰:"可取槐子悬之树上即活矣。"素问出何书,白曰:"岂不闻'子在,槐何敢死?'"

又一日,大雪拥炉,白入,素急问曰:"今早有人被蜈蚣咬,痛欲死,若为治之。"白曰:"可取六月雪水涂之。"素曰:"六月那得雪?"白曰:"六月无雪,此时那得蜈蚣?"左右服其机警。

李寰建节晋州,表兄武恭性诞妄,又称好道及蓄古物。遇寰生日,无饷遗,乃箱擎一故皂袄子与寰,云:"此是李令公收复京师时所服,愿尚书功业一似西平。"寰以书谢。后闻知恭生日,箱擎一破幞头饷恭,曰:"知兄深慕高真,求得一洪崖先生初得仙时幞头,愿兄得道一如洪崖。"宾僚无不大笑。余尝读谢绰宗《拾遗录》云：江夏王义恭性爱古物，常遍就朝士求之，侍中何勖已有所送，而王征索不已，何甚不平。尝出行于道，遇狗枷、败犊鼻，乃命左右取之还，以箱擎送之，笺曰："承复须古物，今奉李斯狗枷、相如犊鼻。"此颇与寰、恭相类耳。

姚岘有文学而好滑稽，遇机即发。姚仆射南仲廉察陕郊，岘初释艰服候见，以宗从之旧，延于中堂。吊讫，未语及他事，门外忽有投刺者，云李过庭。仆射曰："过庭之名甚新，未知谁家子弟。"客将左右皆称不知。又问岘知之否，岘初犹俯首颦眉，顷之自不可忍，敛手言曰："恐是李趋儿。"仆射久方悟而大笑。

石参政中立，性滑稽，天禧中为员外郎，时西域献狮子，畜于御苑，日给羊肉十五斤。尝率同列往观，或曰："彼兽也，给羊肉乃尔，吾辈忝预曹郎，日不过数斤，人翻不及兽乎？"石曰："君何不知分也。彼乃苑中狮子，吾曹园外狼耳，安可并耶？"

章郇公得象与石资政中立素相友善，而石喜谈谐，尝戏章云："昔时名画有戴松牛、韩幹马，而今有章得象也。"

景祐中，有郎官皮仲容者，偶出街衢，为一轻浮子所戏，遂前贺云："闻君有台宪之命。"仲容立马愧谢，久之，徐问其何以知之，对曰："今新制台官必用僻姓者，故以君姓知之尔。"盖是时三院御史乃仲简、论程、掌禹锡也，闻者传以为笑。

刘攽博学有俊才，然滑稽喜谑。熙宁中为开封府试官，出"临以教思无穷论"，举人上请曰："此卦大象如何？"刘曰："要见大象，当诣南御苑也。"又有请曰："至于八月有凶何也？"答曰："九月固有凶矣。"盖南苑豢驯象，而榜帖之出常在八月九月之间也。马嘿为台官，弹奏攽轻薄，不当置在文馆，攽闻而叹曰："既为马嘿，岂合驴鸣？"

荆公、禹玉熙宁中同在相府，一日同侍朝，忽有虱自荆公襦领而上，直缘其须，上顾之笑，公不自知也。朝退，禹玉指以告公，公命从者去之，禹玉曰："未可轻去，辄献一言以颂虱之功。"公曰如何，禹玉笑而应曰："屡游相须，曾经御览。"荆公亦为之解颐。

鲁直戏东坡曰："昔王右军字为换鹅字。韩宗儒性饕餮，每得公一帖，于殿帅姚麟换羊肉十数斤，可名二丈书为换羊书。"东坡大笑。

一日公在翰苑，以圣节制撰纷冗，宗儒日作数简，以图报书，使人立庭下，督索甚急。公笑谓曰："传语本官，今日断屠。"

秦士有好古物者，价虽贵，必购之。一日有人持败席一扇踵门而告曰："昔鲁哀公命席以问孔子，此孔子所坐之席也。"秦士大惬，以为古，遂以负郭之田易之。逾时又有持枯竹一枝告之曰："孔子之席去今未远，而子以田售，吾此杖乃大王避狄，杖策去邠时所操之箠也，盖先孔子又数百年矣，子何以偿我？"秦士大喜，因倾家资悉与之。既而又有持巧漆碗一只曰："席与杖皆周时物，固未为古也。此碗乃舜造漆器时作，盖又远于周矣，子何以偿我？"秦士愈以为远，遂虚所居之宅以予之。三器既得而田舍资用尽去，致无以衣食，然好古之心，终未忍舍三器，于是披哀公之席，持太王之杖，执舜所作之碗，行丐于市曰："那个衣食父母，有太公九府钱，乞我一文。"闻者喷饭。

唐李文礼累迁至扬州司马，质性迟缓。时在扬州，有吏自京还，得长史家书，云姊亡，请择日发之。李忽闻姊亡，乃大号恸，吏复白曰："是长史姊。"李久而徐问曰："是长史姊耶？"吏曰："是。"李曰："我无姊，向亦怪矣。"

彭渊材初见范文正公画像，惊喜再拜，前磬折，称"新昌布衣彭几幸获拜谒"。既罢，熟视曰："有奇德者必有奇形。"乃引镜自照，又捋其须曰："大略似之矣，但只无耳毫数茎耳，年大当十相具足也。"又至庐山太平观，见狄梁公像，眉目入鬓，又前再拜，赞曰："有宋进士彭几谨拜谒。"又熟视久之，呼刀镊者，使刺其眉尾，令作卓枝入鬓之状。家人辈望见惊笑，渊材怒曰："何笑！吾前见范文正公，恨无耳毫；今见狄梁公，不敢不剃眉。何笑之乎？"

唐陈国张伯偕与弟仲偕形貌一般，仲偕娶妻，妻新妆毕，忽见伯偕自窗外过，妻问曰："我今妆饰好否？"答曰："我伯偕也。"妻赧然趋避。既出房，至姑所，又逢伯偕，告之曰："适见伯伯，大羞。"伯偕笑曰："误，误，我固伯也。"

白汲与其弟孪生，状貌酷相肖，人不能辨。一日汲自外归，弟妻以为其夫也，迎而呼之，不应，即时詈之，遂批其颊。汲正色谓之曰："我乃伯也。"妇惶愧而退。汲自是更其冠以为别异。

张思光尝诣吏部尚书何戢，误通尚书刘澄，融下车入门，曰："非是。"至户外望澄，又曰："非是。"既造席，视澄曰："都非是。"乃去。

卢思道聘陈，陈主用观世音语弄思道曰："是何商人，赍持重宝？"思道即以观世音语报曰："忽遇恶风，漂堕罗刹鬼国。"陈主大惭。

陆馀庆为洛州长史，善议论事而谬于判决，其子嘲之曰："陆馀庆笔头无力嘴头硬，一朝受讼词，十日判不竟。"送案褥下。馀庆得之，曰："必是那狗。"遂鞭之。时嘲之曰："说事喙长三尺，判事手重五斤。"

郭功父过杭州，出诗一轴示东坡，先自吟诵，声振左右。既罢，谓坡曰："祥正此诗几分？"东坡曰："十分。"祥正惊喜问之，坡曰："七分来是读，三分来是诗，岂不是十分耶？"

东坡与温公论事，偶不合，坡曰："相公此论，故为鳖厮踢。"温公不谕其戏，曰："鳖安能厮踢？"曰："是之谓鳖厮踢。"又东坡与时辈议论，每每多所雌黄，独司马温公不敢有所轻重。一日相与共论免差役利害，偶不合，及归舍，方卸巾弛带，乃连呼曰："司马牛！司马牛！"

吉州士子赴省，书先牌云："庐陵魁选欧阳伯乐。"或诮之曰："有客遥来自吉州，姓名挑在担竿头。虽知汝是欧阳后，毕竟从来不识修。"

东坡有小妹，善词赋，敏慧多辩。其额广而如凸，坡尝戏之曰："莲步未离香阁外，梅妆先露画屏前。"妹即应歌云："欲叩齿牙无觅处，忽闻毛里有声传。"以坡公多须髯，遂以戏答之，时年十岁耳，闻者无不绝倒。

坡公一日设客，十余人皆名士，米元章亦在坐。酒半，元章忽起自赞曰："世人皆以芾为颠，愿质之子瞻。"公笑曰："吾从众。"

东坡闲居日，与秦少游夜宴，坡因扪得虱，乃曰："此是垢腻所生。"秦少游曰："不然，绵絮成耳。"相辩久而不决，相谓曰："明日质疑佛印，理曲者当设一席以表胜负。"及酒散，少游即往叩门，谓佛印曰："适与坡会，辨虱之所由生，坡曰生于垢腻，愚谓成于绵絮，两疑不释，将决吾师。师明日若问，可答生自绵絮，容胜后当作馎饦会。"既去，顷之坡复至，乃以前事言之，祝令答以虱本生于垢腻，许作冷淘。明日果会，具道诘难之意，佛印曰："此易晓耳，乃垢腻为身，绵絮为脚，先吃冷淘，后吃馎饦。"二公大笑，具宴为乐。

有宗室名宗汉，自恶人犯其名，谓汉子曰兵士，举宫皆然。其妻供罗汉，其子授《汉书》，宫中人曰："今日夫人召僧，供十八罗兵士，太保请官，教点兵士书。"都下哄然，传以为笑。

田登作郡，自讳其名，触者必怒，吏卒多被榜笞，于是举州皆谓灯为火。上元放灯，许人入州治游观，吏人遂书榜揭于市曰："本州依例放火三日。"

庆历中，卫士有变，震惊宫掖，寻捕杀之。时台官宋禧上言："此盖平日防闲不密，所以致患。臣闻蜀有罗江狗，赤而尾小者，其儆如神。愿养此狗于掖庭，以警仓卒。"时谓之"宋罗江"。又有御史席平，因鞫诏狱毕上殿，仁宗问其事，平曰："已从车边斤矣。"时谓之"车斤御史"。

嘉祐、治平间，有中官杜渐者，好与举子同游，学文谈，不悉是非。居扬州，凡答亲旧书，若此事甚大，必曰"兹务孔洪"，如此甚多。苏子瞻过维扬，苏子容为守，杜在座，子容少惁，杜遽曰："相公何故溘然？"其后子瞻与同会，问典客曰："为谁？"对曰："杜供奉。"子瞻曰："今日不敢睡，直是怕那溘然。"

武帝与越王为亲，遣东方朔泛海求宝，愆期不至，乃微服赍绢问卜于孙宾。宾延坐，未之识也，及启卜卦，方知是帝，惶惧起拜。帝曰："朕来觅物，卿勿言。"宾曰："陛下非卜他物，卜东方朔耳。朔行七日必至，今在海中西面招水大叹，到日请诘之。"朔至，帝曰："卿约一年，何故二载？"朔曰："臣不敢稽程，探宝未得也。"帝曰："七日前，卿在海中西面招水大叹何也？"朔曰："臣非叹别事，叹孙宾不识天子，与陛下对坐耳。"帝深异之。

和州士人杜默，累举不成名，性英傥不羁，因过乌江，入谒项王庙。时正被酒沾醉，才炷香拜讫，径升偶坐，据神颈，拊其首而恸，大声语曰："大王有相亏者。英雄如大王而不能得天下，文章如杜默而进取不得官。"语毕又大恸，泪如迸泉。庙祝畏其必获罪，虽扶以下，掖之而出，犹回首嗟叹，不能自释。祝秉烛检视，神像垂泪亦未已。

谢希孟少豪俊，在临安狎娼，陆氏象山责之曰："士君子乃朝夕与贱娼女居，独不愧于名教乎？"希孟但敬谢而已。他日复为娼造鸳鸯楼，象山闻之，又以为言，希孟曰："非特建楼，且为作记。"象山喜其文，不觉曰："楼记云何？"即口占首句云："自逊、抗、机、云之死，而天地英灵之气，不钟于男子而钟于妇人。"象山知其侮己，默然。

东坡在玉堂，一日读杜牧之《阿房宫赋》几数遍，每读彻一遍即再三咨嗟叹息，至夜分犹不寐。有二老兵，皆陕人，给事左右，坐久，甚苦之。一人长叹，操西音曰："知他有甚好处，夜久寒甚，不肯睡，连作冤苦声。"其一曰："也有两句好。"其人大怒曰："你又理会得甚底？"对曰："我爱他道：'天下人不敢言而敢怒。'"叔党卧而闻之，明日以告，东坡大笑曰："这汉子也有鉴识。"

唐寇豹与谢观同在崔裔孙门下，以文藻知名。豹谓观曰："君《白赋》有何佳语？"对曰："晓入梁王之苑，雪满群山；夜登庾亮之楼，月明千里。"观谓豹曰："君胡不作《赤赋》？"豹曰："田单破燕之日，火燎平原；武王伐纣之年，血流漂杵。"文山效之，作《黑赋》曰："孙膑衔枚之际，半夜失踪；达磨面壁以来，九年闭目。"座中一客赋青曰："帝子之望巫阳，远山过雨；王孙之别南浦，芳草连天。"一客赋黄曰："杜甫柴门之外，雨涨春流；卫青油幕之前，沙含夕照。"文山评："月明千里，得白之神，曰火曰血，不免著迹。"或改之曰："孙绰赋天台景，赤城霞起而建标；杜牧咏江南春，十里莺啼而映绿。"又赋黄曰："灵均之叹木叶，秋老洞庭；渊明之啜落英，霜清彭泽。"升菴改《黑赋》云："周庭之列毕苏，裳如蚁阵；陈阁之迎张孔，鬓似鸦翎。"

五代袁正辞积钱盈室，室中堂有声如牛，人以为妖，劝其散积以让之。正辞曰："吾闻物之有声，求其同类耳，宜益以钱，声乃止。"

娄师德好谐谑，则天朝大禁屠杀，师德因使至陕，庖人进肉，师德曰："何为有此？"庖人曰："豺咬杀羊。"师德曰："豺大解事。"又进脍，复问之，庖人曰："豺咬杀鱼。"师德大叱之曰："智短汉，何不道是獭？"遂不食。

经生多有不省文章。尝一邑有两人同官，其一或举杜荀鹤诗，称赞"也应无计避征徭"之句，其一难之曰："此诗失矣，野鹰何尝有征徭乎?"举诗者解曰:"古人有言,岂有失也,必是当年科取翎毛耳。"

唐苏晋,颋之子也,学浮屠术。尝得胡僧慧澄绣弥勒佛一本,宝之,尝曰:"是佛好饮米汁,正与吾性合,吾愿事之,他佛不爱也。"

丁谓谪崖州,尝谓客曰:"天下州郡孰为大?"客曰:"京师也。"谓曰:"不然,朝廷宰相往往为崖州司户,则崖州为大也。"闻者绝倒。

石曼卿善谑,尝出,御者失鞚,马惊,曼卿堕地,从吏遽扶掖升鞍。曼卿曰:"赖我是石学士,若是瓦学士,岂不跌碎乎?"

张逸密学知成都,僧文鉴求见,时华阳簿张唐辅同在客次,唐辅欲搔首,方脱乌巾,睥睨文鉴,置于其首。文鉴大怒,诉于张公。公问其故,唐辅曰:"某方头痒,取下幞头无处顿放,见太师头闲,遂权顿少时,不意其怒也。"

张端为河南司录,府当祭社,买猪,已呈尹,其夜突入录厅,端即令杀之。吏以白尹,尹问端,对曰:"按律,诸无故夜入人家,主人登时杀之勿论。"尹大笑,为别市猪。

王圣美为县令,尚未知名,谒一达官,值其方与客谈《孟子》,殊不顾圣美,圣美窃哂其所论。久之,忽顾圣美曰:"尝读《孟子》否?"对曰:"平生爱之,但不晓其义。"曰:"试言之。"曰:"即'孟子见梁惠王',便从头不晓此语。"达官讶之曰:"此有何奥义?"圣美曰:"既云'不见诸侯',复因何见梁惠王也?"其人愕然无对。

艾子好饮,少醒日,门人谋曰:"此未可口舌争,宜以险事怵之。"一日大饮而哕,门人密袖彘膈,置哕中,持以示曰:"凡人俱五脏,今公因饮而出一脏矣,何以生邪?"艾子熟视而笑曰:"唐三脏尚活世,况四脏乎?"

宝庆初元,洪舜俞为考功郎,应诏言事,论台谏失职,词甚剀切,内有"其相率勇往而不顾者,惟恭请圣驾款谒景灵宫而已"句,遂为台臣所摘,谓祇见宗庙重事也,而洪舜俞乃云"款谒景灵宫而已",词语嫚易,有轻宗庙之意。遂被落三官。舜俞乃为诗云:"不得之乎成一事,却因而已失三官。"

陈晟知隆庆府奉新县,有富人王允升,老而娶妻涂氏,为诸宠所沮,当夜不成婚而成讼。晟判云:"两家好夫妇,方结同心;一夜恶姻缘,遂成反目。这场公案,好入笑林。王允升白发皤然,自谓力微而心壮;涂氏女青春过了,亦须华落而色衰。始焉草草婚姻,终也匆匆聚散。鸳鸯小小思珍偶,输与少年;凤凰寥寥不复闻,遂成一梦。"

治平中,省试"大舜善与人同"赋,一举人见黜,心甚不平。其破题云:"道虽贯于万世,善犹同于众人。"或有善谑者谓之曰:"以尿罐对油简,宜见黜落。"

梅询为翰林学士,一日书诏颇多,属思甚苦,操觚巡阶而行。忽见一老卒卧于日中,欠伸甚适,梅忽叹曰:"畅哉!"徐问曰:"汝识字乎?"曰:"不识字。"梅曰:"更快活也。"

宋枢密文及翁尝咏雪,为《百字令》词云:"没巴没臂,霎时间做出暖天暖地。不问高低并上下,平白都教一例。鼓弄滕六,招邀巽二,只凭施威势。识他不破,至今道是祥瑞。　最是鹅鸭池边,三更半夜,误了吴元济。东郭先生都不管,挨上门儿稳睡。一夜东风,三竿红日,万事随流水。东皇笑道,山河原是我的。"盖讥贾相打量也。

王介性轻率,语言无伦,人谓其有风疾。出守湖州,荆公以诗送之云:"吴兴太守美如何,柳恽诗才未足多。遥想郡人迎下担,白蘋洲渚正沧波。"其意以水值风即起波也。介谕其意,遂和十篇,盛气而诵于荆公。其一曰:"吴兴太守美如何,太守从来恶祝鮀。生若不为上柱国,死时犹合代阎罗。"荆公笑曰:"阎罗见阙,请速赴任。"

宋何承之除著作郎时已老,而诸佐郎并名家年少,苟伯于嘲之,常呼为"奶母"。承之曰:"卿当云凤凰将九子,何言奶母?"

冯道与赵凤同在中书,凤有女适道仲子,以饮食不中,为道夫人诟骂。赵知,令婢长号,知院者来诉,凡数百言,道都不答。及去,但云:"传语亲家,今日好雪。"

嘉兴许应迒为东平守,甚有循政,而为同事所中,得论调去,吏民哭泣不绝。许君晚至逆旅,谓其仆曰:"为吏无所有,只落得百姓几眼泪耳。"仆叹曰:"阿爷囊中不着一钱,好将眼泪包去作人事送亲友。"许为一拊掌。

跋

　　去秋，余塌翅南都，归卧天都山下，山馆岑寂，昼闻猿啸。忽叩户声甚急，则云杜李右丞公以都水谢公此书见贻，且属绣梓。余跃起藤影下读之，见其囊括包举，六合内六合外，靡不存且论也。夫穆满执化人祛，出云雨上下，视宫阙便若垒块积苏；夏仲御飞鹢首，掇兽尾，初歌《河女》章，后作《小海唱》，风云为之响集，雷电为之昼冥，至今人思慕其故而不可得，徒生健羡。想余醉心此书，倏历寒暑，帐中秘赏，心甚昔人。念无以谢右丞命，遂付梓人行之，俾千古瓒观，彪炳宇宙，令天下后世思慕健羡而可得也，斯为无负右丞、都水两公耳。若此书命名之义，载道之总，右丞叙详之矣，无俟余赘。时丙辰仲夏，古歙潘膺祉方凯父书于如韦轩。

历代笔记小说大观总目

贾氏谭录·涑水记闻　[宋]张洎 司马光 撰　孔一 王根林 校点

南部新书·茅亭客话　[宋]钱易 黄休复 撰　尚成 李梦生 校点

杨文公谈苑·后山谈丛　[宋]杨亿口述、黄鉴笔录、宋庠整理　陈师道 撰　李裕民 李伟国 校点

归田录(外五种)　[宋]欧阳修 等撰　韩谷 等校点

春明退朝录(外四种)　[宋]宋敏求 等撰　尚成 等校点

青琐高议　[宋]刘斧 撰　施林良 校点

渑水燕谈录·西塘集耆旧续闻　[宋]王辟之 陈鹄 撰　韩谷 郑世刚 校点

梦溪笔谈　[宋]沈括 撰　施适 校点

麈史·侯鲭录　[宋]王得臣 赵令畤 撰　俞宗宪 傅成 校点

湘山野录 续录·玉壶清话　[宋]文莹 撰　黄益元 校点

青箱杂记·春渚纪闻　[宋]吴处厚 何薳 撰　尚成 钟振振 校点

邵氏闻见录·邵氏闻见后录　[宋]邵伯温 邵博 撰　王根林 校点

冷斋夜话·梁溪漫志　[宋]惠洪 费衮 撰　李保民 金圆 校点

容斋随笔　[宋]洪迈 撰　穆公 校点

萍洲可谈·老学庵笔记　[宋]朱彧 陆游 撰　李伟国 高克勤 校点

石林燕语·避暑录话　[宋]叶梦得 撰　田松青 徐时仪 校点

东轩笔录·嬾真子录　[宋]魏泰 马永卿 撰　田松青 校点

中吴纪闻·曲洧旧闻　[宋]龚明之 朱弁 撰　孙菊园 王根林 校点

铁围山丛谈·独醒杂志　[宋]蔡絛 曾敏行 撰　李梦生 朱杰人 校点

挥麈录　[宋]王明清 撰　田松青 校点

投辖录·玉照新志　[宋]王明清 撰　朱菊如 汪新森 校点

鸡肋编·贵耳集　[宋]庄绰 张端义 撰　李保民 校点

宾退录·却扫编　[宋]赵与时 徐度 撰　傅成 尚成 校点

桯史·默记　[宋]岳珂 王铚 撰　黄益元 孔一 校点

燕翼诒谋录·墨庄漫录　[宋]王栐 张邦基 撰　孔一 丁如明 校点

枫窗小牍·清波杂志　[宋]袁褧 周辉 撰　尚成 秦克 校点

四朝闻见录·随隐漫录　[宋]叶绍翁 陈世崇 撰　尚成 郭明道 校点

鹤林玉露　[宋]罗大经 撰　孙雪霄 校点

困学纪闻 [宋]王应麟 撰 栾保群 田松青 校点

齐东野语 [宋]周密 撰 黄益元 校点

癸辛杂识 [宋]周密 撰 王根林 校点

归潜志·乐郊私语 [金]刘祁 [元]姚桐寿 撰 黄益元 李梦生
　　校点

山居新语·至正直记 [元]杨瑀 孔齐 撰 李梦生 庄葳 郭群一
　　校点

南村辍耕录 [元]陶宗仪 撰 李梦生 校点

明代

草木子(外三种) [明]叶子奇 等撰 吴东昆 等校点

双槐岁钞 [明]黄瑜 撰 王岚 校点

菽园杂记 [明]陆容 撰 李健莉 校点

庚巳编·今言类编 [明]陆粲 郑晓 撰 马镛 杨晓波 校点

四友斋丛说 [明]何良俊 撰 李剑雄 校点

客座赘语 [明]顾起元 撰 孔一 校点

五杂组 [明]谢肇淛 撰 傅成 校点

万历野获编 [明]沈德符 撰 杨万里 校点

涌幢小品 [明]朱国祯 撰 王根林 校点

清代

筠廊偶笔 二笔·在园杂志 [清]宋荦 刘廷玑 撰 蒋文仙 吴法源
　　校点

虞初新志 [清]张潮 辑 王根林 校点

坚瓠集 [清]褚人获 辑撰 李梦生 校点

柳南随笔 续笔 [清]王应奎 撰 以柔 校点

子不语 [清]袁枚 撰 申孟 甘林 校点

阅微草堂笔记 [清]纪昀 撰 汪贤度 校点

茶余客话 [清]阮葵生 撰 李保民 校点